湛庐 CHEERS

与最聪明的人共同进化

HERE COMES EVERYBODY

CHEERS
湛庐

手机·生死局

俞雷 著

浙江科学技术出版社·杭州

测一测

你了解智能手机的竞争策略吗？

扫码加入书架
领取阅读激励

扫码获取全部测试题及答案，
一起了解智能手机行业
激烈的“生死战”

- 智能手机厂商每时每刻都在面临着“生死战”，其中最重要的战役是（ ）（单选题）

  A. 平台战

  B. 屏幕战

  C. 工艺战

  D. 专利战

- 智能手机厂商进行产品营销的关键是（ ）（单选题）

  A. 打造差异化产品

  B. 在某一项性能上有所突破

  C. 搭载最先进的技术

  D. 将产品策略转化为消费者的认知

- 以下不属于手机品牌的生存之道的一项是（ ）（单选题）

  A. 拥抱全球开放市场

  B. 打造全球品牌

  C. 形成爆品思维

  D. 紧跟企业的灵魂人物

扫描左侧二维码查看本书更多测试题

本故事纯属虚构　如有雷同纯属巧合

菲利普·科特勒
美国西北大学凯洛格管理学院国际市场学S. C. 强生荣誉教授，科特勒咨询集团首席顾问

曹虎向我推荐了这本《手机·生死局》。这是一次愉快的阅读之旅。这本书通过扣人心弦的故事和深刻的分析，探讨了手机行业和品牌领域的风云变幻。它记录了品牌的兴衰、激烈的竞争以及在这个快节奏市场中定义成功的各种策略。作为一名营销专家，我推荐这本书，是因为它在创新思考、品牌塑造和韧性方面提供了鲜活的启示。对于想要了解科技发展动力和有效营销的人来说，这本书是值得一读的精心之作。

曹　虎
科特勒咨询集团全球合伙人，大中华及新加坡CEO

拿到老友俞雷先生的这本《手机·生死局》时，我们团队正在为某著名手机品牌做战略咨询，书中描述的充满活力且竞争激烈的手机世界，管理者在品牌决策中的拿捏和决断，市场战役的兴奋和彷徨都让我有深深的带入感！俞雷先生这本书巧妙地将个人成长故事和企业发展兴衰交织在一起，展示了在不断变化的消费科技领域中激烈的策略战斗和战略思考。俞雷先生不仅记录了行业巨头面临的挑战，还提供了在数字时代，关于中国

企业蓬勃发展的韧性和适应能力的宝贵见解。对于任何想要了解中国消费科技市场竞争的复杂性、不懈追求创新的人来说，这都是一本必读之作。

劳　博

广告门董事长兼 CEO

2000 年以来，中国品牌在家电、手机、新能源汽车 3 个品类中迅速崛起，成为全球市场中最夺目、最值得关注的代表。众多中国品牌作为其中的全球玩家，其产品以高质量、丰富的功能、高性价比等优势攻城略地，成为这 3 个行业中最具竞争力的力量。这是在全球化时代，中国制造、中国创造得到的最好回报。《手机 · 生死局》就讲述了一个中国手机品牌在竞争中发展的故事，这个故事发生在高速发展、竞争激烈的中国市场，可信度十足，精彩程度十足。

周掌柜

知名科技战略专家，多家全球化公司战略顾问

俞雷的这本《手机 · 生死局》值得细读细品。一方面，这是一本对手机从业者而言代入感很强的小说；另一方面，它充满了战略管理的智慧以及对市场运营的思考。更难能可贵的是，作者既是消费电子行业的资深高管，又是多个领域的持续创新创业者，能如此认真地拿出时间讲述中国科技发展的故事，让人佩服。书中有理论，有经验，有实战，相信书中的很多细节会让行业人士会心一笑，掩卷思考。推荐一读！

霍世杰

《刷屏》作者，自媒体“万能的大叔”创始人

很荣幸能在俞雷的带领下，作为品牌公关一号位，亲身经历了中国智能手机最火热的 3 年。那也是公关的黄金时代。在移动互联网的大浪之下，我们确实创造了一些历史并成为历史。时至今日，智能电动车的商战，几乎在复制智能手机之战，唯一不同的是媒介发生了巨变，公关打法更加复杂多变。而公关价值，我认为它从

2023年开始又重回“舞台”中央。在去中心化传播之下，负面和正面信息的刷屏，仅一“墙”之隔，又一念之差。公关成为打开流量“盲盒”的密钥，但比公关之术更重要的是企业经营之道。希望你能从这本书中收获你的道与术。

叶明桂
桂爷品牌策划顾问公司创始人，台湾奥美广告前副董事长

人们称他为“船长”，手机业的船长，他专业导航，引领方针，掌握细节。看他的书不只可以了解手机的故事，更能从中学习营销的秘诀。

陈思进
国际金融专家，央视大型纪录片《华尔街》《货币》学术顾问

《手机·生死局》展示了一个充满张力和动态的故事。作者以生动的笔触，将手机产业的竞争与挑战描绘得淋漓尽致。每一章节都像是一个精彩的场景，从波士顿到中国市场，从品牌竞争到营销策略，故事线条错综复杂，引人入胜。书中人物栩栩如生，从背景设定到情感描写，都展现了作者的细腻之处。同时，书中呈现了手机产业的发展历程，从技术革新到市场博弈，让读者对这个行业的发展有了更深的了解。尾声“复盘·再见丁杜高”则给整个故事画上了一个悲壮的句号，让人不禁想要一探究竟。总体而言，这本书以其扣人心弦的情节、生动的人物形象和丰富的背景描述，必定能引起读者的共鸣，是一部值得期待的作品。

郭　局
资深媒体人，“郭局”自媒体平台主理人

这本书的故事性很强，书中的人物形象鲜明，故事情节丰富多彩，且充满了趣味性和智慧，它让我感到非常愉快。我强烈推荐给所有寻求乐趣和智慧的人。

一个品牌的跌宕起伏

劳　博
广告门董事长兼 CEO

2000 年以来，中国品牌在家电、手机、新能源汽车 3 个品类中迅速崛起，成为全球市场中最夺目、最值得关注的代表。众多中国品牌作为其中的全球玩家，其产品以高质量、丰富的功能、高性价比等优势攻城略地，成为这 3 个行业中最具竞争力的力量。这是在全球化时代，中国制造、中国创造得到的最好回报。《手机·生死局》就讲述了一个中国手机品牌在竞争中发展的故事，这个故事发生在高速发展、竞争激烈的中国市场，可信度十足，精彩程度十足。

本书作者俞雷是传奇的营销高手，他于 2015 年加入金立手机，先后担任营销副总裁和集团营销、销售副总裁，于 2018 年底离开，曾是中国手机行业营销领域的风云人物。他在这 4 年中，为金立品牌进行了攻击性极强的缜密谋划：以内容、创意为主要话语方式；通过创造性的媒体投放；广告公关化，公关广告化；使用最优质的创意公司、媒体伙伴。在短短2年间，金立获得了从中国手机市场第十四名跃升到第四名的好成绩：2016年，金立全球销量达到4 000万台。基于俞雷带领团队对金立品牌的打造成果，他获得中国内容营销金瞳奖2016年度CMO奖项。这个奖项，一年仅有一位市场人士能获得。

在本书中，俞雷对把自己这4年来所经历的手机市场竞争写成了一部商战小说：优力手机如何从行业底部，通过产品升级和营销进攻组合，以及让人眼花缭乱的攻击型手段，成为全国第四、年销量4 000万台的一线手机品牌；又是如何在不到半年时间，遭遇资金链断裂、祸起萧墙的困境之后迅速崩塌的？

本书的人物、品牌都是虚构的，但有心人一定可以从作者对人物、品牌的命名中获得隐约可见的线索。我先不剧透，本书更多的奇妙细节有待你去细细发掘。小说中至少有50%的情节基于真实事件，还原了4年间中国手机行业的超级竞争状况，解释了优力手机是如何从低谷飞跃至行业领先地位的，作者塑造了丁杜高、郑明两位搭档面临超级竞争状况，细心求证、大刀阔斧行动的勇敢形象。

本书有着良好的指引意义，可以帮助你了解如何成为最佳CMO。郑明在国际品牌菲基亚销售一线经历了10年的磨练，对中国手机品牌如何成为竞争胜者，有了更丰富的经验和主动进攻的打法：内容、创意至上，结合最佳的媒体组合（包括获取最优价格），配合使用大公关招数，明星代言步步吻合社交媒体高光，给优力倾注了超级的用户关注度，使得优力手机迅速崛起，一年卖掉4 000万台！

本书的价值之一是高度还原了优力手机成功涅槃和迅速倒下的真相，以及丁杜高作为围棋高手前后的心态变化。作者痛苦地复盘失败原因，没想到无意中让读者一步步接近真相，“步步惊心”。

正如郑明在书中所言，优力正在高歌猛进，假如多给我一年时间，整个中国手机竞争的格局将发生大变。遗憾的是，现实比小说还要奇诡，变化还要迅捷，容不得我们稍加思索，历史就滑向了让人不忍推理的一面。

作为对智能手机业、俞雷的双线观察者，无论在现实中，还是《手机·生死局》中，笔者时刻感受着一位市场先锋的跌宕起伏：商场只留下胜者，但也一定会致敬每一位奋斗者的搏击。优力和她的管理者其实是众多中国品牌的代表：有遍地机会，有高光时刻，有智慧加持，有勇气进击，也有到处横出的挑战和遭遇。不过，这应该还不到故事的终局，诸君请看，故事的最后，两位准备进入商场、人生下半场的主人公在吉隆坡巧遇，仍在互相砥砺："我相信我们都会成功的！"

下半场见。

目 录

第一卷

布局·海阔天空

01
波士顿

2014年，8月，波士顿。

查尔斯河横贯在波士顿城中央，河的一边是剑桥地区的两座世界知名学府——哈佛大学和麻省理工学院，另一边是坐落于波士顿主城区的波士顿大学。波士顿是美国东北部的重镇，也是美国独立战争的起点，现在是美国东部最重要的大学城和科技城。

我刚结束了在老东家芬兰菲基亚公司的工作。过去10年，我从菲基亚的销售代表做起，一路南征北战，做到了全国销售总监，又在两年前被总部任命为大中华区市场总经理。我原本豪情满满地以为自己在职场中还会再上一个台阶，谁知就在几年前，中国手机市场的行情陡转直下，曾经占据中国市场半壁江山的菲基亚品牌在进入智能机时代后就忽然不行了。

离职以后，我又回到了波士顿。10年前，我就是在查尔斯河边的波士顿大学奎斯特罗姆商学院完成硕士学业的。我离职后一时之间没有地方可去，所以打算先在这里参与一个研究项目，顺便散散心。

这段时间，我住在大学同学李捷的宿舍里，他曾和我一起在波士顿大学攻读学士和硕士学位，学生时代我们就是室友。毕业后，他留在美国工作，而我回到了国内。

李捷在Bose的市场部工作。Bose是一家声学产品公司，总部位于波士顿。这家公司生产耳机、音响等产品，享誉全球，吸引了很多人前来参观学习。平时，李捷也会对接一些中国访问团体。

“郑明，你猜我今天遇到谁了？”李捷今天一回家就喊着我的名字。

还没等我回答，他自己就先说了：“丁杜高，优力手机的老板。”

“是吗？优力以前做得挺好的，2012年有段时间的销售额还冲到过国内手机市场第一名。不过这几年有点儿下滑，”我说道，“丁杜高来干什么？”

“他参加了国内的一个商学院研学团，好像是中欧的，”李捷说，“刚好领队是我的湖南老乡，丁杜高也是湖南人。”

据李捷介绍，这个研学团的规格还挺高，参团的都是国内知名企业的董事长或者总裁。他们在哈佛大学肯尼迪政治学院、波士顿大学奎斯特罗姆学院和麻省理工学院斯隆商学院都上了课，还参观了Bose等波士顿知名企业以及哈佛大学创新实验室的一些初创高科技企业。

“丁杜高人不错，一点儿大老板的架子都没有，”李捷说道，“晚上他还请我们在湘香馆吃了湖南菜。”

“你们几个湖南人跑到波士顿，不吃大龙虾，反而吃湖南菜，”我坐在沙发上看电视，说道，“咋想的。”

李捷讪笑道：“对了，郑明，丁杜高想约你呢。”

“约我？虽然我们以前是同行，但是我们没有什么交集啊！”

“不是不是，不是谈手机，是约你下棋。”

“下棋？”

“对啊，这个丁总还是个围棋迷。我记得你当年是波士顿留学生里的围棋高手，还是业余5段棋手。”

“他怎么知道我会下棋？”

“我们在吃饭喝酒的时候聊起来的。丁总酒量真不错，喝了将近一斤茅台，居然一点儿事都没有。优力在国内赞助过围棋比赛，我就问了一下，发现他居然也是围棋高手，还赢过职业棋手呢。”

“职业棋手和丁杜高下的是业务棋吧？”我笑道。企业家这么忙，下围棋又特别耗费脑力，很少有企业家爱好围棋还水平特别高的。他们赢过职业棋手，大多是因为职业棋手尊重他们，这种对弈俗称下业务棋。

“我这不就把你抬出来了吗！”李捷笑道，“你们是同行，说不定有共同话题。明天有空吗？他知道我有这么个围棋高手同学，想要约战你呢。”

“下棋没问题，可这是在波士顿，没有围棋啊！”

“没事，丁杜高带了旅行围棋，你们就在酒店下。”

“出国还带着围棋，这瘾该有多大啊！好吧，下一盘。”

第二天下午，李捷开车带我来到了丁杜高住的酒店。

丁杜高住的是套房，他一见到我们就热情地伸出双手：“李总啊，欢迎欢迎！这就是你昨天说的郑明郑总吧？”

李捷笑着和丁杜高握了手。接下来，丁杜高又和我握了手。李捷介绍道：“是的，丁总，这是我的大学同学郑明，以前也是你们手机行业的，曾任菲基亚大中华区市场总经理。”

“郑明，这是大名鼎鼎的丁总，优力手机的董事长。”

“久仰，丁总，早就听闻您赞助了很多围棋大赛，优力对中国围棋贡献很大啊！”

“哪里哪里，”丁杜高摆手道，“这只是我作为围棋爱好者做的一些力所能及的事，哪谈得上什么贡献。”

虽然以前我也在新闻媒体上看到过一些丁杜高的报道和照片，但当他笑盈盈地出现在我面前时，给我的感觉还是很不一样的。虽然他很谦逊，但他的身上明显有一股成功企业家的强大气场。《围棋世界》杂志经常刊登丁杜高的照片，那些照片上他都是专心致志、严肃下棋的样子。但是在财经媒体上，丁杜高却总面带微笑。不知道为什么，丁杜高好像天生就能给人一种亲切的感觉。

李捷带了 3 杯咖啡，他在这时说道：“丁总，喝咖啡吗？我带来了。”

“哎呀，谢谢李总，这么客气，”丁杜高笑着摆摆手，“不过我不太喝得惯，你们喝，我还是喝绿茶吧。”

这时，我发现客厅的茶几上已经摆上了一副围棋，这不是一般的磁性旅行围棋，而是一副带有折叠式木棋盘的围棋。棋盘打开之后和正常的围棋盘一样大小，棋子则是一副云子，被装在一个手提包装袋里。他带的这副云子质地细腻，色泽柔和。我从中学就开始下围棋，也见过不少棋具，但还是第一次见这样的旅行围棋。看来，丁杜高还真是喜欢围棋啊，到哪里都带着棋具。

“郑总啊，怎么下？”丁杜高笑着问道。

“怎么下”是围棋的行话，它背后的意思是对弈双方要先确定棋份，按照棋力高低采取合适的对局方式。如果双方棋力相差很多，就采取让子对弈的方式，棋力高者向棋力低者让几子；如果两人水平差不多，则采用分先平等对弈的方式，在对弈结束后，先手要向后手贴目，以示公平。以前我也和职业棋手下过棋，一般对方让我两三子方可开始对弈，结果是我与对方各有胜负。

我看过一些与围棋有关的新闻报道，知道丁杜高以前也赢过女子职业初段棋手，但当他和职业高手对弈时，对方一般会让两子。我想了想道：“丁总，您是高手，我执黑先行吧。”

在对弈时，执黑先行的人会处于相对主动的位置，但也需要贴目，在最后计算时，黑棋须扣减一定的目数。一直以来，在围棋对弈的礼仪中，分先平等对弈的规则是下手执黑，上手执白，黑棋先行，以示尊重。因此，我执黑先行也是在对丁杜高表示礼貌。

“好，那我们开始吧。”丁杜高微笑着说。随后，我们在棋盘的两边落了座。

02

中国流

坐下之后，丁杜高又对我伸出手。这是一种围棋礼仪，下棋之前，双方棋手要握手或者鞠躬致意。我们握手时，李捷在一旁掏出手机拍了张照片。

我坐在下手位置，拿起一颗黑子，沉思片刻，放在了右上角的星位。

丁杜高没有立刻落子，他先点燃了一根香烟，抽了半根后就把烟掐了。随后他拿起一颗白子，也放在了他右上角的星位。丁杜高一下棋就变得严肃了，好像是在面对一场重要比赛，目光全集中在棋盘上，尽管这时候的棋盘上只有两颗棋子。

我的第二手下在了右下小目位置，第三手下在了棋盘边上星位斜下方的位置，构成了“中国流”布局。

“中国流”布局是 AI 出现前非常流行的围棋布局，由中国的前辈职业棋手陈祖德九段首创。在 20 世纪 70 年代的中日围棋友谊赛中，这一布局因为被中国棋手普遍采用，而被日本围棋界称作“中国流”布局。

“中国流”布局弥补了当时中国棋手布局水平落后于日本的缺陷。面对这一布局，日本棋界一时间竟然不知道如何应对，经常有人贸然打入布局，反而让中国棋手发挥出了中盘战斗力强的特点。这个布局一出现，便风靡中日棋界，历经几十年不衰，直到后来被 AI 攻破。

我采用“中国流”布局也是有所考虑的。我从中学开始就自学围棋，在读大学时更是在线上下过很多对局，虽然没有得到名师指点，但擅长战斗和计算。

不过，我的招式终归只能算“绿林好汉”出身的野路子，比不得经过正规训练的围棋选手。他们对布局往往有深入的实战研究和理论探索。因此，采用容易导向战斗局面的“中国流”布局对我更有利。

果然，丁杜高似乎中了我的招数，在他自己的布局还没完成时，就打入了我的“中国流”布局。我在精心布局后明显形成了子力优势，几十步棋过后，丁杜高打入布局的棋子竟然被我全部吃掉了。

我心想，丁杜高的棋力似乎和外界的传闻不符，那些职业棋手还真有可能和他下了业务棋，放水了。

我看了一眼丁杜高。此时，对弈才进入中盘没多久，虽说离结束还早，但是他损失巨大。换作是我，可能就直接认输了。

丁杜高脸色微微一沉，扶了一下眼镜，没有说话，随后又抽了一根香烟。5 分钟后，他把视线从我的“中国流”布局上移开，思索了片刻，在他布局的地方稳稳守住了一个角。

我心想，他的意思是先把刚才死棋的地方放一放再说，看看其他地方的发展。

这是一种高级战术。如果与他对弈的是职业棋手，他面对这个局面确实已经可以认输了，因为职业棋手下棋很少出现漏洞。但业余棋手不一样，业余棋手在下棋时经常会留下很多漏洞。在大多数时候，业余棋手对弈时的胜负取决于谁的漏洞更少或者谁最后犯错。

丁杜高后来明显吸取了贸然打入我“中国流”布局的教训，下得非常扎实。而我也因为占据了一定的优势而走得不那么凶猛了。我盘算着宁可在其他地方忍让一些，也要把优势保持到最后。

行至中后盘，丁杜高不再考虑他在局部的劣势，反而在外围扎起了一个大模样，准备围住中腹大空。我计算了一下目数，如果他所设想的大空能被围住，丁杜高还真能获胜。好在，他准备围住大空的口袋不算扎实，还有一些漏洞。

我拿起一颗黑子正准备往他的大模样里面冲，突然发现白棋左下角的星位似乎还有一些“味道”（味道是围棋术语，指棋局中可能存在的一些变化）。先点一下角试试？我想，这也许会对我最后的收官有利。

于是，我把黑子放到了他星位下面的三三位置。因为白棋外围还有一些棋子，所以我也看不清这里的变化。但是，他总不至于不应我的棋吧？

于是，我下出了试应手。试应手是围棋中的一种高级战术，指的是在看不清局势的地方先试探对方一手，根据对方的反应再决定自己之后的下法。

丁杜高忽然落子了！但他根本没有理会我的试应手，而是直接把外面大空的漏洞补得严严实实。他的白棋连起来，好像白茫茫的宇宙。

啊？他竟然这么下？我有点慌神，忽然发现角上棋子的死活太复杂了，我虽然下了一颗黑子，但似乎也不好活棋。想了十多分钟，我还是没有计算清楚角落里面棋子的死活。

胜负手！丁杜高围住中央大空用的招式是胜负手！这是他在形势不容乐观时使出的关键一招，只要我的角活不了，他就赢了。

我倒吸一口凉气，拍了几下脑袋。我没想到丁杜高能在这样的劣势中使出如此强悍的招数，只能硬着头皮和他拼角上的死活了。

这个角上的死活非常复杂，我们又下了十几手，居然形成了打劫的局面。

打劫也是围棋中常见的一种变化，当黑白双方都把对方的棋子围住时，无论双方谁先下，都可以吃掉一个对方的子，即提对方的劫。围棋规则规定，一方不能连续提劫，需要花一手棋找劫材，即先在别处下一手，对方应了之后才能再回来提劫。而最终决定打劫胜负的就是劫材的多少。

于是，我和丁杜高两人开始满盘找劫材。又下了几十手棋后，丁杜高的劫材刚好比我多了一个！

打完劫，我又清点了一下目数，现在黑棋的目数是68目，白棋的目数是63目。但是，按照中国围棋的规则，黑棋先行，需要贴3又3/4子，折算成目数是7目半。这样计算下来，这盘棋我要输两目半。

丁杜高已经把白棋的中央大空围得死死的了，在两人打完劫之后，棋局也没了任何变化的可能。丁杜高竟然在如此巨大的劣势面前反败为胜。

“我输了，”我一边说，一边拿出两颗黑子放在了棋盘上，这是围棋选手认输的方式，“丁总，您下得确实太好了，没想到您的后半盘这么强。”

“你也下得不错啊！”丁杜高笑道，“在‘中国流’布局这里，你下得很强，我差点儿就输了。”

这盘棋下了三个半小时。在此期间，李捷就一直在旁边看我们下棋，偶尔给我们拍几张照片。他懂一点围棋，虽然只达到初级水平，但也看出了刚才对弈的激烈程度。

“丁总果然是高手啊！郑明当年可是我们留学生围棋比赛的冠军。”李捷伸出大拇指夸道，“丁总，晚饭时间快到了，我请您去Legal Seafood吃波士顿大龙虾吧。”

“好啊，来波士顿这么多天了，我还没吃过大龙虾呢。”

“走走，这家是最有名的正宗波士顿大龙虾。”李捷笑着起身，我们也和他一起往外走去。

03
大龙虾

我们去的是位于哈佛大学附近的Legal Seafood，这家店是网红打卡点，因波士顿大龙虾而出名。

不过，由于这几年气候变暖，很多龙虾都跑到美国的缅因州甚至加拿大去了，所以有一些大龙虾也被叫作加拿大波士顿大龙虾。谁清楚大龙虾的来源呢，反正在波士顿，大龙虾是一道必不可少的菜。

美国的食物分量很实诚，大龙虾被整个端上来，还配了一些调料、贝壳类的食物和一根玉米棒。

“这个好啊！”丁杜高笑着说道，“前几天我去湘香馆吃饭，也点了一盘大龙虾。但那只大龙虾都被切碎了，哪算大龙虾呢？这个才原汁原味嘛！看来要吃本地美食，还得由你们这些留学生带着才行嘛！”

“哎呀，丁总，您可真不知道，”李捷一边吃一边对丁杜高说道，“美国是‘美食荒漠’，您凑合着吃。在美国，啥东西都要放糖，都不健康，所以这里的大胖子特别多。我们湖南人爱吃的辣椒美国就没有，老墨的菜倒是辣，但是那种辣根本没办法和我们湖南的比嘛！”

波士顿的主城区也有唐人街，街上很多饭店都卖中华美食，但美国的中国菜大多会根据当地人的口味做一些改良。比如，中国人闻所未闻的左宗棠鸡在美国却很有名；熊猫快餐虽然号称中式快餐，但餐品味道已经和中国本土菜肴的味道有了很大区别。

李捷已经留美十多年了，当然知道这些差异。所以，他请丁杜高吃美国菜，就是想让丁杜高体验一下正宗的美国餐饮，这就叫作“土来洋挡”。丁杜高是大企业家，在国内吃过无数美食，但在波士顿吃有当地特色的大龙虾，他一定会印象深刻的。

我们开了一瓶香槟酒。丁杜高大概是赢了棋的缘故，兴致颇高，问起了我的情况。菲基亚虽然已经衰落，但就在几年前，它还是手机行业中无法被攻破的堡垒。

“菲基亚为什么会失败？”丁杜高问了我这个问题，似乎又是在问他自己。

在功能机时代，菲基亚是一个被人仰望的存在。2004 年，我从波士顿大学奎斯特罗姆商学院硕士毕业后，就回国加入了菲基亚中国公司。

那一年，配有 100 万像素镜头的菲基亚 7610 手机上市。这款手机在中国市场独占鳌头，使得中国市场成为菲基亚最大、最重要的市场。

在功能机时代，菲基亚的“好日子”持续了许多年。爱丽信和一些日韩品牌虽然偶尔也做得不错，但都不是菲基亚的对手，更别提那些初创的中国品牌了。

到了 2009 年，菲基亚在中国的用户达到了惊人的 2 亿。有个真实的笑话是这样说的，当公交车上响起菲基亚手机的铃声时，所有人都会翻包查看。

但在2007年，事情发生了变化。那年，苹果的第一代手机发布，乔布斯从那一年开始走上神坛。乔布斯在苹果公司也算得上命运多舛，他曾经被苹果公司扫地出门很多年。但是，在他回归之后，苹果公司推出的新电脑迅速抢占了笔记本市场，还推出了iPod，打击了当时市面上的其他MP3产品，iPod在当时一货难求。当所有人都以为苹果公司会在这类产品的研发上继续高歌猛进的时候，乔布斯竟然又跨界发布了手机。那时候，没有人相信他能成功挑战如日中天的菲基亚。

苹果公司的手机和菲基亚的大不相同，用的是触屏技术，而菲基亚却一直在使用实体键盘。我们把键盘越做越大，把手机做得像一台微型电脑。

菲基亚不是没有研究过触屏技术，但直到苹果公司的手机发布时，我们才真正开始做这方面的研发。我们把键盘手机卖得太好了，以至于根本没想过用新的技术去打败自己。

苹果手机同时发布了自己的iOS操作系统，而且这一系统是封闭的。那时候，菲基亚的用户体量远大于苹果，当然也要发布自己的系统。所以，我们就推出了自己的夏威夷操作系统。

但是不知为何，我们的用户体量虽然远大于苹果，在系统生态的建设上却远远落后于它。

几乎在同一时间，谷歌公司也发布了自己的安卓智能手机操作系统。由于我们和苹果都采取封闭策略，而安卓却采取了开源的策略，全球其他品牌的智能手机便一窝蜂地选择使用安卓操作系统。

之后的事情证明我们的最高层对当时的形势做了严重的误判。如果时光可以倒流，我相信最高层还会采取与之前相同的策略：既然比我们用户体量小那么多的苹果都有自己的系统，为什么我们不能？安卓虽然开源，但那时候其他所有品牌手机的产量加在一起也比不过我们的手机产量，我们为什么要用“一家小公司”的安卓系统呢？

我们还没来得及想明白自己做错了什么，就忽然坠崖式地掉落神坛，再也没有翻身的机会。

我们的失败是因为高傲吗？好像也不尽然。乔布斯更加高傲，他连用户调研都不做，只固执地相信自己的那一套想法。但是，他成功了，而我们没有。

后来的菲基亚就像一个被人扔来扔去的破扫帚，一直被卖来卖去，最终被卖给台湾地区的一家大型代工厂。但那时菲基亚的业务数量已经萎缩到以前的零头，于是我们也被扫地出门了。

丁杜高和我都打开了话匣子。说实话，对于菲基亚为什么会失败这一问题，我根本没有答案，也许丁杜高也没有答案。

在从功能机时代进入智能手机时代的过程中，优力也差点失败。因为手机市场变化非常快，丁杜高当时并没有判断到这一变化会来得如此迅猛，大量的功能机库存差点把优力推到破产边缘。好在，丁杜高最终熬了过来，成功地实现了优力的转型。

“我看过很多菲基亚的广告和市场策划案。”丁杜高讲了一些他认为比较优秀的案例。

“这些案例，有些是我做的，有些是我同事做的。”我一一向丁杜高做了介绍，也讲了我对这些案例的思考。丁杜高并没有表态，只是轻轻地点了几下头。

丁杜高是想挖我吗？这个念头在我脑海中转瞬即逝。我对优力的整个业务体系都有所了解。优力是一家有很长发展历史的公司，它的管理团队和代理商体系基本来自建立于 20 世纪 90 年代的大霸王游戏机公司。

丁杜高 23 岁大学毕业，毕业后就加入了大霸王，负责产品生产和品质把控。他的工作能力非常突出，25 岁就被破格提拔为大霸王的常务副总裁。2002 年，他自立门户，集合以前的一些同事和代理商，成立了优力手机公司。公司在创立的第一年就一炮而红，业绩突破了 10 亿元。

创业的第三年，丁杜高请到了中国香港的天王级巨星刘德荣，通过在电视上进行广告宣传，以一句“好手机，优力造”，让优力火遍大江南北。优力也以火箭般的速度发展，业绩突破百亿元。优力的业绩虽然和菲基亚还有不小的差距，但是在国产手机中已经数一数二了。

不过，优力虽然发展迅速，却很少在公司外聘请高级职业经理人。优力的管理人员还是以丁杜高创业时的老班底为主，连代理商都用的是以前大霸王的代理商，这些代理商甚至还是优力的股东。外界都传言，如果一开始没办法进入优力的圈子，就很难在优力混下去。

所以，有外企工作经历的我应该不会和优力有什么交集。

04

依柔

我把和丁杜高的会面当作波士顿生活中的一个小插曲。但对丁杜高的棋艺，我有了新的认识。他如果不当董事长，绝对可以用围棋谋生。

李捷每天还是忙忙碌碌，除了在 Bose 工作，就是忙于接待国内的访问团。

说实话，波士顿的生活使我感到百无聊赖。我做的项目与新媒体研究有关，但几位导师所讲的内容与国内情况差异很大，对我也没有太多帮助。

过了两个多月，波士顿渐渐冷了下来，我准备回国了。国内也有几家公司正在和我谈工作问题，上海、北京、深圳的公司都有。我准备先回国了解一下，再做下一步打算。

我买的是从波士顿飞中国香港的机票。我计划从中国香港入境后先到深圳待两天，再去北京和上海。深圳有一家做无人机业务的企业正在和我谈，他们的产品不仅在中国市场销售，在海外市场也有销售。根据他们的说法，他们接下来想着力进军美国市场。

我在香港机场订了一部双牌车，从皇岗口岸进入深圳。

刚过皇岗口岸，我的手机就响了起来，屏幕上显示着“岳依柔”3 个字。这是个我熟悉的名字。岳依柔是我在菲基亚工作时的同事，她当时在公关部，后来离职去了深圳。前几天我们刚联系过。岳依柔今年刚 30 岁，早在几年前，我们俩就互有好感。那时候我们都在北京，都很年轻，也都无依无靠。我们有时候会下班一起吃个饭，然后在后海的酒吧里一起喝酒。

我们在一起的时候，都感觉特别放松。但是，因为菲基亚反对办公室恋情，规定夫妻双方不能同时在公司工作，所以我们从没公开过我们的关系。也许，我们也不清楚怎么定义彼此之间的关系。

岳依柔比我先离开公司，她到了深圳以后，我们的关系慢慢淡了。从她的朋友圈来看，她在深圳发展得很好，我偶尔也会给她的朋友圈点赞。

“郑明，到深圳了没有？”电话那边传来岳依柔银铃般的声音，“别住酒店了，住我家吧。”

“刚过皇岗口岸。”

“不方便吧，你男朋友会不高兴吧。”我笑道。

“我哪像你啊，外面的‘鲜花’一朵朵的。”岳依柔的脾气还是以前那样，上来就怼了我一通。

“这你真错了，我心里的‘鲜花’只有你一朵，其他人都是‘狗尾巴草’。”我想起在北京的岁月，依柔确实是我那时候唯一可以信赖和倾诉的对象。

“你让司机把你带到深国投广场，我马上来接你。”岳依柔没等我回答就挂了电话。

到深国投没多久，岳依柔就开着一部深红色的保时捷迈凯过来了。一见面，她就给了我一个拥抱，把我的行李拖上车后就踩着大油门把车开走了。

岳依柔的家在坂田的一个小区里，房子是两室一厅，不大，50多平方米。

“不错嘛，来深圳没几年就有车有房了。”岳依柔在北京租的房子我也去过，风格和这间挺类似，放了很多毛绒玩具和粉色的家装。

“都是按揭，”岳依柔道，“我来深圳就是为了赚钱，深圳是金钱之都。”

我曾经在北京买了房，准备在北京长期发展。虽然我的家乡在上海，但是我不到20岁就出国读书了，之后又去了北京工作。十几年间，除了过年和工作出差，我很少回上海。有时候即使是去上海出差，为了工作方便我也很少住家里，大多数情况下都住酒店。

在北京生活了10年，我的普通话变得非常标准。要是我不提，很少有人能听出我是南方人。

岳依柔是山东人，典型的北方姑娘。她不但个子高挑、性格外向，还做得一手好菜。没有了同事关系的牵绊，我俩相处起来变得更轻松了。我有几年没见依柔了，她变得比在北京时更有气质了，甚至连身材也比以前更好了，这应该是她经常锻炼的缘故。

岳依柔在沙发上坐了一会儿后站起来，扔给我一个电视遥控器，说道：“来，老爷们儿，你去看会儿电视，姑奶奶给你做好吃的。”

晚饭是四菜一汤，依柔的手艺一直不错。与在北京时不同，深圳的这顿饭还多了海鲜。她从酒柜里拿出一瓶红酒，我们一起喝了起来。

“这几年，你想我吗？”依柔道。

红色的酒杯映着她略有醉意的脸庞。那一刻，我甚至有了想和她永远在一起的冲动。

我一直在北京发展事业，虽然我也在和深圳的企业谈工作相关的事情，但深圳对我来说是一座完全陌生的城市。这次回国我更想在我最熟悉的北京工作，其次是我的家乡上海。

周五晚上，依柔带着我去她家旁边的购物公园转了转。深圳 11 月的气温依然高达 20 多摄氏度，完全不似波士顿和北京那样寒冷，使人感到非常舒适。我们看了一场电影。在电影院里，依柔一直靠着我，我也牵着她的手。

电影散场时已经快 12 点了。我们看完电影便一起回家休息了。

第二天早上，我们醒来时已经快 9 点了。这时候我的微信电话铃声响了起来，手机屏幕上显示的是李捷的名字。

“兄弟，你在深圳吗？”李捷问道。

“昨天到的。”

“我有个重要事情要和你说。”李捷道。

“丁杜高约你今天晚上一起吃饭，还特别说要和你单独吃饭。今天晚上 7 点，在深南大道车公庙附近深航大酒店 4 楼的江南春餐厅见。”

“丁杜高？丁杜高找我吃饭干什么？”我有点疑惑。

“不知道，但他好像挺诚恳的，郑重地问我最近你在哪儿，”李捷说道，“你在深圳，这还真巧了不是。”

05

江南春

“哎呀不得了啊，人才啊你，”依柔听到了我和李捷的通话，“丁杜高在深圳可是出了名的大佬。”

岳依柔这几年在深圳开公关公司，她是一家公关公司的合伙人，这家公司主要做公关活动，也接过不少优力分包出去的业务。

“不过，”岳依柔说，“优力这几年的问题其实挺多的，首要问题是品牌老化。”

据岳依柔分析，“好手机，优力造”的广告在几年前效果不错，但是这几年优力的竞争对手都在进步，优力却还是用老一套宣传方法。

在优力的主要竞争对手中，有两家公司的创始人也和当年的丁杜高一样，是从大霸王辞职出来创业的。这两家公司，一家叫 OVVO，另一家叫丽音。

这 3 家公司的创始人是同门师兄弟，他们的营销打法相似，都注重线下渠道，重视传统广告，在三、四线城市和乡镇市场中的根基很深，采用的是中国品牌典型的“农村包围城市”的打法。

在前几年，优力的产品销量还是 OVVO 和丽音产品销量的总和。但是，这几年 OVVO 和丽音大打年轻牌和时尚牌，借助韩流兴起，每款旗舰机都找韩国当红明星代言。在县域市场，很多消费者还以为它们是韩国品牌。

优力的品牌定位却一直飘忽不定，一会儿在商务领域，一会儿在音乐时尚领域。最近两年，优力甚至还跟风做起了互联网营销。优力将品牌定位在商务领域的时候是其市场占有率最高的时候，但不知为何却主动放弃了这一战略。随后的几年，优力的市场份额占有率持续波动，品牌虽然也保持了较高的市场知名度，但该坚持的策略没坚持，导致产品销量急剧下滑。现在，OVVO 和丽音不仅在品牌知名度方面追上了优力，产品销量更是达到了优力的好几倍。

前几年，余军的公司小豆也进军了手机行业。余军发布的小豆手机把其他手机厂商标价 3 500 元的配置的价格直接压到了 1 500 元，业界一片哗然，对余军的做法褒贬不一。

但是，小豆手机迅速收割了成千上万的年轻粉丝。它甚至不用做广告，仅靠在互联网和微博上的凶猛炒作，销量在短短几年内甚至已经赶上了优力这种老牌手机企业了。

而华兴这种原先只做 To B 业务的通信业巨头也进入了消费者终端领域。华兴凭借强大的研发能力和通信技术基础，经过几年的产品打磨，最终在 2014 年靠着一款旗舰商务手机 M7 一炮而红。

优力也不是没有寻找出路。在前几年，优力甚至一度想放弃中文品牌名称，而加强对“e-uni”这样一个英文品牌名称的营销。但优力的代理商以消费者不认识洋文为由，强烈反对将品牌名改为英文。最后，双方达成妥协，决定将“优力”改为“优力 e-uni”。

岳依柔现在是深圳百事通。她告诉我，前几年离开优力管理层的丁杜高已经重回公司。小道消息称，优力的总裁鲁伟现在似乎已经没有话语权了，丁杜高也许会亲自抓公司业务。

据依柔分析，丁杜高像是在挖我。因为我这样科班出身，同时在销售部和市场部工作过，又在通信行业深耕 10 年的人，正是丁杜高现在最缺的人才。

“苟富贵，勿相忘啊！”依柔说道。

傍晚 6 点多，岳依柔开着车带我从坂田出发，前往深南大道的深航大酒店。11 月，深圳还到处是绿色。这座城市的节奏非常快，空气中似乎都弥漫着钱的味道。

深圳没有北京的文化气质，也没有上海的精致优雅。但这座城市到处是二三十岁的年轻人，充满着朝气。

到深航大酒店后，我下了车。依柔对我摆了摆手说：“别管我，我自己去吃饭，你们谈完给我打电话，我就在附近。”

我转身进门去坐电梯。这时候，微信传来依柔的消息：“苟富贵，勿相忘。”

我提前 5 分钟到了丁杜高订的包间，发现他已经坐在里面了。

丁杜高见到我很高兴，握手之后，示意我坐下。

“郑总啊，波士顿一别，有两个多月了吧？”丁杜高道，“你这次回来，有没有什么打算啊？”

“还没定，我准备先回北京家里和上海家里一趟。”

“你在北京成家了吗？”丁杜高问道。

“还没有呢，丁总，”我道，“我在北京买了房子，已经离开北京几个月了，打算先回去看一下房子，再去上海看一下我父母。”

“你父母身体可好啊？”听到丁杜高这话，我想他应该是在问我的家庭情况吧。

“都好都好，谢谢丁总。我妈妈前几年已经从银行退休了，我父亲在机关工作，要 65 岁才能退，还要再过几年。”

“郑总啊，那我就开门见山了，”丁杜高接下来的话印证了我心中的猜测，“我们集团需要一位市场和品牌方面的副总裁，带领我们打一场翻身仗。”

“副总裁平日的工作需要向鲁总汇报吗？”我有点担心优力的总裁鲁伟，我以前在业界里也听到过一些关于他的评价，无论是市场打法还是管理风格，我感觉我和他应该不是一路人。

“不，这个位置只需要对我负责，直接向我汇报工作，不用担心。”丁杜高很坚决地说道。但他说的“不用担心”是什么意思？他认为我会担心什么呢？“产品研发部门和市场部门是我们最重要的两大部门，优力的销售渠道你不用担心，”丁杜高向我介绍起了优力的情况，“我们的电商渠道虽然一般，但是线下渠道还是有深厚基础的。小豆虽然在网上‘闹’得凶，但线下渠道的产品销售额还是占了总销售额的 90%，线下销售正是优力的看家本领。”

“是的，线下销售才能看出真本事。网上的流量很容易枯竭，线上销量最终只是品牌整体线下销量的一个反映。一家公司最终的成功取决于品牌和产品，尤其是手机公司。在大公司做销售只是在做执行，是在做加法；做好品牌和产品才是制胜的关键，才是在做乘法。”

我深知品牌和产品在手机业内同等重要，但菲基亚的战略错误最终表现在产品上。所以，我认为产品、品牌、销售的重要性是依次递减的。

“那么产品由谁管呢？”这是我最担心的。手机市场瞬息万变，一款爆款产品可以成就一家公司，但同样，一款重要产品的失败也可能让一家公司衰落。

“我亲自抓。”丁杜高说话的声音并不大，但是很坚决。

我在心中其实已经答应丁杜高了。前几年，我就看过一本名为《逃离外企》的畅销书，对主人公李白的经历颇有共鸣。李白是中国本土的销售出身，我作为留学生，上升通道似乎比他更为宽广，但其实我们在职场上的处境是一样的。

我们菲基亚大中华区的分公司事事都要向芬兰总部汇报，员工的大量时间都耗费在做幻灯片和做汇报上。有时候，我们对于自己明知是错误的决策也必须执行。中国虽然是菲基亚在全球的第一大市场，公司大老板也经常来中国，但我们的意见从来都没有真正受到过重视。

在我管市场的那几年中，我们与总部的冲突愈发激烈。我并不认可当时芬兰总部的战略，但是我无能为力。我希望在一个可以支撑我梦想的平台上做点事情，所以这次我瞄准的都是国内企业。2014年的中国科技企业相比于10年前有了天翻地覆的变化。优力虽然暂时遇到了一些困难，但是我相信在丁杜高重新掌舵后，它有希望重振旗鼓。

06

勇往直前

丁杜高应该看出了我对这个职位的兴趣，他明确了我担任集团副总的职权范围以及直属领导：分管中国市场的营销工作，直接向集团董事长汇报。

“丁总，这个工作我可以胜任，但如果销售部执行得不好，这笔账算谁的？”我问道。

“哈哈，你先别急。负责销售的副总裁应该也做不长了。你先等等再说，先把市场工作做好。”丁杜高又交代了一下我的待遇，每个月的薪酬是28万：“比鲁伟低2万，比他高还不太合适。”丁杜高继续道：“待遇你放心，肯定是高薪酬、高激励，年底根据公司业绩还会发放年终奖。高管嘛，肯定是年薪制的。另外，我希望你好好努力，早日加入公司董事会。”

“董事会……”我心想，这件事我还真没想过。

上班的时间令我很意外，丁杜高让我在2015年春节后上岗。我想，他年前应该还会在公司内做出一些动作。

那年的春节来得比较晚，是阳历2月19日。于是，我们定在阳历2月26日的年初八到岗。

丁杜高这晚没有喝酒，也没有邀请我下棋。我感觉他和两个多月前在波士顿的时候判若两人。在这两个多月中，他应该经历了一次“长考”。但这次“长考”不是为了下棋，而是为了渡过优力公司的生关死劫。

我们一直谈到晚上10点半。丁杜高没有带司机，是自己开车来的。他问要不要送我，我说不用，有朋友接，他就先开车回去了。

“等你过来啊，郑总，”丁杜高最后说道，“我们年后见！”

岳依柔的车不久就到了，她劈头就问：“你是不是准备去优力了？”

“你觉得呢？”我笑着反问道。

“出息了你，”依柔佯装严肃，“赶快交代。”

“是的，丁杜高邀请我了，做集团副总裁，分管中国市场。”

“听说那个鲁伟不好打交道，你以后得多注意了。”

“我向丁杜高直接汇报。”

“丁杜高，那就没问题。”岳依柔把车挂到 D 挡，踩着刹车说道。

第二天，我给李捷打了一个电话，告诉他我已经接受了丁杜高的邀请，准备加盟优力。李捷说，他早就猜到丁杜高会邀请我加盟，他也替我高兴。他认为丁杜高人不错，我在他那儿应该能发挥所长。“兄弟，我要是在美国待不下去了，就回来投奔你啊！”李捷最后笑着挂了电话。

依柔自从知道我要来深圳工作就非常高兴。这几天，她一有空就带着我在深圳到处转悠，让我熟悉环境。

深圳虽说早已经成为中国手机业的中心，但我在菲基亚时并不常来深圳。深圳的手机业其实也是分流派的，华强北这类“草根”公司多采用野蛮生长的发展策略，和“正规军”出身的品牌公司很不一样。而做技术研发出身的华兴又采取了不同于优力、OVVO 和丽音的做法，它的芯片和操作系统都来自自主研发，这是其他公司不能想象，也不敢想象的。

因为答应了丁杜高，所以我推掉了那家深圳无人机公司的工作邀约。我原计划只在深圳停留两天，结果待了十来天。丁杜高又让我去了一趟他的办公室，签了一份工作邀约函。我很意外，送邀约函的人不是优力的员工，而是丁杜高的秘书。如果我猜得没错，此时的优力应该正进行着激烈的人事变动。

我第一次在深圳待这么长时间。依柔是深圳百事通，也是我的向导。我们一起去了深圳湾、华侨城、大梅沙、莲花山、海上世界……

深圳的气质很像美国西部的城市，而北京、上海则更像美国东部的城市。初到深圳，我会感到稍许的不适应，这里的气候、环境和餐饮都和我出生、读书以及工作的地方有很大差异。

但住了几天以后，我发现自己慢慢喜欢上了深圳。在深圳的冬天，我不用像在北京和波士顿那样穿着厚重的冬衣，也不用担心满世界的静电。我原以为深圳的很多人都会讲粤语，但是，在深圳的十几天里，我遇到的大部分人都讲普通话。

离开深圳去北京的那天，依柔把我送到了宝安国际机场。

我在北京待了一周，见了一些朋友。我想到自己以后也许不常回北京，就把房子的钥匙交给了房屋中介，拜托他出租，仅带了一些自己要用的东西，打包了一个大行李箱回了上海。

我事先已经给爸妈打过了电话。虽然我的家庭很传统，但爸妈向来很少干涉我的工作，给我营造了一个宽松的成长环境。虽然这次我还是没能留在他们身边，没能在上海工作，但我们之间毕竟已经不会远隔重洋了。

我妈退休后就喜欢上了旅游和摄影，也算是老有所乐。在去深圳工作前的空闲日子里，我陪她一起去了一趟马尔代夫，在一个岛上玩了一个星期。回来之后，又去苏州、无锡和杭州转了转。我妈特别高兴，因为自从我上大学后，她已经好久没这样和儿子待在一起了。

我是在上海过的年，很多亲戚朋友上门来拜年，新年的气氛一直延续到了大年初六。我准备初六晚上飞往深圳。

年初一的时候，我给丁杜高打电话拜了年，并且告诉他我会在初六晚上飞往深圳。丁杜高说会安排司机来接我，他把我住的地方安排在了公司所在的世纪大厦边上的东海花园里，说让我安心住，那是公司的房子。

我又和他讲，回国之后，行业里的很多朋友都关心我的动向，能否允许我在上班前发一条微博宣布加入优力。丁杜高爽快地说："没问题！"

初六那天，我起床之后就发了一条微博：我将于2月26日正式加入优力集团，担任集团副总裁，我们中国手机市场见！

这条微博马上有了很高的点击量和转发评论量，也有不少媒体来问我具体情况。我都跟他们讲，等我上任以后再说。国内的一些科技和财经媒体也发了相关新闻：原菲基亚大中华区市场总经理郑明加盟优力，担任集团副总裁。优力集团的官方微博转发了我的微博，并附上转发语：欢迎郑总加入优力。

令我意外的是，优力集团的总裁鲁伟也转发了我的微博：欢迎郑明加盟优力，一起鏖战手机"血海"！

我想了一下，丁杜高应该已经在公司内部做了通告。于是，我转发了鲁伟的微博：勇往直前。这是优力近年来的品牌 Slogan。虽然我并不是特别喜欢，但还是发了这句话。

07

28 楼东座

丁杜高安排了接机，我就没让岳依柔过来接我。但当司机把我送到东海花园时，岳依柔的车已经在楼下等我了。

司机看到有人等着我，就没送我上楼："郑总，这是您的行李，这是您房间的钥匙和门禁卡。"司机姓朱，是湖南人，一路上都对我非常客气。

"好，谢谢你啊，朱师傅。"

"对了，郑总，"朱师傅临走前又特别和我说道，"公司就在马路对面，您初八上班时走过去就行。附近超市挺多的。您如果要用车，打我电话就行。"

岳依柔和我一起上了楼。我的房间大约 170 平方米，三室两厅，家具和电器一应俱全，屋内一尘不染。

因为晚上是一路坐车过来的，所以我还不清楚住处的具体方位。依柔和我说，这是深圳的中心位置，在香蜜湖、车公庙一带，离她住的坂田只有不到半小时的车程，但在午高峰时路上会堵车，从她家到这里大概需要四五十分钟。

"四五十分钟算什么？"我笑道。深圳的交通环境比北京好太多了。我在菲基亚的时候，公司也给我配了车，但北京的交通让人一天办不了两件事。在北京开车一直是令我头疼的一件事。

上次来深圳，依柔陪着我逛了很多地方。深圳市区有许多高速路或封闭式道路，不怎么塞车，这一点和美国西部很像。这让长年住在北京的我感觉太爽快了。

依柔正准备打开我的行李箱，我连忙说道："我来，我来。"

“Surprise！依柔，这是送你的新年礼物。”我从波士顿回来的时候没给岳依柔带礼物，在深圳当着她的面买也不好。这次回上海，我专门给她买了一块劳力士女表作为礼物。

“哎呀，这太贵重了，我不能收，”依柔说道，“你一个大厂高管就戴一块摩凡陀，我戴这个不合适吧。”

“有啥不合适的，美国卖摩凡陀的店多，价格还比国内便宜一大半，我才戴这个的。而且，国内戴摩凡陀的人少，初来乍到，我还是低调点儿比较好。”我说着就拿出手表给依柔戴上。蓝色的表盘刚好衬托出她白皙的手腕。

依柔给我整理行李：“哎哟，这么厚的羽绒服都带来了。深圳的冬天用不着穿这个，薄羽绒就够了。”

确实，年初六的深圳一点都不冷，我下飞机后只穿了一件卫衣。深圳的温度有十六七摄氏度，我仿佛是在北京的初秋。

“去北方出差还是需要的。”我说道。

岳依柔知道我来深圳不会带洗漱用品，给我带了一大堆洗发水、沐浴露、毛巾、牙刷之类的洗护用品，还给我买了一叠内裤和袜子。

第二天，我们又是9点多醒来的。10点多，丁杜高给我发了微信，问我住得怎么样。

“谢谢丁总，这里一切都好。我明天一早过来报道。”

“好，明天10点前到就行。”丁杜高回我。

下午，我和岳依柔去了趟超市，买了些生活用品。我对下厨一窍不通，在北京也从不开伙。依柔买了一堆厨房用品，回来就整整齐齐地放在了厨房里。

晚上，我们在附近找了一家餐厅吃饭。今天岳依柔没住在我这儿，她嘱咐我：“你明天第一天上班，早点儿睡，我明天也要开工了。”

岳依柔走后，我又在附近逛了一圈。深圳人素质很高，每当我过马路时，汽车都会停在斑马线前等我。东海花园的不远处有条步行街，灯球挂在街两旁的树枝上，颇为漂亮。以后几年，我就要在这样的环境里生活了，我心想。

第二天早上，我9点半到了公司楼下。上电梯的时候，我给丁杜高发了个微信，说我已经到楼下了。丁杜高回了一个“好”。

优力的办公室位于世纪大厦的28楼。我按照朱师傅那天在路上和我说的，坐了东座的电梯上去。我记得自己在几个月前来这里的时候，27 楼和 28 楼都是优力的办公室，丁杜高办公的地方就在 28 楼的东座。

出了电梯门，我愣住了。丁杜高已经带着一队人马在公司门口等我了。我进门的时候，丁杜高过来紧紧地握住了我的双手，他旁边的员工也鼓起了掌。

这也太隆重了吧，我有点不知所措。

丁杜高把我迎进了他的办公室，在会议桌前坐下。他坐在主位，示意我坐在他旁边的一个位置。随后，其他人也陆续落座。

这时候我发现，丁杜高的办公室也略微有了变化。上次来他办公室的时候，我们还坐在沙发上。现在沙发已经不见了，被换成了会议桌，还增加了一块白板和一台电视机。

“大家好啊！”丁杜高说道，“这是郑明郑总，郑总从今天开始负责我们公司的中国市场营销中心。之前我也给大家介绍过了，郑总是波士顿大学的高才生，在菲基亚工作了 10 年，是菲基亚大中华区的市场部总经理。”

“菲基亚曾经是我们学习、赶超的对象，希望郑总的到来能为我们优力带来巨大的变化。”丁杜高说完，大家鼓起了掌。

丁杜高示意我说几句，我想了想说道：“非常感谢丁总给我这个机会，也很高兴有机会能和大家共事。优力品牌有历史、有积淀、有基础，我相信在丁总的带领下、在大家共同的努力下，我们一定会在市场上站到一个新的高度。”

我刚来，还不熟悉情况，不方便说太具体的话，只能谈些宏观的内容。

今天，被丁杜高找来一起开会的竟然全是副总裁，包括负责研发的副总裁周彬、负责人力资源的副总裁黄磊、负责财务的副总裁杨凡、负责行政的副总裁王立和负责生产制造的副总裁刘三全。

“三全还是一早从东莞赶过来的，”丁杜高对我说，“过几天安排你去我们的工业园看看，公司可在这个工业园投了不少钱。”

“是啊，早上从东莞过来有点儿堵，”刘三全说道，“专程过来见见你郑总。”

但是，鲁伟并没有来。丁杜高也没有解释。

丁杜高又讲了一下接下来的工作分工：鲁伟主抓海外业务，丁杜高亲自抓国内业务，我主管国内市场营销，直接向他汇报。鲁伟明显已经被“下”了一半的权。

08

初来乍到

中午，丁杜高安排刚才和我们一起开会的副总裁们陪我吃饭，他则不参加。他应该是担心自己在场大家会拘谨，先让我们互相熟悉一下。

午饭安排在大厦4楼的凤凰楼餐厅。负责人力资源的黄磊特别热情，她对我说:“郑总啊，丁总早就和我说了您要来，我特别高兴。以后的重担就在您身上了。”

我听到这话感觉有些奇怪，我签邀约函时明明绕过了人力资源部，黄磊应该在最近才知道这件事。我这次入职，明摆着是丁杜高一手操办的，她怎么会早就知道了呢?

不过，我初来乍到，还摸不清情况。既然丁杜高邀请了这些副总裁而没有邀请鲁伟，至少说明丁杜高还是要用他们的。

黄磊介绍起了自己。她加入公司已经有10个年头了，之前的工作是负责与北京的通信监管部门沟通，刚刚被提拔为人力资源副总裁。听了她的自我介绍，我有点明白了。

黄磊40多岁，是土生土长的北京人，在莫斯科读大学，10年前从北京来到深圳加入优力，她老公也一起来到深圳做生意。

黄磊的热情总让我感到有点不适应。在大公司待久了，我总会对公司政治之类的事情有点敏感，习惯与人保持一定的距离，避免交浅言深。

周彬话不多，他负责研发，也是公司的元老，从大霸王时代开始就一直跟着丁杜高，看上去倒是一个勤勤恳恳的人。

刘三全也对我颇为客气。虽然他是后来才加入优力的，并不是大霸王出身，但他是丁杜高的初中同学，一直在东莞开厂做电子产品，在10年前优力建设东莞工业园的时候被丁杜高招至麾下。他有多年的生产制造经验，也是公司唯一不常驻深圳的高管，现在是优力董事会的成员。

“三全总啊，过几天我要跟你去东莞学习学习。我一直听丁总讲，咱们公司在东莞设立的工业园是全亚洲最大的单体手机工业园。”我向刘三全敬了一杯茶。现在是中午，大家下午还要工作，所以不方便喝酒。

刘三全回敬了我一杯茶，说道：“叫我三全。郑总，以后大家就是兄弟了，我管好制造，你管好市场，咱们兄弟一起努力！”

负责行政的王立很少说话，他年纪比较大，有 50 多岁，据说是某省政府部门的处长出身，是丁杜高在刚创业时招来的。前天接我的朱师傅就是他部门的人。从朱师傅的只言片语中能感觉到王立是一个很负责任的人。他对部门的管理既严格又人性化，他从不以领导自居。

朱师傅说，王立最近都忙于建设刚刚开工的南山优力总部大厦。优力前几年在南山区拍下了一块地，用于优力总部大厦的建设，大厦总共 30 层。丁杜高把这么大的工程项目都交给王立，对他的信任可见一斑。

负责财务的杨凡并没有参加中午的饭局，说是要接待银行的两拨客户。但我之前就听丁杜高说起过他，他们是高中同学。杨凡也是高才生，是毕业于武汉大学经管学院的会计学博士。他以前在北京工作，是一家知名 IT 大厂的财务总监。在优力创办的一年后，丁杜高就邀请了杨凡加盟。杨凡先是担任财务总监，由于能力突出，两年后就被提拔为集团财务副总裁，并加入了董事会。

午饭吃了一个半小时，下午 1 点半左右，我们就回到了办公室，刚好“踩”到下午的上班时间。黄磊安排了人事招聘总监吴名带我熟悉环境。我们先逛了 28 楼，这里有丁杜高的办公室，黄磊、杨凡、王立、周彬的办公室也都在这一层。优力的办公区域很大，有 3 000 多平方米，但由于人多，还是显得有点拥挤。

27 楼有半层也是优力公司的办公区，共 1 000 多平方米，一部分负责研发和行政的同事在这个区域办公。

据吴名介绍，深圳的总部有将近 2 000 名员工，28 楼和 27 楼的半层都属于优力。原有的办公区域早就不够用了，所以优力又在附近的东海大厦、阳光大厦等地租了很多办公区。

鲁伟现在管辖的海外业务部门就在东海大厦办公，阳光大厦则是移动互联网部门的办公区。优力旗下的一家投资公司，在湖南大厦办公，离这里有 1 千米。湖南大厦里的办公区面积也有 1 000 多平方米，同样属于优力。等南山优力大厦建成，深圳总部的所有人都会集中到南山优力大厦办公。优力在东莞也有好几家不同的公司负责生产，连生产包装材料的公司都有，东莞的生产基地总计有一万多名员工。

另外，优力在北京还有一个研发院，运营商的业务部门也在北京研发院办公，那边也有三四百名员工。

我先是参观了优力在世纪大厦和阳光大厦里的办公区，和中国市场营销中心的同事打了个招呼，说下午晚点和他们开会。阳光大厦里的办公氛围和世纪大厦的严谨完全不同，大厦里面都是穿着休闲服和拖鞋的年轻人，颇有互联网公司的风格。制作应用商店、故事锁屏、游戏、音乐等软件的产品部门都集中在这里办公。这里连前台都没设，倒是在墙上画了不少巨幅的漫画。

鲁伟今天不在，吴名安排我明天再去东海大厦和他见面。我和移动互联网的同事聊了一会儿才知道，今天他们的副总裁张明也不在公司，去北京开会了。

我回到世纪大厦的办公室时已经是下午 4 点多了。我的办公室挨着丁杜高和杨凡的办公室，也在东座。门口一排大空间的办公区域是中国市场营销中心的所在地，我目测了一下，这边大约有 100 名员工。

几位部门总监和经理都过来和我打招呼。由于办公室坐不下，他们就被安排在了我隔壁的一间会议室里。

优力的中国市场营销中心还真不小。有意思的是，丁杜高把电商也归入了我的管辖范围。不过我也知道，电商在优力这种以线下销售渠道为主的公司里一直不受待见，只要一搞线上活动，代理商就叽叽喳喳地过来投诉他们。到最后，电商只能在网上挂一个和线下一致的价格，很少参加京东、天猫的促销活动，赠品也少得可怜。

之前我在电商网站上搜索过优力的店铺和产品。说实话，优力的店铺做得并不差，详情页也颇为精致，但是销量和评价数却不高。不但和以线上销售渠道为主的小豆手机比不了，即便与同为“线下三杰”的 OVVO 和丽音相比，也逊色了很多。

我是做业务出身的，从销售代表做到全国销售总监，再到市场总经理，有三五年时间我都在基层和中层打拼。所以，我是一个很有同理心的人。和一些喜欢用自己人、喜欢搞山头的经理人不同，我的长处就是充分发挥不同岗位同事的长处。

“Don’t fire them，fire them up！”（点燃他们，而不是解雇他们！）这句话曾是我的座右铭。

这样的打拼经历也算为我积累了不少行业口碑。就在我还是菲基亚全国销售总监的时候，丽的呼声、爱丽信等公司都通过猎头挖过我。国内也有不少公司邀请我。其实，这几年我和猎头的联系一直没有断过，但我并不是一个会因为高薪跳槽的人。我有完美主义倾向，总是希望把一件事情做到最好、做到最后。虽然当时我在菲基亚已无力回天，但还是留到了最后。

现在，我还不认识这些将要与我一起工作多年的同事们。他们看我的眼神有些紧张，但我看到更多的是希望。

“郑总，我们都盼着您来，”一位留着分头、打扮时尚的青年说道，“您的大名我们早就知道，菲基亚当年的‘北天王’、全国手机销售的老大、大中华区市场的老大……”

09

中国市场营销中心

“北天王”是我多年前的一个外号，那时候我掌管着菲基亚北区的销售。

当年的菲基亚北区是菲基亚中国最重要的“粮仓”。当时我提出了取消国家代理制，用城市分销商扁平化面对市场的策略，取得了不小的成果。实际上，这个思路的灵感还是来自当时本土消费品品牌的市场策略。那几年，本土消费品品牌崛起很快，而手机也从一种奢侈品慢慢转变成了必需品和消费品。城市分销商策略后来被菲基亚中国广泛采用。我也因为这个策略的成功获得了提升，开始负责全国业务。

说话的人叫张华，是终端策划部的总监，海报设计、物料制作、导购培训等门店的经营业务都归他管。张华是优力的导购出身，一步步做到今天的位置。事实上，我还是挺佩服张华这种真正从底层做起来的人。虽然我也是销售代表出身，也在柜台实习过，但我毕竟有留学背景。2004 年的留学生可比现在少太多了，菲基亚让我真正做销售代表的时间并不长，公司只是想让我在基层锻炼一下。但我在和那些优秀的导购打交道的过程中，深深地被他（她）们的工作激情所感染。在一家手机公司中，最熟悉产品的人不是产品经理，而是优秀的导购。优秀的导购不仅熟悉自己公司的产品，也熟悉友商的产品，对产品的每一项功能，哪怕是藏在菜单深处的功能，都能如数家珍。

对于在总部上班的人来说，如果产品卖得不好，他们每个月的收入其实并不会受到太大影响。但是对于拿着低底薪、靠提成生活的导购来说，卖出产品是他们工作的全部目标，不然他们就没有饭吃。

虽然优力这几年的销量有所下滑，但我知道，优力代理商销售体系中的导购其实是出了名的卖货能力强。我在菲基亚工作的时候也经常跑市场，菲基亚的产品都是被顾客点名购买的，导购根本不需要介绍。但是，我亲眼见过很多讲一小时才卖出一台货的优力导购。有时，即便讲一小时都卖不出去一台货，这些导购也无怨无悔，在面对下一位客户时，他们依然能不厌其烦地耐心讲解。因此，优力销量不好不是他们的问题。

许琳是品牌部的经理，负责广告业务，是公司的创始员工之一，经历过优力的几番起伏。

“郑总，我们真盼着您来。现在丁总回来了，大家都觉得有希望。我们在前几个月对产品线做了很多调整，又重新开始主打超级续航产品。我们在销量最好的时候营销的就是大电池和长续航，”许琳接着说道，“我大学毕业就进了优力，我们每次一主打时尚，产品就卖得不好，主打商务续航反而好卖，每次都这样。”

“也不是，品牌也需要焕新嘛！”这时候，旁边一位戴着眼镜的30多岁的人说话了，他发出了略微有些低沉的声音。

“郑总，我叫毛俊，是品牌部的总监，”毛俊继续说道，“我们的品牌确实老了，所以这几年鲁总主导品牌转型其实也是对的。但是有几款手机的研发出了问题，才导致销量下滑。”

毛俊是鲁伟在去年10月才招来的品牌部总监，之前丁杜高给我介绍过，他出身于宝洁。

不过，我上班前搜索过关于公司的新闻，看到一个论坛上出现了毛俊的名字，他的名字后赫然写着“优力集团首席营销官”，我想这应该是媒体夸大了他的职位。但他如此不严谨地允许媒体夸大自己的职位，这确实让我有些惊讶。

对此，我没有发表什么意见。但我之前对优力做过一些品牌研究，我倒认为许琳说得有道理：在打市场、夯实市场基础的时候，品牌宣传必须像一根针一样戳向消费者，给消费者造成强烈的印象。

品牌就是认知，就是对消费者心智的争夺战。OVVO 和丽音的韩流时尚，苹果的科技潮流，小豆的高性价比，甚至当年菲基亚的结实耐用，都是品牌在消费者心中留下的第一印象。品牌如果没有给消费者留下这种强烈而明确的认知，是不会成功的。

我又看向了下一位留着齐耳短发的笑嘻嘻的中年女性。看到我看她，她举了下手说："您好，郑总，我是毛冬梅。大家都叫我二姐。欢迎郑总加入优力，我觉得优力还是很有希望的。在丁总的带领下，在郑总的领导下，我相信我们一定会重新崛起！"

毛冬梅是市场推广部的总监，负责各种促销活动的设计和地面推广。简单来说，张华的工作在柜台内，毛冬梅的工作在柜台外。她的工作就是通过一波波的促销活动，来推动产品在代理商和终端的销售。在外企，毛冬梅的工作被称作"Trade Marketing"，翻译成中文就是"通路营销"。

最后说话的是电商部的高小亮。在刚才的讨论中，高小亮一直在默默地听，没有说话。轮到他说话的时候，他也没有多说，只表示："我们做得不太好，郑总。我们一定努力把电商搞好。"

我没有多说话，默默地点了下头。其实我也在思考电商的打法。2015 年，电商其实已经占据了很重要的位置。在我对新媒体的研究中，我一直认为电商不仅仅是个销售渠道，也是一个媒介渠道。

阿里已经不仅是一家重要的电商企业，事实上，这几年阿里的广告收入已经超过了央视。京东也类似，3C 数码类产品的销售一直是京东的强项，京东在这方面远超阿里，它的创始人强哥当年就靠这个品类起家。

我能不能既把优力的电商做好，又把电商平台当作一种新的推广平台，为优力的品牌加码呢？我现在还没有准确的答案，但我准备和高小亮好好谈谈。至少从之前我看到的优力电商的页面设计和各种细节来讲，我感觉高小亮的团队还是下过功夫的。按理说，他的业绩应该远超于此才对。

我和中国市场营销中心的同事们谈了 1 个多小时就回到了自己的办公室。

优力在世纪大厦的办公区域比较拥挤，我的办公室也不算太大，只比黄磊、王立的办公室略大一点，算是够用。我的办公室有一张大班椅、一组不大的沙发，外加几个书柜。

厚重的大班椅占据了不少空间。我本想换一张轻便的高背功能椅，后来想想还是算了，也算是入乡随俗吧。

吴名又跑过来问我喜欢什么样的电脑，我要了一台 X 系列的笔记本。从 IBM 时代开始，我就一直用 X 系列的笔记本，虽然这几年 X 系列越做越差，但我已经用习惯了。

入职的第一天就这样过去了，我向人力资源部和中国市场营销中心的同事们要了许多文件来看，一直看到了晚上 8 点多。

办公室窗外就是深南大道，它是深圳最著名、最漂亮的一条主干道。窗外华灯明亮，汽车川流不息。我想起了北京东四环的夜晚，行人也是一样匆匆忙忙。

这里是深圳。

10 一个人在途上

第二天早上 9 点我就到了办公室，刚好到优力的正式上班时间。

虽然昨天吴名给我做了工卡，但我没带，把它放在了办公桌上。我不用打卡，前台看到我，就会打开电动玻璃门说："郑总，早上好！"

10 点钟，吴名来找我，带我去东海大厦见鲁伟。鲁伟的办公室在 30 层，这里是比世纪大厦更高级的写字楼。吴名告诉我，这里的租金每平方米每月就要 300 多元，物业费也不便宜。说话的时候，他还咧了一下嘴。

鲁伟的办公室很漂亮，装修看起来比丁杜高办公室的还要高档。鲁伟办公室里有一排落地窗，透过窗户能看到深南大道和远处的深圳湾。看到我来，鲁伟招呼我在办公室的会议桌边坐下。"欢迎加入优力啊，丁总和我讲过，把你招来，也是希望你能把我们的市场推广和品牌做好啊！”鲁伟道，“我们年前刚开过发布会，发布了超级拍照手机 E8 和超级续航手机 T5。”

T5 和 E8 是两款非常不同的产品。去年年末，优力在深圳召开了“E8/T5 勇往直前”发布会。当时我颇感困惑：把这两款风格截然不同的产品一起发布，市场的焦点会在哪里呢？

T5 是一款典型的超级续航手机，配置了 6 020mAh 的大电池，几乎是去年所有手机品牌发布的旗舰机中电池最大的。但它的厚度做得很好，只有 8.5mm。

T5 用的是联发科 6763 处理器，主摄像头有 1 300 万像素，前置相机有 500 万像素，这是 2015 年初旗舰机的主流配置。这个产品的屏幕比较有意思，采用的是 5.5 寸（1 寸约为 3.3 厘米）720P 的三星 Amoled 屏幕。其实，当时的主流旗舰手机都已经做到了 1080P 分辨率。但三星的屏幕品质很高，是一种自发光屏幕，即便在太阳光下，也能让人看清屏幕中显示的内容。从参数上来看，720P 的分辨率不算太高，但是人的肉眼很难分辨其与 1080P 的区别。再者，三星的屏幕亮度很高，可以弥补手机分辨率低的不足。最重要的是，采用 720P 的屏幕，成本会低很多。

不同版本的T5的售价也不同，2GB+16GB版本的售价是2 299元，3GB+32GB版本的售价则是2 499元。目前，2GB+16GB 版本已经发售，3GB+32GB 版本的面世还要再过一段时间。

鲁伟简单地介绍了一下 T5 后，拿出了 E8，在手中扬了扬说：“这是全球首款 1 亿像素的拍照手机，我还请了美国《国家地理》杂志的首席摄影师拍了一个宣传视频。”

我看了一下 E8，所谓的 1 亿像素只是一种噱头。E8 的后置主摄像头是一个 2 400 万像素的镜头，1 亿像素是 2 400 万乘 4 后合成叠加得出的参数。如果要用 1 亿像素的手机拍摄，需要打开高像素拍照的设置，这样一张照片的大小会达到 30MB 左右。人的肉眼其实很难分辨 2 400 万像素和 1 亿像素合成照片的区别，但是二者在放大后确实有差异。E8 在用于拍人民币的细节时像素优势最为明显，远远优于市面上的其他手机。

E8 用的是联发科 Helio X10 八核处理器，3GB+64GB 的内存，电池容量是 3 500mAh，支持快充。它的屏幕用的是三星 Amoled 的 6 英寸（1 英寸约为 2.54

厘米）1080P 屏幕，后壳还配了指纹模组。E8 的售价是 3 999 元。

问题是按照优力目前的品牌支撑能力，能把价格高达 3 999 元的手机卖好吗？我颇感困惑。不过，既然丁杜高同意为这款产品开发布会，一定有他自己的考虑。

“郑明，你想想怎么把 E8 推好。”鲁伟道。

“好的，我想想。”我回答道。

鲁伟又给我看了他桌上的其他产品。看得出来，他主要在研究 E 系列的拍照手机，对 T 系列的超级续航手机兴趣并不大。他对手机技术的判断是现在手机充电都很方便，快充也在慢慢兴起，长续航是不是刚需还有待商榷。他认为，OVVO 的拍照手机和丽音的快充手机都取得了很大的成功，我们的手机应该对标这些产品。

离开鲁伟的办公室后，我隐隐觉得，丁杜高和鲁伟在产品思路上有很大差异。鲁伟说得也许没错，拍照和快充确实是 OVVO 和丽音取得成功的法宝。但是别人成功了，我们跟着做，难道就一定会成功吗？

营销最忌讳的就是“Me too”（我也是），一个产品的营销是否能成功取决于这一产品同其他产品的差异化程度，鲁伟显然没有明白这一点。

这天是周五，晚上下班的时候，我已经在公司吃了饭。世纪大厦里有个食堂，平时我就在这里吃午饭和晚饭。

岳依柔约我晚上去她家附近的一个卡拉 OK 唱歌，还叫了她在深圳的几个朋友。

“这几天咋样啊，郑大总裁？”依柔问起我在优力这两天的工作情况。

“还行，”我说道，“忙忙碌碌的，先熟悉情况呗。”

“来来，唱歌。”岳依柔招呼着我和她的朋友，把朋友介绍给我认识。

“依柔，偷偷摸摸找了这么帅的男朋友啊！”依柔的朋友们是清一色的女孩子，她们和她开着玩笑，“依柔，厉害啊，找了个‘霸道总裁’。”

“滚一边儿去。”依柔笑道。

依柔的歌声很美，她一直喜欢唱歌，普通话和粤语歌都会唱。一帮女孩子唱了一圈之后，对我道：“依柔，你不能光让帅哥坐着啊！来，帅哥唱一个。”说着，有一个人就把话筒递给了我。

“唱，唱，郑明。”依柔对我道。

我拿过话筒，点了首歌，是《一个人在途上》。

心，是晚空的情人；
星际，是我知心良朋。
每晚上和我接近，
占据我一生。
飞越过沧海无垠，
衣襟尽染风霜泥尘。
一颗心寻遍世上，
却也找不到纯真。
生在世间中浮沉，
飘忽聚散匆匆无垠。
偶尔问谁最幸运，
碰上永不分。
在远方天边的星星多么远，
却闪烁漆黑中仿佛多接近。
在这刻身边的声音多么近，
却找不到旁人留心。
落魄的这段人生，
交织满孤单脚印……

我用粤语唱的这首《一个人在途上》是我大学时代很喜欢的一首歌曲。虽然我不会讲粤语，但学会了这首粤语歌。

“可以啊，郑明，你居然会唱粤语歌，吐字还挺标准，”依柔说道，“锡晒你。”“锡晒你”是粤语发音，意思是“十分疼爱你”。

我们唱完歌散的时候已经是深夜 12 点多了，半个月亮已经爬到了天上。我拿出手上的优力 T5 手机，打开夜景拍照模式，对着夜空拍了一张照片，发了朋友圈。照片中的月亮在夜空中半隐着，旁边飘着一些云朵，附近还有几座高楼。图片非常清晰，图片上方的文案中写着：优力 T5，夜景功能。

依柔挽着我的手，一路走回她家。开电子锁的时候，她对我说：“密码是你的生日。”

半个月亮爬上来，照着我的姑娘梳妆台。

11

松山湖畔

周末，我就住在依柔这儿。我们白天去了趟附近的商场，依柔给我买了一副新眼镜："瞧瞧，戴着多精神。"

依柔不肯让我付钱，一定要送给我，我也就接受了。

晚上，我们在外面吃饭。依柔的住处附近有很多餐厅，我们找了一家叫"探炉"的重庆烤鱼店。我以前没吃过这家餐厅，味道不错。走南闯北这么多年，我早就习惯了辣味，也习惯了各个地方的餐饮。

晚上，接到我妈的电话，她问我在深圳还习惯吗，嘱咐我要注意祛湿，多吃薏米红豆。在我以为她要挂电话的时候，我妈说："广东的女孩子不错，你要考虑个人问题了，带个广东媳妇回来吧。"

"广东媳妇……"我有点蒙。我妈其实很少对我"催婚"，但我确实也老大不小了，她有点儿着急也是正常的。

"广东媳妇，"依柔在边上听到了我们的对话，一把抱住我，"山东媳妇怎么样啊？"

转眼到了周一，我上班时拖了一个小行李箱。按照丁杜高的安排，今天我要去东莞的优力工业园。

车上了南光高速后，大概过了 1 小时就到了位于松山湖畔的优力工业园。工业园的大门紧闭，但是保安看到我们的车牌是深圳总部的，就立刻放行了。

刘三全在办公区的一楼带着几个人等我："欢迎欢迎，郑总。"他上来热情地和我打招呼。

我在刘三全的办公室坐了一会儿。他的办公室几乎是丁杜高办公室的翻版，区别是多了不少绿植。刘三全语速不快，向我介绍了优力工业园的情况。商科出身的我在生产方面完全是外行，虽然以前也走马观花地参观过一些工厂，但是我对市场的兴趣显然大过制造。然而，优力把制造视为根本。

“三全总啊，我对制造完全是个外行，今天你要好好给我介绍啊！”刘三全的办公室可以抽烟，我抽了根烟，笑着对刘三全说。

“没问题，下午参观工厂，我现在带你去优力的食堂吃饭。”

优力工业园的食堂非常有名。以前，我不仅听丁杜高提过，也听中国市场营销中心的同事们提过，他们都说工业园食堂饭菜很好。除了普通员工的大食堂，工业园还有一个小食堂。小食堂的饭菜会更好一些，虽然装修算不上高档，但是非常整洁。

吃完饭，刘三全带我在工业园转了一圈。工业园占地 20 多万平方米，除了厂房和仓库，宿舍、足球场、篮球场、羽毛球馆、食堂、超市、餐饮、图书馆、活动室等基础设施一应俱全，甚至还有一家肯德基和一家咖啡馆，简直就像一座小县城。公司当年对这个工业园的投资就超过 15 亿元。

工业园的很多员工和管理人员都住在工业园的宿舍里。刘三全自己在松山湖畔有个别墅，所以不住在工业园。

下午，刘三全带着我走了一遍制造车间，我和他穿着白色的工作服进了 SMT（表面贴装技术）贴片车间。

SMT 贴片是在 PCB（印刷电路板）上进行加工的工艺流程，是手机制造的关键环节。优力有 50 多台全自动 SMT 贴片机，据说一台贴片机的价格就要上千万。

刘三全还带着我参观了成品组装车间，有些地方在进入时还需要穿戴防静电设备。我也是第一次这么近距离地参观手机制造的全流程。

优力这几年的市场份额虽然有所下滑，但是制造的底子还在。优力工业园的产能可以达到每年 8 000 万台，在国内无人能比。

我一个下午就参观完了工业园，当天回深圳完全来得及，但是丁杜高一定要我在工业园里住一晚。刘三全给我安排了一间两室一厅的宿舍，装修不算豪华，但房间很整洁，家具也一应俱全。

晚上，刘三全带我去松山湖畔走了走。这个湖挺大的，据说湖岸线有 30 多千米。东莞的气温似乎要比深圳低一两摄氏度，但对于我这种习惯了北京和波士顿的寒冷的人来说，这里完全已经算是春天了。

刘三全意味深长地对我说："兄弟啊，丁总创办优力不容易，能做到现在这个规模是我们以前想象不到的。这几年我们有点儿落后了，主要还是产品定位和品牌方面出了问题。现在丁总亲自抓产品，你来抓市场和品牌，我相信，我们的春天会来的。"

虽然现在还是正月，但松山湖依旧翠绿。我对刘三全正色道："三全总，我知道你的期望，我也知道我的责任，我一定会全力以赴。"

回到宿舍，我才发现刚才在湖边散步时收到了好多微信消息。我加入优力的事情在业界也算是个新闻了，很多朋友、媒体以及以前合作过的人都来找我。一些人恭喜我履新，还有一些广告公司和公关公司的人赶来和我"活络"关系。

"明哥，求带！"这条微信是尹娜发来的。尹娜是上海一家公关公司的老板。我在菲基亚工作的时候，她操作的几起公关活动曾经引起了我很大的兴趣。因为菲基亚的公关风格与尹娜有点"野"的网络炒作路子不一致，所以我虽然一直想用她的公司，但始终找不到机会。

"有时间来深圳，我们谈谈，有机会。"我回道。

"明哥，爱你！深圳见！"尹娜迅速回了一条信息，语气符合她一贯的风格。

"郑明，恭喜履新！向你报告，我已经离开南方传媒，不当记者了。现在自己在广州开了一家传播公司，你有空的时候我来深圳看你。"发微信的是楼艳，她在南方传媒集团时是一位很有名的记者。她从不收受访者的红包，这让当年的我非常钦佩，这样的记者太少了。

"没问题，有空约。"我回道。

也有一些我不熟悉的人打着鲁伟的旗号来和我打招呼："郑总，恭喜履新！我以前就和你们鲁总很熟，鲁总说现在广告这部分由您分管，您看什么时候有空，我专程去拜访您？"

这些微信我都没有回。我在波士顿几个月收到的微信也没这几天多。

晚上没什么事，我打开电脑，在弈城围棋网上下了一盘棋。我用的网名是"大龙虾"。下完棋，我看到有个叫"28 楼东座"、等级为 8D 的账号也在弈城下棋。我点进去看了一下，这沉稳的棋风和细腻的官子功夫，不是丁杜高是谁？我默默关注了一下"28 楼东座"就退了出来。

一夜无事。第二天早上，司机接我回了深圳。

12

没钱了

我很快熟悉了优力的环境。大家工作都挺卖力的，据说丁杜高在回公司主抓工作后，不许大家在晚上 8 点之前下班。

不过，最近公司对下班时间抓得倒是松了一些，丁杜高每天准时来上班，有时候 8 点不到自己也会先走。但只要我在，中国市场营销中心的几位总监和经理就都不会下班。他们经常会和我一起讨论工作，有时候到半夜才结束。

熟悉了各个部门的事务后，我就和各部门的总监、经理们讨论起今年的计划和预算问题。丁杜高在我入职的时候和我讲过，先观察，不用太早做决策。但是事情太多，不做决策也不行，天天有人来找我给文件签字，于是在一部分事情上我自己就做了决策。丁杜高看到我做的一些决策后说："你熟悉工作还挺快。"这话让我放下了心。

优力一般会在年底和年初做出全年的营销预算。今年，终端策划部和市场推广部的预算不多，但也在正常范围内，我和张华、毛冬梅讨论过，我们都认为没有问题。只是毛冬梅提到，优力今年正在进行品牌焕新，鲁伟找了一家 4A 品牌设计公司设计新 Logo，如果换了新 Logo，今年所有物料都需要重做。丁杜高说，品牌焕新之后，会安排所有终端物料和推广物料做新的预算。

优力的品牌 Logo 还是十几年前公司初创时设计的，确实老化得很严重，新做一个也有道理。但品牌部的预算就有问题了。今年整体广告投放和推广的预算是 4 亿元，可前两个月就已经花出去了 2.8 亿元。

"怎么两个月就用出去那么多钱？"我很疑惑，问品牌部的毛俊和许琳。

"是这样的，郑总，这两个月优力赞助央视的一档综艺节目，花了 1.5 亿元；

赞助湘江卫视的一档节目花了 5 000 万元；开发布会、签约媒体年框、做产品推广等，七七八八也花了 8 000 万元左右。”

“这两档综艺节目到什么时候结束？”我问道。

“央视的节目是关于跨年的，从去年开始到 2 月中旬结束，湘江卫视的还在播，到 4 月中旬结束。”许琳回答我。

“为什么央视去年的节目要算到今年的预算里来？”我继续问道。

“去年底预算用完了，鲁总和他们谈了一次就定下来了。因为节目要到今年结束，所以就用了 2015 年的预算。”许琳回答道。

“收视率是多少？”

“0.2%。”

“0.2% 的收视率，冠名费这么贵吗？”我心想，用这么高的价格换这么低的收视率是不是不太合适？

“央视给了一些硬广补偿，但是这个节目的收视率是没有对赌协议的，所以人家给补偿已经算很公道了，”这时候毛俊说道，“这是鲁总定的。”

我没有说话。这几年，我对国内电视广告市场还是很了解的。央视的影响力当然很大，但是央视收视率最好的是一台，一台很少播综艺；综艺节目集中的三台，收视率则差了很多。而且，央视是喉舌单位，台里的品牌植入一直比较规范。但规范的同时，也意味着品牌的曝光度会减弱。所以，在央视打广告的正确方式就是在一台或者新闻台植入硬广，利用央视广泛的地面覆盖度来打开品牌知名度。

而湘江、之江、长江、沪江几大卫视竞争激烈。为了争夺广告商，双方在植入方式上反而有商量的余地，品牌的曝光也更为充分。这四大卫视的硬广效果明显不如央视，但这几年收视率高、有名的综艺反而都出自四大卫视。

“我们为什么在湘江卫视只赞助一个彩蛋节目？”我又问道。

“没钱了呗。一般赞助商的钱不够赞助主节目，就只能赞助彩蛋节目。”许琳回答我。

“你们先回去吧，让我想一想。”我心想，3 月才开始，品牌方面的预算就只剩下三成了，巧妇难为无米之炊啊！

晚上，我和岳依柔说起这件事，想问问她有什么意见。

“我不懂广告啊，郑明。不过我觉得，在热门互联网公司和手机公司中，只有优力、OVVO 和丽音还在猛砸电视赞助，小豆和华兴都不怎么投电视赞助了，他们的产品不照样卖得挺好？”岳依柔道。

依柔的话不是没有道理。2015 年，电视虽然还是排名第一的主流媒体，但下滑的趋势已经非常明显了，而视频网站崛起得很快。另外，智能手机的普遍应用使中国彻底进入移动互联网时代。

如果说以前做品牌只需要向电视投赞助，那么今天早就已经不存在“进卫视一部桑塔纳，出卫视一部奥迪”这样的媒体环境了。

“我其实更想通过公关来建立一个品牌。”我对依柔说道。

我相信公关塑造品牌，广告维护品牌。但一直以来，优力都是通过大打广告来塑造品牌的，这在 10 年前也许没错，但这一套现在已经显得太落伍了。

岳依柔同意我的观点。

第二天，许琳又来找我。她对我说，她早就料到央视综艺节目的收视率会欠佳，而且也对毛俊说了好几次。但是广告公司自己联系了鲁总，鲁总带着毛俊开会，毛俊一句反对意见都没有。于是，对央视综艺节目的赞助就这么匆匆忙忙地定了。

“毛俊为什么不反对？你都和他说清楚了，你有这么多年的投放经验，他以前又在宝洁工作，难道连这点儿判断问题的经验都没有吗？”我问道。

“宝洁的部门划分很细，毛总没投过广告，他以前是消费者研究部门的。”许琳回答道。

“那他为什么不听你的意见？”

“毛总是鲁总招来的，当时丁总还不太同意，但鲁总一定要用他，说他从宝洁出身，是‘正规军’。鲁总都想做这个节目，毛总怎么会反对？”

我懂了。我仔细地思量接下来该怎么办。以公关为切入口虽然没错，但是优力根本没有公关部，只有品牌部。品牌部有 20 多人，策划广告、开发布会、维护媒体关系等各项工作都得一把抓。

这几天我也对品牌部做了一些了解，品牌部的媒体关系只有一位员工在管，优力目前的新闻曝光量很少，只和一些新闻媒体签订了年框，新闻稿件还全是通过媒体广告部发布的一些硬得不能再硬的“软文”。而发布会的执行和传播则全权交给了一家公关公司。优力本身的媒体关系非常薄弱，和媒体内容端的编辑、记者的关系更是薄弱。

我准备从品牌部入手进行改革。如果不改变品牌部的现状，我就没办法提升优力的品牌知名度。

13

蔡主编

有一天中午，丁杜高叫我一起吃饭。他平时的午饭很简单，就是让秘书买一份普通的盒饭，在办公室吃。这天中午，他买了 3 份。

我和丁杜高刚打开饭盒，门口就进来一个人。来人 40 多岁，和丁杜高年纪相仿，戴着一副眼镜，身材瘦瘦的。

“来来，蔡忠，我给你介绍一下，这是郑总。”丁杜高朝着来人摆手道。

“郑总的大名我早就知道喽。”蔡忠操着一口湖南普通话。

“郑明，这是蔡忠，湖南大学硕士毕业的高才生，”丁杜高说道，“以前是我们公司杂志的主编，现在杂志撤了，先在行政部过渡一下。”

“原来是蔡主编，久仰久仰。”我道。

优力的公司杂志《优力通信》是我在菲基亚的时候就听说过的。客观来讲，这本杂志办得非常好，我也读过好多期，绝不是普通内刊的水平。《优力通信》不仅在通信行业内受欢迎，也被很多其他行业的人当作一本商业杂志长期订阅。不过，因为这本杂志没有正式刊号，所以只送不卖。

《优力通信》不仅发表公司内部员工的文章，还吸收了很多其他行业从业人员甚至知名企业家的商业文章，内容丰富，毫不逊色于市面上的商业刊物。

“郑明，你看这个人才你要不要啊？”丁杜高问道。

“要！”老板点名推荐的人我当然不能拒绝。但更重要的是，我正在物色公关人才。蔡忠不仅写得一手好文章，对媒体和作者也熟悉，肯定是我需要的人。

我进一步说道：“丁总，我准备加大我们的公关推广力度，借助媒体的力量大造声势，提升品牌的美誉度和影响力，我真的需要蔡主编这样的人才。另外，现在看纸质媒体的人已经不多了，我想把公司的微博和微信公众号都运营起来。尤其是公众号，我们现在一个月都发不了一篇文章，发布文章的工作也要做好。蔡主编刚好发挥所长，先把这部分抓起来，这也是杂志的新媒体化嘛。”

“好啊，”丁杜高说道，“蔡忠，你去品牌部当个经理吧，先把郑总说的这些工作抓起来。”

“好，没问题。”蔡忠笑着打开饭盒，就和我们一起吃起了午饭。

“郑明，你觉得毛俊怎么样？”丁杜高忽然问道。

“毛俊？”我正吃着饭，没想到他会问到毛俊。

我愣了一下，回答道：“毛俊，还行吧……”我说得非常犹豫和勉强。

“不要用他了，”丁杜高坚决地说道，“我给你一个半月的时间，在五一前把品牌部的总监换掉。”

“好，我知道了。”

我现在确实觉得毛俊是个问题。他虽然出身宝洁，但是只做过消费者研究。宝洁做消费者研究时会大量采用第三方机构的数据，而且宝洁所做的洗化类产品的更新周期长，和手机业的快节奏差得太远。毛俊不懂广告投放，更不懂公共关系，行业经验又极其匮乏，我确实觉得他不适合做品牌部总监。

但我刚到公司，并不想一上来就做这么大的人事变动。丁杜高这么说，反而帮我减轻了负担，相当于给了我一把尚方宝剑。

吃完饭，蔡忠跟着我去了办公室，递给我一根香烟说：“郑总，您抽烟吗？”

我接过香烟，和蔡忠聊了起来。

“郑总，您能来就太好了，”蔡忠说道，“前几个月，鲁总做什么结构调整，把我们部门都给撤了。我本来不想干了，就去找杨凡聊，结果这事被杨凡捅到老板那里去了。丁总听说后就来找我，让我等等，说您要来。”

“杨凡？”杨凡是负责财务的副总裁，蔡忠为什么会直呼杨凡的名字呢？

蔡忠似乎看出了我的疑惑，抽了一口烟，说道：“郑总，您刚来，我跟您介绍一下。我和杨凡、丁总都是高中的同班同学。后来，杨凡考上了武汉大学，我和丁总考上了湖南大学。不过，我和丁总不是一个系的。丁总当年还是我们县里的高考状元咧。”

“湖南出人才啊，惟楚有才嘛！”蔡忠这么说，我就明白了。

蔡忠说话很直爽，把优力的近况都告诉了我。原来，去年鲁伟在做组织文化变革，花大价钱请咨询公司的人员进驻。大家每天除了做日常工作，还得写学习心得。就在进行组织文化变革的过程中，负责《优力通信》的部门被撤了。蔡忠因为经常对鲁伟提一些反对意见，所以被扫地出门了。

去年 12 月底，鲁伟的秘书过来通知蔡忠，他的部门将被立刻解散。蒙了的蔡忠异常气愤，就跑到杨凡那里去告状。

杨凡是公司的“重臣”，平时虽然不太说话，但在这件事的处理上却异常果决。蔡忠估计杨凡是去丁杜高那里汇报了。接下来，杨凡解了鲁伟秘书的职，通知他去财务结算工资。蔡忠也被丁杜高“保护”了起来，去了王立主管的行政部。

我估计，丁杜高对鲁伟这两年的工作一直不满，蔡忠的事情算是导火索，彻底把躲在幕后的丁杜高推向了台前。

蔡忠是公司的百事通，作为公司的元老、老板的同学，他并没有身居高位，反而勤勤恳恳地为公司企业文化的传播做了很多年的工作。我问他对企业自媒体传播的工作怎么看，他表态道：“郑总，虽然我是‘老革命’‘老经验’，但我知道，现在我的这些老经验是不够用的，我愿意向年轻人学习，把自媒体这部分内容做好。”

“太好了！蔡主编，你想一下接下来的工作。我只有一个要求，以后，我们的公众号每天都要发文章，我们的微博一天也至少要发 3 条内容。”

“好的！郑总，”蔡忠道，“不过，我能不能请两个帮手？”

“没问题，你自己挑，我同意。”我道。

“太好了！”蔡忠把香烟一掐，“我们编辑部的两位同事也还没走，都和我一起‘窝’在王立总那儿呢。这两位同事任劳任怨。我们做杂志的时候，她们还学会了自己排版。就这两个吧。”

“没问题啊，做内容在本质上是一样的。”我道。

我又带着蔡忠去了一趟王立那儿，跟王立说道：“抱歉啊，王总。您看我一来就开始挖您行政的人了。”

丁杜高显然是跟王立打过招呼了，王立笑着跟我说道：“别那么客气，郑总。主编是个人才，就应该让他到合适的岗位上去发光发热。”

我带着蔡忠到了中国市场营销中心的品牌部，对毛俊道：“蔡主编和另外两位同事从今天开始就到品牌部工作了。我想让他们先做公司的自媒体号，你安排一下。”

“好。”毛俊回答道。

但是，毛俊的问题要怎么解决呢？丁杜高只给了我一个半月的时间，要我换人。

14

代理商

这天又是周五。晚上，岳依柔约我出去吃饭。我们下班都晚，在香蜜湖美食村找到饭店的时候，已经8点半了。

我把近期烦恼的事情跟她说了一下。

“不就是换个人吗，这有啥难的？”依柔说道，“不就是个品牌总监吗？深圳一抓一大把。”

“话是这么说，但是你要知道，我对这个部门有两个打算，对新总监的要求真还挺高呢！”我道，“一是他必须懂品牌、懂传统广告媒介。这是优力一直以来的传统，我不可能丢。据说鲁伟前几年搞了一个‘以小豆模式反小豆’的策划，也搞了一阵子互联网营销，结果一地鸡毛，后来又回到传统的广告营销上来了。如果这个人不懂传统媒介，肯定很难在优力任职。二是他也必须懂公关。鲁伟的互联网营销为什么失败？是因为他在互联网上投的那些广告其实真没啥用，他被互联网营销公司给忽悠了。互联网营销必须靠内容驱动，我真正想做的是互联网公关，给品牌造舆论、造声势。所以，这个人必须也是一个公关高手。”

“拉倒吧，”岳依柔又开始怼我了，“这上哪儿找去？这得是神仙啊！这也懂那也懂。你看我，我就是做活动的，别说投广告了，搞传播也不行啊！分工不同嘛。”

“但如果我只找个懂广告的，那我用公关驱动品牌的计划怎么办？”我左右为难。

“你不会分拆吗？分成两个部门，一个管广告，一个管公关，这不就结了？”岳依柔一边夹着菜，一边说道。

我豁然开朗：“丁杜高也没说不能分拆部门啊！从这段时间来看，他给我的权力还是挺大的，基本不会干涉我的决定。”我两眼放光，对着依柔道：“依柔，你真是我的幸运星！”

吃完饭，我们就回到了东海花园。此时已经是3月中旬了，深圳刚过回南天，现在已经20多摄氏度了，非常舒适。

“你喜欢我吗？郑明。”

“喜欢啊！”

“那我们会在一起吗？”依柔问道。

这个问题让我一下子很难回答。岳依柔漂亮，性格也好，但我们好像从未经历过真正的热恋，倒更像两个相互慰藉的好朋友。我们好像已经日久生情，但这种感情是不是爱情，我不敢肯定。

我们的离别总是淡淡的，我们在一起时也没有立过什么山盟海誓。这和我想象中的爱情好像不太一样。如果这次不是因为我来深圳工作，我们还会在一起吗？

不管怎么说，这晚我们是属于彼此的。

转眼又到了周一。

周一有月度代理商销售会议，丁杜高让我也出席，还给我介绍了一圈代理商。

优力代理商背后的老板大都是公司的股东。优力的大多数高管和代理商来自大霸王公司，正是在他们的推举下，丁杜高成了优力的董事长和第一大股东，其他股东也各自雄霸一方，成了优力在各省的代理商公司的老板。

优力这种厂商一体的模式在很多中国企业中也有体现。优点是可以使厂商同心协力地做好市场，但一般公司的职业经理人适应不了这样的代理商体系。我发现，负责销售的董丽就不怎么受代理商待见。

据说，我进公司那天，董丽正在出差，丁杜高和其他几位副总裁也压根没有提起她。蔡忠给我介绍过她的来历，董丽是四川一个连锁手机卖场的总经理，只有高中学历，卖场导购出身，前两年是鲁伟把她招进来的。

董丽好像一直没能在代理商体系中树立起威信。蔡忠跟我讲，在鲁伟统管公司的时期，董丽一到各个省，就要代理商总经理陪她通宵打麻将，她非常痴迷于打麻将。在代理商会议上，很少有人会认真听她发言。

第一次参加代理商会议时，我只做了简单的自我介绍，主要听代理商总经理们汇报各地的工作。T5 上市之后，优力在各地的销量有了明显提升，士气也在慢慢恢复。但是 E8 销量差，代理商都不看好。

鲁伟也参加了今天的会议，全程没有讲一句话，丁杜高也没让他发言。

晚宴安排在 4 楼的凤凰楼，由于优力手机在各地的销量有了提升，丁杜高兴致颇高，给每张桌子都安排了一箱茅台。“不够再去仓库拿。”丁杜高说道。

我被安排在主桌，坐在丁杜高的身边。鲁伟并没有参加晚宴。丁杜高又介绍了一圈主桌的代理商，原来他们全是公司股东。接着，丁杜高又考起了我的记忆力，让我一一说出这些代理商的名字和他们代理的省份。每说对一次，我和代理商就喝一杯酒，丁杜高和代理商们还在一边鼓掌助兴。这样一圈下来，我竟然一个都没说错。

丁杜高笑着说道：“这一关，你又过了。”

这一顿酒，我们从 7 点一直喝到 11 点，我大概喝了一斤茅台。大家一开始还坐着喝，没多久就开始在几张桌子间串来串去相互敬酒了。

我被人扶着下楼的时候，已经有点迷迷糊糊了。

“兄弟，怎么称呼？”我对扶我的一位同事说。今天在开会的时候，我看到过他，他应该是销售部的总监，坐在靠墙边的座位上，一直在记笔记。

“郑总，我是东区的张彤。您的酒量可以啊，我看代理商一直敬您酒，您来者不拒，喝了一斤多了，酒量真好。”

“兄弟，你这不是笑话我吗？我喝成这样了，你反而一点儿事都没有，哈哈哈。”

“我喝得少，郑总。您住哪儿？我送您回去。”

“没事儿，没事儿，我自己可以。我就住东海花园，很近。”

“哦，那很近，我送您过去，就在对面。”

下了电梯，我的手机响了，是岳依柔：“你在哪里啊，刚才打你电话一直没人接，你到哪儿去了，担心死我了。”

“今天参加了代理商销售会议，晚上在 4 楼喝酒呢，刚喝完。”我迷迷糊糊地说道。

“瞧你这醉样，不会喝就少喝点儿。你别动，我来接你。”岳依柔道。

“没事儿，没事儿，有同事送我回来。”

“那行，我在东海花园门口等你。”

到了东海花园门口，张彤见到了岳依柔:“嫂子，我是张彤，我把领导扶上去吧。今天开代理商会议，丁总好久没这么高兴了，郑总也和代理商们喝了一点儿酒。”

“不用不用，辛苦你了。我扶着，没事。”岳依柔道，“这哪是一点儿酒啊！”

“那行，就不打搅郑总和嫂子了，那我先回。”张彤把我交给了岳依柔。

“谢谢啊，兄弟。”我迷糊地说道。

到了房间，岳依柔先把我扶到沙发上躺下，又给我调了一杯蜂蜜水，一口口地喂我。“你少喝点儿，看你醉成这个样子。不过，你们那个同事张彤还挺机灵、挺会说话的。”岳依柔笑着道。

15

万能的杰哥

我第二天醒来时已经是早上 9 点半了，依柔已经去上班了，还留了张字条给我，上面写着“桌上放着早饭”。

我吃过早饭、洗漱完毕，来到公司时已经 10 点钟了。丁杜高还没来，想来也是昨晚喝多了。

按照计划，周三我要和品牌部的总监毛俊、广告媒介经理许琳一起去北京拜访客户和媒体。毛俊虽然已经上了我的“黑名单”，但我还是决定先不动声色，让他也一起去北京。

关于部门分拆的事情，我最近考虑了很久。我心中有了一个公关方面的人选，这个人就是“万能的杰哥”。

“万能的杰哥”是于杰的外号，他是我在北京时认识的一个朋友。于杰供职于京东的公共关系部门，是公共关系领域的一把好手。他是媒体记者出身，最早供职于上海的媒体。

但是，于杰并不是京东的嫡系员工。一年前，京东在合并了企鹅公司的电商业务后，于杰就被并入了京东，他也从深圳搬到了北京。我以前好像听说于杰在深圳有个女朋友，不知道他俩现在的关系怎么样了。

我偶尔和于杰在微信上聊天，得知他在京东并没有受到重用，企鹅电商的整个部门都被京东边缘化了，更不用说他一个小小的公关部门。京东的公关非常强悍，以他们的自信，看不上企鹅电商的公关部门也正常。

但于杰本身是一个很有才的人。我在菲基亚的时候，对于联络不上的人基本都可以通过于杰搞定。这几年，于杰还利用业余时间做了一个公众号，名字叫作“万能的杰哥”，他的很多文章都见解深刻。这个公众号还被他做成了一个公关行业的大号。在公关行业，他交友极广。

我给于杰打了电话，告诉他我要回趟北京，问他有没有空一起吃饭，于杰爽快地答应了。

“明哥，来北京，你要去京东拜访吗？”于杰知道我去了优力，还以为我是来拜访京东，顺便来看他的。

于杰的电话提醒了我。“对，我还真差点儿把京东忘了。兄弟，我待会儿给你们 3C 数码的副总裁胡雷打电话，”我说道，“不过这次我是专程来拜访你的。我们约在公司外见面吧。到了北京，我再给你打电话。明天晚上，你留个时间，我有事儿找你。”

“好咧。”于杰挂了电话。

给于杰打完电话，我又给胡雷打去。在菲基亚的时候，我和胡雷就是老朋友，一起联手做过很多次产品的线上首发活动。

“哎呀，郑明啊，你到深圳高就，也没跟哥打招呼啊！说吧，有什么指示？”胡雷接到我的电话，很是高兴。

“雷哥，我这两天刚到北京，你周四啥时候有空，‘接见’一下我呗。”我笑着道。

“瞧兄弟说的，那就周四早上吧，我等你。”胡雷道。

给胡雷打完电话，我找来高小亮：“你让行政买机票，周三晚上前我要到北京，周四早上你跟我去京东，见胡雷。”

“胡总吗？我还从没见过胡总呢。他是3C数码的老大，挺不好约的，我以前也约过他。”

“他是我的老朋友。你今天下午做个3GB+32GB版本的T5在京东首发的方案。这款产品需要线上和线下同步开售，晚点儿我们再讨论一下。”

下午，我又找来毛俊和张华，让他们一起配合高小亮做好站外引流和促销的配合。我特别叮嘱张华，促销礼品一定要和代理商渠道的礼品一致，不要引起麻烦和投诉。

傍晚6点多，高小亮和团队一起来到我的办公室，他们在之前做好的3GB+32GB版本的T5首发方案的基础上，又做了很多细化。毛俊和张华已经找过高小亮，他们知道我可能会把这个版本的T5安排在京东首发，都提供了很多的资源给他。

开完会出门，高小亮回过头对我说：“谢谢您，郑总。这次我们终于不是‘后娘’养的了。”第二天一大早，我们从宝安国际机场出发，飞往北京。

已经离开北京好几个月了，故地重游，还是让我感到亲切。因为我在双井的房子已经出租了，所以我就住在了双井边上的富力酒店。这一带我最熟悉，而且离央视也不远。

在酒店安顿好后，下午我和毛俊、许琳一起去央视拜访。央视的人对许琳非常熟悉，给我们介绍了很多央视的广告资源，也对我们的广告投放提了很多建议。

不过，整个过程都是许琳和我在聊，毛俊在一旁搭不上话。

央视的人要留我们吃饭，我推说晚上有事，就把许琳和毛俊留下来和他们一起吃饭，我独自回了酒店。

6点半，我在富力酒店一楼的餐厅等于杰，他6点45分才到。“明哥，不好意思，今天太堵车了，我过来花了一个多小时。”

不出我所料，于杰在京东过得并不开心。但是他说，他以前的领导已经回了深圳，他正在想办法也调回深圳：“我结婚了，明哥。我媳妇就是深圳人。”

“恭喜恭喜，兄弟结婚了！”我道，“那京东在深圳给你安排了什么职位呢？”

“应该是个经理吧。深圳那边不是我们的重心，职位都不太高，应该只分管一部分业务。”于杰说道。

“我想在优力建一个公关部，负责集团在中国市场的公关事务，属于公司一级部门，下面还会有新媒体、自媒体、媒体关系之类的部门。”

于杰吃着饭，此时停下了筷子：“明哥，你不会是来挖我去管媒体关系的吧？”

“不，我想邀请你加入优力，担任公关部总监，统管公关工作。”我道。

“啊，公关部总监，我没做过啊，能行吗？”于杰非常惊讶。

“你可以的，我了解你，我感觉你在北京屈才了。你看，回深圳，你能和媳妇在一起，优力也会给你一个很大的平台让你发挥自己的才能，真正做一个‘万能的杰哥’！”我鼓动着于杰。

但我告诉于杰，现在优力的公关体系还是一片空白。但空白也有空白的好处，于杰能充分地发挥所长，为优力构建出完整的公关体系。

“那您会给公关部多少预算呢？”于杰问我道。

“一年在 5 000 万元以上。我准备明年再追加。”我算了一下今年的预算，也盘算了一下历年来优力在市场营销上的投入，对于杰估说了这么个数据。

“这么多！”于杰明显是兴奋了，“明哥，我跟着您干。”

晚上送走了于杰，我就给丁杜高打了一个电话，告诉他我准备把品牌部拆分成公关部和广告部两个部门，在预算有限的情况下，今年我会侧重于公关的工作。

丁杜高爽快地同意了我的策略，这几年他已经充分意识到了公关的重要性，但他担心的是公关部总监的人选，他问：“郑明，那你对这个人选有想法吗？”

“丁总，您放心，我会找一个很有媒体和公关经验的年轻人加盟。只是我刚来，薪酬不知道怎么定。”

“100 万以下，薪酬你定。郑明，我全力支持你的工作。”

“这个候选人现在在北京，我想让他来深圳和您见一面。”我道。

“不用了，你看过就可以定。”

“谢谢丁总。关于广告部的人选，我这几天还在思考。优力有很多供应商资源，员工也有多年的广告投放经验，所以我准备从内部提拔。”

“可以。”丁杜高明确地说。

我刚才已经问清楚了于杰现在的工资。他现在的工资是每月两万元，年底会根据绩效发一些奖金。但他们部门这几年的绩效都不太好。

“我给你 5 万，于杰。”我给于杰打了一个电话，“年底 13 薪，年终奖根据公司绩效定。”

“5万，”于杰显然没想到我给他的工资翻了1倍还不止，继续问道，“那明哥，我那个公众号就不做了是吧？”

“只要对公司有利且不影响工作，你可以做，没什么问题。但是，你要尽快入职，我这也刚接手，有一堆的工作要靠兄弟你啊！”

“谢谢明哥！谢谢明哥！您就是我的导师，我的伯乐！我争取月底就来深圳。”于杰高兴地挂了电话。

16
销量飙升王

第二天一早，我带着高小亮和毛俊几人一起去了京东，胡雷亲自到大堂迎接我们：“稀客稀客，有半年多没见了，郑兄。”

其实胡雷比我大不少，但是他一口一个“郑兄”，叫得我有点不好意思。

和京东的会谈很顺利，据说我还是第一个拜访京东的优力高管。实际上，京东也非常希望能和优力合作，但是以前优力高层没有意愿，所以从没释放过资源来推动合作。

这次，我把品牌部的人都叫来了，约定了在3月30日将京东作为3GB+32GB版本T5的首发平台。优力的互联网广告也会在产品预热的几天和发布日当天全部换成与京东相关的推广内容。

“我回去和丁总再汇报一下，看能不能在电视广告和框架广告上都加入京东搜索栏和京东Logo。”我提了一个建议。

“好啊，好啊！”胡雷道，“你要是能在线下和电视广告上加入京东的Logo，我也送京东站内的广告和流量给你。”

“一言为定！雷哥。”我用力握了一下胡雷的手。

下午，我们又去中关村拜访了一些科技媒体公司，受到了各媒体一把手的接待。对他们来说，手机业是最大的赞助商。我也表达了我的意思：一是已经签订的年框依然生效，但我更希望和内容部门合作，打造精品内容。二是我会逐渐把预算从广告往新闻端倾斜，未来可能会加大投入，但我需要他们的配合，加大对优力产品和公司的报道。我们可以共同探讨选题，原则是增加评测类和原创类新闻报道，减少那些连读者都不爱看的软文。我希望他们能制造出读者关注的话题。

我还特地带大家去了一趟今日头条的办公地。之前，优力和今日头条的合作非常少，但我的判断是，今日头条今后会成为优力最重要的一个新媒体渠道。今日头条的算法非常精准，我认为这才是新媒体的未来。

我这次来拜访科技媒体公司主要是为了联络感情。我相信于杰的到来一定会带来新气象，所以我并没有把话说死，但日后也一定会加大新闻公关预算。

晚上，我又在富力一楼餐厅单独约了许琳。许琳是公司老员工，一直在做广告工作，她的专业性让我非常欣赏。

优力以前也有一位负责广告的副总裁，但他的职权范围没我大，大致分管现在的品牌部门。那时候，优力的市场占有率很高，“好手机，优力造”就是出自这位副总裁之手。当时媒体价格也比较低，电视上铺天盖地都是优力的广告，对产品销量的提升作用非常明显。优力也是那时候登上国产手机品牌第一的位置的。许琳一直跟着这位副总裁，负责对接各种广告资源，尤其是传统电视广告和线下广告。

许琳同意我的观点，她也赞同优力目前的发展需要广告和公关相结合。她对公关没有太深的认识，但也认为公关需要内容驱动。鲁伟的“互联网营销”实际上就是在各种互联网平台做类似牛皮癣广告宣传，消费者根本不愿意点击。至于搜索引擎优化之类的战略，优力虽然在这方面花了大钱，但也没收到什么效果。

我心里逐渐有了广告部负责人的人选。但许琳究竟能力如何，我还想回去再问问丁杜高。

周五晚上，我们飞回了深圳，落地时已是凌晨1点了。深圳当时20多摄氏度，一扫我在北京早春体验到的寒冷，宝安国际机场半夜依旧熙熙攘攘。朱师傅来接我，一把接过我的行李箱：“郑总，辛苦了。”

“不好意思啊，朱师傅。这么晚还让你来接我。”我道。

周一一早，我就去找丁杜高，向他汇报了我要在京东平台首发新产品的事情。

丁杜高这段时间也很关注电商平台的发展，小豆手机在互联网上的爆红以及产品线上销量的飙升让他重新认识了互联网和电商，他同意在线上线下同价的基础上，以京东为平台首发新产品。

“丁总，我向你问个人。许琳以前的工作表现怎么样啊？”我问道。

“许琳啊，她是公司的老员工了，一直勤勤恳恳的，以前跟着老高做广告，老高对她评价不错。”丁杜高道。

丁杜高说的老高，就是以前负责广告的副总裁，前几年自己出去创业开传媒公司了。在这之后，品牌部门由鲁伟直接管，优力就没再设副总裁的职位，直到我加入优力，这种状况才有了变化。

“您看，我能不能提拔许琳为广告部的负责人呢？”我询问丁杜高的意见。

“小许人倒是不错。这样吧，毕竟她现在只是经理，先让她做副总监吧，负责广告部。之后再看她的工作表现。”丁杜高给了我一个建议。

我就这样用一位新人和一位老人解决了品牌部的人事安排问题。

回到深圳以后，我把工作重点放在了新闻传播方面。虽然品牌部的媒体关系有限，但我还是通过以前我在非基亚积累的媒体关系发了很多重磅的稿子。

T5 的销售表现非常亮眼，2GB+16GB 版本的 T5 发布一个多月来，已经成为优力历史上月销量排名前三的机型。第三方调研机构的数据也显示，T5 销量飙升。

T5 和市面上其他同类产品最大的差异点就是 6 020mAh 的电池，这款电池把当时主流旗舰机的电量提高了 50% 以上，其 8.5mm 的堆叠厚度也确实体现出了优力在技术上的积累。此外，T5 还发展了很多优力在功能机时代就崭露头角的低功耗技术，在各种续航测评中都获得了高分。

蔡忠告诉我，T5 的产品主导者其实是丁杜高。在离开公司管理层两年之后，丁杜高还能如此准确地抓住产品的命门，不得不让人佩服。

一年前，在鲁伟的领导下，优力曾经做出过厚度仅有 5.5mm 的 R5，但这款手机的电池却只有 2 400mAh。牺牲了续航的 R5 虽然获得了一部分极客的赞誉，却因电池不耐用和堆叠太薄容易导致手机发烫而销量平平。

我借着 T5 的畅销，大推新闻稿。很多媒体都转发了一篇名为《优力 T5，销量飙升王》的稿子。广告同时也在按原先的计划播出，优力员工们慢慢开始有了打翻身仗的感觉。

蔡忠也没有闲着，自从来到品牌部之后，他在大多数事上都直接找我汇报。他不仅每天到处搜罗新闻稿和公司内部的稿件，发在公众号和微博上，还按照省份建起了几十个优力自媒体群，成员绝大多数是代理商的导购。

我觉得这个主编还真有两把刷子，换作我，压根就想不到建自媒体群的事。导购把群里的气氛营造得非常热闹。看到我来，很多人都鼓励我一定要把优力的广告和营销做起来。

每天一有新闻稿，蔡忠和他的两个手下就往群里推，请导购们积极转发。导购们也非常踊跃，说已经很长时间没看到这么多关于优力的新闻了，新闻“简直比开发布会的时候还多”。

此外，蔡忠又想了一个主意，做了一个“续航人生”的栏目，找来了很多 T5 的典型优质商务用户，安排他们介绍自己辉煌的个人经历和使用 T5 的体验。

蔡忠最近经常跑到我办公室抽烟，我问他：“主编，你厉害啊！哪里找来那么多人的？这些人还都愿意接受你们的采访。”

蔡忠抽了一口烟，呵呵笑道：“郑总，我在优力那么多年，又当了那么多年的主编，每个代理商我都很熟啊！”

“这段时间我浑身都带劲，这是我进优力以来最开心的日子。”蔡忠笑着说道，“郑总，丁总很看好你的。”

17

电商翻身仗

毛俊的解职过程比较顺利，他也意识到了自己的问题。离职谈话是人力资源副总裁黄磊谈的，毛俊自己写了辞职申请，公司也给了相应的补偿。

毛俊离开公司前来找我说，虽然相处时间很短，但也很感谢我，从我身上学到了很多东西。我一时间竟有点儿怅然。毛俊只是没有待在合适的位置，他本身也是个人才。

2015 年 3 月 29 日，于杰来上班了。通常，辞职手续都需要办一个月，但是于杰的辞职申请刚提交，就得到了批复，他没几天就办好了辞职手续。虽然也有心理准备，但于杰因为这件事，更加坚定了加入优力的决心。

当天，公司就发布了对于杰和许琳的任命。于杰被任命为新设立的中国市场营销中心公共关系部总监，许琳则被任命为广告媒介部副总监。我带于杰去见了丁杜高，丁杜高勉励他好好干，说优力一定要有自己的声量和品牌势能。

至于许琳，丁杜高早就对她很熟了，是看着她从基层员工成长为中坚力量的。丁杜高说道："小许啊，你也做总监了哦。"

"副的，丁总。"许琳笑道。

广告媒介部的部门名称，还是许琳前几天在和我聊新职位的时候自己提出来的。她最近一直在研究新媒体，尤其是几个视频网站的数据。她的判断是，像优酷、爱奇艺和企鹅视频这类新媒体的影响力马上就会超过电视，她也会根据新媒体的发展趋势在日后的媒介购买中做策略性调整。

我让她再研究、分析一下商务人群经常出没的航站楼、高铁和楼宇的广告，她拿着笔认真地记了下来："郑总，我是老员工，我没想到会受到您的提拔。谢谢您！"

"这是你自己多年来努力的结果。我问过丁总的意见，他也看好你。"我道。

但我计划把微信和头条的广告投放划归到公关部，我希望公关部能把新媒体的投放和内容创作打通。甚至，我还希望于杰和许琳之间能有一些内部竞争。

在任命于杰和许琳的当天，我找他们一起聊了一下，讲了讲我的希望："'公关广告化，广告公关化'是我们以后会坚持的一条传播策略。所以，我希望你们以后能团结协作、互相补位、一致对外。"

蔡忠事先知道于杰要来，在于杰找他谈话之后，蔡忠来找我："郑总，我觉得您找于总算是找对人了。别看于总年轻，经验可非常丰富咧！我愿意跟于总好好学习。"

"主编，于杰很年轻，只有 28 岁，我这次也是不拘一格选人才。你一定要多帮助他，大家共同发展，一起做好公关部的工作。"我道。

"一定，一定。"蔡忠烟瘾很大，又在我办公室抽了根烟，"许琳上来不容易，她一直兢兢业业。郑总，您是有胸怀的。”

我让蔡忠带着于杰去熟悉公司，蔡忠对公司的方方面面都很熟，是个最佳人选。

今天还有一件大事，就是晚上 12 点 3GB+32GB 版本的 T5 在京东电商的首发活动。

这一天，我忙于杰入职和许琳晋升的事一直忙到下班时间。电商部的人今天一个也没走，大家桌子上堆满了各种零食。高小亮一个人操作两台电脑，浏览着满屏的页面和数据。

“小亮，T5 的预定数怎么样？”我问道。

“郑总，预定数超过 3 万台了。这么看来，我们一定会打破新品首发记录的。”

“好啊，希望你们能做到一个新的高度。”

今天，岳依柔约我吃饭。由于最近工作太忙，我们也好久没见了。

晚上 7 点多，我就回到东海花园。此时，岳依柔正在厨房里忙着做菜。我每天都绷着神经忙于工作，见到依柔之后，我竟然完全放松了下来。

“最近你好忙啊，郑明。”依柔见到我，把菜都端了出来，“你真是老爷命。我刚好做完菜，你看。”

依柔的菜给了从 18 岁就离家的我不少慰藉。此时，食物的功能不只是提供热量，还能营造温馨的感觉。

依柔喜欢问我的工作情况。她说我来优力的事情在深圳的广告和公关公司都传遍了，这些公司的人都想来见我。

“深圳有公关公司吗？”我问道。

“也有，不过没有北京和上海多。”依柔道。

我最近也见了一些广告和公关公司的人，但总是找不到令我满意的公司。不过，我最近看到友商 OVVO 的一例被网友称为“苍白体”的策划，印象很深。OVVO 在《人民日报》上做了一个整版广告，广告内容只有“再美的文字赞美这部手机都是苍白的”这句话以及一个二维码，其余部分全是空白。

谁都知道现在的报刊广告早就没落了，但我一看就知道这是一种高级营销策略。这一广告策划的精髓就在于把广告打在最不该打的地方。这恰恰是一味“药引子”。果然，这则广告马上就引来一股全民恶搞风潮，引发了社会化的流量。最后，OVVO 在发布手机时用的广告语就是“再美的文字赞美这部手机都是苍白的——

手品之美”。

“这个案子是谁做的？你知道吗？”我问岳依柔。

“李大为啊！这是华晨公关的作品。”岳依柔道，“李大为我认识，非常有才，而且是个怪才。他是击剑运动员出身，半路出家。他的公关风格和深圳其他公关公司完全不同。”

“你帮我介绍一下，我想见他。”

转眼到了晚上11点。我和岳依柔说，我还得回办公室看看电商部晚上12点的首发活动进行得怎么样了，不知道几点能回来，让她先睡。

我来到办公室的时候，电商部的灯都还亮着，一个人都没走。于杰竟然也没走，他和蔡忠两个人一直和电商部的同事一起加班。

电商部的同事看到我又回来了，有点惊讶，不过他们很兴奋：“郑总，马上要开始了！”

零点，3GB+32GB版本的T5正式开售，我和高小亮两个人紧紧盯着后台数据。第一分钟，T5的销量就突破了3 000台！

凌晨1点，销量突破15 000台！

但是1点以后，销量开始停滞了，到了凌晨3点，还没到20 000台。

“小亮，这咋停了呢？会不会有问题？”第一次在优力做新品首发，我有点焦虑。

高小亮笑着道：“郑总，这已经把新品首发的历史最高销量甩开很远了，我们以前在双十一都没这么好的业绩。京东给我们引了很多流，咱们品牌部的引流也很多。但现在是凌晨3点，消费者也得睡觉啊！按照我的经验，今天肯定会过50 000台的！”

听了高小亮的话，我心中颇为宽慰，就回房间睡去了。电商部留下了两个同事值班，其他同事在公司楼下的快捷酒店开了几间房，准备明天一早继续战斗。

第二天上班，高小亮不断向我汇报销售数据。当天晚上10点，销量突破60 000台大关；当晚12点，3GB+32GB版本T5的首发量最终定格在62 000多台。

12点刚过，我就把数据发给了丁杜高。过了几分钟，丁杜高发来微信：“祝贺你们，这是优力电商去年一年的销量。”

这个晚上，高小亮应该睡了一个好觉。至少我是的。

18

云端发布会

就这样，我慢慢熟悉了优力的工作环境。忙碌的日子总是过得很快，转眼已经到了 2015 年的五一劳动节。

五一小长假时，我带着于杰、蔡忠和张华一起去深圳了解市场，毛冬梅则忙着做五一的节日促销，和部门的人一起全身心地扑在全国各地的市场上。深圳的代理商总经理老鲍带我们走访了很多门店，我们和导购、店员进行了深入的交流。很多导购都认识张华，他们称他“张老师”；门店的很多经理和老总也认识张华，他们都叫他“华仔”。

五一的产品销售情况很好，T5 的销售状况大大提振了渠道和门店的信心。蔡忠写了一篇有关五一大促的特稿，稿件里有许多关于各地代理商销售和促销场景的照片。这篇稿件特别火爆，是我们第一篇过 10 万阅读量的自媒体文章。没有被附上照片的代理商还颇为不满，打来电话跟蔡忠抱怨，蔡忠不得不查漏补缺，又发布了第二篇公众号。

4 月，售价 999 元、拥有金属后盖的手机 G7 也上市了。上市前，丁杜高就 G7 的营销策略来询问我的意见。我认为，既然我们把 G7 作为低端产品来销售，就可以直接用中文来命名。所以，G7 在上市前，名字就被改成了“金钢”。这款手机的设计思路和超级续航的 T5 几乎一模一样，只是采用了更低的配置，其电池依然是 6 000mAh 的大电池配置。

金钢刚上市就一炮而红，不仅成了门店的畅销款，还进入了运营商的销售渠道，销量节节攀升。手机市场就是这样，只要厂商的策略得当，靠一两款产品就能反败为胜。但是，E8 的销量始终不高。鲁伟给我打过电话，要我主推 E8。我把这件事向丁杜高做了汇报，丁杜高淡淡地说：“那你就推一下。”其实，我内心里是希望丁杜高能给我一个否定回答的，但他既然这么说了，我就不能没有动作。我找来已经自己在广州开公关公司的楼艳，让她策划一个小成本的推广方案。

楼艳的策划案倒让我眼前一亮。她的策划案名为《深圳24小时城记》。她先在深圳找了很多有代表性的地方和场景：较场尾、招商局大厦、罗湖口岸、深圳的工厂等。随后，我们精挑细选了24个具有深圳特色的地点，让摄影师全部使用优力E8拍摄这些地点。最终拍出的照片完全是大片的风格和水准。

楼艳把这些照片做了一个精致的H5页面，我们花了一些资源推广。优力把这些精美的照片加入了屏保图库。鲁伟也很满意。但是，E8的销量还是毫无起色。我没再去找丁杜高，只是通知了公关部和广告媒介部所有的同事，不用做E8的推广了，把所有资源都堆向T5。

最近，丁杜高经常拉着我和研发副总裁周彬以及他自己主管的产品部门开会。下半年的发布会产品已经明确了，优力要主推T5 Plus。这款手机是T5的升级版本，屏幕将从5.5寸720P的Amoled屏升级为6寸1080P的Amoled屏，内存将被提升到3GB+64GB。此外，这款手机还增加了前置指纹解锁功能，芯片也做了提升。

T5 Plus是一个年度大项目，但在这款产品发布之前，我们还要推一款时尚系列的R6。丁杜高也对优力的产品线做了重大调整，明确定下了主推T系列的调子。现在，优力有5条产品线，作为主力旗舰的T系列主打商务和续航；T系列的低配产品线则是G系列，这个系列现在被调整成了金钢系列。走时尚路线的是R系列，主打时尚和拍照，这是为了对抗OVVO和丽音的防御性产品线；R系列的低配产品线是F系列。另外，我们还有一条智能翻盖机产品线，这发挥了优力一直以来的优势，翻盖机的利润很高，售价也接近4 000元。即便在鲁伟领导期间，这条产品线也没有被砍掉，每年依然能为公司创造很多利润。这条智能翻盖机的产品线叫作天机系列。

丁杜高没有再提E系列，但根据他的规划，这条产品线将来会和R系列合并，从此在优力消失。我已经越来越明白丁杜高的策略了。从最近的销售来看，毫无疑问，他做的是对的。具备“1亿像素”的E8成了优力的最后一款E系列产品。

丁杜高对于R6的定价策略极其激进，几乎是贴着BOM（直接材料成本）定价的。我知道，这款产品是用来扰乱OVVO和丽音市场的一款产品，而真正能让我们盈利的是T系列。T5 2GB+16GB版本的售价是2 299元，成本只有700多元，除去给渠道的利润，这款产品简直是公司救星。

但5月就要上市的R6应该怎么推，现在还是一个问题。既然要扰乱视听，就要造出大声势。但是，R6的钱肯定不够买广告或开发布会。现在，市场预算捉襟见肘，我肯定得把“最后的子弹”留给T系列。

一场发布会的成本很高。不仅是场地租赁和展台搭建，还有媒体记者、各地代理商、客户的食宿等费用都很高。我一直在思考R6的营销方法，如何在少花钱的同时，把宣传声量提高到发布会级别。

岳依柔晚上来东海花园找我，我们坐在一起聊天，电视上正放着一部电影《007》。

“最近好像有部《007》系列的新片要上映了。郑明，到时候我们一起去看呗。”岳依柔躺在沙发上，头靠在我怀里说道。

“《007》这么多年了还那么火吗？”我问道。

“当然了，《007》有很多粉丝的，经久不衰。”岳依柔道。

我马上有了一个好主意，猛地站起身来，拿出电话。

“你咋啦？一惊一乍的，吓死我了。”依柔道。

我示意依柔不要作声，打了一个电话给于杰：“兄弟，明天早上带上你们公关部的人在我办公室边上的会议室开会。关于R6的发布会，我有个新主意。”

于杰他们最近一直在做R6的推广策划，想了很多方案，但暂时还没找到一个好策略。于杰一听我说发布会，吓了一跳：“明哥，你不是说没有预算，不开R6的发布会吗？怎么又要开发布会了？”

“哈哈，”我笑道，“我有了一个更好的主意！”

翌日早上，我到公司的时候，于杰、蔡忠等人已经在会议室等我了。我向大家说了一下我的想法，我要做一场之前没有人做过的发布会：云端发布会。

“我们的云端发布会可以用这样的剧情作为开端：‘007’特工冒死去偷一个密码箱，密码箱里装着绝密的物品。经过一系列枪战，‘007’特工搭上直升机逃离，顺利把箱子交给一个神秘人物。”我越说越兴奋，“然后，箱子被打开，屏幕上出现一行字幕：优力R6，云端发布会。”

于杰的情绪也被我带动起来了，他又给我出了很多好点子。他拿着笔记本一拍桌子：“厉害啊，明哥！云端发布会。”

19

正面杠

这一天，岳依柔帮我约到了李大为，他是华晨公关的联合创始人。

李大为个子颇高，有 1.85 米，确实像一个击剑运动员。他给我介绍了一些华晨的案例，其中也包括 OVVO 的“手品之美”。我发现，这些案例的共同特点就是创意独特。而在我看来，这恰恰是传播的核心。

公关公司都会做买热点、写软文之类的事情。但我知道，这些热点和软文的数据往往水分很大，很多点击量和阅读量都是刷出来的。于杰前段时间找了一个自媒体监测工具，用于甄别公众号文章是否刷了数据。另外，这个工具也能监测到究竟是哪些人的转发在传播过程中起到了决定性的作用。

传播的广度和深度本质上取决于作品的创意和内容，这两项是传播的支点和杠杆。在发布会级别的传播中，创意尤其重要。如果没有好的产品和事件营销创意，那就只能靠买资源发稿子，这和做硬广没有多少区别，更缺乏消费者的参与和讨论。

李大为的创意确实令人意想不到却又合乎逻辑。第一次见面时，我们没有聊得太深入，但我给了他一个命题，请他结合产品为 T5 Plus 的发布会想一个创意。我的要求是，发布会要能引起巨大的声量，可以为产品销售造势。

云端发布会也在紧锣密鼓的准备之中，筹备的时间很紧张。我又找来楼艳，在跟她讲解了创意后，她不出 3 天就拿出了细化脚本。我们又把脚本反反复复打磨了一天，才决定开始实施。于杰也拿出了很好的传播方案，来应对这次的云端发布会。

发布会前一周，我们在《京报》上打出了一整版“奇怪”的广告。这个广告只有优力的 Logo 和一组让人摸不着头脑的数字。很多自媒体博主和微博用户马上转发了这个广告，纷纷猜测广告中的数字代表什么。有些人觉得只有“20150528”这几个数字还能让人看懂，于是，便猜测这应该是我们新产品发布会的预告。

第二天，我们在《京报》的同一版面又打了一整版广告：2015 年 5 月 28 日，优力 R6 智能手机，全球云端首发！开启“耀 · 金属时代”！

随后，不少自媒体博主都发文解密我们前一天的广告。大家这才明白，我们前一天是在用摩尔斯密码发广告。这和我们将要在云端发布会中提出的“007”这一概念相互呼应。我们新奇的营销方法在业界引起了震动。导购们也很兴奋，因为优力的营销方式向来就是猛砸广告，从来没尝试过这种脑洞大开的公关传播方式。

转眼间，离发布会开幕的时间只有3天了，我们还在对发布会视频做最后的完善。于杰一连做了4天的海报，海报风格和以前完全不同，甚至有点挑衅的意味。

倒计时3天的海报文案是“开手机发布会就是为了吊胃口求关注？NO！”，海报的主画面是一碗豆子。很明显，我们是在影射小豆手机。

倒计时2天的海报文案是“手机发布会就是离不开情怀和幻灯片？NO！”，这次，我们把矛头指向了最近蹿红的一家互联网手机公司。他们的创始人简直是个脱口秀演员，虽然手机销量平平，但确实引起了同行和消费者的关注。

倒计时1天的海报文案是“开手机发布会就是要穿T恤和牛仔裤？NO！”，海报的画面中央放着一盘苹果。蹭苹果公司的流量几乎成了手机公司的必备动作了。

这3张海报下面都标记着“优力R6，5月28日云端发布会”的字样。这几张海报都被优力的导购们在各个销售群中疯狂传播。多年来，优力从没主动和友商打过擂台，很多导购在群里说：“这么多年，终于出了一口恶气。”媒体也从没听说过“云端发布会”这一概念，因此非常关注我们这次的动作。

我们没有提及OVVO和丽音，是因为他们不仅和优力出身一样，甚至连风格也相似。而且，丁杜高和这两家公司的老板都很熟，因此，我并没有对这两家公司进行挑衅。

发布会在当天下午3点开始。早上，我们发布了当天的海报，并配文“开手机发布会就是要：离开秀场，说到做到，回归产品，落地情怀”。此外，我们还在海报的中间印了一个大大的“耀”字。本场发布会主推全金属的优力R6，这款手机的广告语就是“耀·金属时代”。

其实，为了确保万无一失，我们还做了另外一组海报，风格和上一组完全不同，主要突出产品和创意风格。这组海报大量使用了具有“007”风格的相关元素。R6被“007”拿在手上，就像枪一样闪闪发亮。这组的文案则是“优力R6，耀·金属时代，2015年5月28日，全球上映”。

导购们喜欢转发对标友商的海报，而媒体朋友则大多会转发这张具有“007”风格的海报。直播开始前，于杰把我拉到了R6发布会的媒体群里，在宣布R6云端发布会即将开始后，我做了致辞。

下午3点，R6云端发布会在企鹅视频正式上线。和普通发布会直播不同的是，R6的发布会是从一个故事情节展开的。视频中的画面从地球展开，逐渐推进到深圳的高楼大厦。此时，屏幕上映出4个字：中国深圳。紧接着，一个长得很像“007”的人带着密码箱穿梭在大厦和楼道之间，躲避着一群黑衣人的追击。在一阵激烈的枪战后，他成功地逃到一座大厦的楼顶，并登上一架直升机飞走了。最终，这架直升机停在了一个周围满是云朵的大厦楼顶停机坪上。这个酷似“007”的人下了直升机，走进一间房间。一个神秘人物背对着他，待他走来，回过头整了整西装。他把密码箱放到了神秘人的桌前。神秘人起身转动箱子的密码锁。箱子打开，一台发光的优力R6呈现在观众面前。神秘人按了一下手机中间发光的位置，随着镜头的切换，字幕缓缓映出：优力R6，耀·金属时代。

视频中的神秘人正是张华扮演的。他是这场发布会的主讲嘉宾，除了正常的产品讲解，我们还使用了大量符合“007”风格的场景来配合产品解说。张华的演讲很有激情，他的时尚打扮也符合R6的人群定位。中国市场营销中心的同事一边看一边夸赞：“张老师厉害啊！”还有些同事小声说：“比鲁总讲得好多了。”

发布会的点击率一直在涨，甚至远远超过了几个月前的“E8/T5勇往直前”发布会的直播数据。在线观看人数突破百万，打破了2015年国产手机发布会的视频点击纪录，由于观看人数太多，企鹅视频软件甚至出现了几分钟的卡顿。“爆了！”丁杰和我一直在“作战室”，看到后台的数据，他兴奋地和我说。

最后，张华给大家公布了一个惊喜的价格：R6 3GB+32GB版本，仅需1 699元。听到这个售价的时候，正在“作战室”的我都能听到室外的欢呼声。产品售价在发布会前是严格保密的，只有我、张华和于杰等少数人才知道。这个价格在同等配置的产品中很有竞争力。虽然这款手机的电池容量是3 200mAh，但它不同于M5商务风格的时尚外观加上极具性价比的价格，让这款产品颇具爆款气质。看完发布会的代理商都纷纷给我发微信，说这个发布会搞得好，这个定价肯定能让产品大卖。

其实，我在发布会的最后还设置了一个彩蛋。视频中，这个酷似“007”的人在直升机上慢慢清醒过来，好像做了一场梦。这时，他手中的优力R6手机忽然响起，新信息显示“New Mission：T5 Plus”。

直播结束后，于杰又把媒体的关注点重新拉回了微信群，我和张华在群里回答了媒体关于公司和产品的一些问题。

这次云端发布会的举办非常成功。不仅是优力销售体系内的代理商和导购，连媒体也对这次发布会好评如潮。他们从来没有见过这么有创意的线上发布会。而且，这次发布会的热度完全超过了一般的线下大型发布会。

为了维持发布会的热度，公关部又做了一个以“特工来电”为主题的优力 R6 的 H5 页面。这个页面再次刷爆了“朋友圈”。两天内，页面的访问量超过了 16 万，独立访问用户数超过了 10 万。

20

剑走偏锋

R6 的成功发布让我在优力的代理商体系中名声大噪。大家都在说，丁总请来了一位厉害的副总裁。好多代理商老板和总经理也给我打电话，说他们熬了两年，终于看到了希望。

代理商们对鲁伟意见很大，他们的意见集中在产品和营销上。前几年，鲁伟主导的产品完全放弃了优力在商务上的优势，一味寻求时尚和超薄。结果，优力在这两年几乎没有出过爆款产品。

在营销上，鲁伟一开始的策略是“以小豆反小豆”，结果画虎不成反类犬，把互联网营销做得一塌糊涂。后来，优力虽然又回归传统广告，但随着以前的品牌副总裁老高的辞职，品牌部由鲁伟代管，他的专业性可比老高差了不止一星半点。

现在，代理商们看到优力采取了完全不同的营销打法，也看到了这一打法的显著效果。当然，代理商们也有不少广告宣传上的诉求。我对他们解释道，今年预算比较有限，我会把预算全用在下半年的 T 系列旗舰机上。

今年的预算确实捉襟见肘，为了 T5 Plus 的发布，我现在根本不敢用大钱。于是，除了正常的新闻传播和之前就已经投放的广告，我每天都苦思冥想该如何用最少的钱去做大新闻。

虽然 R6 已经发布，但我的推广重心还是放在了售价更高、利润也更高的 T5 上面。为了扩大 T5 在商务人群中的影响力，我和国内最顶尖的商学院五道口商学院一起，做了一个《超级续航，聊上 3 天 3 夜》的论坛，在五道口商学院连做了 3 天的活动。这个论坛格调满满，唯一让我不太满意的是我们不能在论坛中植入硬广。

于杰和我又做了很多小的事件营销。例如，用 T5 的 OTG（电子设备数据交换技术）反向充电功能给电饭锅、电冰箱、电瓶车等电器充电，以此证明 T5 续航能力的强劲。我甚至还想用 T5 给特斯拉充电，但没能成功，汽车只是勉强动了一下。

这些事件营销只在优力的导购群体中反响较好，社会影响力一般。我感到不太满意。于是，我给在上海的尹娜打了电话，让她赶快飞深圳一趟："我要搞事情。"尹娜一听有单子，迅速说道："马上到，明哥！"不过，于杰听说我要用尹娜，还有些不同意见。他熟知公关行业，也知道尹娜的能力，但他觉得尹娜往往剑走偏锋，不容易把控。我跟于杰讲，做小预算的事件公关，不剑走偏锋很难成功。

尹娜早上接到电话，晚上就从上海赶到了深圳。晚上，我和于杰、蔡忠请她在凤凰楼吃饭。自从来了优力，4 楼就成了我请客吃饭的定点场所。优力的高管在这儿都有签单权，吃完饭签个字就行，凤凰楼的人会去找优力的财务部结账。优力也是凤凰楼的第一大客户。

今天晚上，岳依柔也来了，不过她似乎不太喜欢尹娜，回去就对我说："这女人谁啊，一口一个明哥的。"

"你可别小看尹娜，她本事大得很，网络炒作能力一流。"我道。

第二天，我和于杰、蔡忠、尹娜开了一天的会。尹娜显然在前一天晚上做了一些功课，提了很多利用网络炒作的方案。我看中了两个方案：第一个是女记者探险长白山奇迹生还的故事；第二个则以国产手机不能上飞机制造看点。

我对比了一下这两个方案，感觉第二个方案可能更加劲爆。于是，我让尹娜签了两份合同，先做第一个方案，看一下效果。

尹娜走后，我又向丁杜高汇报了一下我们最近的工作，也说了我准备做的两个事件营销，并且描述了一下两个事件的故事构成。丁杜高最近显然觉得我们的工作成效不错，没仔细听我汇报就同意了。不过，他特别叮嘱了一句："不要去触碰那些公共部门。"

"好，丁总，我不会的。"我道。

这天已经到下班时间了，丁杜高边和我说话边看着电脑，偶尔还点一下鼠标。如果我猜得没错的话，"28 楼东座"应该又在弈城围棋网站上下棋了。

晚上，丁杜高拖着我去附近的一家茶楼找了一间大包间下围棋。不过，他今天没和我下，而是找来了公司审计部的总监李海峰和我下，他则和另外一位棋友下。他介绍说，这位棋友是我们的一位原材料供应商。李海峰棋力不错。不过，他的棋风非常怪异，喜欢使用蛮力。下第一盘时我还有点不适应，输了，第二盘就大获全胜。丁杜高看到我第一盘输了，就笑道："李海峰的棋就是这样，杀上手，我有时候也会被他赚去一盘。"

李海峰的棋看似蛮不讲理，其实也有他的特点，他会在一些别人容易忽视的地方忽然发力，看上去有点胡搅蛮缠。如果不小心，确实容易被他搅进去，但要是适应了这样的风格，下得厚实一点，他也就没有机会赢了。棋如其人真是说得没错，丁杜高把李海峰找去做审计，也算是人尽其才。审计不就是需要发现别人最细微的问题吗？

令我意外的是，第二天一早，李海峰就来找我。他的话让我很惊讶："郑总，我和丁总的关系您也知道了。有些话，丁总不方便说，但是我对他特别熟悉，我想我应该揣摩得出来。"

李海峰道："丁总希望您可以替代鲁伟，他特别看好您。所以，以后鲁伟说的任何话您都不要理。您掌管着公关部，以后不能让鲁伟再出现在新闻报道里了。丁总希望您才是公司对外的新闻发言人。"

李海峰今天和我说的话非常突然。坦白讲，我不太相信以丁杜高这么沉稳的个性，会派李海峰来对我说这样的话。即便他真是丁杜高派的，也不会说话这么直接，我相信丁杜高一定会用更含蓄的方式。

面对李海峰的话，我一时不知道怎么接。"我知道了，"我道，"有空找李总下棋啊！"

“你的棋真厉害，和丁总不相伯仲。”李海峰道。

“丁总才是高手，我输给过他的。”我道。

21 坚强机

若干天后，尹娜那边对有关“长白山探险”事件营销活动的准备工作做得差不多了，我和于杰对她将要用来作为故事中主人公微博号的账号做了检查。这个账号不是新账号，使用人也确实是女记者，并且这位记者平时就喜欢探险和旅游。

为了保密，公关部只有于杰和蔡忠两个人知道这件事，他们负责对接尹娜。为了确保万无一失，尹娜亲自前往长白山跟着这两位女记者执行策划案。两位记者一开始在微博发的图片主要是山水风景，后来还发了她们的装备购买、线路规划、探险攻略等。甚至还有热心网友提供了很多建议，她们在微博上有了点小热度，但这并不是尹娜去推动的，纯属自然热度。自然，这两位女记者微博中标注的手机型号是优力 T5，也没人看出任何异样。

探险完全是真实的，尹娜甚至和她们一起驻扎在了深山老林。事情正按照我们的计划进行。几天后，两位女记者都在微博上发出了求救信息，说她们在长白山的深山老林里迷路了。

这件事被热心网友转发，迅速发酵，一时间成了微博热点。当地警方也证实，他们已经收到了两位女记者的报警，但暂时还无法确定她们的位置。

在发出第一条求救信号后的第七天，两位女记者靠着手机最后的电量，终于通过当地派出所的帮助脱离了险境。

在求救的 7 天时间里，两位女记者断断续续拨打过电话，也发过微博，并且向公众说明了在深山老林里找不到电源的事实。她们的获救迅速成了微博热点，国内很多媒体也对她们的遭遇进行了报道。为促进事件的发酵，尹娜在背后助推了一把。但这件事的新闻性太强了，发表什么评论的网友都有，甚至还有人提到了《盗墓笔记》，说这本书害人不浅。因为从这两位女记者以往的微博来看，她们都是《盗墓笔记》的粉丝。当然，大多数网友都在强调旅游安全。

另外，好奇女记者的手机电量为什么能坚持这么久的热心网友也有很多，他们从女记者微博上标注的手机型号发现她使用的是优力 T5。一些媒体也发布了名为《女记者长白山失联获救，优力“坚强机”躺枪》的新闻，而且这条新闻的转发量惊人。

在这些新闻发布之后，于杰安排优力官方发了一条微博，完全没提“坚强机”的事情，只提醒大家外出旅游时注意安全。

代理商们似乎看出了一些端倪，于是不少人打电话问我，这一事件是不是我们在背后操作的。我一概否认，说只是偶然，和我们没有关系。他们在公司其他部门也完全问不出情况，就连董丽也不知情，她甚至还跑过来跟我说：“微博上闹得很大的那个长白山失联事件的当事人，用的是我们的手机，我们的手机卖得还真挺好。”我笑笑道：“真挺好！”

丁杜高提醒我，这次的事件惊动了地方派出所，虽然没有出事，但以后千万要注意。

确实，有媒体怀疑这次事件是我们在炒作，但我们做得严谨，让人找不着一点证据。由于优力的官方微博也没有提此事，这件事给人的感觉就像是自然发酵而成的。

导购们那儿可热闹了。卖手机的时候，不少人指着报纸或者手机里的新闻就跟顾客说：“优力‘坚强机’，知不知道？要不是优力有超级续航功能，这两位女记者绝对走不出长白山。”那一阵子，导购们个个都觉得扬眉吐气。

岳依柔也终于被我说服，用优力 T5 换下了她一直在用的苹果手机。她经常在外面跑，逢人便推荐 T5，说我们的续航确实太赞了，导致她的很多客户真的换了优力。

李大为和我继续讨论 T5 Plus 的策划方案。我见了他好几次，越谈越投机。我非常喜欢他的风格，每次开会，李大为的结束语都是“和厉害的人，一起做厉害的事”。

他夸我把长白山女记者失联的案子做得很成功。我说不是我做的，他回了一句："拉倒，我可是干这行的。"

李大为为 T5 Plus 做的方案是"'复活'黄家驹，让 Beyond 四子重聚，同唱《海阔天空》"。不过，我对 T5 Plus 和这个方案之间的关系还不太清楚。李大为最初的提案主题是"这是款'为有经历的男人'做的手机"。这个提案确实符合 T5 Plus 的商务定位，但他想了几个广告语，我都不太满意。我的要求是，广告必须与产品强关联，但关于《海阔天空》这首歌和产品的相关性问题，我们两个暂时都还没想清楚。另外，如何"复活"黄家驹，如何让 Beyond 四子重聚，这些都是问题。而且，在 Beyond 组合中，有两位成员似乎不太合得来。

长白山女记者失联事件发酵了几天就慢慢淡了下来。尹娜又给我打来电话："明哥，你看第一个案例我们做得多成功啊，啥时候做第二个啊？"

"上次让你别碰公共部门你还是碰了，我差点被老板骂，"我道，"微博上有很多人说这两位女记者占用公共资源。"

"那不是没办法吗？"尹娜道，"再说，这不是啥事儿都没有吗？新闻炒作不可能没有负面评价，全是正面评价是炒不起来的，有争论才有传播。"

客观来说，尹娜说得对，炒作就像炒鸡蛋，不能只炒正面。第一个案例确实非常成功，这让我坚定了做第二个案例的决心。因为我们哪怕用 10 倍或 20 倍于此的费用去投放广告，也很难获得这么大的声量。

尹娜又飞到了深圳，和我讨论"国产手机不能上飞机"的事件营销架构设计。我们把这个事件设定在浦东机场，营造的故事是：在头等舱候机室里，一位拿着最新款苹果手机的女士在走路时被一位拿着优力手机的男士意外碰掉手机，女士大为恼火，从而导致两人产生了口角。这一事件被路人意外拍下，并发布到网上，路人的举动引起了此事件的迅速发酵。

我们为这位争吵中的女士设定了一句"金句"：你一个拿国产手机的坐什么飞机。我们认为这句话必火无疑，而且一定会成为网络流行语。我们又反复推演了舆论发酵后的各种可能性。比如，如果这个事件爆火，会不会有网络营销公司来认领？我们的植入会不会因为事件"被认领"而受到影响？

为了防止这种情况发生，我们设计了一个"陷阱"：我们会提前发一条招聘演员的微博，表示要在虹桥机场演一出公关事件，等"国产手机不能上飞机"事件在浦东机场发生后，我们再出来指责这一事件的蹭流量行为。

但最后怎么把事件和 T5 巧妙地联系在一起呢？我们又设计了一个情节：在“苹果女”打落“优力男”手上的手机后，安排一旁偷拍两人吵架视频的“热心观众”说“这女的好凶，这手机是华兴的还是优力的”，并将这句话作为视频的结束语。我们将这一事件反复推演了几遍，在确保没有问题之后，准备开始行动。

22

国产手机不能上飞机

几天之后的上海浦东机场，一个戴着帽子和眼镜、一副商务打扮的男士风尘仆仆地走到贵宾室候机厅门口。为了确保这一事件进行得滴水不漏，我们甚至为两位演员买了头等舱机票。

一位穿着时髦的女士正在贵宾室门口打着电话，这位男士拖着行李箱一路疾行，在走到女士边上的时候，不小心碰掉了她的手机。

两人的争吵从此开始。摄影师的视频画面也从争吵切入，画面非常晃，明显有偷拍的感觉。

女士的吵架声很大，说自己的苹果手机是最近刚买的，要求这位男士为她被碰坏的手机赔偿 5 万元。

男士虽然道了歉，但是并不愿意赔偿这位女士狮子大开口喊出的价格。“苹果女”还特别强调她的手机是在国外买的，是才上市几天、国内还没有发售的新品。

于是，两人的争吵进一步升级。“苹果女”看到了男士手上的国产优力手机，说道：“你一个用国产杂牌手机的，上什么飞机，爱去哪儿去哪儿。”

“国产手机男”显然也生气了：“拿国产手机怎么了，你不就是拿了个苹果手机吗？国产手机怎么了？”

“苹果女”说出了我们设计的经典台词：“国产手机就是不能上飞机，国产手机来什么贵宾室！”

偷拍视频中的画外音强调了这句话："这个要火了，她居然说国产手机不能上飞机。"

"苹果女"继续发飙，一把将"国产手机男"的手机拍掉。偷拍的视频镜头追着被扔掉的国产手机，随着画面的放大，一个男声画外音响起："好像是优力啊，和我用的一样。"

这时，"苹果女"刚好看到了正在偷拍视频的人，跑过来说："你们拍什么拍？"

"不拍了，不拍了，不好意思。"在男声画外音说出这句话后，视频就被中断了。

当天，这个视频在微博首发后迅速爆红。尹娜打来电话跟我说，她都没想到这个事件会这么火，"国产手机不能上飞机"成了当下最流行的网络用语。

但是，我有点担忧。按照剧本，画外音男声的台词应该是"这手机是华兴的还是优力的？"当年的华兴手机和优力手机的相似度很高，隔着这么远的距离其实很难分辨出品牌。华兴的市场占有率又比优力的高很多，首先提及华兴才是最合理的。至于最终的品牌确认，我们其实根本不需要担心。只要是视频能火，自然会有数码极客来辨认。

由于接踵而来的新闻和网络信息太多了，我们根本无暇顾及这个纰漏。全国20多个卫视都对这个新闻进行了报道，这一事件更是在纸媒和自媒体的讨论中被反复提及。

第二天，事件继续发酵，"国产手机不能上飞机"这一词条在百度的搜索量竟然达到了400万，连"优力"也成了搜索热词。一位小有名气的说唱歌手还连夜发布了一首名为《国产手机不能上飞机》的歌，获得了非常高的点击量。

此外，许多互联网公司也赶来蹭热度，连的的打车公司都发声明说："欢迎使用国产手机打车。"我的朋友圈里很多以前和优力没什么联系的朋友也都转发了这个事件的相关报道，有人讽刺"苹果女"，有人质问国产手机凭什么不能上飞机，还有人对"国产手机男"的反击表示赞同。

"国产手机不能上飞机"事件在此时已经成了2015年最火爆的网络事件，甚至超出了我们可控的范围。这件事不只有网民在热烈讨论，大量的网络媒体、纸质媒体、广播媒体和电视媒体也纷纷加入讨论。

此时，负面评论也出现了，有人质疑这一事件是国产手机品牌的网络炒作。小豆手机的公关总监就公开说："这绝对是优力的无良网络炒作。"

第三天，事件还在发酵。网友扒出了之前由一家广告公司所发的在虹桥机场招聘演员的微博，说这是一出优力自导自演的戏。尹娜赶忙联系有影响力的博主指出这一事件明明发生在浦东机场，和虹桥机场没有任何关系。尹娜又联系上海本地大媒体《沪江早报》，发了《“国产手机不能上飞机”是营销吗？》的平面大稿。这篇稿件对事件的来龙去脉进行了全面剖析，也对贵宾室的服务员进行了采访。服务员证实了确实有人在吵架，并且表示两人的争吵不像是表演。

晚上 8 点多，我又让尹娜发来了这两天的媒体监测报告。之前，我也让于杰做了与这件事情相关的媒体评估。评估显示，公众态度不一，大多数是指责“苹果女”的，但是也有两成左右的人质疑优力在进行公关炒作。

我仔细看了尹娜递交的媒体监测报告：各个平台对于该事件持正面或中立态度的评论较多，在全部评论中占 78.34%。负面评论较少，微博平台的负面评论占比最高，达 31.23%。

与此相对，视频平台中仅有 15.23% 的评论认为该事件是营销炒作事件。就整体网络舆情而言，57.49% 的评论正面讨论了该事件，20.85% 的评论持中立态度，只有 21.66% 的评论谴责优力在炒作营销。虽然我还是很担心，但总的来说，指责我们炒作的新闻还是少数。

于杰还没下班，跑来办公室跟我讲：“这事好像还是有点儿风险，网络炒作已经超过我们能控制的范围了，虽然声量很大，但是负面评论也不少。我们要不要想点办法让它冷下来？”

“炒作嘛，肯定是越火越好。但是这件事情确实搞得太大了，连小豆的公关部都被我们引出来了。但这么好的广告效应，没有几亿元还真做不出来。”

这次的事件营销费用总共 90 万元，除了拍摄视频的费用，还有一些媒体费用。这次的总花销虽然比上次的长白山失联事件高不少，但影响力却远超当时的 10 倍。总的来说，我认为这次营销做得值。

晚上 12 点多，我正准备洗漱，忽然接到了丁杜高的电话。丁杜高在电话里颇为恼怒，还在微信里把小豆营销总监的那条微博转发给了我，并说：“郑明，你立即停止‘国产手机不能上飞机’的炒作，所有新闻稿都不准再发了。明天早上 9 点，你带上公关部的所有人，来我办公室一趟。”

我心里一凉，我之前向丁杜高汇报过这个事件，没想到他现在会是这个态度。

我没再多想，马上给于杰打了电话，让他停止所有媒体稿件的刊发准备，明天一早和我去丁总办公室。

“出啥事了，明哥？你不会有啥事吧？”于杰听到我着急的声音，倍感焦虑。

“我也不知道，明天早上才会知道。”我道。

我还是不放心，又打电话给尹娜，要她也停止所有稿件的发布。尹娜完全蒙了：“为什么，明哥，为什么？这件事有望成为今年最火爆的网络事件。而且，到目前为止绝大多数舆论都是正面的，明天的舆论也会是正面的啊！”

我几乎能听出尹娜的哭腔，她好不容易做出一个爆红的网络事件，忽然就被停掉了，她的难受我能理解。

“尹娜，是我们内部出了状况。我现在还不知道发生了什么事，但是公司要我停止所有动作。或许因为这件事情，我的位置也会不保了。”我这么说，是因为我对明天早上将要发生的事情有一种非常不好的预感。

23

批评会

第二天早上 9 点，我准时来到公司。丁杜高不在办公室，他的秘书朝我使了一个眼色道：“他们都在大会议室呢，鲁总也到了。郑总，您要小心。”

我赶紧带着于杰和公关部的人到了大会议室。会议室里气氛肃然，除几个留给我们的位置外，前两排都坐满了人，有四五十人的样子。我赶紧找位置坐下。

丁杜高点了一根烟，缓缓说道：“昨天，有人给我反映了中国市场营销中心正在做的这个公关事件引起的舆情。自优力成立以来，从来没受过这么多非议，我们成了网络焦点。这件事情，要严肃处理。”

我有点着急，想争辩几句：“丁总，这个事件确实是我们在操作。但是，我们的出发点是好的，希望增加品牌声量。而且，在整个舆论场中，这个事件的负面评论只有两成，超过一半的评论都是正面的，剩余的两成是中立的。”

丁杜高发怒了，这是我第一次见到他发怒，他怒道：“郑明，你以为你聪明，我比你更聪明呢。我们不能做这些投机取巧的事情，这会伤害优力的品牌。”丁杜高说着，狠狠地拍了一下桌子。

我本来以为他拍完桌子还要继续骂我。没想到，说完这几句，丁杜高又拿出一根香烟抽了起来：“你们大家说说吧。”他指了指办公室里其余的人，示意大家发表意见。

中国市场营销中心经理以上级别的人都来了，应该是丁杜高让秘书一早叫来的。此外，今天还来了几位副总裁和其他部门的总监。鲁伟坐在丁杜高边上，没有说话。他神情严肃，冷冷地看着我。

于杰首先承认了错误，他把事情都揽到了自己身上。我有点听不下去，但同时也觉得于杰够义气。我打断了于杰的话，说道：“这个决定是我做的，跟于杰没有关系。于杰只是执行人，他还提醒过我有风险，是我没听。”

于杰没再多说，低下了头。他才来没多久，就遇到了这么大的事情，心中很是惶恐。

蔡忠说得比较委婉：“事情的出发点确实是好的，郑总很想尽快提高品牌的声量和品牌的势能。但是，我们处理问题的方式出错了，是我们做得不好。”可能是久经大场面的缘故，蔡忠说话并不像于杰这般惶恐。

其他部门的评价好坏参半，但毕竟丁杜高表了态，大家多多少少也要就这件事批评一下。

王立讲话很简短，只是说了一句：“我们做事还得更谨慎。”他并没有直接批评我。

其他部门也没人批评得太狠。我刚来没多久，他们其实也摸不清楚状况。这次事件的炒作虽然一直处于保密状态，但新闻发酵之后，绝大多数同事都知道这是我们在操作的，很多人还特别兴奋。最兴奋的要数代理商和导购们，他们有些人直接就在群里说“炒作得好”。

让我备感意外的是，对我批评得最厉害的，反而是毛冬梅。她声泪俱下地诉说她如何热爱优力品牌，不能看到优力品牌被这样抹黑，说我们坚决不能做这样的事情。她又说自己并不清楚这件事情的全貌，要是清楚，她绝不会执行。

毛冬梅的表态让我颇感意外。“抹黑什么了？你真会装样子。”我面无表情，但是心里暗暗骂道。

李海峰的话也说得非常严厉。他不仅讲了我们在这次的事件营销上花了 90 多万元的事情，还说我们事先根本没和审计部沟通，否则审计部绝不会让这种事情发生。李海峰又跟我翻长白山事件和云端发布会的老账。他说我们在长白山事件中就用了这类非常有损公司品牌形象的做法，还用云端发布会的海报攻击友商，这些都犯了严重错误。

“批评会”开了整整一上午，到中午 12 点还没散。最后，鲁伟和丁杜高进行了总结发言。鲁伟把这件事情讲得非常严重，把刚才同事们批评的言论总结了一遍，还直接批评我“严重损伤优力品牌，做市场的方法有严重问题”。

丁杜高最后没有多说，只说“你们要反省，要整改”，就结束了会议。

“批评会”开完，我和于杰都垂头丧气。整个下午我都待在办公室里没有出来，也不敢去找丁杜高。一下午，除了于杰，中国市场营销中心的同事也没人来找我。

我今天没有加班，6 点多就回了东海花园。我觉得我应该要写辞职报告了。晚上，岳依柔来我家里吃饭，才知道今天出了这么大的事情。我跟她讲：“可能我要辞职了，但是我不甘心啊！事情才刚刚做起来，我就得被逼走。”

岳依柔也吃不准丁杜高的想法，她没有在现场，很难对事情做一个准确的判断。但她安慰我道：“别灰心，郑明。失业了住我那儿，我养你。”

在我最无助的时候，岳依柔一直鼓励着我。这一夜，我几乎没有睡觉，夜间醒来好几次。这是我到优力以来心理压力最大的一次，我感觉我的前途未卜。

第二天早上，我如行尸走肉一般来到公司上班。李大为打电话来问 T5 Plus 发布会的事，我根本没心情和他聊，只告诉他我昨天因为“国产手机不能上飞机”的事情挨批了，现在连我自己都不知道要怎样做，这事儿先停停吧。李大为也不知道怎么宽慰我，只是说：“顺其自然。”

尹娜也来了电话，我跟她讲了昨天的事。尹娜看我垂头丧气，宽慰我道：“别这样，明哥。你永远是最棒的。”

那天，就连于杰也没来找我，我看到他坐在座位上耷拉着脑袋，一副无精打采的样子。

中午吃完饭，到了午休时间，蔡忠来找我。他抽了一根烟，对我说：“郑总，别垂头丧气，会好起来的。这件事我琢磨了一天。我感觉丁总让你参加昨天那个会议，不是为了批评你，我感觉丁总另有深意。”听蔡忠这么一说，我忽然回想起丁杜高昨天说的一句话，他说：“郑明，你以为你聪明，我比你更聪明呢。”我昨天听到这句话就觉得有点莫名其妙。昨天我根本没听明白。但是，今天回想起来，又觉得丁杜高的话好像别有深意。

“主编，你说丁总说这话是什么意思？他好像不只在说这次的事件营销。”

“你在做这件事之前向丁总汇报过吗？”蔡忠问。

“当然汇报过，我知道这件事可能会闹得很大，我能不汇报吗？”

“那就没事了。你想想丁总说这话是什么意思？”蔡忠笑嘻嘻地道。

“我懂了，丁总是要我知道我的敌人是谁。”我一拍大腿。

“我不知道。”蔡忠扶了扶眼镜，笑着把烟掐灭道。

下午，东北的代理商老陈忽然给我来了电话，他也听说了我挨批的事情，他对我道：“这事没啥，非但没啥，我还觉得是好事呢。优力这几年哪有过这么大的品牌声量。这不，你来了就有了。”

老陈是优力体系内业绩最好的代理商，也是优力的大股东之一。老陈宽慰我说，他已经把意见转达给丁总了。

最终，我还是没写辞职报告。

24

优力六条

这一周，丁杜高都没有找我，我只做了一些常规工作。T5 Plus 的事情也被搁置了，我还不知道下一步该做什么。此时原本已经到给尹娜支付尾款的时候了，我也没敢提。

蔡忠和老陈虽然给了我一些宽慰，但我还是不知道未来会怎样。这一周，我都在恍惚中度过。依柔虽然也经常劝慰我，但我依然对自己在优力的前途感到迷惘。

这一天，丁杜高的秘书小田忽然通知我，要我带营销中心经理以上职位的同事去丁总办公室开会。我不知道会发生什么，心里满是忐忑。我已经一周没见丁杜高了。在进他办公室的时候，我看到他的神情没有那么严肃，稍微宽了一下心。丁杜高接下来的话，让我的心更宽了：“这段时间以来，中国市场营销中心的同事们工作还是很积极、很有成效的。”丁杜高列举了我进优力以来的工作成果。他说，中国市场营销中心的工作已经初具成效。“但是，”他话锋一转，“我要给你们立一个规矩，以后所有有关营销、推广和公关的工作都要以此为准则，你们要时刻牢记。”随后，丁杜高说出了日后成为优力营销工作最高准则的铁律：优力“六不六要”铁律。这“六不”铁律分别是不传播谣言，不浮夸，不贬低竞品，不攻击竞争对手，不低俗，不泄密。“六要”铁律则分别是要实事求是，要严于律己，要有格调，要有品位，要有底线，要做一个受人尊敬的品牌。这“六不六要”铁律后来一直影响着我，成了我在优力工作的最高准则。

“蔡忠，你把这个准则也发给所有代理商，优力的整个代理商体系都要遵守。”丁杜高显然想得更远，想把这“六不六要”铁律上升为整个体系的准则。

开完会，同事们散去后，丁杜高留下了我：“郑明啊，你的工作能力很强，不要因为一点事就不敢干了。有问题解决就是，人不可能不犯错，继续好好努力吧。”

“我知道。”我低着头说，“丁总，是我做错了，我以后一定不会再犯这种错误。”

“没事，事情就算过去了。”丁杜高说道。

“这个事件营销的尾款我自己来支付。丁总，我犯的错我来承担。”我道。

“这不能让你承担。”丁杜高摆了摆手，“你把单子拿过来，我来签字。”

我回办公室，把尹娜的尾款单拿到了丁杜高面前，丁杜高迅速签完字，脸上满是轻松，依然保持着他一贯的微笑。

多年以后，我依然感激丁杜高对我这次错误的原谅，同时，我也重新认识了他作为老板的威严。丁杜高不仅是优力的老板，更是优力的精神领袖。他对公司有着强大的控制力，这家公司就是他意志的化身。

这件事之后，丁杜高非但没有削减我的权力，反而更加相信我了。在月度代理商会议的晚宴上，他甚至拉着我和代理商的老板们说：“这是我们以后的董事会成员。”这让我甚是惶恐。董丽在一边陪着，表情非常尴尬。我对丁杜高的话言听计从，丁杜高也很少对我的方案提反对意见。业界都在传说，我现在是丁杜高面前的红人。

于杰在优力的工作取得了很大的进展，他从零开始逐步建立了优力的媒体关系。现在，和我们建立联系的媒体已经接近 1 000 家。以前很多喜欢抹黑优力的媒体也开始为优力说好话了。

于杰把公关部的业务做得非常细，包括自媒体、新媒体、内容、活动等方面，也招聘了很多年轻人。公关部正在成为优力的明星部门。不过，于杰也知道，真正的大考还没有来临，那就是下半年的 T5 Plus 发布会。

公关活动部来了一位新经理叫吴英。吴英以前在国内一家著名的公关公司负责活动，是一位工作非常拼命的客家姑娘。现在，我们接触的媒体和供应商越来越多，为了防止腐败发生，我让中国市场营销中心的所有供应商都签署了《反腐败协议》，并且在我们和媒体签署的所有合同上都加上了最低价格保证条款，保证我们的媒体采购价格是市场最低价格，如果不是，我们会要求对方依合同进行3倍赔偿。

对原先的广告供应商，我也全部重新做了采购价格谈判。楼宇电梯广告共有 3 家供应商，我利用他们之间的竞争不断压价，广告价格竟然被我压到了原先的一半。其中，有一家公司的老板死活不肯松口。我知道他也是围棋爱好者，于是提出通过比赛下棋来定价格的解决方式。我给他提了一个建议，如果我能连赢 3 盘棋，他就每盘降价 25%；如果我输了，就给他每盘涨 25%。他有点犹豫，但耐不住自己也是个狂热的围棋爱好者，终于答应和我比赛。但是，第一盘下来他就溃不成军，直接缴了枪："郑总，你让我两个子我也赢不了啊，你还是饶了我吧。别下了，我降一半儿价格。"

其实，我早就打听到了他的棋力，业余 3 段。哪怕让他 3 个子，他也是没有胜算的。丁杜高知道了这件事后哈哈大笑说："原来下围棋还能省钱啊！"

一年一度的优力杯世界围棋冠军赛就要开始了，丁杜高对我说："郑明，今年我就不去了，你代表公司去吧。颁个奖，发个言，也趁机和世界冠军们切磋一下。"

"丁总，我最近太忙了，还是让别的副总裁去吧。"

"只有 3 天时间，而且有两天还是周末，你最近也忙，去贵州放松一下。"

比赛地点在贵州的贵阳。以前的围棋比赛都是丁杜高亲自出面。现在，他把这个机会让给了我。

25
世界冠军

几天后，我安排好中国市场营销中心的工作，就准备出发去贵阳了。因为时间在周末，岳依柔嚷嚷着要跟我一起去。我想，这也不是什么重要的工作，就和她一起成行了。

这是岳依柔第一次和我一起旅行。她特别兴奋，前一天晚上整理了半天行李。这次比赛的承办方是优力在贵州的代理商方笑天。我和他打了声招呼，说我女朋友要一起来。方笑天连声说："安排，安排。"

方笑天以前是公司的财务，从大霸王时期就跟着丁杜高。丁杜高创办优力之后，他先在总部工作，后来又在东莞工业园负责财务。5 年前，丁杜高把贵州省代理公司交给他负责，并且给他提供资金，支持他创业。

当时，贵州是一个产品销量很差的省份，几个大股东在分地盘时要的都是大省份和大城市，贵州就成了没人要的骨头。没想到方笑天去了之后，贵州省代理公司的业绩节节攀升。2014 年，贵州省代理公司虽然因为鲁伟的产品策略也出现了一些亏损，但是今年业绩突飞猛进。据方笑天说，他们今年半年的业绩已经是去年全年的两三倍了。

方笑天和我年纪相仿，看起来似乎还比我大一两岁，但他一接到我和岳依柔，就对她一口一个"嫂子"地叫，这让岳依柔特别高兴。

我到贵州第二天比赛就开始了。按照围棋界的规矩，比赛前一天晚上会有个仪式，这在日本叫作"前夜祭"。日本围棋虽然已经衰败了，但是，日本毕竟是第一个将围棋和围棋比赛职业化的国家。在段位制、新闻棋战、商业赞助、头衔战以及围棋礼仪等方面，中韩两国都深受日本影响。

优力杯世界冠军争霸赛算是一次"季后赛"，参赛选手都是去年拿到过世界冠军的棋手。比赛规则比较简单，采取单淘汰制，冠军战也是一盘定胜负。由于日本去年没有世界冠军，我们就特邀了日本去年的棋圣战冠军井田裕泰九段。因为去年韩国也只有一位世界冠军，所以来的大都是中国选手。

我特别叮嘱方笑天，第二天选手都要比赛，就不要给他们敬酒了。方笑天虽然在每桌都放了茅台，倒也确实只是意思了一下，没有像在代理商会议上那样放开喝。我代表公司发表了致辞。这次，我没有让公关部准备发言稿，只讲了自己对围棋的热爱，以及优力一直以来对围棋事业的全力支持。职业围棋界的朋友听说优力高层中又来了一个围棋爱好者，也特别高兴。这些棋手中，也有我认识的人。我在北京的时候，也和职业棋界有些交流。

致辞后是抽签分组环节。这个环节的气氛很轻松，因为这个比赛的友谊赛成分居多。虽然冠军奖金高达 50 万元，但比赛成绩并不计算入职业赛等级分，因此棋手也没有太大的压力。

前夜祭结束时还不到 9 点，棋手们早早回房休息了。我的房间被安排在最高层的套房，能俯瞰半个贵阳城。虽然当时还是夏季，但是贵阳向来是一个“凉都”，气候凉爽舒适。

次日是比赛的第一天，我准备留在酒店观战。而岳依柔不懂围棋，方笑天便安排他太太陪岳依柔一起去黄果树瀑布玩。依柔知道我是在工作，并没有怪我不能陪她。

第二天早上，依柔和方笑天的太太去了黄果树瀑布景区，我和方笑天则进了观战室。早上 9 点，比赛正式开始。

观战室的气氛比较轻松，这毕竟不是重大比赛。大家从视频上观看着对局室的战况，几位棋界前辈在做对局研究，他们身边都围着一群人。我看到了叶瑞，他是著名的围棋记者，今天也来到了比赛现场。

“你好啊，叶记者。昨天晚上没看到你啊！”我道。

“我昨晚到贵阳时已经比较晚了，没参加晚宴，今天早上就直接过来了。郑总，您加盟优力了，以后要更加支持围棋事业啊！”叶瑞说道。

我和叶瑞在北京的时候就认识，叶瑞可以说是国内排名第一的围棋记者。他在《体育周报》任职，这份报纸的围棋版几乎全是他的文章。

“郑总，比赛还早，不如我们下一盘？”叶瑞说道。

“好啊，这氛围，下棋正好。”我道。

我和叶瑞找了一张桌子入座。观战室里放着七八桌围棋，正被使用的不过三四桌。叶瑞以前没有和我下过棋，不过，据说他是强5段的标杆。只要能赢他，棋力就是强5段。我们坐下猜先，叶瑞猜到黑棋先行。这盘棋的局面一直比较焦灼，叶瑞不愧是著名的围棋记者，棋艺也是相当了得。在官子阶段，他吃了点小亏。最后，我不多不少赢了半目。

“我输了，郑总。优力有幸又多了一位围棋高手。”叶瑞说道。旁边正在观战的职业棋手和记者也都围了上来，看到我赢了叶瑞，这才知道丁杜高派我来是有原因的。就像叶瑞所言，优力又多了一位围棋高手。

下午，观战室的人少了很多，大家都开始聊天，不太关注赛况了。但我注意到有位老人始终正襟危坐地盯着对局室监视器的屏幕，在棋盘上认真地摆着棋局变化。我认得他，他是旅日职业棋手林山海九段，日本棋界的泰山北斗，是围棋史上最有影响力的棋手吴清泉大师的大弟子。早在20世纪60年代末，他就和日本的另外一位棋手大竹开创了围棋史上的竹林时代。到了20世纪八九十年代，他依然是日本棋界公认的六大超一流棋手之一。

林山海九段有个外号叫“二枚腰”，因为他韧性极强，很难被击倒。1991年，林山海九段还在世界大赛上击败了中国的“棋圣”聂和平九段，成为世界冠军。

这么资深的前辈棋手还如此兢兢业业，我非常感动。我对着林山海九段认真研究棋局的背影拍了一张照片，发了一条朋友圈。叶瑞看到我在拍照，过来说：“让林九段指导一下？”

林山海爽快地答应了。他问了我的棋力后说：“3个吧。”

我摆上3个黑子，致意后，就和林山海九段下起了指导棋。指导棋是高手对下手的让子棋，根据双方棋力的高低，让下手先摆上几个子再下棋的对局方式。

林山海九段棋力高超，本来与这样的高手下让子棋，我应该下得稳健保守一点才对。但我喜欢战斗的毛病又犯了，竟然和林山海九段在棋局中相互对攻对杀了起来。我想大概没有人会像我这样下指导棋吧。最后，我杀了林山海九段一条大龙，当然，在他杀了我一条更大的大龙后，我败下阵来。

有些先结束比赛的棋手也来到了观战室。一位18岁的世界冠军特别引人注目，他就是王星杰九段，我加了他的微信。虽然我也喜爱围棋，但我内心其实不太赞同我们前几年的围棋赞助方式。前几年，我们只聚焦于赞助而不求商业回报，更不曾致力于扩大围棋的传播影响力。在中国有几千万的围棋爱好者，如何把围棋赞助进一步商业化，如何通过围棋来扩大优力的品牌影响力，我得思考一下了。也许，像王星杰这样的年轻职业高手，有着更多可被挖掘的商业潜力。

26

一城一牌

第二天，比赛继续。但今天我不准备观战了，我约了方笑天，去看了一下贵州的县域市场。这并不是我心血来潮。从总部的数据分析，优力的优势主要在三、四线市场，但这里的营销策略要做哪些调整变化，我也想通过对市场的调研来做出判断。

贵州的市场做得非常扎实，方笑天没有采取 OVVO 和丽音的二级批发模式，而是通过各地的办事处直接掌控了贵州地县的终端市场。

这一天我们跑了 3 个县域市场。基本上，华兴的产品在县域市场就已经不多见了，在普通手机卖场中也寥寥无几。华兴想将一、二线市场做得火热的专卖店复制到三、四线市场几乎是不可能的。优力在县域市场的主要竞争对手就是和自己同为“线下三杰”的 OVVO 和丽音。在鲁伟掌管公司的那两年，由于产品线和市场推广策略都出了严重问题，县域市场被我们“丢”得非常严重。现在，T5 和金钢的上市弥补了优力产品线缺陷。因此，优力在贵州的县域市场正处于全面复苏的阶段。

OVVO 和丽音主打的“时尚”概念通过这几年的传播，已经深入消费者的心中。这两家公司制造的手机虽然也被深圳手机界戏称为“厂妹机”，但厂妹本来就是一个非常庞大的群体，尤其在三、四线市场，这样的消费者才是真正的主流，正是他们在用钱为我们的品牌投票。

来优力这半年，我已经慢慢有了清晰的市场策略，那就是在渠道上做到和华兴的差异化，在产品上做到和 OVVO、丽音的差异化。现在来看，华兴成为中国市场的老大已是不可改变的现实。优力要做的第一件事就是挤上国产手机品牌第一梯队的阵营，缩小和 OVVO、丽音乃至华兴的差距，不至于掉队。

我刚入职的时候，第三方数据公司的调查显示，我们的市场份额排在国内手机公司第十四位。随后的几个月，我们奋起直追，已经排到了国内第六。上个月，我们在国内的市场份额刚刚超过苹果，但排名低于小豆，也低于韩国品牌。

苹果的排名往往会让人感到意外。实际的情况是，作为国际大牌的苹果几乎只在北上广深等超一线城市才占据一定的优势，在中国更广泛的其他地域市场中，苹果的销售情况不太好。在这些地区，苹果不仅分销网点少，普通消费者对其产品高昂的售价也难以承受。当然，我们只在销售台数上刚刚超过苹果。苹果的平均销售单价是我们的很多倍。2015 年，优力手机的出厂平均单价还只有 800 多元。

丁杜高这几个月每次开代理商会议时都要求狠抓销售的网点数、柜台数和导购数，这是非常正确的要求。没有这几项基础数据，优力即便做出再好的广告也无济于事。其中的另外一重逻辑就是对产品力和品牌力的注重。在鲁伟掌管优力之前，优力的品牌力远超 OVVO、丽音和华兴，但之后鲁伟在产品和营销策略上都犯了严重错误，最终导致优力市场终端的萎缩和导购的流失。

随着我们对产品问题的解决，导购的招募和培训工作也得到了空前加强。张华几乎每周都飞往全国各地，带领团队给代理商体系的导购们做培训。谈起导购能力，“线下三杰”是最强的。如果没有这些销售能力一流的导购，优力恐怕在鲁伟那个时期就已经完了。

我现在要解决的是品牌力的问题。T5 的广告资源在我来之前就消耗得差不多了，主要消耗在了电视广告和楼宇广告上。这些广告对县域市场的覆盖明显偏弱。尤其是电梯广告，基本只集中在一、二线市场，而在作为我们重点市场的三、四线城市基本不见踪影。

许琳的部门对三、四线市场和县域市场的媒介策略做了研究，认为优力在这些地区应当主打户外广告。这点我同意，但怎么打好户外广告是我来贵州前就有的一个疑问。

中国的县城是中国人生活的缩影。很多出生在农村的人在外打工、经商，“荣归故里”之后都会在县城买房。县城也是中国县域市场的核心。而且，县城中心位置的户外广告对整个县城的影响力极大。一般来讲，中国的户外广告都被重点投放在了一、二线大城市或高速路上。这一做法的问题其实非常突出。一、二线大城市的户外广告费极贵，尤其在北京这样的大城市，一块广告牌每年的费用就接近千万。而高速上的户外广告大多在路人眼前一闪而过，触达的人群很有限。有没有可能通过打包全国县城的资源，利用县城低廉的广告价格，形成全国性的品牌联动呢？这是我在贵州探访县域市场时思考的问题。方笑天也和我说，县城中心的广告位置是最好的，但价格相应也会比较贵。“要总部支持啊！”方笑天说道。

这天，我们回到贵阳时已经很晚了，岳依柔也在贵阳和方笑天的太太逛了一天，我回来时她早已经入睡了。

第三天是比赛的最后一天，年轻的王星杰九段获得了冠军。晚上，主办方召开了颁奖晚宴，方笑天给冠军颁了奖，我则给亚军颁了奖。我本想当晚就飞深圳，但方笑天无论如何都要留下我，于是我只能改到第二天下午成行。

中午，方笑天一家和他们公司的总经理来给我送行，在一家苗寨请我吃酸汤鱼。这是具有贵州特色的美食。苗寨的姑娘们劝酒很有一套，她们载歌载舞，气氛非常融洽。我们回到深圳时已是傍晚了。

我刚下飞机就给许琳打了电话，让她和她部门的人在办公室等我，我要和她讨论一下优力在县域市场的广告策略。到了办公室，我把贵州的情况说了一下，也让许琳讲了讲她们部门最近对县域媒介做的研究。大家想出了两个主要策略：一个是在全国的县城中心实施“一城一牌”策略；另外一个是在全国乡镇做刷墙广告的策略。

我们讨论的结果是，乡镇的刷墙广告太没有格调，而且媒介资源太过分散，监播非常不容易。此外，乡镇的媒介环境复杂，这项策略的执行难度也颇高。如果在县城中心设置“一城一牌”，监播不成问题。优力在全国有几万名导购，广告牌的任何风吹草动都会被导购在第一时间获知。最关键的是，县城中心的广告牌非常便宜，而且我们刚好有对应的广告公司资源。这些公司的广告牌都是按块卖的，还从来没有一下子卖过几百块。

我和许琳商量后决定，直接下 1 000 万的订单，进行全年投放。如果今年效果好，明年继续追加，扩大投放范围。

果然，做乡镇户外广告的公司从没见过这么大的广告订单。他们竞相压价，最终给了我们一个非常便宜的价格。

至于媒体投放点位的选择，我一点都不担心。许琳把备选的投放点位发给了每个省的代理商。代理商们非常积极，仅用几天时间就选好了点位。他们太熟悉自己所代理的区域了。

在我们的广告上刊时，广告公司稍有差错，导购们就会在群里给我们发照片。比如，哪里的大风刮了广告牌，哪里的显示屏出了错，许琳和我第一时间就知道了。广告公司得知消息的时间往往比我们还晚。我们分布在全国的导购非常珍惜这些广告牌，每天都有导购拍下这些广告牌发朋友圈，这些广告牌就是他们的骄傲。还有人发朋友圈说：下班了，看着马路对面的优力广告，放心地拉下了店门。在代理商会议上，几乎所有代理商都在称赞我们这个“一城一牌”的策略。在还没来得及上牌的城市，代理商也经常来找我，要求上广告。

借着“一城一牌”的推广，我继续要求代理商改造门头，把商店的门头换上优力的品牌标志。有些重要门店改换门头的费用实在太高，我便给他们“开了后门”，从“一城一牌”的广告费用中支出门头费。

最终，“一城一牌”策略成了2015年户外广告投放的经典案例，连广告公司都拿着我们的案例去别的行业做推广。实际上，“一城一牌”策略对广告媒介部来讲也是一个不小的推动。许琳是擅长投放电视广告的专业人士。但是，通过“一城一牌”策略，她发现了广告组合应用在市场营销中的效果。

以前，优力的品牌部门几乎不和销售部门打交道。那时，张华和毛冬梅的部门也不属于营销中心，而属于销售中心。优力的品牌部门只是一个单纯的广告投放部门，而且投放的也大多只是电视广告，很少将广告和户外的交通枢纽或楼宇相协同，更别提投放互联网和社交媒体广告了。优力的这一倾向和当时的副总裁老高出身于电视广告行业有关。

许琳的学习能力很强。她已经完全从电视广告的局限中走了出来，不仅认真地研究了户外的交通枢纽和楼宇广告，还研究了于杰分管的互联网媒体和社交媒体上的广告，得出了许多心得。于杰在投放广告的时候经常会主动向许琳请教，许琳也和于杰分享了很多广告行业的经验。这是最让我欣慰的地方，当初我把品牌部门拆解成了两个部门，没想到这两个部门的协同性反而变得更好了。

我有空也会和于杰、许琳探讨一些专业问题，我们会讨论麦克卢汉，也会讨论公关之父伯奈斯。当然，我们讨论得最多的还是广告和公关的策略。“广告公关化，公关广告化”不仅仅是我的一句口号，而且正在逐渐成为具有优力风格的营销策略：从一个大创意开始制造事件，通过公关把事件放大，形成一种“风潮”，然后再通过广告收口，将创意落实到具体的产品上。这一理念正是我和于杰、许琳多次沟通和讨论的结果。

27

我妈来了

我在深圳的工作异常忙碌。时间过得很快，转眼到了10月。

国庆节期间，我没有回上海，大多数时间都在加班，不是在考察市场，就是在办公室里开会。

T5 Plus 发布会的时间已经被定在11月下旬了，时间非常紧迫，还有很多准备工作需要做。这对我来讲是一次全年大考。

T5 这一产品虽然算成功，但销量只停留在200多万台，没有打破旗舰机的历史纪录。这当然情有可原，因为T5正是在整个优力最低迷的时期发布的。T5的发布有它的历史意义，它不仅拯救了优力，还促进了其他产品线销量的提升。我们在国内的产品总销量已经恢复到了150万台每月，好转趋势非常明显。但如果我们要继续突破，真正挤上一线阵营，就必须把T5 Plus卖得比T5更好，从而保持持续增长的趋势。客观来说，T5 Plus只是T5的升级版，在技术上没有本质性的突破，而且电池容量从6 020mAh降到了5 000mAh。电池容量的下降有两面性，好处是我们可以把产品的外观做得更漂亮，坏处是看重续航的消费者可能会觉得不爽。

国庆节的最后一天，岳依柔和我在家里吃饭，我接到了我妈的电话："小明啊，国庆节你怎么也没回家看看啊？这么忙啊！"

"真的忙。妈，您和爸爸都好吗？"我回答道。

"我们都好，但也得看看儿子啊！"我妈继续说道，"你爸呢，工作忙；我呢，退休了也没什么事儿，后天我到深圳去看你。"

"啊，您要来深圳？"我有点惊讶。

“对，后天。你忙你的，不用来接我，你深圳的李阿姨会来接我。对了，李阿姨说，你来深圳这么久了，也没去看过她。这个周末你别安排其他事情，找个地方，李阿姨给你介绍个对象。你李阿姨在上海的时候，可是看着你长大的。”我妈道。

“啊，李阿姨？介绍对象？姆妈，我有女朋友啊！介绍什么对象？”我有点急了，脱口而出。

“啊呦，侬有女朋友了，侬哪能不跟妈讲呢？”我妈一高兴就讲起了上海话。她喊着我爸：“老郑啊，侬儿子有女朋友了，终于有女朋友了。”

电话里，我简单回答了一下我妈关于女朋友的问题，告诉她我女朋友很漂亮，自己开了公司，是山东人。

岳依柔不作声，在一旁拿着饭碗瞪大眼睛看着我。等我挂了电话，她怯怯地问了一句：“这么说，丑媳妇要见公婆了吗？”

我也不知道为什么自己会脱口而出岳依柔是我女朋友，但在深圳的这半年多，我好像已经逐渐习惯了和岳依柔在一起的生活。

“你哪里丑了，我郑明会这么没有眼光吗？”我笑道。

这一晚，岳依柔翻箱倒柜地找衣服，说明天要去万象城买一些新衣服。她说上海多的是些时髦小姑娘，担心我妈觉得她不如上海的女孩子。

“上海女孩子都穿什么啊？”岳依柔问道。

我已经离开上海整整 17 年了，我对上海的记忆只停留在童年和青少年时期。对我真正影响大的反而是在波士顿留学的 6 年和在北京工作的 10 年。别人都说我更像一个北方人。我自己都不知道上海女孩子穿什么，我怎么回答得了岳依柔的问题呢？

我来深圳的时间不长，但我已经完全喜欢上了这座城市。深圳充满了奋斗的气息，而深圳人根本不怎么在意自己穿什么。在深圳是没有“外地人”的概念的，这座城市主张的是“来了都是深圳人”。外来者不需要去习惯这里的方言，因为深圳没有方言。当然，深圳也有它独特的冷漠，这是一种礼貌性的冷漠。但这一点，我在留学的时候早已经习惯了。我不喜欢和人婆婆妈妈地家长里短，与人保持距离才是我的习惯。我还没有“日啖荔枝三百颗”，深圳就可以让我“不辞长作岭南人”了。

岳依柔就在紧张中迎接我妈的到来。李阿姨原本是要介绍她女儿给我的，听说我有了女朋友，也就没一起聚。去接我妈的是我和岳依柔。

我妈下了飞机，还穿着一件外套，但10月的深圳还有30多摄氏度。我妈说：“哎哟，深圳怎么还这么热啊？”

“阿姨好！”岳依柔叫道。

“哎呀，这就是岳小姐吧？”我妈左看看右看看，仔细地端详起了岳依柔：“郑明这小家伙眼光灵啊，岳小姐长得真漂亮。”

“阿姨，叫我小岳就行。”依柔道。

“好，好，小岳。”我妈高兴地说道。

我们出了宝安国际机场航站楼，就上了我的车。今天是我开车。前几个月，丁杜高已经让王立给我配了一部宝马，说是去东莞和市区都比较方便。深圳限牌，公司本来都没有粤B牌照了，王立硬是卖掉了一部刚买了3年的捷达，才腾出了一张牌照。我平时其实很少开车，岳依柔自己有车，所以我的车都停在公司楼下的车库里，一周也开不了几次。

我妈到的时候是下午1点，我送她回家后，就继续去上班了。岳依柔陪着我妈，对我说：“今天早点儿回来吃饭啊！”

下午，我还要和李大为团队讨论T5 Plus发布会的各种细节。前一段时间，审计部的李海峰摸不清楚状况，还问我为什么这个发布会的公关公司没有进行过招标。我很纳闷，创意的事情要怎么招标？难道他李海峰懂创意吗？我没理他，让他吃了几颗软钉子。后来他看到几份我和李大为公司签的合同上有丁杜高的签字，也就不来问了。

当天，下了班我就赶紧回了家。我妈正坐在沙发上看电视，岳依柔在厨房里忙活。我妈看我回来了，对我笑着说：“你这媳妇，赞的！”

岳依柔今天做的菜让我都大吃一惊，有四喜烤麸、糖醋里脊、炸春卷、炒上海青、扣三丝、水晶虾仁，竟然还有我妈最爱吃的腌笃鲜，全是上海菜。我想起她那天问我妈喜欢吃什么，我随口说，我妈一点辣都不能碰，出去也很难适应其他地方的饮食，就爱吃本帮菜。没想到岳依柔竟然还会做上海菜。

我妈看到这一大桌子菜眼睛发亮：“小岳手艺赞的！”

趁我不在，我妈早就把岳依柔的家底问了个清楚，其中，有些事连我都不知道。岳依柔从小长在山东，高考考上了北京外国语大学，毕业后就加入菲基亚，留在了北京。前几年，她来到深圳和朋友一起创业，她是公司的第二大股东，负责业务。她的公司虽然不大，业绩却很稳定。但自从我来了优力，她从来没让我利用职务之便给过她业务，生怕影响我。这一点，我还是很感激的。岳依柔是单亲家庭出身，父亲在她读初中的时候就已经过世，她妈妈一个人把她和弟弟养大成人。她弟弟在深圳的一家外贸公司工作，有时候也会和我们一起聚，和我也挺谈得来的，开口闭口叫我“姐夫”。

接下来的时间我还是很忙，晚上也不怎么回家吃饭，倒是岳依柔天天陪着我妈。我妈在深圳有很多朋友，有一些是当年建设特区的时候从上海过来支援，后来留在深圳的；还有一些是我爸的旧识和老部下。

我妈要在深圳住很长一段时间，岳依柔整天在公司和我家之间两头跑，我感觉有点不好意思。有时候，我想让她直接住在我这儿算了，但是岳依柔说不太方便。我也只好作罢。

28

经历者

优力的年度旗舰手机 T5 Plus 的发布会还在紧张的筹备中，丁杜高也很关心这件事。李大为隔三岔五就来我们公司。起初，我们将发布会的主题定为“经历者”。优力成立于 2002 年，在中国智能手机公司里算成立时间最长的。我们选择这个主题主要有两方面考虑：一方面，优力作为中国存在时间最长的智能手机公司，经历了行业的风风雨雨后依旧初心不改；另一方面，T5 Plus 针对的商务人群主要是 30 ～ 40 岁的男性消费者，这是一群有经历的人。“经历者”的定位可以让我们的营销策略和 OVVO、丽音以及小豆针对年轻群体的策略形成差异，让优力的品牌定位更加明确。

“经历者”的主题和我们将要推出的发布会主题歌曲《海阔天空》之间关联性

不强。该如何去解释二者的关联也是我们需要思考的。这天，我拉着李大为坐在丁杜高办公室开会，讨论发布会的事情。忽然，我有了灵感："既然找不到关联，那我们就直接用'海阔天空'不就结了？"

丁杜高听到"海阔天空"这几个字，两眼也开始发光："'海阔天空'发布会，这名字不错。"

我知道，丁杜高的想法是，要在发布会的名字中体现出优力经历了2015年的生死挑战，现在终于基本扭转了局势。"海阔天空"这4个字，正是优力在2015年的真实写照，或许也是丁杜高心情的写照。

"但是如何让'海阔天空'和产品形成强关联？"这个问题我没有想明白，还是有些担心。李大为忽然一拍大腿："'海阔天空'好啊，我知道怎么才能让这个主题和产品有强关联了。我们可以设计一句金句！"

"你的信念，海阔天空；我的人生，超级续航。"李大为用飞快的语速兴奋地说道，"通了通了，《海阔天空》是一代人的歌，也体现了一代人的精神共鸣。这句话是黄家强对兄长的怀念，也是我们对品牌精神和产品理念的一种诠释，更是把超级续航从功能转变为信念的一句口号！"

那一刻，我们醍醐灌顶。丁杜高、我和李大为都坚信，我们即将迎来优力历史上最成功的一次发布会。

我们挑选《海阔天空》这首歌，也经过了很深的思考。

我们对T系列的营销要和OVVO、丽音面对年轻受众的营销打法形成差异化，T系列对标的主要是华兴的M系列。近几年来，华兴凭借着技术优势发展迅猛，M系列也成了精英人群的标配。在这部分人中，华兴的市场占有率甚至远超苹果。所以，我们要把T系列打造成更符合大众需求的商务机型。但是，如何弥补T系列与华兴M系列之间的技术差距呢？除了提升产品本身的技术含量，我们还需要给消费者一个情感理由。

华兴的营销打法非常直接，经常强调自己在技术上"遥遥领先"。作为不能生产手机芯片的整机集成商，我们在技术上确实不如他们。但是，华兴的产品单价很高，仅次于苹果，这也给我们留下了巨大的市场空间。而这个空间，恰恰是其他品牌不具备能力争夺的。只要我们能满足消费者的情感需求，提供给消费者一个购买理由，再加上我们的产品基本上也能达到华兴M系列的平均技术水平，我们就一定还有机会！

为什么要用《海阔天空》作为发布会的主题歌？李大为当时给我推荐这首歌的时候，我心头一震。我当然知道这首歌。在读书的时候，我也听过很多Beyond的歌曲，如《喜欢你》《再见理想》《光辉岁月》等，这些歌曲我都会唱。Beyond是70后、80后和90后的集体回忆，而《海阔天空》正是Beyond最著名的歌曲之一。

李大为给我看了一个数据，《海阔天空》在2014年的卡拉OK里竟然是被点唱最多的一首歌，它极易引起我们所针对的30～40岁目标受众的情感共振。

说来也巧，在我们确定这个主题的同时，网上也出现了一些民众在体育场、商场里齐唱《海阔天空》的新闻。

这首歌的歌词确实写得太好了，可以说直击灵魂。我在波士顿读书时，在北京拼搏时，也会偶尔哼唱起这首歌，为自己打气：多少次，迎着冷眼与嘲笑，从没有放弃过心中的理想……《海阔天空》这首歌曲表达了坚持理想、永不放弃的信念，这与优力超级续航的品牌精神高度契合。

确定下“海阔天空”这个主题后，我们发布会的核心问题就解决了，接下来只剩各种细节问题了。T5 Plus的发布会和之前的云端发布会类型完全不同，这将是优力在2015年度最盛大的发布会。我也将会把我们今年剩余的预算全部投入这款产品的推广中。接下来，我们面临的是发布会的选址问题。一般而言，在开盛大的发布会时，我们都会选择北京或者上海为会址，因为那里媒体众多。但是，时间已经快到年底，几乎所有手机厂商都抢在年底前开发布会，以便备战元旦和春节的销售旺季。如果我们也在北京或上海开发布会，很可能会和其他厂商产生冲突，而且场地费用也很高昂。

有没有一个既能体现优力特色又让人印象深刻的发布会场地呢？北京国家会议中心？上海东方体育中心？梅赛德斯奔驰中心？这些场地都被人用烂了，除非砸钱摆排场，不然很容易被人比下去。我现在的预算明显不够。

这时，我想到了刘三全。“三全总，你那儿有没有适合开发布会的场地？”我给刘三全打了电话。东莞工业园的面积有20多万平方米，建筑设施众多。

“羽毛球馆可以。球馆很大的。”刘三全道。

“羽毛球馆大概能容纳多少人？”我继续问道。

“大概500人，够吗？”

“500人勉强可以，但是如果东莞工业园的人要来参加，恐怕就没位置了。”

“工业园的人可多了。你可以再搞个露天的，我们的体育场啊，一万人都坐得下。”刘三全道。

“对了，三全总。羽毛球馆的门好像比较小，我担心会有安全隐患。”我担心道。

“哈哈，你要是在我这儿开发布会，我就把羽毛球馆的门给拆了。”刘三全笑着道。

和刘三全打完电话，我异常兴奋，脑海里初步形成了一个想法：我们可以在羽毛球馆里安排媒体、重要嘉宾、代理商和重要客户，把同事们安排在工业园的体育场里。我们利用两个场地，做一场万人发布会，看哪个友商能比得过。

东莞工业园正是丁杜高的骄傲。但这么多年来，优力从未大张旗鼓地宣传过这个全球最大、最先进的智能手机制造基地。这么多的媒体来参加发布会，不正是一个绝好的宣传机会吗？

前段时间，一位名叫刘春雄的教授发表了一篇文章，名为《实体经济的春天》。这篇文章引起了制造业从业者的强烈反响，连《人民日报》都发文点评，说这篇文章非常符合当下的国家政策。我和刘教授认识多年，这次也正好乘一下他的东风。

我找丁杜高汇报了我的想法，但也说明了我的担心。这么多记者采访工厂，会不会存在泄密风险？丁杜高摆摆手道：“没事的，我们就是要让人知道优力手机是怎么制造出来的，我们就是实体经济的代表。”丁杜高非常高兴，当下就决定把东莞工业园作为召开“海阔天空”发布会的地点。

29

CG技术

但是黄家驹怎么“复活”以及《海阔天空》这首歌由谁来唱，都是很大的问题。《海阔天空》是一首版权极其复杂的歌曲，买原版版权，不仅费用高昂，而且也找不到版权方。我和李大为商量的结果是重新编曲演唱。

我们无法同时请来除黄家驹外的其他 3 位 Beyond 成员，于是就请了黄家驹的亲弟弟黄家强。家强开始颇有顾虑，担心媒体说他消费已经去世的哥哥，但他在看了我们的策划案后，还是被我们打动了。家强确实不是为了钱做这事的，他深知几代人对 Beyond 的热爱，所以同意了邀请，同时也准备把他的代言费和出场费全部捐给慈善机构。

我把这件事汇报给了丁杜高。丁杜高表示，家强捐款是因为他高风亮节，我们也要捐，支持一下家强。

那么，如何“复活”家驹呢？李大为找来了一位模仿秀演员，这位演员的唱功和长相都和家驹非常像。我看过这位演员的演出视频，觉得两人非常像。那剩下的部分怎么办呢？

李大为说，可以用换脸技术。他给我看了一个德芙拍的“复活赫本”的广告，这个广告就是用 CG 技术进行的换脸。那时候，AI 换脸技术还不成熟，CG 已经是当时最顶尖的技术了。

为了拍好优力版的全新《海阔天空》，李大为找到了 Beyond 以前的经纪人，邀请他作为这条重量级 MV 的制片人重新编曲，并要求一定要出精品。

这支广告的拍摄地点在中国香港，香港是 Beyond 的家乡和出生地。拍摄那天，我让许琳负责跟拍，她是我们公司广告拍摄经验最丰富的同事，派她去比让我去更合适。许琳带着她的媒介经理徐文敏一起去了香港，把拍摄场地、演员、舞台、灯光等细节都拍给了我，也在现场提了很多建议。这是许琳担任广告媒介部负责人后第一次进行广告跟拍。她几乎参与了优力历史上所有广告的跟拍，包括当年香港乐坛天王刘德荣拍摄的那条以“好手机，优力造”而闻名的广告。

广告的拍摄非常顺利。我们只用了一个下午加一晚上就完成了。后来，许琳跟我说，拍完广告，制片人独自躲在角落里，抽着烟，泣不成声，许久都不和人说话。22 年了，家驹离开他 22 年了。现在，家驹就要在他的手上“复活”了！为了这 22 年，李大为写了一段非常感人的话，这段话会在广告中由家强用粤语说出来：

这 22 年来，我的经历有高有低，但每当我抬头望向你的时候，所有的磨难都不值一提。你的信念，海阔天空；我的人生，超级续航。

毫无疑问，这首歌一定会火。因为在它还没有诞生时，就已经感动了许多参与制作的人。

李大为的公司承担了广告的创意、拍摄和传播部分，于杰负责整个发布会的实施和产品的传播，许琳负责除《海阔天空》广告之外的硬广投放以及监播，张华则负责线下的物料制作、对导购进行的新产品销售培训以及产品宣传视频的制作。与此同时，毛冬梅在准备元旦和春节大促，高小亮也在准备产品的线上首发。

中国市场营销中心的同事们在这段时间几乎天天工作到半夜。公共关系部的活动经理吴英第一次执行发布会，也天天忙到半夜。她有时候在夜里 12 点跑到我办公室找我说："郑总，还有没有时间开个会？"据说，她经常凌晨两三点才下班。我快被人称"拼命女三郎"的吴英折磨疯了，但看到同事们的快速成长，我心里非常高兴。

公关部有个女同事很有趣。有一天，她因为停电不用办公到半夜，还发了条朋友圈：今天 11 点停电，所以我 11 点就可以下班了呢，听起来棒棒的！其他同事还给她评论了一句：恋恋不舍地离开了办公室。

丁杜高有时候也会到公关部转一下，但是他不会说太多话，每次都笑嘻嘻地和大家打个招呼就走了。我想，他看到这些年轻同事充满拼劲的工作作风，应该会对 T5 Plus 的发布充满信心。

发布会的时间定在 11 月 21 日，我恨不得把一天掰成三天用。国庆节之后，我就已经在中国市场营销中心内部发了群通知：取消所有假期，全力以赴准备发布会。

我妈也很忙，她每天要么四处去拜访朋友，要么就和岳依柔出去逛街。她最近见岳依柔的次数比见我还多。岳依柔告诉我，老人家还送了她一枚戒指，说是郑家祖传的。岳依柔知道我妈是什么意思，就高兴地收下了。看来，我妈是真把岳依柔当儿媳妇了。

11 月 1 日，也就是发布会召开的 3 周前，蔡忠运营的公司公众号发布了预告：11 月 21 日，优力 T5 Plus 发布会将在东莞召开。和文章一起发布的还有一张海报，海报上是家强和家驹一起弹吉他的照片。其中，家驹的人像被做了虚化处理。海报的中央赫然印着"海阔天空"的行书字样以及"优力 T5 Plus 发布会，11 月 21 日，东莞"的印刷体字样。同时，我们也在文章中揭秘了 R6 云端发布会中隐藏的彩蛋：

New Mission 即 T5 Plus。我还在文章中预告说，“007”也会来到发布会现场。

随后 3 周，我们密集地进行了发布会的预热，于杰把与我们有联系的外部媒体和体系内的自媒体都调动了起来，每天发布大量的预热稿。我也每天往各种媒体群里发红包，让大家帮忙转发新闻稿，最近一个月竟然发了将近两万元。后来，我制定了一个制度，让公关部的员工凭自己在媒体微信群发放红包的截屏报销红包发放金额。当然，我自己发出的红包是不能报销的。

11 月初，丁杜高和我开了个会，他要我根据产品销量的大幅增长加大明年的媒体投放预算，并让我做一个预算方案。我建议把预算分为以旗舰机为核心的市场推广预算和常规市场预算两部分，丁杜高同意了。

明年，我就可以“甩开膀子干”了。今年，鲁伟花光了年度预算的大头，让我在财务上捉襟见肘，实在难受得很。但我们今年终于熬过来了，只要 T5 Plus 上市成功，我们就打了一场翻身仗。不过，我丝毫不敢掉以轻心，11 月手机行业的发布会有 10 场之多，可以说是各厂商硬碰硬的决战。

丁杜高也跟我讲了明年的两款重磅旗舰手机——T6 和 T6 Plus。研发部已经开始预研，这两款手机预计将会在明年年中发布。在超级续航的基础上，新一代 T 系列旗舰款手机还会强化安全功能。

我和丁杜高讲，明年可以尝试重新启用代言人。他同意了，并让我先去物色。我和许琳讲了明年启用代言人的想法，我问能不能重新启用刘德荣，他是演艺界的常青树，行业地位高，也符合高端商务的风格。她很兴奋，并且说当年用刘德荣代言，效果非常好。但由于他的形象在一些卖场被维护得不好，刘德荣意见很大，他的经纪人还发过几封措辞严厉的邮件谴责我们。

我说，这不是问题，在 2016 年的巴塞罗那展会上，优力即将宣布对全球品牌进行焕新，我们将使用全新的 Logo，品牌会走更高端的路线。我们一定会严格维护好刘德荣的形象。

我甚至还想好了刘德荣重新代言优力后我们要使用的推广主题：一起走过的日子。我打算继续用怀旧和流行音乐元素去打动商务人群。这件事我已经和几位代理商老板做了交流，他们都非常认同。

我向许琳要来了刘德荣经纪人的邮箱，给他写了一封情真意切的邮件，并且列举了我们今年在品牌推广上的成功之处和业绩上的突飞猛进，表达我们希望请刘天王重新代言的愿望。但是，经纪人并没有给我们回复。

我又通过私人关系给他的经纪人带了话，甚至通过朋友找到了刘德荣身边能说得上话的人，把我的意思转达给了他。但是，刘德荣依然拒绝了。

30

年度旗舰

于杰的部门不辱使命，为 T5 Plus 的发布会进行了全方位的宣传预热。不仅是丁杜高，连人力资源部的副总裁黄磊也跑来对我说，小于这个人不错。

于杰和蔡忠两个人配合得很好，他们的合作间接优化了优力的内部关系。连人力资源部的人员招聘广告都是公关部帮忙策划的。前几个月，我和公关部还配合人力资源部在东莞工业园做了对 2015 届管理培训生的培训。结果，中国市场营销中心在培训后成了管培生们最想加入的部门，

今年，各地的代理商也捷报频传，优力品牌成了 2015 年中国手机市场中发展最迅猛的品牌。全国代理商都对即将到来的发布会充满期待。

发布会前两周，T5 Plus 的预热海报甚至直接登上了一些国内机场的大屏。公关部还用自己运营的自媒体号发布了名为《它悄悄占领机场大屏，孕育史诗级行动》的文章。机场的海报广告中没有出现产品，而是以家驹和家强弹吉他的形象作为主要视觉元素，并且印着“海阔天空，优力 T5 Plus 发布会，11 月 21 日”的字样。这些广告其实是广告媒介部谈来的免费资源。许琳早就对年度旗舰款手机的发布做了媒介策略研究。我们现在只剩下几千万元的预算，除了要对“一城一牌”的广告进行更换，她还强烈建议利用机场大屏打广告。

我也对机场大屏做了研究，结论是应该将广告投放在全国 20 多个重要机场安检口最显眼的 LED 屏上。这些屏幕是最能直击我们目标受众的媒介。央视和一些地方台也会在发布会召开期间播放 T5 Plus 的电视广告。但是，今年的预算毕竟捉

襟见肘。许琳没有办法在她一直都想做的网络视频媒体上加大资金投入，我只能把提升网络热度的任务交给公关部了。

在上次的R6发布会上，我们在《京报》发布的摩尔斯密码广告取得了很好的传播效果。这次发布年度旗舰款手机要做其他创新了。

11月16日，我们把发布会广告打在了国内最重磅的报刊《人民日报》上。但这次，我们用的是"拼图体"广告策略。在最不该投广告的地方投广告，这并不是做广告的策略，而是公关做社会化传播的策略。

我们在报纸的第9、13、17、21版上都投放了广告，但是每一则广告都只能在当页展示出一个角，只有当这4大版的广告拼在一起的时候，才会出现Beyond乐队的现场表演图片和"海阔天空"4个大字。

"原来'拼图体'广告长这样！"网友和媒体都纷纷转载这个有创意的广告。这4个广告拼在一起，有半人多高，这也是全球报业史上最大的拼图广告。代理商们纷纷去搜罗报纸，我的朋友圈里到处是晒拼图广告照片的媒体和代理商。

有媒体报道："此广告一出，便引发了微信和微博网友的热议和转载。不少网友直呼：《人民日报》真会玩！更有网友好奇，Beyond乐队会如何'重聚'？试看Beyond乐队究竟要如何'海阔天空'，还要等11月21日由优力亲自揭开谜底。"

优力的年度旗舰发布会从这里逐渐走向高潮。很多受邀媒体还晒出了我们的邀请函。邀请函的主体是一个复古风格的CD盒，盒子里装的是一张邀请函和一张制作精美的优力自制版《海阔天空》歌曲CD。

于杰的自媒体大号"万能的杰哥"还特地写了一篇文章来说这件事，文章最后写道："其实，早在不久前，优力的官方微博抛出发布会的预热海报后，就有人猜测Beyond或将代言优力。Beyond的一首《海阔天空》影响了整整一代人，也唱出了这代人为理想奋斗、为信念坚持的心路故事。这首歌与优力的超级续航之间是否有关联？或许11月21日的发布会会告诉我们答案。"

我们的宣传预算实在不够，于是我找到移动互联网部门的副总裁张明，请他在优力手机的"故事锁屏"上刊登发布会的倒计时广告。张明给我们的海报做了一些匹配移动端的设计优化。因为海报中有Beyond的形象，所以这也不算是硬广。张明的评估是这个广告不会降低消费者体验，于是就给我们连做了7天的倒计时广告。发布会次日，"故事锁屏"干脆链接上了优力年度旗舰手机的预购买渠道。每天，几千万优力手机的存量用户都能看到我们的广告。张明还特别帮忙做了两套《海阔天空》的主题壁纸。我们正在为开启一个时代进行倒计时。

在发布会的前期预热中，我们几乎把产品的所有卖点抛了出来。鲁伟大发牢骚，说中国市场营销中心把所有卖点都提前曝光了，他在发布会上还有什么可讲的。

确实，这就是我的策略，但这个策略针对的并不是鲁伟。我和丁杜高早就商量过，我认为做好发布会的预热才是关键。所以，提前抛出所有卖点并不是一件坏事，开发布会只是对预热期信息进行强化，以及对最终价格进行展示。发布会后，手机就应该立刻开卖，而不是像以前的苹果公司一样，需要消费者等上几个月才发货。时代已经变了，这才是现在手机业的节奏。所以，我不仅让高小亮提前开始做产品预售，而且将正式的产品销售时间放在发布会结束当晚。

发布会前两天，我赶到了东莞工业园。为了做准备工作，我已经来过这里好几次了。这次过来，我准备一直待到发布会结束。

于杰和蔡忠已经在发布会现场忙着指挥搭建舞台了。由于我们这次使用的是自己的场地，搭建公司提前一周就已经陆续进场。他们要搭建两个会场，一个是羽毛球馆中的主发布会会场，另一个则是体育场上的万人发布会会场。

根据公关部的媒介监测，T5 Plus 在预热阶段的新闻传播量就已经远远超过 T5 和 R6 所有传播量的总和了。甚至，如果现在在网上搜索“优力 T5”，网页上出现的全是 T5 Plus 的相关内容，连“AR”这个词的关联词条也被我们霸占了。这是因为我们预告了将会在发布会上首次使用 AR 技术。

“海阔天空”发布会的门票一票难求，竟然还有很多 Beyond 粉丝在微博上私信问我要票。我只好回答说，我也是 Beyond 粉丝，可以理解他们的心情，但发布会现场确实已经爆满了，他们可以通过企鹅视频观看直播，我们将在发布会现场“复活”家驹。

“复活”家驹可真是一个技术活。我们确实在广告片里用 CG 技术“复活”了家驹。但是，如何在现场“复活”他呢？我和李大为都想了很多方法。我和他一起询问了很多家影像技术公司，每次都碰一鼻子灰。但我们仍然不死心，最后终于找到了一家全息投影公司能解决这个技术问题。这家公司给出的方案是用一块玻璃做全息投影。这个方案也存在一些小问题。比如，我们测试了很多次，座位离舞台近的观众往往能模糊地看到这块玻璃，现场效果还不够完美。最后，我在座位上做了调整，把 VIP 嘉宾和媒体朋友的位置都调整到完全看不到玻璃的地方，而把略有瑕疵的位置留给了我们自己的工作人员和导购代表。我让蔡忠提前和导购代表们打了招呼，叮嘱他们千万别穿帮。

31

东莞工业园

为了打造“工业园”这个 IP（知识产权），在发布会前一周，于杰在《一财》上发了一篇整版五六千字的大稿，名为《实体经济的春天——优力，一个真实的范本》。刘三全在公关部的陪同下接受了媒体采访。这篇稿件全景式地报道了优力的现代化工业园，现代化工业园的航拍全景照片尤其让人感到震撼。

发布会的前一天，我们基本把整个工业园都布置好了。工业园的员工特别兴奋，他们平时的生活就是每天两点一线地上班下班，但这几天，工业园像过节一般。

我们在松山湖边上的每个重要路口都安上了 T5 Plus 的临时广告牌，还在工业园大门口也竖了两块牌子。刘三全跟我说，最近我们连招工都更好招了。

我和于杰负责监督主会场的技术测试和彩排，保证全息投影环节不出错。不过，在会场搭建方面最专业的还是吴英，她担任了现场的总指挥。

发布会的前一天，蔡忠和丁杜高最终定下了 VIP 席的座位安排。蔡忠告诉我，这是丁杜高最在意的部分，一定得他点头通过才行。我也被安排在了 VIP 的位置，但我和丁杜高要了一个边上便于进出的位置。开发布会的时候，我得时刻盯着现场状况，随机应变。

发布会的流程是主持人先开场，其次请丁杜高上台发言，然后由鲁伟现场讲解产品，再由家驹、家强登台演唱《海阔天空》并给慈善基金捐款。最后，发布会将在《海阔天空》的广告片中结束。但丁杜高要求增加一个环节，即在家强捐款时，我作为公司代表上台，同样捐出一笔善款给慈善基金。

对于这样的安排，丁杜高有自己的考虑。首先是出于对鲁伟的考量。其实，鲁伟完全没有参与 T5 Plus 这款产品发行的任何环节，他今年只负责海外产品。但丁杜高不希望外界对公司有过分的解读，所以依然让鲁伟来讲产品。为了能使鲁伟讲好产品，我多次让张华去提供帮助，鲁伟的幻灯片也是张华的部门做的。鲁伟倒也很配合，他耐心地听了张华的产品讲解，还提出了很多问题，张华对这些问题也一一做了讲解。其次是出于对我上台亮相的考量。在优力历史上，只有丁杜高和鲁伟在旗舰机发布会上登过台。按照蔡忠的说法，丁杜高要我也上台，是“有深意”的，这是优力变革的一个重要信号。

我是临时接到上台通知的。我虽然穿了西装，但是并没有打领带，于是在接到通知后急急忙忙地向刘三全借了一条。刘三全特地借了我一条红色的领带说：“看着就精神。”

我们把整个发布会的现场做成了一个秀场，在两边搭了看台，将中间作为舞台。这种搭建方法在以前很少见，我们这么做的主要原因是羽毛球馆太过狭长，而且高度受限，如果搭成正常的舞台模式，后面的观众就很难看清。

发布会当天早上，媒体记者来到东莞工业园参观，因为人太多，于杰只能安排他们分批次参观。大多数媒体记者都是第一次参观手机工厂，我们没让他们进车间，而是安排了开放式的参观通道，让他们能透过玻璃见到车间的全貌。

媒体记者对我们工业园的规模感到震撼。刘三全今天亲自带领东莞工业园最优秀的几位讲解员给来访者进行讲解，并给每位记者都戴上了用于听讲解的耳麦。他带着媒体记者参观了 SMT 生产线、手机全自动组装生产线、工业园沙盘以及产品陈列通道。这条通道里不仅展示了优力自创办以来发布的所有机型，也有优力每年的大事记。

媒体记者深刻地认识到了优力的研发能力和制造能力，也对优力的历史和产品有了很深的印象。刘三全笑着说：“我接待过很多领导，也接待过很多客户，但从没接待过这么多媒体记者。”

大多数的品牌都对自己的制造工厂讳莫如深。而且，他们的许多产品都是代工厂贴牌制造的。优力主动邀请媒体记者参观制造工厂这件事，在业界引起了很大的轰动，东莞优力工业园也被贴上了“全球最大智能手机制造基地”的标签。之后的几年，邀请媒体记者参观工厂成了优力的一项传统，于杰和蔡忠后来不仅邀请了很多重量级媒体来参观工业园，还邀请了很多研学机构、商学院、社会组织和政府机构的人来参观，工业园成了优力的一张亮丽的名片。

发布会当天下午，央视的主持人李思明来到了工业园。他是今天晚上发布会的主持人，我们以前请他主持过很多次，他也是第一次来到东莞工业园。我和刘三全陪他参观了生产线和工业园的各种基础设施。李思明感叹道：“这简直就是一所大学。以前只听说优力的工厂大，没想到有这么大。我对今晚要发布的产品更有信心了。”

发布会定在晚上 8 点开始。5 点多，丁杜高来到了工业园。此时，参加发布会的人陆陆续续都已经到了。工业园被打扮得就像在过节一般，到处都是拍照、合影的人群。对于厂区的其他设施，我们也都完全开放了。很多媒体记者感慨，能做到这么开放的也只有优力了。

丁杜高还没吃晚饭，要我陪着他转转，但他每到一处都会被人团团围住。媒体记者、工业园的员工，甚至是优力代理商体系中的导购，都纷纷过来找他合影留念。尤其是导购，他们一看到丁杜高就开始尖叫：“丁总，丁总！”然后跑上前去和丁杜高合影。丁杜高始终微笑着，和他们一一合影，看起来心情非常不错。丁杜高就这样被围了半小时，我只好对他们说：“丁总还没有吃饭，发布会马上要开始了，大家先让丁总吃个饭。”人群才渐渐散去。

我陪着丁杜高，和李思明、刘三全、于杰等人一起去小食堂吃饭。丁杜高让李思明尝一下优力工业园食堂大厨的手艺，李思明赞不绝口。

晚饭之后，我把丁杜高和李思明安排在了贵宾休息室。这时候，鲁伟也来了，他和李思明打了招呼，两人看起来很熟。

发布会就要开始了，我还要再去检查一下现场，就和他们匆匆别过了。

我最后检查了一遍会场，没有发现什么问题，就去会场外接待媒体、客户和代理商们了。导购代表们把我团团围住，他们早就从媒体上认识我了，今天见到我，除了合影，还有人要我的签名。

关于这次发布会的门票，我除了分给代理商的优秀导购，还给优力的导购自媒体群中的成员分发了一些。群里大多是我们中国市场营销中心的忠实粉丝。深圳有一个叫小天的导购，在群里特别活跃，是卖货的好手，他今天也来到了会场。这是我第一次见到他，原来小天才 18 岁。

很多导购都是第一次参加发布会，所以兴奋异常。当他们看到 R6 发布会上的

“007”以及 R6 宣传视频里的那些“间谍”时，都争着上前和他们合影。

红毯一路铺到发布会现场，羽毛球馆现在已经完全变了样。门早就被刘三全拆了，现在羽毛球馆已经成为发布会的主会场。

夜色已暗，工业园体育场上的人越聚越多，灯光穿透了整个优力工业园。优力的一场史诗级的发布会——T5 Plus 的“海阔天空”发布会，即将开始。

32

海阔天空

11 月 21 日晚上 8 点，发布会正式开始。

倒计时 10 秒结束后，开场视频在舞台两边几十米长的屏幕上开始播放。研发、制造、市场、产品、销售和代理商体系的代表都在视频中有发言镜头，我们向外界全方位展示了优力的面貌。

视频播完就该李思明上场了。他一上场就受到了大家的欢迎。李思明说，他是优力的老朋友，但也是第一次来到优力工业园，感觉这里就像一所大学，他深受震撼。

李思明欢迎了场内的嘉宾，同时也特别强调，在优力工业园的第二会场还有 1 万名现场观众，他也热烈地欢迎了他们。接下来，他又带领大家欢迎这所“大学”的校长、优力集团的董事长丁杜高上台发言。

蔡忠为丁杜高准备了发言稿。但是，丁杜高除了按照发言稿欢迎来宾，并没有依照蔡忠写的念。他的发言显然是经过思考的。丁杜高讲道：

> 第一，我们重新明确了优力的品牌定位。在 2011 年智能手机时代来临初期，优力曾打算从年轻群体切入，走时尚、年轻化的品牌路线。当前，我们重新调整了品牌定位，打造以超级续航为基础的商务定位，明确

在一个方向专心投入。

第二，我们要形成爆品思维。在同类产品越来越多的时代，企业讲究的不是“酒香不怕巷子深”，而是好产品的独特之处必须被越来越多的消费者认知。我们针对主要产品、核心产品进行了大量且多方面的投入。我认为这是经营的一种要求。

第三，我们要坚持走品牌路线。在品牌方面保持一定的投入是必需的，就连可口可乐、宝洁等公司，也都保持着一定的品牌投入。所以，加大品牌投入是比较正常的事情。

关于手机品牌的生存之道，第一，不存在纯粹的运营商品牌，也不存在纯粹的线上品牌，全球开放市场决定品牌存亡。第二，不存在区域性品牌，只有全球品牌才能生存。第三，灵魂人物决定成败，缺乏灵魂人物的手机企业无法生存。行业发展的趋势对坚持拥抱开放市场的品牌有利。行业趋势不仅仅体现行业舆论的倾向，更代表了消费者的一种选择。

优力虽然没有大红大紫过，却一直坚强地存在着。不管市场环境如何变化，优力的步子始终迈得十分稳健。优力不会去和别人比风头、比光鲜，也可以说，优力不争朝夕，只争长久。大家都知道，只要优力不死，它就是中国手机行业里活得最长的。

你的信念，海阔天空；我的人生，超级续航。今年，手机市场风云突变，很多企业无法完成年度目标，其中不乏知名手机企业。有的手机企业甚至出现了发不出工资的局面。优力没有受市场环境的影响，依然保持稳健的增长，今年的销售额已经超3 000万台，提前完成了年度目标。明年，优力手机将会售出4 500万台，其中国内3 000万台，海外1 500万台。

这样的稿子当然是蔡忠写不出来的，这样的发言只能属于创始人。但丁杜高的这番话用意颇深，他否定了鲁伟前几年的产品和品牌路线。那么，谁才是优力的灵魂人物？毫无疑问，不是鲁伟，而是丁杜高。谁负责品牌？当然是我。

今年，在丁杜高的领导下，优力在国内市场中势如破竹，但在海外市场中的销量却出现了下滑。刘三全跟我讲，2014年，在优力的总销售额中，海外销售额占七成，国内仅占三成。但是今年，海外占四成，国内已经占六成了。而且，国内的占比还在不断上升。刘三全也不得不调整生产线，以满足国内市场的需求。

台下VIP座位上的李大为在听到丁杜高说出了发言稿上没有的这句“你的信念，海阔天空；我的人生，超级续航”时，把眼光转向了我。我也正好看向了他，我们相视一笑。

李思明送丁杜高下台落座，发布会进入产品讲解环节。我为鲁伟的产品讲解所做的设计可谓煞费苦心，还专门为他应用了AR技术。但鲁伟做讲解像在背书，毫无激情，真还不如张华。代理商和导购的掌声也稀稀拉拉。我想，幸好我们在预热期间已经把产品卖点都曝光了，不然今天的发布会真得砸在鲁伟手上。

到了价格公布环节，丁杜高和鲁伟重新上台，与几位芯片、屏幕和内存的重要供应商一起公布了产品价格。他们宣布，T5 Plus 3GB+64GB版本的零售价为2 499元，T5 Plus畅享版3GB+64GB版本的零售价为1 999元。全场一片欢呼，优力的年度旗舰手机正式发布。

价格公布之后，李思明上台说：“价格公布了，但今天的高潮才刚刚开始。有一首歌，影响了一代人；有一种信念，叫作‘海阔天空’。今天，在优力东莞工业园的T5 Plus发布会现场，我们将见证家驹的‘复活’，和家强兄弟俩同唱《海阔天空》。”

舞台的灯光慢慢变暗。这时候，一束光打在舞台右侧，只见背着一把电子吉他的黄家强缓缓走上舞台，开始演唱：

今天我，寒夜里看雪飘过，
怀着冷却了的心窝飘远方。
风雨里追赶，雾里分不清影踪，
天空海阔你与我，可会变？
多少次，迎着冷眼与嘲笑，
从没有放弃过心中的理想，
一刹那恍惚，若有所失的感觉。
不知不觉已变淡，心里爱。

全场一片欢呼。这时候，另外一束光也亮了。在舞台的左侧，家驹出现了，这正是离开我们22年的黄家驹。穿着标志性红色夹克，抱着吉他的黄家驹唱道：

原谅我这一生不羁放纵爱自由，
也会怕有一天会跌倒。
背弃了理想，谁人都可以，
那会怕有一天只你共我。
今天我，寒夜里看雪飘过，
怀着冷却了的心窝飘远方，
风雨里追赶，雾里分不清影踪，
天空海阔你与我，可会变？

家强接唱道：

原谅我这一生不羁放纵爱自由，
也会怕有一天会跌倒。
背弃了理想，谁人都可以，
那会怕有一天只你共我。

家强唱完这段，看着家驹，深情地说道：“这22年来，我的经历有高有低，但每当我抬头望向你的时候，所有的磨难都不值一提。你的信念，海阔天空；我的人生，超级续航。”说完这段，兄弟俩合唱：

仍然自由自我，永远高唱我歌，走遍千里，
原谅我这一生不羁放纵爱自由，
也会怕有一天会跌倒。
背弃了理想，谁人都可以，
那会怕有一天只你共我。
背弃了理想，谁人都可以，
那会怕有一天只你共我。

最后，家驹、家强同时做出了摇滚手势，歌曲在大家热烈的掌声中结束。现场欢呼声此起彼伏，很多参加这场发布会的人后来跟我说，那一刻，他们都被震撼到了，这不仅是优力历史上最好的一场发布会，也是中国智能手机史上让人印象最深刻的一场发布会。“你的信念，海阔天空；我的人生，超级续航”，这句话让人心潮澎湃，久久不能忘怀。

李思明再次上台，他说他也是 Beyond 粉丝，看到今天家驹和家强重聚，他也非常感动。他激动地再次重复着这句话：你的信念，海阔天空；我的人生，超级续航。

接下来该我上台了。这是我第一次登上优力发布会的舞台。今天，丁杜高把我正式从幕后推向了台前。我上台的时候，观众席中忽然响起热烈的掌声，声音远比刚才鲁伟上台的时候热烈。现场的媒体记者也在悄悄议论，优力的二号人物好像换人了。

我和黄家强、李思明站在舞台中央，聚光灯打在我们身上。在家里观看发布会直播的岳依柔后来对我说，那一刻她真为我骄傲。我妈也和她一起全程观看了直播，连远在上海的我爸也没有错过。

我一上台，我妈就打了电话给我爸：“这是你儿子做的发布会，怎么样，儿子赞吧？”我爸爸“嗯”了一声，说他也正在看。我想，他当时应该点了下头。

发布会即将结束的时候，大屏幕上播放起了《海阔天空》的广告片，家驹、家强拥抱的那一刹，很多观众都为之动容，流下了热泪，在座位上久久不愿离去。“你的信念，海阔天空；我的人生，超级续航”，这句话也深深地刻在了每个参加发布会的人心中。

33

10 亿投放

发布会后是媒体采访环节，于杰把媒体都安排到了工业园的演讲厅，这是一个类似于电影院的地方。

从发布会现场到演讲厅的路上，刚好要经过体育场。此时，体育场的大银幕上还一遍遍放着《海阔天空》，大家都在一起跟唱，久久不愿散去。

到了演讲厅，丁杜高和鲁伟在台上落座，作为今天采访环节主持人的于杰也随后落座。进行采访的记者都是于杰安排的。于杰入职的这半年多来，公司的公关体系越来越完善，这次发布会优力并没有请公关公司帮忙邀请媒体，而是让公司内部的公关部自己负责。因此，媒体问的问题不会太刁钻，所以我很放心。

在先前的发言环节，丁杜高就抛出了“灵魂人物说”，我和于杰心领神会，将鲁伟的采访和报道都压缩到最少。我们的“灵魂人物”毫无疑问是丁杜高。

蔡忠也很聪明，他当晚在官方公众号发布的文章里，将丁杜高演讲时的照片作为头图，而将鲁伟的照片和产品价格放在一起，甚至连鲁伟的名字都没有提。我的照片被放在了最后，是和家强一起捐款的合影，既不抢风头，又比鲁伟更有存在感。

公关部在做直播的时候，只要遇到丁杜高的演讲，全切近景，而在鲁伟演讲时，全展示远景和产品的幻灯片。于杰和蔡忠早就已经开始限制鲁伟在媒体上的出现频率了。丁杜高对此什么话都没有说，算是默认了。

在媒体采访环节，鲁伟讲话非常空泛，只说了他明年会在印度做哪些安排。在他接受采访的时候，丁杜高甚至还会偶尔看看手机。

丁杜高则对优力明年的销售业绩提出了明确的目标，即 4 500 万台，这也是他刚才在台上讲的数字。他特别提到了，明年还会有“超级续航 +”的产品上市，优力会在国内市场上投入 10 亿元。我有点惊讶，这个数字他之前都没有和我说过，只提到明年会加大预算。但是，“10 亿预算”究竟是他对媒体的一种说法，还是我们的真实计划，我现在还吃不准。

丁杜高在讲到“10 亿预算”的时候，还特别把我拉上台：“这是我们的郑总，你们都认识了吧？”这些媒体我当然都认识，但丁杜高就这么把我推上来，我还真没想到。丁杜高接着说：“这些发布会都是我们郑总策划的。公关部也归我们郑总管，他负责整个中国市场。”丁杜高这是有意把我推向台前。被冷落在一旁的鲁伟此时有些尴尬。

采访结束，我和丁杜高一起回了酒店。我们今天还在酒店安排了两个重量级媒体的专访。体育场的人已经渐渐散去，草坪非常干净，连一张纸都没有。和我们一同出来的媒体记者不停地称赞："你们员工的素质真高。"

半夜 12 点，丁杜高专访结束后，公关部就在松山湖凯悦酒店的"作战室"里加班写稿发稿，与我们合作的公关公司的员工也一起"作战"。不过，这次公关公司只负责几篇专访的大稿。所谓的"作战室"，其实就是酒店的一间套房。

于杰和蔡忠都没吃晚饭，他们在酒店一边吃饭一边敲电脑赶稿子。我也正斜躺在沙发上看稿发稿。今晚，与优力相关的新闻稿量可以用"爆炸"来形容，什么角度的稿件都有，有关于工厂的、关于发布会的、关于产品的，甚至还有关于家驹、家强"重聚"的新闻。

"叮咚——"门铃响起，我想，大概是哪个公关部的同事吧。于杰去开了门，惊呼道："嫂子！怎么这么晚过来？"一听这话，我一骨碌就从沙发上坐了起来。岳依柔拎着一袋子吃的，出现在了我们"作战室"门口。

"来来，你们辛苦了，这都是给你们带的吃的。"岳依柔招呼着大家。

方才坐着的、趴着的人都站了起来，一拥而上去拿吃的："谢谢嫂子。"

于杰对我说："郑总，你们先去休息吧，稿子有我们，这次发布会绝对会爆。"

我没想到岳依柔会半夜开车过来看我，我拉着她一起回了房间。岳依柔还沉浸在发布会之中，一个劲儿夸我们做得太好了。在公关活动方面，她也是专业人士。虽然她的公司并不做这类产品发布会，承办的大多是庆典和公司活动，和这种大型产品发布会差异很大，但活动的好坏，她看得很明白。

"你们的手机发布会绝对是今年最出彩的。"岳依柔道。

"不好说，这个月手机业举办的发布会太多了。不过，我也算是搞出特色了吧。"我对发布会的效果当然是满意的，但是 T5 Plus 究竟能卖成什么样，现在讨论还为时尚早。

松山湖笼罩在夜幕之中，我和依柔沉沉睡去。年度旗舰的战斗才刚刚打响。

第二天一早，我们开车回了深圳。到公司的时候，中国市场营销中心的所有同事都在。发布会结束了，但是对发布会的传播才刚刚开始。

昨天晚上，T5 Plus 的发布会刚结束，电商就马上开启了首销，销售情况非常好，预计销量会在今天突破 10 万台。高小亮高兴地告诉了我这个消息。我告诉小亮，之后我还会给他更重磅的助力。

上午 10 点，广告媒介部发布了朋友圈广告：家驹、家强再唱《海阔天空》。

点开广告，可以看到一台优力 T5 Plus 的手机上播放着《海阔天空》的广告 MV。公司的同事们刷到这个广告的时候，都发出一声声惊呼："刷到了，刷到了，我刷到了。"也有人焦急地等待着，想知道自己怎么还没有刷到。

我是中午刷到朋友圈广告的，看到广告后赶紧截图发了朋友圈。这个广告将被平台持续推送 48 小时。在广告发布前，我已经让许琳把所有重要线下零售客户和运营商负责人的手机号码都要到了，对广告进行定点投放。我们对受众进行了精确定位，并对广告做了全国性投放，使广告的覆盖人群超过了 1 亿。2015 年，朋友圈广告刚刚兴起不久，我们是最早投放的几家公司之一。

我们将朋友圈广告中的产品购买渠道链接到了优力在京东的旗舰店。这天晚上 12 点，高小亮告诉我，T5 Plus 的销量突破了 12 万台。

34

奔波在全国

《海阔天空》的广告 MV 也在发布会当晚在企鹅视频上线。这支视频在第二天就突破了 5 000 万点击量，几天后又突破了 1 亿。这也是优力有史以来点击量最高的一个广告视频。"你的信念，海阔天空；我的人生，超级续航"从此成了优力品牌精神的化身和一句鼓舞人心的口号。

发布会后，各类媒体发布的新闻稿件更是铺天盖地，甚至有记者来跟我说，他们已经找不到新角度了，因为所有角度都已经被写过了。工厂，发布会，产品，丁杜高的讲话，家驹、家强的"重聚"等话题，都被媒体逐一解读。发布会后有关优力的新闻稿件量是我们预热期的 10 倍。毫无疑问，"海阔天空"发布会成了最火爆的手机营销大事件，T5 Plus 也成了行业内最热门的机型之一。有些多年不和我联系的朋友都来找我，要买一台 T5 Plus 用。

发布会结束后的第二天下午，丁杜高跟我们几个高管开了会，表扬了"海阔天空”发布会的成功举办。他说今天向他表示祝贺的朋友特别多，他们都对我们的发布会印象深刻。

T5 Plus的销售工作才刚刚开始，各地代理商的订货会也将在这几天密集开展。丁杜高要求包括他自己在内的所有高管都冲到一线，作为公司代表，去支持代理商的订货会。

我选择参加北京、天津、唐山和深圳的订货会。大家也都根据自己的时间安排挑选了一些城市参加。丁杜高自己则去了老陈所在的东北以及上海周边的一些城市。

会议结束后的第二天一早，我就飞往北京，还是住在富力酒店，晚上参加了当地代理商老周的订货会。这是我第一次参加代理商的订货会，老周对我特别客气，安排我作为公司重要领导发言。

代理商的订货会基本是公司发布会的一个简化版本。唯一不同的是，我们开订货会时基本用圆桌，大家开完会就开始吃吃喝喝，这也算是订货会的一大传统特色。当然，我们也不会遗漏订货环节。

中国市场营销中心会对代理商的订货会进行一些费用补贴。丁杜高给我的权力很大。通常，订货会上补贴的费用都是销售费用，但丁杜高把这个费用的管理权限给了我。

我又把这个管理权限给了终端策划部的张华。张华在发布会前就根据公司发布会的流程给代理商制定了订货会流程。他在发布会前就把物料的制作标准、柜台的陈列方式、设计好的海报等都发给了代理商。有些着急的代理商在发布会前几天就开始为专柜换装了。

张华是公司的名嘴，也是终端导购和代理商培训师的老师，在代理商体系中极有人气。他对代理商体系最为熟悉，代理商都争着邀请他去讲产品。

老周今天就把张华给“抢”了过来。张华的产品讲解能力一流，比鲁伟强很多。老周不知道从哪里请来了一支乐队上台演唱了一首《海阔天空》。

北京的订货会开得非常成功，零售店的老板们订货踊跃。有些重要客户其实前两天就已经在东莞参加了我们的发布会，当天便直接爽快地下了订单。老周告诉我，T5 Plus 的订货量已经远超 T5。

第二天一早，我就赶往了天津。天津的代理商在当天中午召开了订货会，内容和北京的差不多。我赶到的时候会议刚要开始，我代表公司做了发言。接下来的议程就和北京的一样了。我不能在这耽搁太久，没等订货会结束，我就赶往唐山参加下一场。路上，我接到天津代理商的电话，天津的订货情况和北京的差不多，都十分火爆。

唐山也是老周的地盘，由一位年轻的总经理管理。唐山的订货会比天津和北京的还要隆重，客户也最多。订货会虽然在宴会厅举行，但唐山方面也模仿公司的发布会做了一个T形台。这场订货会依然从我的讲话开始，以唐山版的《海阔天空》收尾。不出所料，此处的订货量也是一样火爆。

唐山的总经理一直留我在唐山过夜，还给我开了房间。但想到明天就要回深圳，我还是让他给我派了一部车，连夜赶回了北京。

在回北京的路上，车里放着河北98.4电台。广播里忽然传出来Beyond的《海阔天空》，主播说，最近Beyond又回到了我们的视野，优力在东莞开了一场演唱会，用CG技术“复活”了家驹。主播虽然把我们的发布会说成了演唱会，但是他能提到优力，还是令我非常高兴的。由此可见，我们的传播非常成功，连一个北方的广播电台也注意到了《海阔天空》。

这几天我过得像打仗一样。第二天，我就拖着行李跟老周看了北京的重要门店。门店知道我要来访，都用LED屏播放欢迎语。零售商们非常支持优力，他们也感觉到了我们今年的快速崛起。我和他们讲，明年我们将会发布“超级续航+”的产品，也会继续加大对中国市场的投入。优力给终端门店的毛利率一直高于同行，“同价高空间”是丁杜高一贯的渠道策略。听到我的话，零售商们都很高兴，因为这对他们来说意味着更多的生意和更多的利润。

匆匆别过零售商，老周送我去了机场，我乘坐晚上的航班回到了深圳。深圳的订货会要在一天以后才开始。最近丁杜高也出差了，我和中国市场营销中心的同事们又把近期的工作复盘了一遍。张华忙着在全国各地支持代理商的订货会，毛冬梅的元旦和春节活动也准备得差不多了。元旦和春节活动的主题同样来自《海阔天空》：高歌海阔天空，续航光辉岁月。元旦期间，优力将会在全国八大城市做T5 Plus的超大型路演，路演礼品里还有家强签名版的《海阔天空》碟片。

深圳的订货会也一样成功，我又给“天子脚下”的代理商老鲍投放了一些户外大屏广告。他非得在他家的阳台对面也安一块大屏幕，说那里位置好。我说：“老鲍，这哪里位置好了，这么高的位置，都看不清楚。”老鲍回答我说：“每天回来在阳台上能看到这块儿屏，我心里就特别有干劲儿。”我实在拗不过他，给他在这儿也上了一块。

周末，我就和老鲍一起去走市场。导购们一个个把产品的卖点都讲得滚瓜烂熟，他们都说 T5 Plus 卖得很不错。我又问优力的导购小天产品卖得怎么样，他也回答我说：“卖得不错。”

35

一年已过

一年就这样逐渐接近尾声。我妈知道我工作太忙，就先回了上海。她临走还拉着岳依柔的手对我说：“今年过年你们俩一定要一起回上海。”

自从今年来到优力工作，我就忙得像在打仗一样。即便到了一年之尾，我也没有丝毫过年的感觉，总觉得工作就是一贯如此忙碌，我已经完全适应了这种深圳节奏。

看到一些媒体的年终盘点，我才意识到年底到了。《营销》杂志将我评选为“2015 年中国营销标杆人物”，《经理人》杂志将我列入“中国年度最具价值经理人 TOP50 榜单”，但华兴消费者事业部的总裁“李大嘴”排名比我还靠前。有意思的是，在这个榜单里面，只有我一人是副总裁，其他都是总裁或 CEO。《经理人》杂志发布了一篇介绍我的长文，称赞道：

> 在手机行业做了 13 年的优力，面对小豆、华兴等新兴品牌的崛起，一度变得黯淡无光。但自 2015 年初引进原菲基亚高管郑明担任集团副总裁之后，优力不仅重新恢复了在商务手机上原有的优势定位，而且通过产品连环战、全媒体攻略等策略，直击消费者痛点，再次恢复了在市场上的“血性”。

媒体还总结了我的营销策略，认为这是一种具有突破性的全媒体新策略。他们这样写道：

> 先用社会化媒体引爆话题，再用 KOL（关键意见领袖）推动音量，同时利用新旧媒体结合传播，前后利用广告收口。这是现在优力在郑明的领导下使用的典型营销策略。这种策略既发挥了新媒体引爆话题和病毒传播的优势，又通过传统媒体和广告的可控性把握了传播方向。在优力 T5 Plus“海阔天空”发布会的整个策划过程中，郑明牛刀小试，验证了这条公式的正确性。从前期制造悬念到利用微博 KOL 的声量推动，再到发布会当天进行话题引爆，后期运用新旧媒体组合传播收口，一切尽在他的掌握中。

媒体的概括是准确的，但“一切尽在掌握”显得过于轻松了，我们的团队确实付出了很大的努力才取得了今年的成果。

对于优力、OVVO 和丽音这些注重线下渠道的传统手机厂商来讲，营销的变革是需要徐徐而进的。这不仅涉及公司内部的人事变动，对消费者而言，过快、过猛的品牌调整也令他们难以适应。鲁伟当年犯的错误就是冒进，他轻易更改了优力的品牌定位，他这样做表面上是在迎接互联网时代，但消费者并不买账。消费者对优力的认知还停留在“商务”和“大电池”等关键词上。

与消费者的认知作对是一件基本不可能成功的事情。所以，丁杜高今年重新调整产品定位，以超级续航的 T 系列作为优力的主力旗舰机，而我的工作就是将丁杜高的产品策略转化为消费者的认知，并使之升华。我们的产品策略都是基于消费者的认知制定的。

此外，互联网炒作也不适合优力这种传统手机品牌。过去几年，虽然互联网手机领域风起云涌，但除了小豆取得了成功，其他互联网手机品牌大多已偃旗息鼓。

手机业是一个重资产、重投入的行业，绝不可能靠在互联网上进行炒作就能成功。丁杜高经常对我说“结硬寨，打呆仗”。在这个行业是没有办法投机取巧的。

手机业又几乎是最热门的 To C 产品行业。它热门，不仅是因为手机业有很多超级大厂，更是因为行业变化极其迅速。这就要求企业有极强的适应能力，能够快速而准确地做出决策并采取行动。研发大单品、以季度为单位快速迭代产品，以及加快营销反应速度成为当下手机业的主流打法。

让我开心的是，“海阔天空”发布会被很多媒体评为今年智能手机业十大营销案例之首。能在手机业这样到处是“聪明脑袋”的顶级行业里拿到第一，让我感到非常兴奋。一个媒体这样写道：

> 第一名：优力“海阔天空”，大气磅礴。
>
> 优力一直给人低调的印象，但在今年11月底的发布会上，一首家驹、家强合唱的《海阔天空》几乎刷爆了朋友圈。这首歌曲MV发布后3天，点击量就超过了1亿，成为年度点击量最高的视频之一。这首家驹、家强合唱的《海阔天空》是优力为其新产品T5 Plus量身定制的歌曲。除了这首催人泪下的歌曲，优力在11月21日召开的发布会还有诸多亮点：这是第一次在工厂举行的发布会、第一次使用AR技术的发布会、第一次使用CG技术的发布会，也是第一次有万人参与的发布会……如此多的“第一次”相辅相成、完美组合，在手机行业中实属罕见。优力T5 Plus的发布会堪称手机业的年终压轴之作，也是营销史上难得一见的杰作！

媒体认为“海阔天空”发布会不仅在今年手机业的发布会中位列第一，更是营销史上的杰作。看到这个评价，岳依柔好像比我还开心。

T5 Plus的发布会对我而言已经成为过去。丁杜高跟我说，优力马上要开始研究T6的产品和推广，这一次我们将同时发布T6和T6 Plus。我对这两款产品做了2亿元的整体推广预算。我原本以为这个数字已经很高了，因为T5 Plus的预算其实连5 000万元都不到。一下子把预算提高到4倍，我认为我已经够激进了。但是，丁杜高直接给我批了4亿元！他似乎对2016年充满了信心。

12月底，第三方调研机构的数据显示，优力在国内的销量已经超过小豆和韩国品牌，成为国内排名第四的手机品牌，仅次于华兴、OVVO和丽音。回想起我刚来优力时，那时我们在国内才排名第十四，几乎要被消费者遗忘。

丁杜高很高兴，跟我说：“今年，我们从死亡线上挣扎着站起来，明年，我们要活得更好。”但我回想他去年此时还一副云淡风轻的样子，那时候我哪里会感觉到他正在死亡线上挣扎。这一年，丁杜高从未喊过口号，更没有表现出过痛苦挣扎的样子，优力的危机就这样被他在谈笑之间化解了。我越来越佩服丁杜高了。

当我把这个数字告诉于杰的时候，他说了句“厉害啊，明哥”。过了一天，于杰又来找我，说他有个好主意。手机业经常喜欢把最知名的4个国产手机品牌放在一起称呼。于杰建议，我们要主推“华优O丽”的叫法。华兴本身是运营商渠道出身的品牌，现在也非常重视线下渠道；优力、OVVO和丽音更是被誉为“线下三杰”，这4个品牌都偏重线下。其他运营商品牌和互联网品牌的没落也正好印证了丁总在发布会上所说的话：“不存在纯粹的运营商品牌，也不存在纯粹的线上品牌，全球开放市场决定品牌存亡。”

我非常赞同于杰的说法，也把于杰的提议跟丁杜高做了汇报。之后，我们开始准备大推“华优O丽”的称呼。这场公关将宣告优力重新进入国产手机品牌的一线阵营。

此时的互联网品牌小豆陷入了销量下滑的境地。已经逐渐淡出管理层的创始人余军后来也不得不重新出山，拯救小豆。不过，那已经是后话了。

媒体显然逐步认可了“华优O丽”的说法，有一个媒体就写道：

> 小豆的迅速成长曾将互联网手机推上神坛，这类以线上网络营销模式为主的品牌，可以省去大面积建设线下专卖店的资金，以及导购等一大批人力资源。大力的营销推广确实让他们在短时间内火了起来，并且取代了以与线下运营商合作为主要销售渠道的品牌的地位。亏得华兴反应迅速，转战线上，推出了一个纯互联网渠道的子品牌，才保住了自己的地位。许多新生的互联网手机品牌看到了其中的甜头，纷纷“杀”入这片血海中，却不知这才是噩梦真正的开始。
>
> 这几年，大家可能已经发现，小豆等互联网品牌生产的产品发布后很难在第一时间从网上被消费者买到，而在线下第三方实体店中却随处可见。这就导致原本以线上为主的消费用户最终还是需要前往线下实体店购买产品。退一步讲，即使消费者在线上或实体店购买到这类产品，产品的售后也成了一大问题。没有充足的售后网点成了这些互联网手机品牌的一大弊端。
>
> 这类以线上网络营销为主的互联网手机所带来的服务终究是看不见、

摸不到的。一味地鼓吹性价比并不能给消费者带来最直观的消费体验。而在线下实体店进行消费时，用户可以近距离体验、了解产品的特点、性能与售后等问题。以单纯的性价比来提升品牌知名度的互联网手机，在整体的设计上也缺乏亮点，产品形态过于单一。

一项调查显示，每个人的购机意向是不同的，但大体上可以归纳为对手机运行速度、续航、拍照、外观等方面的关注。以线下销售渠道为主的手机品牌从售后部门的反馈中很早便发现，人们更加愿意购买具有核心功能、特点的产品。以华兴为代表的科技、以优力为代表的超级续航、以丽音为代表的手机快充、以 OVVO 为代表的高清晰度拍照功能，都体现出了品牌产品的核心功能。这些厂商并不以低价格、高配置来俘获消费者，而是依靠自身产品的专属特色，定位中高端人群，重视产品品质，不断树立产品的品牌意识。“华优 O 丽”凭借这些特点更容易建立起忠实的用户群体，使自己的品牌效益发挥到最大，让企业活得更好。

对于华兴、优力、OVVO 和丽音这些拥有强大自主研发能力和产品生产线的品牌来说，这套“线上销售 + 产品研发 + 线下销售 + 产品售后”的模式也让“华优 O 丽”在 2015 年笑到了最后。

确实，正如这篇报道观察到的，在 2015 年，低价营销、饥饿营销等互联网思维已经被用户看清。2016 年，手机业将迎来线上线下全方位的激战。我和丁杜高一样，对 2016 年充满信心。

36

老高

2015 年行将结束，在这一年最后一天的晚上，我和岳依柔一起去深圳湾跑步。

海风轻轻吹过，这一年就这样过去了。跑完步，我们站在海边的护栏旁，依柔问我：“这一年，你印象最深刻的事是什么？对于你来说，最重要的事又是什么？是‘海阔天空’发布会，还是‘国产手机不能上飞机’事件啊？”

我望着大海，望着远处的深圳湾大桥，远处星光点点。这一年，可能会是我人生中最难忘的一年。“我这一年经历的最重要的事就是我来到了深圳，又和你在一起了。”我大声说道。岳依柔轻轻依偎在我的怀里，没有说话。人生仿佛白驹过隙，未来会怎样无人知晓。但至少这一刻，我们是幸福的。

元旦，我又带着于杰和蔡忠一起去走市场，还去了华强北的零售商场。其实，传统意义上的华强北模式和深圳的品牌手机企业完全不同，华强北企业以档口为主要形式，而我去的是苏宁的零售店。

T5 Plus 在深圳正处于热卖阶段，我们有一场大促在华强北的商场举行，那里的人流量非常大。但我发现，大促的物料似乎有点质量问题，于是打电话给毛冬梅，问她知不知道这个问题。毛冬梅说，临促物料一般就是如此，比不上张华柜台上的。负责大促的外包公司的老板不知是怎么知道我在华强北的，和我在这儿来了个偶遇，这让我非常惊讶。

我在商场里看到有导购拿着优力的广告牌正卖力地推销，我也拿着摆了个造型，发了朋友圈：今天在华强北当临促。

我又去到布吉的商场，逛完后就到深圳著名的连锁卖场永波那儿坐了一会儿。永波的冯总跟我说，优力 T5 Plus 是他用的第一台国产机，他是一个对手机性能要求非常高的人。这让我很是欣慰。

晚上 11 点半，蔡忠在公司的公众号上发布了一篇文章，名为《超级续航风暴席卷全国，优力手机元旦销量再创新高！》。他在这篇文章里排满了各地零售市场火爆销售的照片，并且把我在华强北举牌的照片放在了第一张，还为这张照片配了一个小标题：优力集团副总裁郑明先生为终端举牌助威！他在文章最后写道：你的信念，海阔天空；我的人生，超级续航。

元旦后的第一个工作日下午，许琳带着一个人进了我的办公室，介绍道：“郑总，这是高总，我的老领导。”

老高是优力第一任品牌副总裁，也是央视广告公司出身的行业老前辈。在优力的初创时期，他曾经帮助丁杜高在中国市场打响了名气，“好手机，优力造”的创意就是出自老高之手。

“哎呀，高总，好多年没见了。”我以前就见过老高，虽然不熟，但也算认识。

“郑总，你们认识啊？”许琳问道。

“是啊，高总是行业前辈，我们以前就认识。”我道。

“郑总，客气了，刚才我在丁总那里坐了一会儿。你们今年做得真好，在品牌上的动作真是焕然一新，比我们那时候的办法多多了。”2016年上班的第一天，老高还觉得现在是在2015年。

丁杜高以前就跟我讲过，老高在传媒广告领域是一个很有才能的人，但他这几年自己在外创业，生意做得一般。我听得出丁杜高的暗示，他是一个重情义的人。他的意思是，在合适的时候，我们可以帮老高一把。

丁杜高在回归优力之初并没有重新启用老高。我觉得一方面是因为老高当时和鲁伟闹得比较僵，另一方面恐怕是丁杜高也觉得传统的营销策略已经不能适应新的市场环境了。但老高确实为优力留下了宝贵的“遗产”。许琳的部门在广告媒介策略方面的能力非常强，这要归功于老高当年对他们的培养。我曾和许琳讲过，如果有机会，我们可以照顾一下老高的生意。毕竟，他也是专业人士，业务能力肯定不会差。老高今天来找丁杜高，其实也是为了谈生意。丁杜高和老高讲，明年优力要加大广告投放量，并让他来找我。

下午，我和老高聊了很久，也听了他的很多建议。老高在电视传媒上给优力的意见是加大对综艺节目的投放力度。这也是我一直在思考的一个问题。但这几年综艺广告的投放面临一个大问题：一个好的综艺节目往往被切割成电视和互联网两个渠道分别上线。互联网平台会剪掉电视平台上的所有普通插播广告，对电视综艺赞助商Logo的遮挡趋势也越来越明显。但要是在电视和互联网两个平台同时向同一档节目投放广告，不仅费用高昂，而且风险极大，要是投错，就要承担双倍的损失。之前鲁伟就犯过这样的错误。

我和老高的意见比较一致，只投电视综艺，加大对口播和内容的植入。因为2015年的时候，互联网平台还不会对电视中的口播和内容广告进行剪辑，我们还能蹭到互联网流量。最关键的是，电视综艺可以和卫视对赌收视率，收视率水分较小，并且我们还可以用“酷云数据”等监测工具甄别卫视是否存在收视率造假的问题。但互联网综艺的点击量几乎完全不可信，造假十分严重，有时候真实数据连其显示的 10% 都不到。

但我和老高还有些看法上的不同：老高是做传统电视广告出身的，所以更关注节目本身的收视率；而我去年就开始研究植入强度的问题，更看重品牌的曝光效率。节目角标上的品牌标志占屏幕的比例、舞台上是否会设置广告物料、口播广告语的长短、内容植入是否精彩等都在我们的研究范围内。并且我们已经初步做出了一个模型，通过对节目的监播和收视率数据来计算加权的广告效果。当时的广告界少有人这样做，以前综艺赞助的效果只能靠收视率数据和“感觉”来反映，但是数据模型改进了广告效果评估方法。

我经常强调“广告公关化，公关广告化”。这一理念的核心思想是做综艺广告也可以有优秀的内容创作，这是赞助综艺比做硬广更有价值的地方。综艺节目经常会请一些咖位很高的明星，如果请这类明星代言产品，费用是很高的；但如果能在综艺中把这些明星和品牌结合起来，创作出优秀的内容，那么我们就赚到了。而且，这种优秀内容可以通过公关进行二次传播，还能吸引一批明星的粉丝关注我们的产品。

从 2015 年下半年开始，我和许琳团队就开始了对各种媒介的研究。他们部门的媒介经理徐文敏虽然年轻，但非常专业，经常会提出一些非常独到的建议和看法。

我和老高谈得挺投机，他约了我晚上一起吃饭。我说：“那就去凤凰楼吧，我请。”他说：“在凤凰楼吃了那么多年都吃腻了。”于是我们就约在了华侨城的一个会所。

晚上 7 点，我和老高在华侨城碰了头。我知道他是想让我多给他一些今年的广告订单，既然丁杜高有过暗示，这个忙我自然是会帮的。

房间里只有我们俩。酒过三巡，老高说了创业的不容易，也说了他们在做的一些优秀的广告案例，最后绕了一大圈，才拜托我今年多帮忙。

“高总，您是老前辈，又是公司的元老，丁总经常在我这儿提起你。有啥事儿你吩咐就是。”我说道。

“郑总，你真是太客气了，我都不知道怎么谢谢你。丁总一直跟我夸奖你能力强，许琳也跟我说过，你人好、专业，又特别愿意帮别人。”老高端着分酒器，和我来了一个“拎壶冲”。

“高总，你好酒量，”我也拎起分酒器一饮而尽，“以后有啥事儿尽管说，你是大哥。”

这样喝到 10 点多，我已经有六七分醉了。老高的酒量真是不错，像是一点事儿也没有。他给我找了一个代驾，拎着我的双肩背包，扶着我走到地下停车库。

老高把我交给代驾司机后，把我的包放到了后备箱说：“郑总，你的包在后备箱，还有我的一点儿小意思，别忘了，千万别忘了。”

我迷迷糊糊地上车回了家。

下了车，我从后备箱拿出东西。老高在我的后备箱多放了一个双肩背包，有点沉，我也没多想就拿上了楼。

“你看，又喝醉了。”岳依柔把我扶到沙发上坐下，给我泡了杯蜂蜜水。

“你怎么带了两个包？”岳依柔看到我带着两个包。

“老高送的礼物，不知道是啥，我也没看，刚才喝得有点儿多。”

“哪个老高？”

“以前的副总裁，现在自己在开传媒公司，想让优力给点儿广告单子。”我说道。

岳依柔端来蜂蜜水，过去打开了背包。

“郑明，你看。这里面都是钱。”岳依柔惊呼道。

“什么？”我的酒醒了一半，赶紧从岳依柔手上接过背包，里面是满满 50 叠钱，大概有 50 万元现金！

37

品牌焕新

岳依柔问了一下情况道：“这不会是丁杜高在测试你吧？”我认为这倒不至于，但是这钱我肯定不会收。

第二天一早，我就打电话给老高，跟他讲这个钱他必须拿回去。老高说什么也不肯，说这只是一点心意，让我别见怪。

我有点火了："老高你把我当什么人了？如果不收回去，我就把钱给丁总，这样后面的生意你都没得做了。"

一听到我要找丁杜高，老高急了，赶忙认错，当天就把钱拿了回去。我安慰他道："只要有好的资源、好的创意，我们肯定可以合作。但是这种事以后千万不能再发生了。"

元旦之后，优力持续了将近一年多的品牌焕新工作也即将进入尾声。品牌焕新工作是 2014 年的时候由鲁伟主导的。客观地说，优力品牌 Logo 的设计确实有些落后，修改 Logo 的举动是对的。但要怎么修改，大家争议很大。我的意见是去掉中文，直接用"UNNI"。但是丁杜高斟酌再三，还是用了中英文结合的"UNNI 优力"。最主要的原因是代理商担心用纯英文 Logo 不好进行品牌推广，我没有坚持自己的意见。在海外，优力就直接用了全英文的"UNNI"作为品牌 Logo。

新 Logo 的设计公司让我很头疼。这是一家国际 4A 广告公司旗下的子公司，但是他们的业务主要集中在房地产领域，和我们的行业风格有很大差异。新 Logo 的设计工作从鲁伟手上转到我手上，方案改了一年多才让丁杜高满意。

我曾经想过更换设计公司。在设计公司方面我的资源多得很，而且这家公司的设计费高达 300 万元。我估计了一下，比他们水平高一大截的公司要的设计费大概也不会超过 50 万元。但双方已签协议，我们此时也很难再更换设计公司了。

这家公司每次从上海过来，都带一堆人。带头的是 50 来岁的老李，口才了得。但我认为他不太懂设计，只是一位客户主管。他和鲁伟非常熟，据说也是鲁伟的朋友推荐的。

在元旦过后的公司的最后一次会议上，大家总算一致通过了新的 Logo，品牌 Slogan 也被定了下来，是"乐生活"，英文表达是"Make Smiles"。说实话，我觉得这句 Slogan 的科技感有些不够，但优力想表达的是我们不只注重科技，所以这句 Slogan 倒也符合我们的需求。根据品牌精神，"UNNI"中的"U"也被设计成了一个笑脸，成了一个可以单独使用的图标。

当设计工作要收尾的时候，终端策划部的张华跑来和我说，他发现老李竟然没有做 Logo 的延伸设计。这就意味着 Logo 在广告、物料、名片、办公室和户外等场景下的应用他们一个都没有做。

我找来老李，问他这些设计打算什么时候做。老李竟然回答说他们当时和鲁伟签订的合同里没有这些设计工作，如果要做，就需要再收130万元。

我找来合同，发现合同中竟然真的没有对这些Logo设计工作的基本要求。我问审计部的李海峰，这份合同当时是否经过审计。李海峰回答我，这份合同当时是鲁伟定的，他们只走了个程序。

我和丁杜高说了此事，丁杜高非常惊讶。因为附加这类设计要求是行业惯例，老李借着合同说事，明摆着是在敲竹杠。我和丁杜高说，既然如此，我自己找人来解决。

我有个老朋友，他是马来西亚的设计大师钟敏森，曾经为奥运会以及瑞士的国家旅游品牌做过设计，在Logo设计方面，他是亚洲的顶尖大师。我马上给钟敏森打电话，跟他说明了情况。他笑了："哪有设计Logo不做延伸设计的，这不是笑话吗？"

于是，钟敏森答应帮忙。我和他签了一个10万元的小合同。没多久，钟敏森就完成了这些延伸设计。他还特别提醒我："你们的Logo做得有点儿粗糙啊！"他按捺不住技痒，又帮我免费修了Logo。

老李又来找我说，他们广告公司的品牌广告拍得很不错，建议由他们来拍品牌广告片，这样受众更能理解品牌的含义。我拒绝了。

关于品牌广告片的制作，我找了台北奥美的创始人叶铭贵。他在广告业多次获得终身成就奖，在行业里被称为"贵哥"。那年他将近60岁了，每次有人叫他贵哥，他总是谦虚地说"叫我阿贵"。

我给丁杜高看了很多贵哥以前的作品。奥美的名声很大，但大中华区的几家奥美其实也有很大差异。在我看来，台北奥美的作品质量比其他几家高不少。以前，我就从来不用北京奥美和香港奥美的作品。而且，奥美很大，找对人也很重要。贵哥就是中国广告业的祖师爷和传奇人物，奥美的很多成名作都出自贵哥之手。

我安排了丁杜高和贵哥的团队见面。贵哥没有炫耀自己以前的履历，而是讲了他对"乐生活"的理解。他认为我们应该从这个品牌理念中充分挖掘人与人之间的关系。丁杜高说，他对"乐生活"的理解是"越有爱越快乐，越关心越快乐，越亲密越快乐"。贵哥说，这就体现了人与人之间的关系。

台北奥美的提案通过后，贵哥拍了9个15秒的短片。片中没有明星，没有大场面，只是把普通的生活片段展现了出来，重现了生活中每一对父子、母女、夫妻、姐弟、爷孙、朋友等人与人之间的关系。9个故事的内容都非常简单，却都显得幽默而温馨。每一个故事里的“小爱”都引人共鸣，直戳人心。

这些广告短小精悍又有趣：

嘴硬的爸爸，会一边抱怨女儿买的衣服花里胡哨，一边在内心里偷乐。观众看完这个广告，立刻能共情：我爸爸也总是“不善言辞”。

“带上你的全部家当给我滚蛋。”“你就是我的全部家当。”当观众以为自己将要看到夫妻争吵的场面时，没想到被“秀”了恩爱。

爷爷假装迷路，帮孙子要到心仪女孩的电话号码。广告中爷爷俏皮的形象在观众的脑海中挥之不去。

在这些广告中，无论是嘴硬的爸爸还是顽皮的爷爷，都让人看到了生活中最质朴的美好和无限的乐趣。不管广告中的人物是互相关心还是吵吵闹闹，都让人感受到了生活的多重滋味。后来，这组广告获得了广告行业的大奖。从最普通的生活场景中提炼出素材，并且将这些素材打造成经典的剧情，实际上是一件非常难的事情。这需要非常高超的技巧，而这正是台北奥美和贵哥所擅长的领域。贵哥在这组短片中用简单、生动的生活场景，将优力的“乐生活”和丁杜高“越有爱越快乐，越关心越快乐，越亲密越快乐”的品牌理念表达得淋漓尽致。

在品牌焕新之后，贵哥为我们做的广告视频被植入了每一台优力手机里，优力每年新增的几千万用户都能看到这则视频。他在提案的时候还给我们准备了很多其他创意脚本，虽然这次没有用到，但我花了1万元，把他的创意全都买了下来，交给年轻导演去拍摄了。2016年，于杰和许琳的部门把这些创意都拍成了短视频进行传播，引起了很大的社会化传播声量，当然这是后话了。

品牌焕新完成之后，我们就要开始准备在今年巴塞罗那世界移动通信大会（MWC）上的新品发布会和新品牌发布会了。今年，丁杜高不会亲自参加，他把参会任务交给了我。这也是我在优力工作以来，第一次和海外团队一起工作。公关部和终端策划部会一起参与巴塞罗那的MWC。

春节后，我们国内团队将飞往巴塞罗那，和海外团队一起参加MWC。

38

巴塞罗那

2016 年的春节在 2 月上旬来临。1 月下旬时，优力按照惯例召开了供应商大会，这个供应商主要是指生产端的供应厂家。吴英的部门协助承办了这个会议，但是我并没有参加。

有意思的是，丁杜高把这个会的主题也定为“海阔天空”。我们为这次会议设计的主视觉海报只是在发布会海报的基础上把家驹和家强的头像去掉了。

在 2 月初举办公司年会前，我向丁杜高询问年会的主题，他竟然还是定了“海阔天空”。按照惯例，我们还是将年会地点选在了东莞工业园。

那一夜，东莞工业园内共摆了 1 000 多桌酒席，园区里张灯结彩，一派过年的景象。这是优力十几年来的一贯传统，每到年末，都会举行一次这样的大聚会和一次联欢晚会。

优力的一万多名员工中当然不乏文艺爱好者，在将近两小时的联欢晚会中，几乎所有的节目都是优力员工自己编排的。

今年的年度杰出团队奖被颁给了两个部门，分别是 T5 的研发团队和我们中国市场营销中心的公共关系部。于杰上台领奖的时候，现场掌声一片。令人意外的是，年度杰出员工奖被颁给了海外的一位销售总监，据说他拿下了土耳其的 ODM（原始设计制造商）订单。这让我颇感意外，在今年海外销售量出现下滑的情况下，将杰出员工奖颁给这样一位同事，我感觉丁杜高似乎在做权力平衡。

优力的海外部门主要做 ODM 业务，这是我一直都不赞成的。做品牌拓展虽然比做 ODM 业务难很多，但我认为，唯有品牌能生存到最后，唯有品牌有真正的价值。鲁伟出身家电外贸行业，在品牌理念上和我相去甚远。还要再过一年，优力才会真正启动对海外品牌的大力拓展。但这已是后话，暂且不表。

年会到了最后的环节，优力所有的高管和获奖员工一起走上了台。《海阔天空》的音乐再次在东莞工业园响起。在南方这略有寒意的冬夜，一万多人一起高唱：

今天我，寒夜里看雪飘过，
怀着冷却了的心窝飘远方。
风雨里追赶，
雾里分不清影踪，天空海阔你与我。
可会变。
多少次，迎着冷眼与嘲笑，
从没有放弃过心中的理想。
一刹那恍惚，
若有所失的感觉，不知不觉已变淡。
心里爱。

丁杜高今天显然喝了不少酒，双颊有点绯红，他在台上一手搭着我的肩膀，一手拿着话筒，用不标准的粤语大声唱着。礼花飘在半空中，五彩缤纷。

优力东莞工业园的这一万多人，此时此刻都在大声地唱着《海阔天空》。在高唱《海阔天空》的歌声中，这一年落下了帷幕。

春节，岳依柔和我一起回了上海。她对上海这座大都市的一切都感到新鲜，上海和深圳是如此的不同。

我们在上海的 5 天都住在徐汇区的父母家里，我爸妈都对岳依柔很满意。平时古板、严肃的爸爸难得对岳依柔笑脸盈盈。在我妈的鼓动下，岳依柔竟然开始叫她“妈”，以至于我妈都开始聊“什么时候能抱孙子”的话题了。

就这样，我们在上海过了一个其乐融融的春节。年初四，我和依柔回到了深圳。年后，她妈妈也来到了深圳。这样，我们也算见过双方家长了。

回到公司上班那天是初八。按照广东的习俗，我给办公室的每个人都发了一个红包，也在群里发了不少红包。对于新的一年，大家都信心十足。

过了两天，我们就准备启程飞往巴塞罗那。

这天晚上，公司包了一辆大巴车，载着一车人，过了皇岗口岸，送大家前往香港搭乘飞机。我则坐公司的双牌车，和于杰、蔡忠一起先行出发，准备在香港机场和大家会合。除了同事，于杰还邀请了一些重要媒体一起参会，请他们帮我们做宣传。这些媒体大多是从北京出发的。

在香港机场，我买了一本《邓小平时代》，在飞机上看了一会儿，就沉沉睡去。醒来时，我已经在迪拜了。在迪拜停留了几小时后，飞机再次起飞，又飞了 8 小时，才降落在了巴塞罗那机场。

这不是我第一次参加 MWC，我对这次活动也算是熟门熟路。这次我住在加泰罗尼亚广场边上的一家酒店里。有些同事住酒店，有些则住在公司预订的公寓里。

我们参加这次的 MWC，共准备了两个主题：一是发布新品 R8，这款产品在海内外同时上市；二是发布优力的全新品牌形象。

R8 在国内不算旗舰机型。在我们 2015—2016 年的产品策略中，R 系列都属于防御型产品，我们没有为 R 系列投入太多资源。在 E 系列被取消之后，鲁伟把大多数精力都投入了 R 系列上，这款 R8 就是他做的机型。R8 的主要卖点是它具有独创专利技术的环形天线、美颜视频功能和 3D Touch 功能。

但我觉得如果一个产品的卖点过多，其主卖点就不够突出了。事实上，我这几个月来也一直在思考 R 系列的营销策略。随着中国市场中手机品牌竞争进入白热化阶段，优力的 T 系列虽然越来越成功，但华兴也在商务系列取得成功的基础上，开始推广时尚系列。

我也希望优力能够按照市场节奏每年推 4 款销量不错的旗舰机。优力的折叠手机天机系列虽然毛利颇高，但太小众，不具备推动销量的能力。所以，重任还是落在了 T 系列和 R 系列身上。

我最近在思考如何继续提高 T 系列的销量，以及如何在合适时间把 R 系列推向台前，让 R 系列成为发布会级别的旗舰智能手机。

鲁伟对 R 系列的规划太过混乱。R 系列最主要的问题是缺乏鲜明的特点，卖点基本靠性能堆叠。这样做不仅成本高昂，产品定价也完全超出了目标人群的消费能力，更使产品本身缺乏市场辨识度。然而，我现在也没有特别好的答案，我的心思都在 T 系列身上。大概要到 1 年之后，我们才会找到 R 系列的正确营销策略，这已是后话了。

被称为“地中海明珠”的巴塞罗那气候宜人，气温比深圳略低。我们在做巴塞罗那的展会准备时的工作量并没有策划国内发布会时的工作量那么大。我顺便去参观了一些高迪的建筑，还在市中心的加泰罗尼亚广场用 T5 Plus 拍了不少照片发在了微博上。

最近，鲁伟向于杰嚷嚷着要做个人专访，于杰无奈给他安排了两个，但内容都只限于谈海外业务部分。我们也对鲁伟的专访降低了传播力度，甚至还做了反搜索优化处理，降低了专访的权重。此时的鲁伟显然已经不适合再代表公司对外发言了。

39

元宵节

今年 MWC 的主题是“Mobile is everything”（移动通信就是一切）。

对于 R8，公关部也安排了推广文章。这款产品虽然缺乏显著特点，但技术集成却很多，在海外的定价高达 449 欧元。

R8 采用了金属一体化后盖设计，首次使用隐藏式环形天线，在保证金属机身外观美观的同时，还确保手机能拥有更好的信号。此外，指纹模组被放到了手机屏幕下，这样，后盖就只有一个优力的 U 形品牌标志。

R8 也采用了 3D Touch 压力传感技术，并在应用上做了很多技术支持，包括快捷预览、快捷菜单、动态壁纸、侧压快捷栏等多种功能。它结合了触控反馈和压力触控技术，在用户体验上可以和苹果手机的 3D 压力触控技术相媲美。R8 的 3D Touch 技术的应用建立在韩国芯片的基础上，这种芯片是目前除苹果手机外唯一能量产商用化的芯片。

甚至，最近苹果刚在中国正式使用的 VoLTE 功能也被 R8 采用了。使用拥有 VoLTE 功能的手机等待对方接通电话的时间更短，比 3G 网络下的等待时间少了 50% 以上。以往拨电话需要等待 6 秒，使用 VoLTE 后只需要 2 秒。另外，在采用 VoLTE 功能后，手机语音视频的通话效果也会更好。和 2G、3G 环境下的通话质量相比，R8 的语音质量能提高 40% 左右，掉线率接近于 0，视频通话也变得更清晰。

R8 采用的是 MTK Helio P10 八核处理器，拥有 4GB+64GB 的储存组合，提供 3 000mAh 的电池，支持 9V2A 的 18W 快充。

这款产品虽然看上去科技感十足，但最终在国内市场上作为不大，丁杜高也不太重视。对于这款手机，我除了在MWC上花了点资源做推广，在国内仅做了些公关传播。

我现在越来越明白丁杜高的策略了。他看重产品的高度差异化，抓到一两个消费者的痛点后就进行“饱和攻击”，而在消费者不太看重的地方降低配置。这样做的好处是，在加深消费者对品牌印象的同时，也满足了一部分消费者的刚需。并且，这样做出来的产品成本更低，利润也更高。

不能说鲁伟不懂产品。他应用的很多技术确实先进，但将所有配置都拉高的代价就是牺牲“特点”，这反而会使产品显得平庸。鲁伟最终只会将产品做成售价高昂、消费者也不买单的鸡肋产品。所以，在MWC，我们的重点当然还是放在对全新品牌的发布上。鲁伟在MWC开幕第二天的发布会上，用10分钟对优力的新品牌形象做了诠释。他用的是年前丁杜高亲自审定过的文字稿。随着新品牌的发布，公关部发布的各种解读文章也迅速在国内外铺开。有媒体写道：

> 优力成立于2002年，至今已走过14个年头，使用的一直是最初的VI（视觉识别系统）。而“好手机，优力造”的口号更是通过刘德荣的代言成为深入人心的品牌理念。
>
> 时过境迁，随着产业环境和市场环境的变化，这一套VI已经过时。在功能机时代和智能机时代初期，消费者注重的是产品的功能和品质，当时优力的品牌口号正好响应了消费者的诉求。然而，随着智能手机市场的饱和，各企业的竞争更加激烈，功能和品质成为每个手机品牌制造产品的基础。在这之上，消费者还看重品牌理念、产品体验等延伸概念，这是消费升级后的必然结果。
>
> 另外，还有两个背景值得注意：一个是随着国内市场的饱和，主流手机品牌都有向国际市场拓展的诉求。对于一些注重人文关怀的国家，企业需要更具有人文气息的品牌沟通方式；另一个是移动互联网带来了整个行业风格的转变，年轻和效率成为企业追求的新理念。
>
> 在这种背景下，优力决定更换VI。更换后的Logo已经在媒体及优力官网等平台发布，品牌口号也从“好手机，优力造”被更换为“乐生活”。
>
> 官方的阐释是全新的VI有3层含义：这是一张笑脸，代表用微笑面

对人生的态度；这是一个拥抱，代表张开双臂拥抱彼此的爱；这是“乐生活”，代表用微笑和爱追寻内心想法的喜悦。

优力的全新 VI 和他们的业务之间也有密切的关系：

一是品牌理念人文化。这种理念的转变是从产品为中心向用户为中心的转化。优力应用各种新科技的目的是提升用户体验，让用户的生活更加美好。这种人文化的理念将会在以后优力的产品、渠道等策略中体现。实际上，从 2015 年开始，优力就在做重塑品牌的工作，通过对超级续航系列产品的打造，解决消费者的痛点，让消费者的体验得到回归。

二是业务国际化。可以说，VI 的更换也是优力吹响国际化号角的标志。在 Logo 的线条设计上，与国际巨头科技公司类似，优力采用了圆润、简约、扁平的风格，和国际接轨。同时，微笑是不分国界的，在未来海外业务拓展中，这样的图标将更容易被用户认知。优力集团董事长丁杜高在接受采访时曾表示，在接下来的 2 ～ 3 年内，手机行业将会发生翻天覆地的变化，只有 6 ～ 10 个全球化品牌能够存活下来。未来不会存在区域性品牌，只有全球品牌才能生存。实际上，早在 2007 年，优力就开始积极进军海外市场，业务范围覆盖了印度、东南亚、俄罗斯、意大利、法国、非洲等 40 多个国家和地区，在印度市场中排名前五。2015 年，优力在海外市场中的销售额占比超过总销售额的 1/3。

三是气质年轻化。这体现了历经沧桑的老牌手机在面对互联网市场时的谦卑心态。扁平化的设计风格代表了移动互联网时代的新理念：简约高效、中心突出和年轻化。年轻是一种心态，优力已经成立 14 年了，是手机行业中的老兵，见过大风大浪，看到过菲基亚等品牌的衰落，也看到过小豆等新兴品牌的崛起。14 年后的今天，优力将以年轻的心态再学习、再出发。年轻化也代表了优力拥抱互联网的姿态，优力做的是“+互联网”模式，基于 UNNI 操作系统，建立一套以手机终端为本、应用分发为代表的移动互联网生态系统。优力在更换 VI 的同时，也迎来了 2016 年的销售开门红。2016 年 2 月 24 日，第三方零售监测数据显示，2016 年 1 月，国产手机品牌在国内线下手机市场中的份额已超过 80%，OVVO、丽音、华兴和优力表现出了强劲的增长态势。从去年下半年开始，优力主打的超级续航手机给消费者留下了深刻印象。

在国内，我们还在助推“华优O丽”这一称号的传播。优力产品销量的同比、环比增速都非常快。在新的行业数据报告里，优力的品牌Logo也都在第一时间被换成了新的。

2016年阳历2月22日是中国的元宵节。晚上，我让于杰找了一家中国饭店，在台湾同胞开的松鹤楼请大家吃中餐。这家店的中餐虽然也略经改良，但还保留着中国菜的基本味道。时值元宵，店老板看到我们是中国同胞，还给我们每人赠送了一碗元宵。就这样，我们在巴塞罗那度过了一个海外元宵佳节。

40

借势营销

今年的MWC还有一个非常火的主题就是VR（虚拟现实）。但是，在2016年，由于分辨率差和网络传输速度慢，VR产品给人的体验感还不太好。

VR技术当然也引起了中国厂商的兴趣，华强北的仿VR产品很多。我和鲁伟都关注到了这一点。回国后，我们也都向丁杜高汇报了相关情况。

鲁伟提议公司应该要投入VR技术的研发和相关产品的制造，并且尽快上市销售。他认为VR产品代表着科技的未来，极有可能是继智能手机之后的一个大品类。但是，丁杜高在体验了VR产品之后，头晕了一下午。他和我说，用户体验这么差的产品是不可能有市场的。我看到了VR技术在MWC上引起的轰动，但丁杜高的话确实也很有道理。他提出了一个最简单却也最致命的反对研发VR产品的理由。

我们关于VR产品的争论结果是：我们在国内暂时只将VR产品作为一种促销道具来吸引人流，鲁伟掌管的国外分公司则先设计生产，进行试验性销售。丁杜高再次做出了正确的选择。后来大家都知道了，VR产品一直不温不火，和智能手机的销量完全不在一个量级。印度的VR产品也卖得不好，后来都只能作为礼品用于促销。

2016年的前几个月，手机业最大的新闻是小豆的业绩严重下滑。当然，这也是我们乐于见到的。经过2015年残酷的市场竞争，幸存的国产手机品牌越来越少，小豆也不能仅靠其在互联网和电商渠道中的优势来和我们竞争了。在过去的几个月中，优力业绩反超小豆，形势一片大好。大家都觉得如果小豆的创始人余军再不复出，小豆走向衰败将是必然的事情。今年初，已经有越来越多的人开始使用“华优O丽”这个称呼了。

去年下半年爆火过的悦视手机在这段时间也没了声音。但他们的创始人还是经常开发布会，每次都会强调“为梦想而窒息”的口号。他们“最新”的梦想是做汽车，结果只做出了幻灯片。在手机行业，他们已经离开了我们的视野。丁杜高说，他们做不起来，悦视的老板就是在圈钱。

这段时间，丁杜高和我都没有去年年底这么忙。最近，我们正在准备3月29日的翻盖智能手机天机909的上市发布会。天机系列虽然只是一条相对小众的产品线，但也是优力一直以来的优势产品线。所以我们这次为它开了一个小型发布会，由张华来主讲产品。

最近，我傍晚经常会在丁杜高的办公室坐一会儿。他桌上放着几盒别人送他的哈瓦那雪茄，已经被大家抽完了。有一天晚上，丁杜高和我谈起了他的经营哲学：品质先于价格，收入先于成本，生存大于一切。这几句话让我受益颇深。我们有时候也会谈到科技的未来。在波士顿的时候，丁杜高参观了很多高科技初创企业，我在那边待的时间更长，与这些企业接触得也更多。我和丁杜高谈起人工智能、脑机接口、云计算、5G通信、3D打印，还有机器人，丁杜高很有兴趣：“说不定以后三全就生产机器人了，每个人家里都有一个，哈哈。”丁杜高用这样的方式憧憬着科技的未来。

那段时间，丁杜高晚上一有空就会和我下棋，不过现在我已经在和他下业务棋了。从客观上来说，我们的棋风各有不同，丁杜高的实力略占上风。但他每盘都想赢我也没那么容易，不过，我也很少让他输。

说起围棋，3月发生了一件能载入围棋历史的大事件。当然，这件事更应该载入人工智能的历史。2016年的3月9日，所谓的人机大战在韩国首尔打响。人工智能AIGo挑战世界围棋冠军李天石九段。这场比赛一开始就被媒体传得沸沸扬扬，热度甚至超过了当年 IBM 的计算机深蓝对国际象棋世界冠军的挑战。

一开始，我没把这场挑战赛当回事。我对围棋太熟悉了，这是人类历史上最复杂的棋类游戏，在布局和中盘阶段是很难量化的。我也和一些围棋计算机程序对弈过，即便是最高级的程序版本都很难达到人类棋手的初级段位水平。我很难相信人工智能能轻易战胜世界顶级棋手。但不久后，就传出 AIGo 战胜欧洲围棋冠军范辉四段的消息。范辉四段是中国的退役职业棋手，去欧洲之后便横扫欧洲棋坛，成了欧洲的围棋冠军。但欧洲并不是围棋的主要阵地，欧洲的比赛充其量只是业余赛，水平和中日韩三国的比赛水平完全不在一个量级。但是，即便 AIGo 战胜的是业余赛的冠军，那也是一件非常了不起的事。AIGo 和范辉的对弈棋谱让我惊讶于人工智能进步的速度。但是，AIGo 每局的优势都比较小，看来 AI 要赢下人类的世界冠军恐怕也没有那么容易。

和我看这个事件的角度不同，于杰提醒我这件事已经越炒越热，可以借势营销，我这才想起自己还认识范辉。于是，我让蔡忠为范辉做了一个“超级续航用户”的专访。优力因为一直以来赞助围棋比赛，所以在棋界有很好的口碑，也有很多朋友。范辉欣然接受了采访。

范辉作为第一位与 AIGo 对弈的职业棋手，也对这场人机大战的前景做了预测。他被问及如果人工智能最终打败了李天石九段、打败了人类最高围棋水平的代表，围棋将何去何从。范辉说，人工智能超越人类只是时间问题，现阶段人类本身对围棋的了解只有 10%，人工智能的出现将会帮助人类更好地了解围棋的内涵，它不会毁灭人类探索围棋的兴趣，反而会促使人们更深入地了解围棋。这种看法与优力最新发布的 Slogan“乐生活”的理念不谋而合：科技是为了给人类的生活带来快乐而存在的，科技的每一次进步都让人们的生活变得更美好。

3 月 9 日，比赛正式开始。这一天虽然是工作日，但我和丁杜高都紧紧地盯着电脑观看比赛讲解。AIGo 的围棋水平让我目瞪口呆，它使用的棋招完全超越人类的想象，比战胜范辉的时候水平高了太多。AIGo 明显是进化了，而且进化得如此之快。比赛结果没有悬念，第一局，AIGo 完胜。

此时，人机大战的传播已经形成全球热度，不仅在围棋界和科技界，普通民众也非常关心此次事件。于杰做的海报在比赛结束的第一时间发布，海报中的文案是：这是 AIGo 的一小步，却是人类的一大步！优力，持续 10 年支持中国围棋职业比赛的主赞助商。

第二天，AIGo 就有了“AI 狗”的昵称。这一局，“AI 狗”下出了很多职业棋手根本不会下的棋，它的第三十七手棋更是“天外飞仙”，让人目瞪口呆。这样看来，AI 的思维已经超出了人类的思维范畴。这一天，我们海报的文案是：无法想象的人工智能。优力，持续 10 年支持中国围棋职业比赛的主赞助商。

这一天，很多厂家跟随热点发布了海报。随着“AI 狗”的两胜，这个事件的热度已经高到无以复加。小豆也匆匆忙忙做了海报，但是围棋毕竟是专业的技术，在他们的海报中，棋手下棋的手势都错了。优力作为中国职业围棋赛主赞助商，不仅展示出了多年来的赞助记录，而且由于具备赞助商优势，连李天石九段的肖像权都可以免费使用。两家的海报质量高下立判。

第三局，李天石九段又败了。但他在第四局扳回一局，这也是人类对“AI 狗”唯一的一胜。人机大战的热度又创新高，于杰赶忙找来参加过优力赞助的职业赛的围棋选手进行访谈，选手们大谈人机大战。每位选手除了发言，也同样感谢了优力多年来对围棋事业的贡献。

人机大战以 AIGo 4 ∶ 1 的大胜落下帷幕。在比赛过程中，我发现王星杰九段在网上异常活跃。2016 年，中国棋手王星杰九段其实已经取代了韩国的李天石九段，成为世界等级分第一的棋手。“AI 狗”如果要赢得有说服力，与王星杰九段对战才是最合适的。

王星杰更是直接在微博上放话：“AIGo 虽然下得赢李天石九段，但它一定赢不了我。”王星杰的做法为他赢得了极大的人气。

于杰看到这条微博后赶紧来找我：“明哥，我们应该签下王星杰，他很有价值。而且，我赌 AIGo 和王星杰必有一战。民众对这次比赛的关注度太高了。”

“于杰，你这个主意太好了。我认识王星杰，他参加过优力赞助的比赛，我马上联系他。”

我立刻和丁杜高说了这件事。作为围棋的狂热爱好者，他也和我一样，全程观看了这次比赛，他觉得于杰的主意非常好，马上同意了。于是，我给王星杰发了微信，只用几天时间就迅速签下了他的代言。

王星杰到底是年轻，很会玩社会化传播，签约的当天晚上就用优力 T5 Plus 发了微博，还转发了他的一位世界冠军师兄的微博，写道：“优力超级续航。”这条微博底下的评论很多，有夸他广告打得好的，有问他什么时候能和 AIGo 比赛的，还有点赞优力对围棋事业的支持的，评论区热闹非凡。

我们在 AIGo 和李天石九段比赛结束的当天傍晚发布了王星杰九段代言优力的新闻。我们还在海报上大书：“优力支持王星杰九段挑战 AIGo。”对我们如此迅速地签下王星杰并借助这次火爆的人机大战事件进行营销，业界一片好评。有媒体说我们“来了个王炸”，也有媒体称“优力火速签下王星杰，借势营销满分”。于杰更是在公众号“万能的杰哥”上写了一篇名为《人机大战的高潮来了：王星杰被优力签下！》的文章自我表扬了一番。

借势营销是每一家手机厂商的基本功，“热度”和“关注度”对手机厂商来讲至关重要。智能手机厂商在这几年其实已经逐步走入质量过剩、配置过剩的阶段，各厂商生产的产品越来越趋于同质。这个时候，要在同质化的市场中脱颖而出，一方面要在产品的配置方面有取舍，有不同于别人的差异化卖点；另一方面，营销中的造势和借势也非常重要。

手机业的战争说到底是产品战和营销战。手机厂商一方面要具备制造产品的技术能力，另一方面也要有对产品的定义能力。提出超级续航就体现了丁杜高对产品的一种定义能力。但是，营销和产品是相辅相成的，一家缺乏媒体热度的手机公司很难生存。而一家公司的热度主要来自两点：一是造势；二是借势。

“海阔天空”发布会就是我们的造势营销，而签下王星杰九段并支持他对战 AIGo 就是我们的借势营销。企业做借势营销需要有极快的反应速度，也需要借来的“势”能与自己的品牌和产品有关联，这样才能让营销更有针对性和目的性。

41

媒体峰会

签下王星杰之后，我就等他和 AIGo 进行比赛了。在此之前，我把《围棋世界》上的平面广告全部换成了王星杰的代言。我们的广告主视觉海报一直以来都是统一的，但是在围棋这个版块，我觉得王星杰肯定更有号召力。中国围棋界的棋手、国内几千万的围棋爱好者以及王星杰的几百万粉丝都知道王星杰成了我们的代言人。

接下来，我们就要准备天机 909 的发布会了。我们把发布会安排在了北京的奥雅会展中心。于杰和我商量，有个官媒的会议“媒体观察峰会”将在我们的发布会召开前于北京开幕，国家网信办的一些领导也会来参加。于杰和主办方很熟，建议我们赞助这个峰会。我同意了。所以，这次在北京，我们要在 3 天内办两个会：一个是媒体观察峰会；另一个是天机 909 的发布会。

于杰部门的人提前几天动身去了北京，我也在 3 月 26 日到了北京。媒体观察峰会的会场搭建非常简单，而我们又只是主赞助商，不是承办方，所以不必太过费心。我看了一下会场后，就去了湛庐文化参观。湛庐文化是这几年来异军突起的一家出版公司，在科技和商业领域引进了国外大量具有强大影响力的作品，对中国科技界和商界的思想走向影响巨大。我去湛庐是希望能找个契机，将优力和湛庐联合起来做一些事情，以此来提升优力在科技和商业领域的影响力。

这次媒体观察峰会确实来了很多媒体界的前辈，尤其是传统媒体领域的。尽管传统媒体的影响力一直在减弱，但是，这些人本身的资源和影响力却丝毫未减。他们在自己运营的自媒体账号和各种网络平台上发声，影响力依然巨大。这些前辈都给我们的预热海报做了“代言”，在把握高端媒体的影响力方面，于杰又往前迈了一步。

3 月 27 日，媒体观察峰会开幕，面对这些媒体界前辈，我做了主旨发言，除了介绍优力集团，我还说道：

在“续航未来——优力智能手机首届媒体观察峰会”开幕之际，我们慎重承诺：优力将继续秉持超级续航的精神，开发更多、更贴近消费者的产品，为广大用户提供更好的服务和体验！

优力集团董事长丁杜高说过，我们做企业，一定要坚持品质先于价格，一定要坚持收入先于成本，一定要牢记生存大于一切！优力正在进行全球化布局，在全球范围内全面提升产品力、品牌力和渠道服务能力，这正是丁总经营思想的高度体现。朋友们可能注意到了，从去年下半年开始，优力在市场上的声量日益加大，在行业内的地位日益巩固。这不仅得益于丁总的企业理念，得益于优力对媒体朋友的敞开怀抱、坦诚相见，更得益于广大媒体朋友对优力的支持。这也是优力冠名媒体观察峰会这一全国性盛会的初衷。

经过 14 年的发展，今年 2 月的第三方数据显示，优力手机重回中国市场前四名，中国手机市场已逐渐形成“华优 O 丽”占优势的格局。我们深知，这些成绩的取得，离不开优力长期坚持面向开放市场，离不开优力长期坚持实体渠道策略，更离不开广大媒体朋友的大力支持！2015 年 11 月，优力超级续航产品 T5 Plus 在优力工业园成功发布，全国 200 多家媒体参观了优力工业园。优力员工同媒体朋友们敞开心扉互动，各家媒体对优力持续报道，大家的共同努力使 T5 Plus 持续热销。这是朋友们对优力支持和帮助的最好见证！在此，我要向朋友们表达由衷的感谢！经过 14 年发展，优力深刻地体认到，企业不仅仅要做好产品、做好服务，提升品牌更是重中之重。

作为中国职业围棋赛连续 10 年的主要赞助商，10 年来，职业围棋赛中共有 13 位中国籍棋手获得 24 次世界冠军。在最近举世瞩目的人机大战中，在李天石投子认输的当天，向 AIGo 发出挑战的围棋界新贵王星杰，就是从优力职业围棋赛这一世界冠军的摇篮中孕育出来的。

置身信息爆炸的时代，人们对不同的媒体看法不同。优力坚定地认为，电视、报纸、户外、互联网和移动终端是信息传播的有机体，是信息传播不可或缺的结合体！企业的发展和企业的品牌建设是所有媒体协同发力的结晶！借着本次峰会，我向所有媒体界朋友及在座的各位媒体界前辈致敬！

借此机会，我也向在场的朋友们传递一个好消息。3 月 29 日，优力将在北京奥雅会展中心举办天机系列新产品 909 的发布会，诚挚邀请大家莅临，与我们共同见证这款旗舰产品的亮相！

出席这次峰会的主要是官方媒体的前辈。所以，我尽量使用比较官方和正式的措辞来演讲。对他们进行公关也是我们今年的公关策略中很重要的一环。这是我第一次在正式场合向媒体推介“华优O丽”这一称呼。

许多媒体界前辈今天第一次近距离和优力接触。优力在历史上两度经历品牌损伤。第一次是鲁伟掌管国内市场的时候，他任意改变品牌调性，让消费者对优力的品牌认识变得模糊不清。第二次是更早的时候，为了生存和业绩，优力做了电视购物直销，结果成了一个只会喊“只要×99”的叫卖式电视购物品牌。老高当年在公司时曾经坚决反对过这一营销策略，但当时的公司为了生存和业绩别无他法。在渡过难关之后，虽然优力停止了电视购物式的营销，但是这一做法的负面影响迄今没有被消除。我一直觉得刘德荣拒绝继续代言优力与他的形象被肆意用在电视购物广告上有很大关系。

品牌的构建不易，但品牌的损毁却经常在一瞬之间。去年，我接手优力后，曾经让调研机构做了一个深度的消费者访谈，也通过移动互联网部门对手机端的消费者做了调研，得出的结论都是一致的。上面的两点就是消费者对优力产生负面印象的主要原因。而现在，我要做的就是借助品牌焕新的时机，用新的手法重新塑造优力品牌，使之真正成为一个面向大众，尤其是面向商务人群的优秀品牌。我们在2016年的很多做法正是朝着这一目标努力的。

42

开合之间

媒体观察峰会过后，就将迎来天机909的发布会。由于这次发布会规格较小，我们对外将“发布会”的名称改成了“品鉴会”，但也邀请了300多位客户和媒体参会。我们并没有减小对这次发布会的公关传播力度，甚至还买了一部分电视硬广和楼宇电梯广告。

天机909虽然面向小众市场，但确实是一款非常优秀的翻盖智能旗舰机。我们为这次发布会定的主题是“匠心”。这段时间，媒体一直在报道实体经济和工匠精神，我们也希望配合一下当下的媒体环境。

在功能机时代，翻盖机受到了很多消费者的喜爱。但进入智能机时代后，所有手机都成了一块屏幕的直板机，翻盖机的选择空间变得很小了。

现在还生产翻盖机的只有一家韩国品牌和优力。韩国品牌将产品定位在超高端，价格在 10 000 ～ 20 000 元，产品主要针对年长的高端商务精英。而优力的定价基本在 3 500 ～ 4 000 元价位段，很受北方中小企业老板的欢迎，在东北和山西卖得尤其好。这也是我要把发布会地点定在北京的重要原因。

翻盖机是优力的重要利润机型，也是差异化机型的重要代表。丁杜高考虑在 T 系列的基础上做一款更高端的旗舰机，甚至想要将定价突破 5 000 元。新产品不仅可以让优力获利，也能给 T 系列带来品牌的拉升。

天机 909 在前一代的基础上做了很多提升，在硬件和操作系统上也逐渐向 T 系列靠拢，增加了 T 系列的一些通用功能。天机 909 采用的是两块 4.2 英寸 2.5D 玻璃屏，屏幕分辨率为 720P，机身加入金属元素，采用了经典双屏翻盖设计。在硬件方面，天机 909 搭载 MTK Helio P10 八核处理器，使用 4GB+64GB 存储空间组合，支持 128GB 内存扩展，并采用后置 1 600 万像素镜头，前置 500 万像素镜头，F1.8 大光圈设置，支持 PDAF 相位对焦。在安全方面，我们为天机 909 专门设计了用户的私密空间，可隐藏软件及通信录等私密信息，手机防盗功能也让它在丢失的情况下可以被任意设备找回。此外，天机 909 支持双主卡全网通网络制式。

天机 909 的配置都与当前的主流配置相符。比如内存和拍照，都采用了 2016 年主流直板旗舰机的配置。720P 的屏幕分辨率虽略弱，但用在两块 4.2 英寸的屏幕上则非常合适。因为屏幕越小，对分辨率的要求也越低，而翻盖机的两块屏幕都比直板机更小。私密空间的设计展现了这两年来我们对商务机用户痛点的挖掘。在对未来 T 系列旗舰机的设计中，我们还会继续把这个点深化下去。

发布会在 3 月 29 日的下午两点半举行。除了丁杜高和我，公司还来了 3 位副总裁：负责研发的周彬、负责移动互联网的张明和负责人力资源的黄磊。按计划，我们 4 位副总裁将共同发布天机 909 的价格。

今天请来的主持人是央视的程伟宏，他也是著名的财经节目主持人，由他来主持发布会也符合我们对这款机型的产品定位。

程伟宏致辞之后，丁杜高上台发言。他今天准备了很多内容，比上次在东莞的“海阔天空”发布会上讲得更为详细。丁杜高演讲的主题是未来手机行业的3个关键词。他说道：

从2015年底到2016年，手机行业出现了一个最重要的特征：回归。回归产品本身，回归渠道本身，回归品牌本身，回归服务本身。所有的一切都是回归价值本身。

在过去的几年，各种让人无法理解的营销招数层出不穷。不过，现在手机行业的所有厂商基本上都回归正轨，都想要把产品做好，把品牌做好，把服务做好，把渠道做好，真正做出价值。两年前，我们流行的说法是“我的产品好，但是我卖得便宜”。然而，这样的营销方式从去年开始就有了转变，我们不再强调能把价格压得多低，而是强调如何把产品卖得更贵，如何能给消费者带来愉悦的体验。

因此，我觉得手机行业走到了一个正常发展、正确发展的道路上。我曾经在发布会上强调了“三个看不懂”，这次我要说“三个回归”：我们的行业已经回归理性、回归正常、回归企业经营的本质了，这是手机行业非常大的一个进步。

第二个特征是集中：销量向品牌集中，销量向明星产品集中，上下游资源向品牌商集中。这是一个行业的必然趋势，而优力有希望成为“被集中”的那一个品牌。

第三个特征是开放市场成为制高点。不能在开放市场中站稳脚跟的品牌是无法生存的。开放市场的前景会越来越美好。不管是厂家的资源、运营商的资源，还是媒体的推广资源，都会集中到开放市场上。谁占领了开放市场，谁就能够生存。如果不能在开放市场中获得相应的机会，就无法生存。而优力在开放市场中一直拥有优质的资源。

谈到工匠精神，优力从14年前就开始做翻盖手机。从第一代一直到天机900，再到现在的天机909，整整14年的手机迭代过程是优力对产品工艺不懈追求的过程，这也是优力工匠精神的表现。工匠精神的核心就是要始终保持对产品精益求精、矢志不渝的追求，包括追求更极致的工艺、更完美的细节、更佳的用户体验以及更可靠的质量。优力的天机 909 可以说是目前世界上最好的翻盖手机，这款产品无疑是优力对产品精益求精最有力的证明。

优力的品牌 Logo 确实是一张笑脸，体现了优力乐对人生的态度；同时，它也是一个拥抱，代表用微笑和爱追寻内心的快乐。我认为，快乐是每个人内心深处的一种追求。

丁杜高也再次确认了优力今年的目标：全球年度销量 4 500 万台，国内销量 3 000 万台以上，海外销量 1 500 万台以上。

与丁杜高的历次公开讲话相比，我觉得他这次的讲话内容最深刻。2016 年第一季度即将结束，丁杜高对今年 4 500 万台的销售目标没做任何修改，说明他对此信心十足。

丁杜高演讲完毕，张华上了台。他今天身着正装，打扮并不时尚。按照我们从 T5 Plus 发布会延续的传播惯例，我们在发布会前会把产品卖点全部曝光。但是，张华今天的讲解还是非常细致的。天机 909 是我们第一次把翻盖机的配置做到和直板旗舰机相同而设计出的机型。而且，其外观也更为精致和商务，它配得上“最好的翻盖智能机”的称号。

接下来是产品价格公布环节，这一环节很有趣：发布会舞台中央的屏幕上有一个巨大的天机 909 模型，我们 4 位副总裁按下屏幕遥控按钮，屏幕上出现了天机 909 的价格——3 999 元。

43

公司蛀虫

天机 909 的发布会很顺利，这款手机作为一款高度差异化的产品，它的销量肯定不能和其他直板手机相比，但在各地的销售情况还是比上一代好了不少。更重要的是，这款产品的单价比上一代提升了 500 元。平均出货价格是一个公司品牌力的重要指标，从 2015 年到 2016 年，我们的平均出货价格已经提升了 200 元。

发布会期间还出现了一件趣事。发布会当天晚上 8 点 15 分是中国对卡塔尔的足球比赛，中国队只有踢出两个净胜球才能在世界杯预选赛上出小组线。记者知道丁杜高也是一位球迷，竟然在发布会后的采访中让丁杜高预测一下中国队是否会出线。丁杜高笃定地说："中国队一定可以出线。"听到这话的时候我大惊，中国足球队什么时候赢过这种逆风球？如果今天晚上中国队和往常一样输了，丁杜高和优力都会大丢面子。但是，当天晚上，中国男足竟然以 2 ∶ 0 的比分战胜了卡塔尔队，成功出线。我悬着的心落了地，丁杜高的判断简直像神一样！

发布会结束的第二天，我们陆续回了深圳。

时间已经来到 4 月，我开始筹备 T6 和 T6 Plus 的上市，再度忙碌了起来。最近我陆续收到了很多代理商的投诉，说品牌焕新之后的促销物料发生了严重问题。

代理商所说的促销物料并不是张华负责的柜台和终端形象物料，而是毛冬梅负责的外场促销物料。我忽然回想起元旦的时候，就发现过华强北促销场地中的物料有问题，问题还出在元旦的全国大型促销活动中。这一个季度以来，全国各地的代理商发现的问题越来越多，物料质量非常糟糕，破损情况严重。

推广促销物料的制作是由市场推广部负责的，采购部门仅负责采购。但是，我们的采购部门一般不太擅长对市场物料的采购。在通常情况下，市场推广部会推荐供应商，并对供应商进行统一招标。

这件事情的蹊跷之处在于这次的物料招标会议刚好是在我出差的时候召开的。本来我也没太在意，深圳和东莞有很多推广物料的供应商，而且优力做了那么多年物料，照理说是不会在这方面出现太大问题的。

优力处在品牌焕新阶段，很多老物料无法使用。毛冬梅的部门给我看过新设计，新设计的物料和旧的相比变化很大。我之前认为这是品牌焕新导致的，没有太在意。没想到因为供应商的更换，物料质量竟然出现了严重问题。

这一天，人力资源部的同事来找我，原来是中国市场营销中心的几位同事要续签劳动合同，需要我签字。当我签到毛冬梅的合同时，我停下了。这次物料出问题，就出在她这里，我要问清楚这里面有没有猫腻。

我找来审计部的李海峰，详细询问了当时招标的过程。李海峰认为程序完全合规，唯一的问题是供应商都是毛冬梅提供的。

“供应商都是毛冬梅提供的，这合理吗？”我问道，“为什么采购部门不提供？”

“这我不知道，可能因为采购部擅长的是对产品零部件进行采购，本来就对市场的物料供应商不熟悉。”李海峰答道。

“我们对供应商资质有过审核吗？”我继续问。

“有审核，招标的第一步就是审核供应商资质。”李海峰道。

看来，在审计部是找不出问题了，我只能从供应商本身下手。我让于杰去调查了执行物料设计、制作和促销的公司。结果发现，这 3 家供应商虽然是 3 个独立法人主体，但股权关系竟然相互交叉。这事不是巧合，背后一定有问题。

于杰给我出主意：“能不能查一下这些公司的股东和毛冬梅的关系？”

他们的关系会这么明显吗？我有些不解，但还是去人力资源部翻查了毛冬梅的个人档案。果然，我发现了问题，其中一家物料设计公司的法定代表人竟然是毛冬梅的老公。

毛冬梅的胆子竟然这么大！而她这种明目张胆的行为竟然没有被审计部门发现。我找来李海峰，和他说了这件事。李海峰非常惊讶，这明摆着是腐败行为，审计部也有很大的责任。于是，我让李海峰继续往下查。

但是，几天之后，李海峰依然查不到任何线索。我们当然可以推论毛冬梅存在腐败行为。但现在唯一的证据是，物料设计公司是她老公的，从法理上讲，这家公司也是她自己的。

我和李海峰找来毛冬梅。在证据面前，她承认了这是她老公的公司，但是否认了自己的贪腐行为，并且说她是在公事公办。物料制作公司出的问题设计公司并不需要承担责任。虽然这两家是有股权关联的公司，但关于这件事，审计部找不到任何其他证据。而且，物料制作公司确实按照流程过了招标会，毛冬梅把责任推得干干净净。

我找丁杜高说了此事。他沉吟半晌，对我说：“那就不续签劳动合同了。”

毛冬梅就这么走了。之后有消息说，她不久就在惠州买了别墅。而在事情发生前，她早就把物料制作公司的尾款结得干干净净了。她走时，促销活动执行公司的尾款还没结，被我扣下了。但由于后来审计部依然找不出证据，我拖了半年多，最终也只好支付了尾款。

这家活动执行公司的老板知道毛冬梅走了，他就不可能继续做我们的供应商了。一开始他还在强调自己和毛冬梅老公运营的那家公司没有关系，但在于杰调查出的股权穿透图面前也无话可说。最后，他和我们说话的语气从请求变成了谩骂。他被我拉黑之后，又开始群发邮件和匿名信，造谣我拿了供应商的回扣。但他在信中完全没有提到供应商的具体名称，也没有说明回扣的具体金额，显然是来打击报复我的。至于他的行为背后有没有毛冬梅的指使，谁也不好说。

李海峰在拿到这个造谣邮件后，还煞有其事地在邮件上写了很多批注，并把这件事汇报给了丁杜高，希望他能查一下我。丁杜高把我叫到办公室，把李海峰写着密密麻麻批注的邮件打印稿给了我。我看丁杜高在上面没写任何字，当然知道他是出于对我的信任才这么做的。我没有多说，也没有多解释，只说了句："丁总，这件事情，我来和审计部说明。"

我找来李海峰，直接把这份报告拿给了他。李海峰立马尴尬万分，坐立不安，都不知道怎么和我讲话了。他不可能不知道这是那家活动执行公司在打击报复。但丁杜高竟然原封不动地把他的"黑报告"给了我。丁杜高的用意，他不会不明白。

后来有人告诉我，毛冬梅以前就是鲁伟的老部下，也正是鲁伟把她带进了优力。毛冬梅算是鲁伟在中国市场营销中心安插的最后一个人。但令人没想到，这条蛀虫是以这样的方式被除掉的。

（第一卷完）

第二卷

中盘·筑城拔寨

44

一个品牌的梦想

在优力的一年多里，我对优力从陌生到熟悉，已经渐渐站稳了脚跟。中国市场营销中心和研发部也成了丁杜高心目中最重要的两个部门。

从历史来看，2016 年是中国智能手机市场的巅峰之年。日后的数据显示，这一年的整体市场销售额超过了 1 万亿元，这是绝大多数消费品行业难以企及的数字。虽然服装、餐饮行业的销售额都远超 1 万亿元，但是智能手机业是一个品牌高度集中的行业，它能造就超级企业，其竞争也异常激烈，变化非常迅速。

当互联网手机落潮之后，全方位立体化的市场营销方法逐步成为主流。市场已经容不下小众品牌，品牌必须面对大众。

优力靠商务机和续航机起家，在消费者的心目中留下了深刻的品牌烙印。但是，仅仅靠一条主力旗舰机生产线，要和华兴这样的行业领导者竞争还是不可能的。所以，2016 年，尽管我们没有为 R 系列时尚机型召开过大型发布会，但对 R 系列的深入研究从未停止过。2016 年，全面出击的念头已经深植在我的内心，今年也许还不到时候，但是我已经着手开始准备出击。至于 T 系列，今年的重点是 T6 和 T6 Plus，这两款手机在产品特点上还需要进阶。丁杜高已经把 T 系列的发展定调为“续航、安全、健康”三步走的原则。虽然在“健康”方面我们还没想好怎么做，但“安全”是我们早就定下的发展基调。在两款T6产品研发的过程中，我们一直朝着这个方向努力。如何拔高T系列，是今年的重点。另外一款零售价超过5 000元的T系列战略型旗舰机也在秘密研发之中，准备在年底上市。

我把这个双线旗舰策略叫作“筑城”“拔寨”。今年我们还不会对外宣传这个策略，但很明确的是，这是我们努力的目标。

品牌的集中会使消费者对品牌的要求越来越高，无论这些要求是对于技术、研发、品质还是品牌本身。2016年，优力在深圳和北京两地的研发人员已经超过2 000人，无论是在续航、射频、影像、操作系统还是移动互联网等领域，优力都投入了大量的研发力量。

品牌形象的塑造是一个最大挑战，无论是华兴、OVVO还是丽音，他们的品牌投放费用都是我们的很多倍。虽然今年我们准备投入10亿元的历史最高品牌投放费用，但这依然不到其他品牌的30%。而且，知名度和美誉度也不一定正相关。优力以前的品牌知名度并不低，但是美誉度在位列前十的国产智能手机品牌里几乎垫底。这是我们最需要解决的问题。

从去年开始，我就尝试使用公关改变这一现状。这一年来，优力的成绩无疑是巨大的，消费者感觉到了我们的改变。但是，我们仍然需要继续提升。我也希望不断为品牌注入文化内涵。

和湛庐文化合作开办思想节就是出于这种考虑。思想首先是精英知识分子带给大众的，而品牌首先应该影响的，就是这群思想精英。对于这样的合作，优力内部有不少阻力。尤其是审计部的李海峰，他经常提出这类活动是“不卖货”的，品牌效果不明显。但是，我认为如果一个品牌永远只停留在卖货阶段，它一定是庸俗和市侩的。我们不能忘记，在优力历史上，品牌受到的最大伤害恰恰源于最卖货的电视购物。

好在丁杜高支持我的想法。从2015年开始，我们做了很多尝试。去年我们和五道口商学院合作开办论坛，今年我们则赞助了湛庐举办的思想节。

思想节的演讲嘉宾都是来自互联网、传媒、科技、生活方式等领域的精英领袖，思想节汇集了国内外的科技先驱和思想者。超豪华嘉宾阵容和高含金量的主题演讲使思想节从众多文化类活动中脱颖而出。此外，每一位演讲嘉宾都是图书的作者或策划者，这也让思想节成为国内少有的具有品牌力的阅读生活年会。为此，湛庐文化的创始人表示：“书籍本身绝对不是我们框定的知识边界，所有的话题、观点、事实和趋势，都在科技的协助下，在社交机制的推动下，以思想流的方式源源不断地从每一本书的切口、天头和地脚喷涌而出。”对于此次跨界合作，我在思想节论坛中说道：

这次跨界合作得以实现，一方面是因为优力的目标消费者同样是热爱“科技·阅读·生活”的中高端人士，这与优力的品牌调性和产品定位十分吻合；另一方面则是因为思想节主题高度契合优力的全新 Slogan“乐生活”，其含义是越有爱越快乐、越关心越快乐、越亲密越快乐，这也是优力品牌精神的高度体现。

我一直在尝试改变受众对优力的品牌认知，但这首先需要我们对消费者展现出谦卑的态度。非常感谢主办方湛庐文化给我这个机会致辞。大家应该都听说过优力，但可能对优力了解得并不多。事实上，在中国手机行业排名前列的公司里，优力可能是最低调的一家。

大多数朋友对优力的改观是从参观优力工业园开始的。坐落于广东东莞松山湖畔的优力工业园是亚洲最大的单体智能终端生产基地，拥有亚洲最先进的智能手机生产线。但我们是从去年开始，才逐步向媒体开放参观的。我们并非故作神秘。一直以来，优力都认为，认真地做产品、不吹嘘、不作假、不浮夸，是企业的一种本分。

无论是功能机时代向智能机时代的转型，还是互联网对手机业的冲击，都曾经对我们造成一定的影响，但我们依然挺过来了，而且还越来越好。创立 14 年的优力已经成为中国手机市场最长寿的手机品牌，并于今年重回中国市场前四名。在全球市场中，优力也不断取得佳绩，我们的产品已经进入了 40 多个国家和地区，并在 8 个国家建立了运营商体系。在印度，我们不仅进入了市场前五名，而且还在销往印度的中国品牌中荣获销量第一。在这个纷纷扰扰的世界里，优力的存在无疑证明了一点：坚持做自己，不为眼前的各种诱惑所左右，才是最宝贵的品质。

从优力最早的“好手机，优力造”的品牌主张到今年品牌焕新之后确立的“乐生活”Slogan，优力正在从关注产品品质转向关注消费者本身。我们相信，越有爱越快乐、越关心越快乐、越亲密越快乐。这就是“乐生活”的含义，也是优力品牌精神的体现。

面对竞争激烈的智能手机市场，正如优力集团董事长丁杜高所说的，2016年，手机行业将会回归产品本身、回归渠道本身、回归品牌本身，而这所有的一切就是回归价值本身。优力的品牌价值来自消费者的认可，这也是我们认真、务实并始终专注于制造让消费者满意的产品的初衷。

怀着塑造伟大品牌的理想不断努力，坚守自身的价值观。这样，至少对得起光阴岁月，其他的，就留给时间吧。

实际上，自从去年发生“国产手机不能上飞机”事件之后，我对中国市场营销中心的对外文稿设定了严格的审查制度，这一制度最核心的原则就是“优力六条”。不只是中国市场营销中心的同事们，连我也要遵守这一制度。公关部也会监督我的发言稿，尽管我是他们的顶头上司。

“优力六条”固然让品牌显得更加正规，但坦白来说，有时候也会使品牌形象略显死板。在这一框架中，普通的社会化传播一定会受到一些影响，大众会觉得我们是一个不会“玩”的品牌。因此，我也在“优力六条”颁布后改变了营销策略。

其实丁杜高说得对，互联网操纵流量的做法虽然吸引眼球，但它对品牌的美誉度并没有好处。“国产手机不能上飞机”事件发生后，我就把重心放在贴合品牌内涵的创意内容的制作上。

我相信人性的美好，而如果优秀的创意能引起人性的共振，它就不仅能征服消费者的心智，也能引发大量的传播。“海阔天空”发布会就采用了这种手法，它比用互联网操纵流量的做法更能震撼人心，更能让品牌获得美誉度。当然，它也需要我们付出更大的代价。

创意、内容和同理心是我从去年下半年开始在进行品牌运作时最注重的三个要素。我不再纯粹地追求流量，我正在让优力这个品牌变得更有理想，也更为人性化。

45

朋友圈发布会

去年的云端发布会非常成功，R6 虽然不是大型发布会级别的产品，但也成了 R 系列的一款爆款机型。

鲁伟在巴塞罗那发布的 R8 的产品路线和 R6 完全不同，R8 的国内销量平平，在海外卖得也不太好。最主要的问题还是出在他没有为 R8 找到准确的定位。

R6 的迭代产品被命名为 R6 Pro，由中国的产品部门在丁杜高的领导下负责研发；而 R8 的迭代产品 R9，则由海外的产品部门在鲁伟的领导下负责研发。这种命名方式造成了一些混乱：即将发布的 R6 Pro 的数字型号竟然小于早前发布的 R8。对外界来讲，这是一件非常令人费解的事情。好在 R8 的产品影响力并不大，R6 的全金属设计反而更令消费者印象深刻。延续 R6 的“耀 · 金属时代”主题，R6 Pro 的 Slogan 被定为“耀金属　快时代”，其线上发布会定于 2016 年 6 月 13 日召开。但巧合的是，我们要在 6 月 13 日召开线上发布会的消息一出，友商们也都陆续发布了他们召开发布会的时间。这一天，手机业竟然有 6 场发布会之多。

如何去争夺媒体和消费者的注意力是摆在我们面前的问题。我一直在为这个线上发布会的创意苦思冥想。李大为现在正和我紧锣密鼓地准备 T6 和 T6 Plus 发布的相关事情。显然，他现在不能分心。我就每天和于杰、许琳讨论。去年的云端发布会已经把我们线上发布会的水平拉到了一个很高的级别，如果不能超越它，我们就是在退步。

这一天，于杰给我看了一个宝马 M2 的 H5 广告。H5 广告是最近几年兴起的朋友圈产品，最初只由几张图片转化而来，现在已经越来越精致了。而这个宝马 M2 的 H5 广告中被嵌入了视频，这在当时绝对是全新的宣传手法。于杰和我说，这个 H5 广告的点睛之笔就是宝马“开进”了朋友圈。这个创意很好地实践了场景营销的理论：你在朋友圈这个场景看到一个 H5 广告，它在帮你重塑这样的场景的同时又打破了这个场景，没有什么方式会比这种手法更能给用户带来惊喜了。

于杰的话启发了我，我对他说：“于杰，我们要开一场朋友圈发布会。”于杰兴奋了，宝马把 H5 广告拉到了一个新的高度，但是如果我们结合 H5 广告，做一个新的发布会创意，就完全有可能超越宝马。宝马的 H5 广告本质上只是通过创意和社群替代了朋友圈广告，而如果我们借鉴他们的方式，再通过媒体社群发酵，无论是在消费者方面还是在媒体方面，都有可能超越他们。

说干就干，我们随即对外宣布要开一场“朋友圈发布会”。这个新名词引发了媒体和代理商体系的兴趣。我们这次的预算其实比 R6 的云端发布会还要少，所以，唯有更具创意的传播才能引起大家的注意。

发布会前的准备正按照我们的安排有条不紊地进行。我们发布了 7 张海报，也预热了所有卖点。这一次，我们不再设主讲人，而是准备通过发布会的 H5 广告，将所有卖点以朋友圈为场景进行呈现。

优力 R6 Pro 这款产品搭载的是 5.5 英寸 FHD 显示屏，表面覆盖 2.5D 弧面玻璃，边框采用 CNC 钻石高亮切边技术，背部采用 6 系铝镁合金金属机身设计，金属比例高达 97%，质量为 170 克，有耀金、玫瑰金和雅银 3 种颜色。

在硬件方面，R6 Pro 搭载了 MT6755M（Helio P10）处理器，采用 4GB+64GB 组合内存，内置 3 130mAh 电池，相机采用前置 800 万像素和后置 1 300 万像素摄像头，配备后置 LED 补光灯，支持视频实时美颜、慢动作摄影等功能。手机配置 3.5mm 标准耳机接口和 Type-C 数据接口，支持前置指纹识别。

总的来说，这是一款小迭代产品，在内存和视频拍摄方面，R6 Pro 在 R6 的基础上做了一定的提升，价格也从 1 699 元升到了 1 999 元。这也是我们采取小规模推广策略的原因。这款产品确实只是上一代的延续，并没有革命性的变化，在上一代产品发布后的半年多推出，价格只提升 300 元，作为旗舰机来说确实显得弱了一些。我的判断是这款产品的销售会比 R6 要难一些。但对于今年的业绩，我倒是不太担心。T 系列旗舰机即将上市，如果 R 系列顺利完成迭代，就算完成任务了。我们的重点肯定会放在 T 系列上。

6 月 13 日是 R6 Pro 在朋友圈发布的日子，友商的其他 5 场发布会也在等着我们。不过，上天似乎对我们特别眷顾，这段时间雨水非常多，尤其是北上广深地区，近期几地之间的航班不被取消已经是万幸。

按照于杰对媒体的说法，手机行业今天有 6 场发布会，“由于发布会太多，媒体都不够用了”。所以，对我们来说，朋友圈发布会不仅节省了费用，更关键的是，不用媒体记者舟车劳顿。毕竟连接“一切”的微信可以解决所有沟通问题。

我们的这次发布会被命名为“优力 R6 Pro 就耀快发布会”。我们先建了一个 450 多人的微信媒体群，在发布会开始时，于杰就把发布会的 H5 广告准时发到了群里。

点开 H5 广告，画面呈现的是一个微信登录页面，和真正的微信页面几乎一模一样。然后，画面切换到一个名叫“露西”的漂亮女孩子的朋友圈，朋友圈的第一条就是优力手机的微信号，微信号下面有个视频画面，画面上显示着一句话：耀金属，快时代，优力 R6 Pro 上市！

用 H5 打广告的方式以前从没人见过。这是我们借鉴了宝马 H5 视频进行的创意再突破。H5 广告里嵌入了一个极为精美的实拍和动画相结合的视频。

我们的开机画面就是帮用户重塑了打开微信的场景，并且巧妙地把加载页的进度条藏在了里面。打开优力手机朋友圈的小视频广告后，眼前会呈现一个播放按钮，它的目的是触达用户，使其主动点击。这其实是一个假按钮，但用户大概率还是会点击。点击之后，朋友圈就会“烧”起来，这一段是为了突出产品的全金属特质。随后，画面进入一小段产品视频，最后手机“掉”下来被女主角抓住。视频中，女主角一会儿“坐”在你的手机桌面上，一会儿出现在朋友圈玩自拍，一会儿又和朋友视频聊天。视频结合朋友圈这个场景，突出了多个产品特性。

这个 H5 广告的创意本质就是用剧情牢牢锁定朋友圈的用户使用场景。最后，优力 R6 Pro 变成了一个可以让观众 360 度观看的产品模型，用户可以直接将手机放在手里把玩。

不过，这次的发布会出现了一个漏洞。我们低估了广告的集中访问量，H5 的服务器出现了宕机。但这个漏洞的出现情有可原，H5 供应商设置的同时访问量上限是 10 万人，这是 H5 历史上从没出现过的同时访问人数。结果，我们在第一分钟就打破了历史纪录，直接导致 H5 服务器宕机。

半小时后，服务器被修复。好在这次发布会瑕不掩瑜，这条创意独特的 H5 广告最后打破了 H5 传播史上的所有纪录，也超过宝马 M2 的数据，以 1 700 万访问量的数据成为历史上点击量最高的 H5。

于杰还设置了媒体转发集赞赢手机的激励机制，瞬间刷爆朋友圈，成了现象级传播案例。多年以后，于杰写了一本书《刷屏》，这次 R6 Pro 的传播案例还成了他的书里面一个优秀的刷屏案例。

媒体评价说："优力采用了崭新的互动式 H5 技术，在不同场景中逐一展现 R6 Pro 的产品特点，将这款产品置于一个故事中，使其变得鲜活起来。"

我们这次几乎把 H5 做到了极致，以至于我们自己后来都很难超越。再后来，我们转向了竖版视频广告，那又是一种全新的营销方法了。

优力此时的营销策略已经和其他手机厂家形成了巨大差异。一家媒体这样评价我们："相比于其他手机厂商动辄用几亿元赞助最热门的娱乐节目，或者签约炙手可热的娱乐明星为产品代言，优力的赞助显得更理性，也更有厚重感。正如优力集团副总裁郑明所说，'一个品牌如果没有思想和知识，那么它就是肤浅的'，这也是郑明对优力品牌定位的概括。"

这家媒体指的显然是我们今年赞助湛庐思想节、赞助围棋比赛并签下王星杰的事情。但他们不知道的是，我马上就会宣布优力品牌的新代言人，并大举赞助娱乐节目了。T 系列的年度旗舰战役，即将打响。

46

广告策略

丁杜高在年初给了我很多预算，但一直到现在我还没有真正开始大面积使用。原因很简单，从 2016 年初到现在，我们还未真正迎来旗舰机。

老高最近经常来公司，但他不是来串门的。这次，我和他有很多计划要实施。对于电视媒体，老高比我更专业，我向他请教了很多问题。由于我们 7 月即将要发布 T 系列旗舰机，他为我们提供了很多媒体资源，也对这些资源的利弊做了分析。我和许琳同他详细地探讨了媒体投放策略。

我对综艺还是有点担心，主要是觉得商务旗舰机和综艺的风格有冲突。在最初的策略里，我更想加大对公关的投放。但是，无论是丁杜高还是老高，潜意识里总想重塑当年“好手机，优力造”时代“投遍卫视”的那种风光。我知道我如果依然坚持，不仅会有阻力，于杰也会面临很大压力。所以我妥协了。

今年我给于杰的公关预算是 1 亿元，我相信这已经够于杰干出名堂来了。如果再加大预算，我担心会产生为公关而公关的无意义付出。但是，我今年肯定要加大对发布会的投资力度。去年的“海阔天空”发布会虽然成功，但很难复制。我们今年肯定要在一流的发布会场馆做出一流的发布会。

至于广告投放策略，我计划利用户外、交通枢纽、楼宇电梯、电视等多种媒介投放广告，这些由许琳负责。互联网媒体的广告投放，我交给了于杰负责。但丁杜高的一次回老家的经历，让我打破了这个计划。他那次回老家坐的是高铁，回来之后就跟我说，要在 T 系列旗舰机的广告投放上考虑高铁媒体。他的理由很充分，高铁媒体针对的正是商务人群。

为了这件事，我仔细研究了高铁媒体。高铁的站内资源是我首先排除的。高铁站的数量远远多于飞机场，这就导致了客流量的分散，我只能选择一些北上广深的重要站点投放广告。而且，高铁站内的广告资源极其混乱，优质资源很少，每个站点对接的广告公司很多。而且这些公司的媒体规划也缺乏专业性，都由当地高铁站说了算，缺乏全国性的资源整合。因此，我们很难通过集中采购获得价格优势。

那么剩下的就是高铁车厢内的广告资源了。车内的广告资源基本有七八种，最常见的是枕巾广告，还有行李架广告、桌面广告、LED 字幕、口播等。这些广告资源的特点是小而分散，想利用好也不容易。

我和许琳讨论，有没有可能包下车厢内的全部媒体，形成饱和式攻击呢？这样可以去除其他品牌的干扰，只留我们品牌的广告。这是从未有人做过的事情，但我的评估是可行的。

我们的这种媒介策略让高铁广告公司非常惊讶，但他们表示欢迎，因为从没出现过这样的广告主。高铁的广告价格被我们压得很低，我们仔细分析了高铁的车辆运营路线，准备按照我们指定的路线在全国 200 列高铁中投放广告，这些广告基本可以覆盖全国。

有意思的是，高铁车厢内广告的价格还不如车身的冠名广告价格高，但我拒绝了冠名车身广告，只在车厢内做了投放。原因很简单，普通旅客看到车身广告的可能性很小，上车时都是匆匆忙忙的。车身广告除了拍照好看，用处不大，而且还贵。只要旅客上了车，就会发现到处都是优力的广告，这些广告会一直伴随他们到站为止。即便到站，广播中的口播广告提示还会带他们重温一遍我们的广告。结果，自从我们投了车厢内的所有广告，再也没人去投车身的冠名广告了。

高铁的广告投放策略就这么定了下来，这个广告后来受到了很多好评。虽然，高铁的广告千人成本还是略高了些，但我们创造出的这种投放策略已经是当时最好的广告策略了。

接下来是楼宇。楼宇电梯的广告是一种有效广告，但是，它的效果与覆盖数量相关。如果是蜻蜓点水式地投放，受众看到的广告重复程度不高，印象也不深刻。

去年我来的时候，已经把楼宇电梯广告的资源的价格谈到原来的 1/2。这一次，我又让许琳把优力要加大投放力度的风声放了出去，说我们要投放 1 亿元以上的楼宇电梯广告。楼宇电梯广告市场份额排名第一的聚众传媒老板江南秋马上找到了我，说愿意再降一半价格，但是前提是要我两年内投放超过 1 亿元，我答应了。今年，随着商务旗舰机的品牌的提升，对楼宇电梯进行广告投放势在必行。而且，今年和去年相比已经有了很大的不同，我们已经在三、四线城市站稳了脚跟，如果我们要继续提升品牌和销量，必须向一、二线城市进攻，而楼宇电梯广告正是我们的最佳选择。

聚众传媒一降价，其他几家同行公司也都“缴了枪”，陆续降了一半的价格。现在，我们在这类广告资源中的投放单价，只有鲁伟时期的 1/4。

我们的投放策略不仅仅是跑数据，媒介的覆盖人数、渗透率、千人成本以及媒介的权威性也是我们考量的重要指标。这也是我们要继续投放电视媒体的重要原因。因为电视媒介，尤其是央视，是权威性最高的媒体。

类似 DSP（需求方平台）的广告，我严禁广告媒介部投放。这种广告，甚至连电商都不愿意投，因为用户的转化率太低。而我让于杰去投放头条的信息流广告时，我的要求是把信息流广告包装成新闻进行发送。

我继续加大力度推广今年的“一城一牌”计划，并将名字改为了“千城千牌”。在覆盖三、四线城市市场的基础上，我们还打包了省会和地级市的一些闲散户外媒体资源，继续加强户外广告投放，尤其将广告位定在了手机商圈。但鲁伟时代投放的公交站牌广告被我全部取消。我认为这种媒体资源的干扰性太大，风格和我们的目标受众也相去甚远，公交站牌广告应该是OVVO、丽音和小豆的投放渠道。

为了提升品牌高度，我今年加大了对机场广告的投放。但机场的媒体资源非常多，怎么投放也是一个问题。最终，我们通过研究得出的结论是，投放在机场安检口大屏上。这是整个机场最亮眼的广告位置，但每天通常会有不同频次的广告轮播。我们会按照产品上市的节奏做频次调整。通常，我们在发布会后会进行最高频次的投放，密集时会达到一天240次到360次。对于没有安检口大屏的机场，我们则做了登机口竖屏的补充。在全国范围内，我们按照人流量和我们的优势销售地区，投放了20个机场。代理商们每次出差飞来深圳都能看到我们自己的广告。他们每次都不忘拍照留念，有些人也会发给我。高铁站内的广告基本是高铁广告公司赠送的，因为我们是他们车厢内广告的“大金主”。我只在深圳北站花了点小资源做站内投放。

“赠送”是广告采购的一大技巧。广告公司的广告很少有100%的上刊率，为了客情，广告公司经常会把闲散资源赠送给大广告主，这些资源对他们而言无所谓，但对我们来说却很有用。广告媒介部也经常会通过各种技巧来获得赠送资源。

院线媒体广告也是我非常关注的一个媒介，主要指的是电影的映前广告。这种广告画面很大，很震撼，通常在电影上映前10分钟播放。为了研究这个媒体，我还和岳依柔去电影院看了不少电影。每次我都会提前很久进场。岳依柔问我：“这么早进去干什么？”我的回答总是“去看广告”。

然而，我发现大多数观众总是踩着点或者提前一两分钟进来，如果不是投放电影放映前最后一条广告，效果基本很差。而且，如果只是基于院线进行投放，实际浪费也很大。电影是两极分化严重的行业，好片子场场爆满，差的片子基本没人看。所以，我暂时放弃了院线广告，如果要做，我认为只能押注影片，做火爆大片的映前最后一条贴片。但这个风险系数太高，广告资源和电影的档期时间都不好控制。

投放央视的硬广就相对简单，各种栏目的收视率变化一般不会太大。央视作为圈内最权威的媒体，其硬广无疑是所有电视媒体里最有效的。2016年8月刚好是奥运月，里约奥运会的转播不仅收视率高，央视还有独家转播权。针对这个资源，我们肯定要进行电视投放。

现在的问题是综艺，综艺的变数是最大的，不仅涉及档期问题，还涉及对收视率的判断。老节目固然有过往收视率数据作为判断基础，但是，老节目的广告投放价格每年都会上涨，并且收视率往往会逐年走低。2016 年，各种综艺节目层出不穷，每个节目都有爆火的可能，也有爆冷的可能。投放综艺广告时，眼光和运气都很重要。

最后一个问题是代言人。为 T 系列选择什么样的代言人，通过代言人能整合出什么样的内容，这不仅仅是广告的问题，也是公关的问题。

47

双代言

今年的巴塞罗那展会之后，李大为就一直和我在筹划 T 系列旗舰机的发布事宜。“海阔天空”发布会已经把创意拉到了一个高度，我们需要在此之上再次进行突破。

在超级续航的基础上，丁杜高又给 T6 和 T6 Plus 加入了一块独立安全加密芯片，这就是去年丁杜高在发布会上所说的“超级续航 +”的一项突破。如何在超级续航的基础上，把安全这个点深深植入消费者的心智之中，是我们最大的挑战。

从国内市场看，只有金箍棒手机主打安全牌。不过，金箍棒手机只是一个互联网品牌，产品销量很少，而且其主打的是软件级别的安全，和我们这种硬件级别的安全不在一个层面上。只要是软件，就一定有破解的办法。但我们的芯片是国密认证的独立安全芯片，即便暴力拆解，也无法破译。

续航和安全两大问题确实是商务人士的痛点。怎样才能把这两大痛点通过市场推广表达出来？由谁来代言？我和李大为开了无数场头脑风暴会议。

李大为向我推荐了冯大刚导演。巧合的是，冯导还是当年优力最出名的广告“好手机，优力造”的导演。

冯大刚导演之前拍过一部非常著名的电影《手机》，这部电影获得了当年的票房冠军。2016 年，盛传冯大刚导演要拍《手机 2》，李大为认为这是一个非常好的契机。还有一个巧合是，冯大刚导演作为演员刚拍了一部电影《北京老炮儿》，在电影中饰演“六爷”，获得了最佳男演员奖。2016 年，无论作为导演还是演员，正是冯大刚声誉最隆的时候。但是，冯大刚导演毕竟已经 50 多岁，如果请他代言，吸引商务精英是没问题的，可是他毕竟年龄太大，会影响我们在年轻群体中的市场。

我和李大为商量了很多方案，最终定下来“老带新”的组合，也就是使用双代言，我们准备再找一位年轻艺人和冯大刚搭档。

在《北京老炮儿》这部电影里，有一位和冯大刚演对手戏的年轻艺人，人气非常旺，我们准备请他。李大为说，这个搭配是绝配，T6 绝对能吸引从 20 多岁到 60 岁的消费者。可惜的是，正当我们决定签下他时，坏消息传来，华兴提前一周签下了他。

2016 年，手机业兴起了签代言人的营销模式，尤其以 OVVO、丽音为例，他们一年能签下十几位代言人。华兴和小豆这种以前从不签代言人的公司也开始“奋起直追”，学着 OVVO 和丽音猛签代言人。一时间，一线艺人都快不够用了。

我们找了一堆艺人和丁杜高讨论，最终定下了今年特别火的一位 30 岁出头的香港一线艺人余天乐。他的形象健康、时尚又有范儿，他作为主角拍摄的几部电影在内地票房也不错。最重要的是，粉丝给他起了“六叔”的昵称。叫他六叔，是因为在粤语发音里，“乐”和“六”非常接近。事实上，余天乐在和我们签约以后，突然在一档综艺节目上再次爆火，和一位女艺人被并称为“世纪 CP”，这是令我们始料未及的一个惊喜。

我们的产品和冯大刚、余天乐简直是绝配：“六爷六叔”代言 T6 和 T6 Plus。当然，仅仅签下代言肯定不够，我们必须通过代言整合出有优秀创意的内容。我们最初的创意是拍一条《手机 2》短片，借势营销。但是冯大刚导演否定了我们的方案，觉得这会造成侵权。毕竟，《手机 2》的传播度在 2016 年非常高。最终，我们定下的片名是《手机・芯战》，在标题中特别突出我们这块安全加密芯片。

《手机・芯战》故事脚本的创作可谓一波三折，比拍《海阔天空》的时候工作量大太多了。我们做新版《海阔天空》时，只是在原歌曲的基础上进行了再创作，并加了两句金句，创意相对简单。但是《手机・芯战》不同，这部片子不仅要有好剧本，丁杜高这边得通过，更重要的是，代言人是顶级导演冯大刚。他如果觉得剧本不好，创意也是不可能通过的。而且，这一年来，我对创意内容的要求一直是“超营销又要超好看”。也就是说，创意广告片绝不能脱离产品的主题，必须始终围绕产品卖点展开。

这可能是我，也是李大为营销生涯中遇到过的最大挑战。李大为后来说：“我们不想让人觉得厌烦，但又想借助重复的力量让人记得我们的广告语。”

这个创意广告片后来创造了营销广告史上的无数第一，但谁能想到制作过程的艰辛。为了达到优力和冯大刚导演的要求，李大为改了 16 次脚本，并让冯大刚和余天乐在片中重复了 14 次广告语。这条广告片还创下了播放时长最长的纪录和播放次数最多的纪录，甚至还创造了广告片收视率超过主节目的纪录。

T6 和 T6 Plus 的广告语非常直接，也非常“残暴”：内置安全加密芯片。

这也是我们近年来第一次真正启用代言人。这意味着我们将真正开始跻身于一线品牌阵营，进行大规模营销。智能手机业的营销方式是面向大众的。一家手机大厂每年会有几千万甚至上亿的全球新增用户，同时还可以保持几亿的存量用户。因此，上亿的存量用户几乎是手机大厂的一个入门级标志。

智能手机的稳定后台是手机厂商进行营销时的一个很有利的技术基础。我们每个月有运营商或者第三方调研机构出示的详细报告，能清楚而准确地了解到行业内每个品牌的月销售数据、激活数据，甚至连品牌的迁移也一清二楚。

后台的大数据给我们提供了很好的营销工具，我们非常清楚什么样的软件会受到用户的欢迎。我们也经常通过后台推送的调研问卷做用户访谈和调研。事实上，在确定选择冯大刚和余天乐做代言人前，我们就通过移动端做了几万份用户调研问卷，来调查用户喜欢什么样的代言人。

在我们的代言人调研问卷中，得分最高的是刘德荣，第二是冯大刚，余天乐的得分也很高。正是通过这几万份调研问卷，我们知道了冯大刚在我们存量用户中的号召力。后来的事实也表明，冯大刚很受我们用户的欢迎，而且在政商领域中的影响力远远超一般明星。

后台数据的存在正是手机行业和互联网行业成为热门营销行业的一个重要原因。其他行业的从业者看到用户数据时基本会两眼一抹黑，即便通过第三方调研，也未必能拥有手机业和互联网行业这么庞大的数据库。我们非常清楚我们用户的画像，也非常清楚我们的哪些营销动作会受到用户的喜爱。

48

乘风飞扬

2016年6月，我非常忙碌，T系列旗舰的发布会已经定在7月26日。确定发布会地点，筹备发布会，做地面的各种暑期销售推广活动，做T系列旗舰上市的各种新品推广、新品物料和新品培训等，外加还要去北京拍摄《手机·芯战》，我几乎没有休息日。

朋友圈发布会之后，我就要正式对外宣布T系列的代言人了。

加盟优力的这一年多，我已经名正言顺地成了优力的对外发言人。这不仅仅是因为公关部门直接对我负责，最重要的是，这一年来我们取得的业绩不仅在公司内部获得了认可，也刷新了外界对我们的认知。

6月19日，我们正式对外宣布新的品牌代言人。于杰的安排是，先由我的个人微博对外发布，再由优力官方微博转载。我的微博已经有100多万粉丝，在手机行业中的个人影响力排名前六。

下午4点，我在朋友圈和微博同时发布了一条消息：欢迎两位新同事加入优力。附图是贴有冯大刚和余天乐标准照的优力工牌。之后，优力官方微博转发了我的微博，评论区瞬间炸了锅。

媒体马上注意到了这一点，他们评论说："如果说代言人冯大刚能够帮助优力巩固商务人士的基本盘，余天乐则能够帮助优力开拓更多年轻的商务人士。这些商务人士大部分是80后甚至90后，每天奔忙于职场之中，向往更精致的生活。冯大刚与余天乐，一老一少，一守一攻，守正出奇，确实是一对非常理想的'代言人CP'。"还有一些媒体似乎已经很熟悉我的一贯套路，直接写道：

> 事实上，优力在宣布签约冯大刚、余天乐之前，就已经创造了一个"神迹"——优力R6 Pro首次采用朋友圈发布会的形式，其主题H5创造了3天1 700万的浏览量并成功打破此前宝马M2上市等朋友圈H5

纪录。这次颠覆性的创意营销方案也将优力手机的品牌势能推向了一个高峰。

优力此次官宣两大代言人的时机选择也颇有讲究。从时间点来看，紧跟R6 Pro火爆的朋友圈刷屏热潮，在两位大咖超强的粉丝号召力的加持下，优力成功霸占各大科技、娱乐媒体头条。两次事件先后在社交、媒体两大平台引爆和发酵，几乎对用户形成了从PC端到移动端无死角、无间隙的覆盖。

据悉，优力将会在7月底召开新品发布会。从目前来看，两位大咖加盟都是在为即将面市的新产品与发布会蓄势。之前两次事件的先后引爆，也让笔者不由自主地思考——距离下一个事件被引爆，还会远吗？

媒体说得没错，我们当然不会止于甩出两张代言人的工牌这么简单，我们肯定在酝酿着更大的现象级传播。

我已经把T系列旗舰发布会定在北京国家会议中心召开，这是手机厂商经常承包的超大型发布会场所。这一次，我们将正式在主流场馆和友商们硬碰硬了。

这段时间，为了T系列旗舰的上市准备工作，我经常穿梭在深圳和北京之间。于杰说，很多北京的媒体想采访我。自从我去年底被丁杜高推向前台，媒体都已经很清楚，这一年多来，优力产生巨大变化的幕后推手就是我。他们也很想知道我是怎么做到的。在北京出差期间，我接受了一家媒体的采访。下面是这家媒体对我采访后发布的内容：

优力这家有着14年生产制造历史的老牌手机企业，被誉为“国产手机的活化石”。这家厚积薄发的手机企业近两年内的市场份额迅猛上升，如今已位列中国市场前四名，与华兴、OVVO和丽音并称为“华优O丽”。海外调研机构不久前发布的数据显示，优力已重回全球智能手机制造厂商前十名。

伴随其销量的不断增长，优力的一个个现象级营销创新让人耳目一新。这些创新营销是怎么诞生的呢？6月24日，媒体对优力集团副总裁郑明先生进行了一场精彩而又深刻的专访对话，让大家更深入地了解了优力这家公司的营销掌舵人，也为大家揭开了优力手机高速成长的神秘面纱。

借用郑明先生的一句话来诠释，做任何事情都需要有专业的素养，优力手机迅速发展的背后，也有其必然性。优力在知识产权、技术储备、生产制造能力等方面已经完成了全面布局，再插上创新营销的翅膀，必然能够乘风飞扬。

郑明先生曾经在菲基亚荣膺年度中国杰出经理人，去年也获得了中国最有价值经理人 TOP50 的荣誉。他是一位营销专家，也是一位营销领域的剑客，一个人仗剑行走天涯，不断寻找一流的营销高手对决。在采访中，郑明先生表示手机行业的竞争对手都很强，自己也会努力。在这里，他似乎已经找到了他朝思暮想的一流竞争对手。他让自己不断爆发，不论是隔空发布会还是手机史上第一个朋友圈发布会，他不断带领自己的团队给大家创造出一个又一个现象级的营销创新案例。

优力手机这个平台无疑为郑明先生提供了大展拳脚的广阔舞台，优力公司和郑明先生非常相似，都是厚积薄发。两者结合，必将乘风飞扬。我们期待着郑明先生会将更多精彩的营销创新展现给大家，也预祝郑明先生和优力手机发展得更好。

下面是媒体与优力集团副总裁郑明先生的访谈实录，供大家参考。

记者：在手机行业竞争如此激烈的情况下，优力手机异军突起，我要恭喜优力手机取得了如此令人惊喜的成绩，同时在这里也要感谢郑总对咱们媒体的支持和信任。很高兴今天能对你进行专访。

记者：接下来，我们进入正式访谈环节。先请郑总给大家讲讲你做优力手机副总裁最大的感悟或者感受是什么？

郑明：首先优力肯定是一个非常好的平台。过去的一年多，我们也做了一些事，获得了一些认可，这是最令我高兴的事。最关键的一点是，我们有了一支骁勇善战的团队。

记者：你一直在寻找一流的对手，现在是不是已经寻找到了？

郑明：对！对手都很强，我们也会努力。

记者：我们知道优力手机已经有 14 年的历史了。优力之前在功能机时代做得还不错。在智能机时代，优力重新进入人们视野的时间并不长，但是发展速度确实很快。优力重新做了哪些公司定位和战略性调整？

郑明：并没有太多的调整，主要还是持续强化我们在商务和超级续航方面的基因和能力，我认为这是最关键的。这算是一种回归，也算是一种调整。

记者：你们的品牌 Slogan 是“乐生活”，这个怎么解读？

郑明：优力新 Slogan “乐生活”的含义是越有爱越快乐、越关心越快乐、越亲密越快乐，这也是优力品牌精神的体现。

记者：你们希望用户对优力手机的第一印象或者认知是什么样的？

郑明：优力的品牌调性偏稳重、成熟、商务、精英，用户对 T 系列的印象就是对我们品牌的主要印象。

记者：我刚看了优力手机的定价，高、中、低档手机都有是吧？

郑明：对，高、中、低档都有，但是我们会不断向中高端迈进。

记者：郑总，根据你的经验，你认为手机行业比较有效的营销传播渠道有哪几个？

郑明：广告和公关肯定都是，这点我认为毫无疑问。我们讲的是全渠道传播，基本上每种传播方式都会覆盖到。

记者：目前哪一种是最有效的？

郑明：毫无疑问，广告还是最有效的。从广告这个角度来讲，电视节目植入、硬广、户外大牌、楼宇电梯广告等，这些对我们来说都是很关键的传播方式。

记者：我知道优力比较重视赞助电视台栏目，这只是为了增加曝光率吧？从销售的角度来说，这好像不是最好的选择吧？

郑明：对销售来讲，这就是最有效的广告形式，我们很少投互联网的纯硬广，我们在互联网上的传播都会依靠内容来驱动。

记者：你认为电视媒体是否能够重新崛起呢？我觉得现在互联网的发展速度很快。

郑明：我是这么看的，电视节目和电视有关系，但是不能画等号。综艺节目和体育节目都具有强 IP 性。例如，奥运会节目全民都在关注，只有中央五套有独家转播权，这个时候不投奥运会投什么呢？对吧？

记者：优力手机在营销传播层面有诸多创新，比如去年现象级的“海阔天空”发布会，还有今年首个朋友圈发布会。这些都是郑总的杰作，请问郑总在营销创新方面有哪些心得可以给大家分享一下？

郑明：优力的传播概括起来说就是内容驱动，内容又和创意有很大关联。我们是一家非常看重创意型内容驱动的公司，做好内容是我们的原则。

记者：我知道你们还有一位代言人——世界围棋第一人王星杰。未来他在这方面会有什么大动作吗？

郑明：我相信王星杰未来与 AIGo 必有一战。优力对中国围棋事业有长达 10 年的赞助，丁总就是棋力很强的业余 6 段棋手，我也是围棋爱好者。我个人是通过优力赞助的职业围棋赛才认识优力的。优力在围棋上有很优秀、很深厚的传统。

记者：冯导和余天乐他们两个为何会选择与优力合作？郑总你是如何说动他们的？

郑明：我觉得这主要是一种缘分，冯导曾经拍过优力的广告。我们也很走运，在选择了几个代言人之后，最终确定了余天乐。没想到签了余天乐后，余天乐就又一次爆红了。还是很感谢余天乐，我们也只是走运罢了。

记者：手机行业的自主知识产权很重要，优力手机在这方面做了哪些布局？

郑明：优力一直非常注重研发。经过 14 年发展，优力现有深圳、北京、海外、OS 四大研发院，现有专业研发技术人员约 2 000 人。优力自主研发的产品已获得 2 000 多项国家专利。优力开发的 UNNI 生态系统及应用，如故事锁屏、超长截屏、UNNI 换机、出国助手和儿童乐园等，为广大用户带来了更加实用的体验。另外，优力在东莞松山湖畔建有占地面积 300 多亩（1 亩约为 666.67 平方米）的优力工业园，这是亚洲最大的单体智能终端生产基地，手机年产量达 8 000 万台。

记者：优力在下半年会有哪些大的动作？

郑明：我们在今年夏季会推出超级续航的新品就是由冯导和余天乐代言的产品，这个新品在未来会一直迭代下去。

记者：优力手机接下来在营销传播方面的发展思路是什么？

郑明：我们会持续加大广告投放和公关传播。我们认为，不仅产品要好，宣传推广方面也要跟上。

记者：我们期待你们有更多的营销创新能带给大家。

郑明：请大家关注我们的夏季新品，一定会有更多的营销创新展现给大家。

49

夏季攻势

在我们宣布代言人之后，优力今年的夏季攻势正式全面开始。但按照目前的研发和生产进度来看，T6 两款产品的发售时间大致在 7 月底到 8 月初之间，这让我异常焦急，天天催着负责研发的副总裁周彬赶进度。暑期是销售的旺季，现在看来，我们只能抓住一半。

还有一个大问题是综艺的排期。综艺节目大多是从 6 月底、7 月初开始的，大多是为了凑暑期档。我没有办法，只能先开展营销，当作对 T6 的预热。新品没上市就打广告也不是不可行，但是因为研发进度耽误宣传时机，着实让人心疼。

我对新品广告波段的投放一般安排 3 个月。中国手机市场中的竞争已经越来越激烈，新品销售的峰值就是 3 ～ 4 个月，进入第 5 个月，就需要清尾了。在如此快的市场节奏下，哪个环节出问题都是大事。

我们投的第一个综艺节目是《跨界歌星》，这是老高公司制作的新栏目，在首都卫视播出。起初，我对这个节目的收视率没抱太大希望，觉得能达到 0.8% 就不错了。老高几乎把闲散的赞助商资源全部无偿送给了我们。但这个节目却意外爆火，让首都卫视在这个夏季跻身一线卫视。

这件事让我对老高有了重新认识。老高也跟我讲了他在这个项目上的巨大投入，尤其在舞美方面，节目效果确实不是其他节目可比的，他起码花了几倍于普通综艺的精力做舞美。第一季《跨界歌星》虽然红了，但老高的营收和成本却刚刚持平。我安慰他说，第一季不赚钱，但你的名气已经起来，第二季应该没问题的。我答应明年还会赞助他的第二季。

老高多年的电视媒体从业经验以及和电视台的良好关系让他对节目的判断非常准确。我听取了他的意见，对第二个综艺节目《战斗吧》做出了投放决定。这个节目的收视率也不错。

此时，夏季媒体资源的争夺已经进入白热化，除了 OVVO 和丽音，今年连华兴和小豆都卷入了这场战斗。

华兴财大气粗自不必说。它在今年夏季刚推出了一个针对年轻市场的子品牌 novo。

纯粹用华兴当作品牌的系列产品其实只有两个：一个是 M 系列，一个是 P 系列，分别主打商务和拍照。除了外观，二者的性能差异不大。与其说是 P 系列在拍照上做了一些优化，倒不如说是 M 系列在拍照上做了一些阉割。

不过，华兴有很多子品牌：针对运营商的麦动，针对低端市场的畅想，还有针对小豆的互联网子品牌光彩等。华兴的主品牌保持走高端线，它的副品牌或者子品牌则涵盖了不同销售渠道和不同消费群体。

今年，华兴推出的子品牌 novo 明显是针对 OVVO 和丽音的。这两年，华兴通过“吸星大法”，学习韩国品牌和小豆，将他们的优势“为我所用”，在手机业务板块的实力得到了空前增强。它在线下打败了韩国品牌，在线上也打败了其曾经的学习对象小豆。

去年，我和丁杜高、鲁伟就讨论过中国手机业的未来格局。鲁伟对小豆有一种莫名的崇拜，甚至在几年前还公开提出过“以小豆模式反小豆”的策略。鲁伟认为小豆是中国品牌里最有可能成为老大的。但我认为小豆模式并没有“护城河”，华兴才是最有实力成为老大的。果然，今年华兴的市场份额已经逼近 OVVO 和丽音，小豆也被华兴的子品牌光彩在网上打得够呛。

从华兴内部的情况来看，前一段时间，华兴的创始人在公司内部转了两篇文章要大家学习:《OVVO 和丽音的人民战争》和《优力：最懂 OVVO 和丽音的对手》。这两篇文章都是一位叫周掌柜的著名咨询顾问写的。华兴会讨论这两篇文章是因为他看到了 OVVO 和丽音的威胁，也看到了我们的快速崛起，更看到了手机战是一场人民战争，不能仅靠互联网，而需要全渠道整体发力。novo 正是他们打击 OVVO 和丽音的新策略。华兴的做法是一种“像素级模仿”，可以毫不留情地打击竞争对手。

OVVO、丽音和优力出身同门，营销策略也很相似。但是，OVVO 和丽音这几年在广告投放上明显狠得多。如果说他们在今年有所改变，也就是把签约韩流明星改为签约国内明星。这主要和国内演艺界的风向变化有关，他们本身的宣传策略并没有改变。OVVO 和丽音在广告上投入巨大，尤其在综艺方面，他们是国内的顶级“金主”。他们的产品定位主要在时尚领域，瞄准年轻群体。小豆也开始了大量使用代言人的宣传模式。但是，小豆在这方面的营销技术明显非常粗糙，投放也不专业。不管怎么说，由于他们的加入，优秀综艺的资源争夺就更为激烈了。

我和老高本来想抢夺最火的热门综艺《中国好歌手》的冠名权，但卫视今年报出的价格令我望洋兴叹，报价已经高达 5 亿元，最终丽音拿下冠名权。不过，老高安慰我说，这个节目由于模式成熟，冠名商和各种级别的赞助商都非常多，广告资源被稀释得厉害，没拿到未必是坏事。他建议我投放《中国好歌手》的彩蛋节目《真歌手》，这档节目的收视率未必不如主节目，而且价格便宜，不到主节目的 1/10。到目前为止，这个节目还没有赞助商，我们可以垄断所有广告资源。

我听取了老高的建议，迅速锁定了这个节目。后来的事情发展也验证了老高的判断，《中国好歌手》的主节目出现了收视率的严重下滑。而且，由于一大堆品牌加入混战，稀释了广告资源的价值。丽音因为对这个节目的投放错误而在收益上大打折扣。

我准备赌一把，把目标瞄向今年全新的综艺节目。沪江卫视今年推出了一档新节目《百乐门》。这是一档脱口秀节目，迄今为止不仅没有人冠名，甚至连一个小赞助商也没有。一般的赞助商都会对新节目比较谨慎，这是很正常的事。

我看了这个节目的介绍，觉得很有意思，于是我邀请了节目的制片人和导演叶枫来深圳面谈。叶枫是一位非常有才华的导演，对脱口秀有很深的研究。我听完叶枫的介绍，就已经下定决心押宝他的节目了。

《百乐门》这个节目后来果然大火。与其说我押对了节目，不如说是押对了人。叶枫导演后来在脱口秀领域大红大紫，在网络平台上推出了很多爆火的节目。但他制作的第一个脱口秀节目就是我投的《百乐门》。

我下定决心后，就和沪江卫视广告部的总监谈条件，问他敢不敢对赌收视率。总监对新节目也拿捏不准，于是给出了一个打包方案：他们的王牌节目《笑林江湖》的冠名权、新节目《百乐门》的冠名权、收视率稳定在0.3%～0.4%的《四大名助》的冠名权，再加赠送的硬广资源，打包共1.2亿元。

我收到方案，一个星期没有回他。一个星期后，他按捺不住给我打了电话，愿意再降1 000万元，我说9 000万元才成交。他想了想说，1亿元再送1 000万元硬广，不然上面没法交代。我说，成交，1亿元。

50

手机芯战

发布会召开前，我几乎一半时间都在北京。这两个月来，我的工作实在太忙，几乎没有休息过。岳依柔最近也忙，我们也有段时间没见面了。

我妈一直催我结婚，我好像确实得认真考虑这件事情了。我说大概明年吧，今年太忙了。我倒不是出于“事业未就，何敢家为”的心态，确实只是因为太忙了。

智能手机业是一个特别刺激的行业，变化极其迅速。手机业没有绝对的王者，每个月的销售数据和市场份额跌宕起伏，不是你“吃”我，就是我“吃”你，没有大心脏是从事不了这个行业的。

这两个月来，余军已经回归小豆，小豆的销售额暂时止住了下跌的步伐，甚至有上升的趋势。从目前的情况来看，如果小豆再次反超，优力排在中国第五应该问题不大，第六名已经被我们甩得很远。但是，丁杜高的目标当然是冲进前三。

鲁伟在2012—2014年的两三年里不断折腾，导致我们的底子太薄了。除非这几年我们不断突破，并且前几名中的公司出现失误，我们才会有希望。现在，大家对优力的评价是：一线的底部，二线的顶部。对这个评价，无论是丁杜高还是我，都是不会满意的。我们当然要成为真正的一线。

手机业是大行业，排名前几的公司都是超级大厂。优力虽然还不能和中国市场的前几名相比，但是年销售额几百亿元的规模，放到别的行业，也可以被称为超级大厂了。不过，丁杜高和我都很清醒，这是一个竞争极其残酷的行业，成王败寇，我们绝不能停下来放轻松。丁杜高放松了两年，优力的业绩就从当时中国市场第二、国产品牌第一的位置跌到谷底。在手机业，必须一生悬命。我经历过菲基亚的大起大落，这种感觉尤其强烈。

T系列年度旗舰机的发布就是我们再次发起冲锋的号角。我们必须成功。不久，我们就将宣布于7月26日，在北京国家会议中心召开发布会。这次发布会的规模达到了2 000多人，也是迄今为止优力历史上最大的一次发布会。为了宣传T6，我们仅广告投入就达到4亿元。我们对各种综艺赞助、电视硬广、高铁广告、航站楼广告、全国性户外大牌、楼宇电梯广告以及互联网投入进行了全垒打。我们的目标是T6两款旗舰手机的出货量突破500万台，如果达成，这将是一个历史性的突破。

我对发布会日期的宣布还留了一手。7月1日，临下班我发了一条微博："周一见。"用我的个人微博发布消息来揭开一次大型营销活动，基本已经成为优力的公关营销套路之一了。

7月4日周一，我又发了一条微博，是一张"电影"海报，海报上写道：《手机·芯战》，冯大刚、余天乐主演，7月26日震撼上映。

这实际上就是我们发布会召开的具体时间，但这张海报除了增加了优力的Logo，其余部分完全是按电影海报的风格设计的。冯大刚和余天乐手握T6和T6 Plus，这张海报虽然有广告嫌疑，但"电影"名字就是《手机·芯战》，这样说起来，倒也没有违和感。而且，海报上明明白白写着：冯大刚、余天乐联袂出演。

作为拍出过热门影片《手机》的著名导演，冯大刚的名字现在又出现在《手机·芯战》的海报上，这条微博立刻上了热搜，网友众说纷纭。娱乐圈尤其热闹，大家纷纷议论这张海报，都觉得冯导要拍《手机》的续集了。连余天乐"世纪

CP”的女主角都转发了这条微博，说如果冯导拍《手机2》，千万要给她留个角色。她的微博一发，“世纪CP”的粉丝也都炸锅了。当然，她的微博也是我安排于杰去联系她的团队发的。我们要的就是这种效果。

这件事的影响很大，连冯大刚的经纪人都打电话给我说：“冯导得发个微博‘辟谣’了。你们的动静可真是太大了，现在满世界都以为冯导要拍《手机2》了。”

这当然就是我要的效果，冯大刚发了微博，说他没有要拍《手机2》的意思，《手机·芯战》只是一条商业短片。就这样，在我们的一番操作之后，网友的视线又回到了《手机·芯战》上，大家都在期待我们通过这两位代言人会玩出什么营销花样。

过了两天，我们又发出《手机·芯战》的预告短片，这条短片完全是大片水准，科技媒体对此众说纷纭。有一位记者是这么说的：

> “硬广告是不会有人分享的！”优力集团副总裁郑明正期待着7月26日由冯大刚和余天乐联袂打造的《手机·芯战》的上映。现在，他手里掌握着“优力重回一线品牌”的全套营销方案。这将会是一次对标一线品牌的动作。“我们既然已经回到了一线行列，那么我们在营销投放上，也要向一线手机品牌看齐。”郑明这么说。
>
> 尽管郑明表示这次《手机·芯战》的营销是一次“全垒打”，传统的广告优力会继续投，新媒体、社交媒体也是重点，但他其实更看重的是今天人们发生关联的场景，因为有“强IP”才会有效果，传播力来自内容！这也是郑明经常说的“广告公关化，公关广告化”。
>
> 这样的经验来自半年前优力发布的获得1亿次点击量的《海阔天空》，以及6月13日创下1 700万点击量的朋友圈发布会H5广告。人们对这些传播事件的津津乐道让郑明更加坚定地认为，在当今社会，营销要想取得成功，就一定要创造出经典。
>
> 在他眼中，冯大刚和余天乐这对“CP”将会引发一次现象级效应。用余天乐在“电影”中的一句台词来形容，这次营销成功就是“必须的”！
>
> 郑明此次真是“蓄谋已久”。按照他的安排，冯大刚和余天乐两个人在一起会发生“化学反应”。至于这个化学反应是什么，我实在不敢乱猜。

不过可以肯定的是，至少人们在茶余饭后谈论起这部“电影”时，肯定会谈谈冯大刚，再聊聊余天乐。而郑明还提到了一点，就是优力给这部“电影”铺设了一些“梗”，这些梗也会延续到未来：“大家会看到，我们在这部“电影”中基于内容创新做了一场非常大的营销活动，优力会基于内容创造出很多创新营销案例！”

郑明的逻辑是，通过打造一个强IP，带起强势的传播攻势，就能打造爆款！事实上，从现在起，优力的手机营销战已经开锣：在冯大刚和余天乐身上，有太多的话题可以延伸。人们猜测的过程其实就是一次潜移默化的营销过程。

从打造品牌内涵的维度上来看，这部“电影”的品牌策划和此前世界围棋第一人王星杰九段的代言又不一样。王星杰是围棋领域的杰出人物，请他代言是侧重品牌文化方面的建设。

优力是中国围棋职业赛连续10年的赞助商，优力的创始人丁杜高和副总裁郑明都是围棋高手。冯大刚则是沉稳与成功人士的代表，他本色出演老炮儿，刚刚拿下影帝，所以优力请他代言的是T系列和天机系列；而1981年出生的余天乐今年35岁，是中国香港的“时尚潮神”，他身上自然流露出一种商务人士的气质，因此，余天乐代言的是商务的T系列与时尚的R系列。这对“CP”之间会发生什么故事呢？

我问郑明，这部“电影”的名字是《手机·芯战》，是不是跟芯片密码、安全或超级续航有关？这不就是此前优力T系列商务手机主打的功能吗？郑明跟我说了那句余天乐在“电影”预告片中的台词“必须的”！

媒体纷纷猜测起了剧情，甚至还有人写出了一个谍战片的脚本。《手机·芯战》究竟要怎么演，T系列旗舰机究竟会怎么发布？我当然是最清楚的。

我和李大为不仅制作了《手机·芯战》这个广告片，我甚至还和冯大刚、余天乐联袂出演了这部长达6分钟的片子。但是我现在得守口如瓶，准备给大家一个惊喜，到7月26日的发布会再揭晓。

51

旗舰发布

优力历史上强度最高的新品发布会预热即将开始。这一次，和“海阔天空”发布会不同，因为代言人的加入，我们不仅有了新品和强 IP，还有各种综艺和广告。

7 月 7 日，我和许琳飞到上海，参加《笑林江湖》的新闻发布会，在发言时我说道：“《笑林江湖》是一档非常成功的综艺节目，在挖掘喜剧人才的同时，也给大家带来许多对生活和人生态度的思考。”

我们在这次暑期攻势中，赞助的节目大多偏向喜剧类，其中包含着我们的思考，同时也是运气和阴差阳错的结果。但不管怎么说，这刚好和优力“乐生活”的品牌理念贴合。

我们是幸运的。这两年层出不穷的真人秀节目充斥荧屏，引发了大众的审美疲劳。在这种情况下，《笑林江湖》作为一档喜剧素人选秀节目，在一众真人秀节目中成功突围。资料显示，沪江卫视的《笑林江湖》在 2015 年创造出全网 16 亿点击量，34 城平均收视率达 2.49%，最后一集收视率高达 3% 的好成绩，成了同时段节目中最受欢迎的节目。

我们投《笑林江湖》的一个重要原因是，这档节目的常驻嘉宾中有一位正是我们的产品代言人冯大刚导演。虽说手机圈跨界娱乐营销是老生常谈的事情，但是部分厂商仅仅追求快速曝光，不惜重金赞助时下最红的节目或签约最具人气的年轻明星，但并没有将“代言人—节目—品牌”三线合一，导致品牌给消费者留下的印象其实并不深刻。

尤其是 OVVO 和丽音，由于两个品牌的定位重合度极高，消费者几乎分不清谁是 OVVO 的代言人，谁是丽音的代言人。而华兴和小豆也只是用了代言人的形象，缺乏品牌内容上的创新。

即便是在综艺和广告上，许琳和她的团队也在创新。他们利用冯大刚的代言身份，结合《笑林江湖》的场景，重新拍摄了一个转场广告，专门用于《笑林江湖》

的广告插播，效果非常好。这个特殊的广告也被于杰的部门用在了二次社会化传播上。

许琳和于杰的部门密切配合，把我的“广告公关化，公关广告化”理念发挥得淋漓尽致。于杰部门后来直接在节目表演中植入了优力 T6 的广告，这完全是绕过导演组操作的。广告和公关的配合，不仅让广告更加深入人心，借由综艺内容的传播，我们又在公关传播上再次取得了突破。

《笑林江湖》播出当晚是一个周日，我密切关注着收视率。酷云数据显示，《笑林江湖》的市场占有率超过 10%，35 城收视率突破 2.05%，以遥遥领先的数据成为收视冠军。而许琳团队在综艺中的花式植入甚至还引起了苹果这样的国际公司的注意。央视广告部的人打电话跟我说，苹果公司一直在研究我们最近的公关和广告的策略，他们觉得在这方面我们是国内品牌中做得最优秀的。

《真歌手》也开播了，以 30% 的市场份额横扫周五晚上的十点档，这应该算是一个成功的彩蛋节目了。我一直很奇怪为什么丽音在主节目中投了 5 亿元，偏偏不投这个只需几千万元赞助费的彩蛋节目。我觉得有两个原因：一是他们赞助 5 亿元后预算超标了；二是他们也许觉得主节目中有丽音的大量植入，他们可以在彩蛋节目中白捡便宜。但是，许琳可是做广告的老手，在节目开播前，她就严格要求卫视遮盖丽音的所有品牌信息。《真歌手》的冠名赞助商只有我们。

《跨界歌星》《战斗吧》和《四大名助》也都取得了不错的收视率。到目前为止，综艺节目中进行的广告投放大获成功。当然，公关方面对发布会的预热也在持续进行。

预热前期，于杰安排业内知名媒体“手机联盟”在微博上发出了一张芯片的工程草图，引发了外界的猜测。于杰的公关部门也推波助澜，把种种业内猜测和相继而来的分析、报道都聚焦到了这块神秘的芯片上。

第二天，我转发了这条微博，并且表示，这就是优力新机的“内置安全加密芯片”，为这块神秘的芯片证实了身份。

媒体把我们放出的各种信息串在一起分析。不久前，优力官方发出了由优力的两位全新代言人冯大刚和余天乐联袂主演的电影《手机 · 芯战》的宣传海报，“芯”字成为亮点，而我确认的这块“内置安全加密芯片”无疑就是这次新品发布会上最核心的主题了。

于杰将舆论再次引到手机安全上。这一次，我们让美国哥伦比亚广播公司旗下的著名科技媒体先发了报道，他们写道："如果优力内置安全加密芯片的消息属实，这款产品会将消费级手机的安全性推向新的高度。"于杰甚至联系福布斯发了报道，他们写道："这款新手机通过其加密芯片将移动安全提升到了一个新的水平。"

这种"出口转内销"的操作，以前国内手机业的公关从没做过。在 2016 年，我们其实离成为一家全球化的公司还有很大距离。鲁伟领导下的海外业务在今年步履维艰。在印度，优力遭遇到了丽音的严重挑战，印度中国品牌第一的位置基本上是保不住了。在非洲，优力也遇到了汇率波动问题，一个月就亏损了几千万人民币。鲁伟继续固执地走偏重 ODM 的策略，完全没有理解丁杜高关于全球化品牌的策略。但我同时觉得丁杜高对鲁伟并非没有警惕，他只是打算先处理完国内事务，再去解决海外问题。

现在，国内最重要的事就是 T 系列旗舰机的发布。

这是我们在 2016 年要打的最重大的"战役"。现在，我带领的中国市场营销中心的"大队人马"已经来到北京。"战役"的帷幕即将全面拉开。

52

国家会议中心

我提前几天就到了北京，这次来京不仅是要监督施工，还需要事先和媒体做沟通，并接受媒体采访。

离开深圳的时候，深圳机场已经把关于 T6 和 T6 Plus 的广告全面上刊。广告媒介部的很多人没能参加发布会，他们不是去跟拍综艺，就是去监播各地广告的上刊情况。

跟拍综艺，听着像一件好玩儿的事，但事实并非如此。我们看到的都是台前的光鲜，实际幕后的工作又琐碎又累。跟拍人员为了确保我们的广告和口播植入尽可能完美地展现在荧屏上，需要盯牢各种细节，以防出任何差错。

许琳部门的员工专业性非常强，他们都有多年的广告从业经验，想出了各种各样的花式植入方法。甚至在观众席上，都会有许琳部门的员工套着“大力”人偶厚重的毛绒外套坐着。“大力”是我们在品牌焕新之后张华部门的一位设计师做的人偶形象，这是一只老虎的卡通形象，模样憨态可掬，在终端深受欢迎，大家都叫它“优力虎”。而连续几小时穿着厚重人偶外套坐在观众席上的，正是许琳部门的媒介经理——胖胖的徐文敏。当时综艺的拍摄时间正是夏天。

张华部门的人也正在各地给代理商销售人员和导购队伍做产品培训，并对他们进行产品考试。张华现在更忙了，自从毛冬梅出事后，我把市场推广部并入了张华部门，现在他的部门改名为市场推广部，下面还分设了好几个部门，用于全面支持代理商的销售、推广和促销活动。虽然目前只有吴英的部门能做最大型的发布会，但是对于代理商的品鉴会和发布会，张华手下的两个部门也都能独立承办。于杰的部门现在也已经强大到能够完成大部分公关任务，不需要公关公司辅助了，他的部门本身就像一家公关全案公司。

李大为也感受到了压力，我们的创意执行工作已经不需要他们做了，他们就把所有精力都放在了创意设想、代言人联系和广告的拍摄上。我最看重的就是创意，而且愿意为创意买单。这一点是优力和其他公司的最大不同。我们的所有营销活动都会从创意开始，无论是“海阔天空”发布会、云端发布会、朋友圈发布会还是这次的《手机·芯战》营销活动。公关部负责创意和产品结合基础上的品牌传播，而广告部最大的作用就是对公关传播进行收口，最终落实到产品的广告上来推动产品的销售。

于杰现在负责预热传播 T6 和 T6 Plus。T5 Plus 的工作在今年上半年已经收尾，产品销量突破 200 万台，接近 300 万台。这个数字在小迭代产品中已属上佳，我们完成了 T 系列旗舰的销售任务。在 T 系列的光环之下，千元机的金钢卖得非常火爆，从上市到现在已经突破 1 000 万台，成了优力历史上第一款突破 1 000 万台销售量的单品，而且从这一趋势来看，极有可能突破 1 500 万台。

7 月 24 日晚上，我让司机送我去了国家会议中心。26 日下午，发布会就将全面召开，留给我们搭建会场的时间非常短，我要亲自督阵。我叫司机不用等我，早点走，因为我也不知道会忙到几点。但司机执意要等我。结果，那天我凌晨 2 点多才出来。

国家会议中心场地非常大，绝非工业园可比，我们需要在24小时内完成搭建，然后进行场地清扫、技术彩排和人员彩排。

于杰和吴英都戴着口罩在场地里忙碌，我嫌热没戴，结果忙完后回去咳嗽了一周，原因是吸入了大量施工造成的粉尘。这次发布会后，我们派往北京的同事几乎一半都生了病，也是粉尘的缘故。

发布会的搭建工作非常琐碎。其实我能指挥的东西也不多，主要还是吴英在按部就班地安排，但我必须陪着同事们。在那一天一夜里，无论是普通员工还是经理总监，都像是场地上的工人，没有任何人偷懒，大家都在忙碌。

第二天晚上，发布会场地搭建完毕。我们场地旁边还有另外一场发布会在搭建，我问了一下，是小豆的。他们比我们提前一天进场，比我们晚一天开发布会，他们的搭建方案也简单很多，进度却远远落后于我们。我们的同事自从知道边上是小豆的场地之后，就铆足了劲和他们比进度。我们不仅要在市场上打败他们，在每个环节都要打败他们。我相信同事们的想法都和我一样。

搭建好的场地上有一个漂亮的“6”字形的舞台、宏伟的大屏幕和满架的灯光。这场“大战”，即将打响。

场地搭建好后，我让鲁伟过来彩排，他来逛了一圈，并没有做演讲彩排就走了。我也没介意，继续做我们的调试和技术彩排，以确保发布会万无一失。

国家会议中心的入口很多，除了对一般与会人员进行安排，我们还需要为重要嘉宾和两位代言人安排特别通道和休息室。外场的接待区和体验区也都需要精心布置。

25日，我们兵分两路。负责接待的同事都被派往酒店、机场和车站，接待到达的媒体朋友和与会嘉宾。这次的参会人数多达2 000人，除了北京当地的媒体记者和嘉宾，都需要进行接车、住宿和餐饮安排，接待组压力非常大。中国市场营销中心和活动公司的人都不够，我还去别的部门尤其是销售中心抽调了很多人。

2015年之后，我基本就知道了丁杜高对销售中心的态度，所以我对销售的工作都是直接大包大揽，不仅包管了代理商和导购的所有工作，连销售部的人，见到我也是一口一个“领导”地叫，比见他们自己的副总裁董丽还要紧张。而且，代理商的所有资源都在我手上，董丽连申请2%的销售推广费用都需要我签字才能核销。我让张华做了一个“优力导购之星”的活动，不仅请导购们来北京参加发布会，还让张华部门的人带他们在北京游玩了一圈。深圳的导购小天也来了，我也不知道他是怎么混进来的。小天后来和我说，这是他第一次坐飞机。

发布会定在 26 日下午 3 点召开。中午 1 点多，丁杜高来了，我安排他进了贵宾室休息，并且安排了化妆师给他化妆。其实所谓的化妆，只是吸油加一些简单的脸部修饰，避免待会儿上台拍照和摄像时面部反光。过了一会儿，鲁伟也来了，看到丁杜高在化妆，脸色有点不好看，跑过去和丁杜高低声说了几句。不一会儿，丁杜高忽然大声对我喝道：“郑明，你怎么搞的，没给鲁总安排化妆师吗？”

我一愣，心想活动执行公司怎么会疏漏这样的事，我赶忙对丁杜高说了句：“我们有疏漏，我马上去安排。”就走出了房间。我赶紧找来活动执行公司的人，问道：“你们没有给鲁伟安排化妆师吗？”执行公司的人一脸冤枉道：“昨天就和鲁伟的那个女朋友说了，要安排化妆，让她确定时间。他女朋友说不用了，她自己来。”执行公司口中的鲁伟女朋友，其实是他的助理。执行公司已经执行了我们的好几次活动了，对公司情况也比较了解。我马上又安排了一个化妆师去给鲁伟化妆，房间里的 VIP 嘉宾还没来，又只剩下我和丁杜高。

“丁总，是我安排不周。”我道。

“没事，没事。”丁杜高突然哈哈笑了。

53

芯无所惧

7 月 26 日下午两点半，在北京国家会议中心，优力 T6 和 T6 Plus“超级续航 · 芯无所惧”发布会正式开始。

“6”字形的舞台上，灯光逐渐暗了下来。在一段体现机器质感的舞蹈之后，主持人李思明登场了。

李思明是我们的老朋友了，优力的发布会或者其他重要会议基本由他和程伟宏主持。程伟宏前段时间还主持过我们和中国联通合作的一个战略峰会。李思明和丁杜高很熟悉，而且他们竟然还是同龄人。李思明这一年多来目睹了我们的进步，看着我们把发布会的规模越开越大。按照惯例，李思明开场后，就会邀请丁杜高上台讲话。今天的直播规模是优力有史以来最大的，除了企鹅视频，还有20多家媒体做视频或者图文直播，我们的合作媒体更是来了几百家。优力的官方微博、微信、百度贴吧、官网和社区平台也同时开启直播。全国所有代理商也都在当地设了分会场转播发布会。

丁杜高登台。他坦言，每次登台都是一种压力。但他今天还是讲出了非常深刻的内容。丁杜高回顾了他从事手机业15年来的历程，对台下的众人说道：

> 今天我想和大家分享我在手机行业15年来最大的体会，那就是，手机行业是一个到目前为止世界上竞争最激烈的行业，突出体现在以下几方面：
>
> 第一，产品、技术和专利。我们每天都在进行6大“战役”：1. 平台战。平台战非常激烈，因为平台变化快，有时候一年要迭代两代平台，很多企业一年可能要做10个平台，这是非常大的工作量。2. 屏幕战。屏幕尺寸从小到大，分辨率从低到高，形状从平面到曲面，屏幕的竞争在未来还会非常激烈。3. 内存战。优力最开始做智能手机时，手机内存普遍是256MB。现在发展到4GB+64GB，但接下来还会有6GB+128GB、8GB+256GB，内存战还会持续下去。4. 工艺战。这是最重要的战役。我们最开始做手机时基本上都使用塑料，后来发展到玻璃，现在又有了金属材料，往后还会有更多的新材料。厂商不仅要使用这些新材料，手机外观设计还要做得没有缝隙、美观、精致，这对于每一个企业来讲都是件费神的事。5. 系统战。每个厂家在系统和交互软件上花费的工作量都非常大。为了不断地完善用户体验，每个厂家在系统上投入的力量比在硬件上投入的更大。6. 专利战。这是所有行业和所有厂家都绕不开的话题，最近专利战好像还是很凶。实际上，手机厂商每时每刻都会面临这些战争，这些战争时刻围绕着我们。

第二，资源。资源竞争非常激烈，尤其是供应链竞争。我想，很多供应商代表都深有体会，手机厂商今年在上游的资源竞争是相当激烈的。

第三，广告。手机厂商在前两年做的广告不多。从去年到今年，所有厂商在广告上投入的资源都增多了，几乎所有手机品牌都开始有了自己的形象代言人。这种竞争与资源抢夺从人、从明星开始，从空中到地下，从大屏幕的广告到小屏幕的手机本身，资源价格越来越高，一个节目的冠名费动辄1亿元起步，甚至达到3亿元、4亿元，资源竞争异常激烈。

第四，渠道。线下所有的大客户，以及在场的上千名经销商代表都成了各个厂家争夺的对象。现在的厂家不停地加大各种投入，包括对自身形象、服务人员以及业务人员的投入，所有的厂家对开放市场的争夺也越来越激烈。此外，还有非常重要的运营商资源战，运营商一直以来都在市场上占主导地位，而且今年以来，中国移动、中国联通和中国电信三家公司都投入了更多的资源在市场上，各个厂家在运营商资源上的争夺也日益白热化。

所以，6大“战役”加4类竞争，是我这么多年来对手机行业激烈竞争的总结。这一竞争态势在不断凸显。

不仅如此，除了国内市场有这样的情况，在海外市场中，例如在印度市场，中国品牌也战火四起，竞争非常激烈。

15年来，我在手机行业中从来没有感受过风平浪静。从好处来讲，竞争激烈的结果是让国产手机的竞争力越来越强，技术创新和进步越来越快。甚至从某种角度来说，中国手机行业推动了中国GDP的发展，这是好的方面。但是另一方面，我以前说过，在未来只有6到8家手机厂家能够生存下来。怎么办？我认为要生存，永恒不变的一个解决方案就是塑造差异化。奉行差异化战略是趋势，也是生存之道。

做好差异化竞争有3个秘诀：

第一，品牌差异化。手机行业的未来趋势，一定是细分用户。获得细分用户的产品认同和情感认同非常重要。国内外各个品牌都开始走上在细分领域打造差异化的道路，未来品牌只有牢固地定位住某一类或某几类人群，牢牢地抓住消费者的心，才有可能生存。

第二，产品差异化。在定位好细分用户之后，一定要抓住用户的痛点和刚需，打造超越用户预期价值的产品，完善用户体验，这是差异化竞争的核心。

第三，渠道。这也是最重要的一点。我一直讲，开放市场决定存亡，全球开放市场更能决定企业存亡。在全球开放市场的环境下，谁有提供超越竞争对手的面对面服务的能力，谁才有“差异化”的资本。

优力差异化的核心就是优力的T系列。优力T系列的定位是政商人士，定位政商人士是为了传承优力的品牌基因，这一举措和优力的品牌传承密切相关。要做好差异化竞争，我们要做到3方面，这3方面分别基于政商人士的3大痛点。第一个痛点是续航，第二个痛点是安全。关于第三个痛点，优力已经进行了接近一年的研究，在明年优力发布T系列产品时，我们会为政商人士的第三个痛点提供一套完美的解决方案，大家可以拭目以待。

当然，我们还要持续不断地提升品牌形象，要全方位地加大投入，打造国际的优力、微笑的优力、高端的优力。我想，我今天讲话的主要内容就是这3点，我坚信优力T系列是政商人士的最佳选择。

丁杜高显然为他的这次讲话精心准备了发言稿。虽然这些观点我平时也经常听他讲，但他这一次的系统性诠释，还是令我非常震撼。我得承认，这一年多来，丁杜高的思想一直在影响着我，而且影响非常深。甚至有时候岳依柔也会对我说：“你的理论怎么和丁杜高一模一样？”不得不说，这就是领袖的魅力。

对于我来说，整场发布会最重要的内容就是丁杜高的发言，这也是我在发布会后进行财经传播的重点。但丁杜高从不会对经济形势或者政治发表什么意见，他只聚焦于行业状况发表评论。

鲁伟做的产品讲解一直是我们的弱项，鲁伟总是侧重于讲解技术参数，很少会从产品的使用场景或者消费者的角度出发，也很难让台下的听众发出“哇”的惊叹声。在我的印象中，听众的惊叹一次也没有出现过。虽然鲁伟现在已经不再负责UNNI操作系统了，但这个系统最早确实是他负责开发的，所以他讲解操作系统的时间总是特别长，甚至超过了对硬件本身讲解的时长。侧重于讲解操作系统和软件本来也正常，但是把硬件和软件割裂有违智能手机的产品原则。手机本就是一种软、硬件一体的产品，给用户的体验应该是统一而非割裂的。我越来越觉得喜欢以“产品人”自居的鲁伟，更多的是在对苹果之父乔布斯或者小豆创始人余军进行模仿。

鲁伟有行业常识，但是对产品并没有深刻的认知，不懂差异化策略，更没有创新的想法。我想，这也许是他和丁杜高愈行愈远的一个重要原因。

在鲁伟沉闷的讲解之后，发布会终于迎来了今天的重要一幕：我们早已预告的7月26日《手机·芯战》的首映。

我一点都不怀疑这部片子会大火。为这部中国广告史上最长的广告片做出贡献的，不仅有我和李大为，还有冯导、余天乐、大导演沈炎和冯导御用的拍摄团队等。这部片子在剧本阶段就由冯导亲自审定，并且由沈炎导演。在这部片子的拍摄过程中，冯大刚导演相当于总导演。

这条6分钟的广告片在后来获奖无数，更创造了中国广告史上时长最长、播出次数最多的历史纪录，19次的卫视播出纪录迄今无人能破。现在，这条广告片就要第一次面向观众了。

屏幕里的第一个镜头是余天乐在用T6打电话：“好，放心吧，我能做得到。”他警惕地往后看了一眼。

镜头一切，余天乐拿着《手机·芯战》厚厚的剧本，问冯大刚：“导演，这戏有那么多角色，就没有适合我的吗？你是觉得我演得不好吗？”

冯导从剧本上撕下一张纸，说：“你就演产品经理吧。”

画面切到余天乐演的产品经理：“21世纪什么最重要？安全。我的发明就是为了保障用户的手机安全。我为私密空间、支付渠道专线通话打造了安全的新标准。为什么？因为这手机里有内置安全加密芯片。”

远处传来冯导喊“Cut”的声音：“换一个，演友商。”

余天乐的角色被换为正在训斥人的友商：“21世纪什么最重要？安全。为什么优力能做到，我们做不到？你看，内置安全加密芯片，内置安全加密芯片，内置安全加密芯片！”

“Cut”声又传来，冯导说：“再换一个，演用户。”

余天乐的角色转换成了正和女朋友在一起聊天的用户：“21世纪什么最重要？

安全。你看我给你买的这台手机。”

女朋友问：“为什么是优力手机啊？”

“这台手机内置安全加密芯片，它不仅可以把我们的小秘密放在私密空间里，更重要的是，它可以保障你的消费安全。”

“Cut”声又传来，冯导说：“再换一个，演明星，本色出演。”

但是，当余天乐本色出演明星的时候，却始终说不好“这台手机，内置安全加密芯片”这句话。

冯导让余天乐过来，问他：“怎么就不会演明星了？”冯导开导余天乐道：“明星对什么最关心啊？隐私啊！隐私被泄露了，这人就跟没了底裤满大街裸奔似的。现在手机内置了安全加密芯片，明星就踏实了，有安全感了。就演这个，不难啊！”

余天乐想了一下说：“那不如您来示范一次，就一次。”冯导想了一下就答应了，拿起余天乐的手机：“走。”

冯导开始做示范：“这台手机，内置了安全加密芯片。”

余天乐马上凑上来说：“导演，你忘了说手机品牌了。”

“对对对，我忘了说名字，”冯导又调整了一下姿势说道，“这台优力手机，内置安全加密芯片。”

余天乐继续鼓励冯导：“导演，我们来个完整点儿的。”

冯导道：“我英语不行啊，就是个意思。”

冯导又演示了一遍完整版的广告：“优力超级续航手机，T6，T6 Plus，内置安全加密芯片。”

余天乐转头问摄影师：“有拍到吗？”摄影师说：“OK。”余天乐狂喜道：“Cut！”

冯导大惊：“什么情况？”

余天乐跑上去扶着冯导说：“恭喜导演，成为我们优力手机代言人。恭喜，收工！”

现场只剩下不明所以的冯导：“谁是这手机的代言人啊，不是他吗？怎么成我了？”

画面切换到两天前，镜头对着余天乐，画外传来了我的声音：“你确定你能让冯大刚导演把‘内置安全加密芯片，优力超级续航手机’这句广告语说出来，并且说上 3 遍吗？”

镜头切换到我，字幕上写着“优力集团高管，郑明”。余天乐转身过来，说：“必须的。”

接下来，字幕上缓缓出现“THE END”。

当我出现在大屏幕上的时候，全场欢声雷动，远比刚才鲁伟上台的时候热烈太多。我坐在台下，感受到了大家对我的支持。

看来这部神反转短片在第一次上映时就引起了大家的强烈反响。

短片播放后，李思明请出了我们的代言人冯大刚和余天乐，丁杜高也再次上台。李思明说：“六爷六叔代言 T6 简直是天作之合。”

冯导回顾了他在十几年前给优力拍的刘德荣代言的广告。丁杜高说，那个广告是优力的第一条广告，优力的品牌影响力也是从那时起开始扩大的。优力仅用了 3 个月的时间，品牌知名度就从 0 上升到了 50%。丁杜高非常感谢冯导担任优力的品牌代言人，他说：“冯导是大导演，又是大明星，优力赚了。”

余天乐则在台上又讲了一遍他在短片中说过无数次的广告语：“内置安全加密芯片，优力超级续航手机。”

发布会在两位代言人和丁杜高进行合影后顺利结束。

54

洞察

T6 这两款产品确实开创了“安全”这一独特的手机卖点。丁杜高硬生生地在手机卖点看似被挖掘尽的市场中找出了安全这一卖点。

拍照和快充都是已经被手机厂商用“烂”了的卖点。一般手机厂商除了堆硬件参数、做软件优化或者花钱做影像品牌的联合，别无他法。然而，这些做法都是有绝对的数据指标可供参考的。哪怕是续航，也是如此。但安全这个卖点，其实不太容易对比出技术参数。与其他品牌不同，优力的 T6 有它的技术佐证，拥有一块国密级别的安全加密芯片。对这样的产品进行差异化塑造，确实是丁杜高的高明之处。

T6 就是丁杜高差异化打法的一个关键着力点，这使优力和 OVVO、丽音之间的差异变得更大。我们在三、四线城市市场，和他们的渠道几乎重叠，都在一样的店里销售，只是隔着不同的柜台。我们也都采取同样的代理模式，在营销策略和理念上都师出同门。OVVO 和丽音两家的产品自身的差异度已经很小，如果我们再加入混战，肯定不是明智之举。

2015 年，我们产品的卖点是续航。严格来说，这只是一个卖点，没有针对特定的消费者群体。续航确实是商务人群的一个痛点，但商务人群的需求不止于此。安全是丁杜高抓住的第二个痛点。如果说优力去年用续航撕开了市场的一个口子，那么，我们今年就用安全打开了市场。

实际上，丁杜高也知道，我们离真正的高端商务定位还有很长一段路要走。我们的真实用户还是三、四线城市的小老板们。而且，优力的金钢系列和 F 系列面对的基本都是打工人群。

但我们为什么一定要针对商务人群，甚至今年还定位到了政商人群呢？这是因为只有举高才能打低。有时候，品牌的所讲和所为是完全不同的事情。小豆刚创立的时候，营销口号是“为发烧而生”，但它真正面对的却是城市中低收入的年轻人群和小镇青年。真正的手机发烧友是不会用小豆的。“为发烧而生”只是给低收入的年轻人群提供了一个购买的理由或借口，解决为什么买便宜货这样的面子问题。

OVVO 和丽音也是一样，他们的代言人和广告都十分唯美、时尚，甚至看起来还有些高端。但实际上，品牌的目的只不过是给消费者输出一段“爽文”，给消费者一种做梦的可能，给消费者提供一个购买的理由。他们的产品在外观上一直模仿苹果手机，本质上也是因为他们要抢夺的就是这部分想使用苹果手机却又支付不起高昂售价的人。这部分人才是市场的大多数。而他们的时尚广告和明星代言人也一样是为了给这类消费者提供一个购买的理由，让消费者为自己贴上时尚人群的标签。

手机的产品差异化其实很难做，因为手机的一千多个零部件没有一个是品牌厂商自己生产的，手机就是一个集成产品。而且，除优力之外，华兴、OVVO 和丽音都有大量的产品在外代工，小豆甚至连自己的工厂都没有，完全依靠外部代工厂。但这也说明，在某种程度上，制造并不是一个手机品牌成功的关键。富克公司就是全球最大的代工厂，苹果手机大多数在富克公司制造。但是，富克拥有如此强大的制造能力，却无法做出一个自有品牌。富克甚至还收购过几个手机大品牌，曾经排名世界第一的菲基亚品牌现在也在它的手上，但富克一直都做不好自己的品牌手机。

那么手机品牌真正的成功要素是什么？在丁杜高的发言中，其实已经多次提到。但是他所说的渠道差异化是否真的是核心，我认为不一定。在鲁伟时期，优力的代理商没有变化，但是渠道门店的覆盖数量和导购人数都急剧萎缩。是代理商们不给鲁伟面子吗？显然不是。本质原因还是产品和品牌出了严重的问题，代理商们无法支撑原有规模，只能收缩。

手机厂商要成功，首先要对技术有前瞻性判断。如乔布斯，他坚信在屏幕交互方式上能取代菲基亚的键盘输入，他坚信新的操作系统更能完善这种交互。手写屏幕并不是他的发明，这种技术在很早之前就有了，但只有他做出了这种历史性的前瞻判断。

抛开乔布斯这种不世出的伟大人物和领导者不谈，技术的追随者需要判断准行业的趋势。趋势大多来自手机产业链的上游，如果没有产业链的支持，哪怕是苹果也很难实现创新。这也是乔布斯在去世之后，虽然将位置交给了负责供应链的平庸的古柯，但古柯却依然能带领苹果大踏步向前进的重要原因。但供应链只能决定技术的趋势，对技术的判断和整合，还是要由品牌本身来实现。这就需要领导者在对技术趋势进行判断的基础上，还要对消费者有所洞察。

洞察并不等于做市场调研，乔布斯就从不做市场调研。尤其在科技品类，消费者经常不会知道自己的产品缺乏什么或自己需要什么。更多的洞察来自同理心以及品牌领导者对人性的洞察。

在过去一年中，我几乎没见过丁杜高“走市场”，但是他会看各种调研公司的数据报告，也会和代理商、连锁大客户或运营商沟通。代理商提出的很多意见是针对当下的销售情况，如果都听他们的，等半年后新产品发布时，情况可能又变了。在这一年多中，我认识到的丁杜高是一位很有同理心的人，他对人客气、彬彬有礼，在很多事情上经常想在对方前面。我认为他的很多产品洞察是由同理心驱动的。

产品问题解决以后，接下来要解决的就是品牌问题。商务代表着高端，高端品牌的打造绝不是一蹴而就的，它是很多因素共同决定的。

首先是视觉。华兴起家的时候，成员都是一帮做 To B 业务的“技术男”，品牌方面并不是他们的强项。华兴当年做过小灵通，也做成了最没有格调的手机。到智能手机时代初期，华兴的产品也还是在低价格段徘徊，那个时候优力才是他们大哥。但是后来，华兴花重金打造品牌，用英国最顶尖的广告公司做平面视觉，在一首广告歌曲上投资千万。在这样的重金之下，华兴的品牌终于做起来了。在国内，它是唯一能和苹果在品牌上抗衡的公司。

在视觉上，我其实并不是特别满意现在的视觉设计。但我也需要先传承优力的传统，不能做太过激进的变革。到目前为止，优力的视觉设计风格还是偏向保守和传统。但这是品牌基因使然，也是丁杜高的个性使然。

其次是同理心。同理心的本质就是人性。如何避免成为一个叫卖式的品牌，如何引起人性的共振，这是一门技术。引发消费者同理心的前提是品牌要有值得依托的价值观。品牌之所以打动人心，离不开这个品牌所要弘扬和输出的价值观。

为了淡化优力以前参与电视购物时的形象和鲁伟时期的品牌负面影响，在品牌焕新之后，我们做了很多短视频来传播优力的品牌理念。我们在这种短视频中进行的产品和品牌植入只有一两处，却在很大程度上改变了消费者对优力品牌的观感。台北奥美的贵哥跟我说，品牌不要处处做植入，要在观众的情感达到最高点的时候植入，这样才能打动人心。

我们很像几年前的华兴，从讲技术参数到讲人性，推动着优力品牌的提升。现在摆在我们面前的就是 T 系列的这两款旗舰机，优力 T6 的售价是 2 699 元，T6 Plus 的售价是 3 299 元。这是我们第一次把旗舰机的价格拉到 2 500 元甚至是 3 000 元以上。这是目前 OVVO 和丽音重兵把守的价位段。

我们要突破，就必须在这个价位段打胜仗。

55

《人物》丁杜高

8月6日，T6正式开售。8月13日，T6 Plus开售。在万众瞩目中，优力揭开了T系列旗舰机的营销序幕。

我去了杭州、郑州和深圳等代理商的地盘，参加他们的发布会。现在，整个优力的士气都空前高涨。多年以后，大家回忆起T6的上市，都说这是很多代理商和销售人员最难忘的记忆。如果说我们在做T5 Plus的时候还在延安，那么，在T6的两款旗舰机上市时，我们起码是在打辽沈战役了。

各地的销售情况很好，由于这是我们自2015年以来第一次启用代言人，各地的代理商都很兴奋，模仿我们主视觉海报中的双代言形象、广告词“内置安全加密芯片，优力超级续航手机”以及我们在传播中的金句“做人做事，安全第一”的导购和客户比比皆是。我干脆让于杰发起了一轮社会化传播，让我们的合作媒体、蓝V联盟、代理商、重要客户和运营商们一起“代言”。他们当然没有代言人的那种社会号召力，但他们在其各自的领域和渠道中都具有广大的影响力。

这些活动也加强了重要客户和运营商对我们的支持。我甚至还找来聚众的老板江南秋以及另外一位财经名人，一起翻拍了我们的30秒广告。两位前辈虽然演技平平，但是影响力足够，帮我们赚足了眼球。拍摄间隙，于杰和我也玩起了模仿秀，拍了个视频，在朋友圈搞笑了一番。

说起“蓝V联盟”，其实这是一个由很多品牌官方微博账号组成的社会化传播联盟，包括企业、媒体等微博用户。联盟最早是海尔发起的，于杰代表优力也做出了很多贡献。每到蓝V联盟的成员办活动时，大家都会相互支持。这样“人人为我，我为人人”的口号，不仅造就了巨大声量，也节省了很多费用。但是，蓝V联盟其实也是有等级划分的。优力的蓝V账号现在已经有几百万粉丝了，虽然还不是带头大哥，但至少是“长老”之一，很有号召力。也有很多官方媒体加入了蓝V联盟，即便是互为竞争对手的手机品牌，有时候也会一起做宣传。比如，在宣传中国制造或中国品牌的时候，我们的枪口也会一致对外。

我现在要抓几条主线：第一，定位企业家本身的财经传播，主打高端政商人群；第二，定位产品的传播，主打科技媒体和渠道；第三，定位产品和品牌社会化的传播，主打消费者；第四，进行广告以及广告的社会化传播，也是主打消费者，尤其是以前不太了解优力的消费者，他们是我们的新增用户群体。

我一直有一个观点，我不太同意广告要针对目标人群进行投放，中国人容易从众，广告是通过“重复”这一手段来吸引边缘人群的。一个爆款广告必须从目标人群出发，但它真正能爆，一定是因为它影响到了边缘人群，形成了一股风潮。

我身上的营销味道太重了，所以公关部利用我的形象做的传播基本只能集中在营销领域。而在财经公关方面做宣传时，我们则要抬出丁杜高本人。

丁杜高是一个非常低调的人，除了发布会，他很少接受媒体采访。但是这次为了针对政商人群做宣传，他还是配合我做了很多财经方面的传播。他接受了香港菲尼克斯卫视的专访，接受了财经领域最火的自媒体蓝狮子频道的专访，也接受了《人物》杂志的专访，专访文章的字数超过 8 000 字。

在关于手机业长期市场的前瞻性判断、优力的市场战略、工匠精神以及品牌等问题上，丁杜高都一一回答了记者的提问。

在记者看来，优力集团董事长丁杜高微微上扬嘴角的招牌动作，犹如优力标志性的 U 形笑脸 Logo。在丁杜高看来，“笑脸”是一个全世界通用的品牌符号，“每个国家、每个人的笑脸都一样，在任何地方都显得那么亲和”。丁杜高亲和而不失魄力的形象在智能手机圈成了招牌。但微笑的背后是全球市场的加速洗牌。在全球智能手机竞争激烈的局势下，苹果和韩国品牌两强独大的现状正在转变为“2+N”的行业格局。其中，“2”代表苹果和韩国品牌，“N”代表正在崛起的中国品牌。公开数据显示，在全球前 12 家手机品牌中，中国公司占了 9 家。中国国产手机品牌的传统格局已经被打破，形成“华优 O 丽”4 家独大的局面。第三方市场调研机构公布的今年上半年智能手机数据报告显示，优力已跻身国内品牌第一阵营。

“中国品牌为什么越来越强？因为中国的品牌厂商在尽最大努力把手机做好。”丁杜高有着典型的产品思维和企业家的坚韧。他善于看大势，有远见，也对产品定位有独到的见解。他认为，“在中国的智能手机市场中，男性消费者居多，女性消费者偏少。而且，很多男性消费者能够接受我们的高价手机”。优力天机系列翻盖高端智能机的销量已经证明了他的这个市场判断。

现在，他将T系列作为抢占中国中高端智能手机市场的旗舰产品："我要改变这种局面。现在，只有差异化的定位和差异化的产品才能抢占市场。"如果这是一场从一开始就硝烟弥漫的战役，"老兵"丁杜高就是常胜将军，"优力目前最大的一个成就是成为手机行业中生存时间最长的企业之一"。

丁杜高信奉"大市场"概念:"市场要做大，参与的人要多才好。参与的人越多，市场就越容易做大。"

丁杜高也从围棋中道出了他的经营哲学。媒体这样写道："在围棋对弈中，丁杜高不喜欢你死我活的对杀，他总说自己会尽量避免'看到底谁长一口气的情况'。在市场趋势转换的关键时期，他果断推出了优力的第一款智能手机。他坚持不做低端机、不走线上销售模式，坚持做中高端智能机，建立强大的手机销售线下渠道网络。他认为如果在中高端市场中没有一定的市场份额，未来的路会比较难走。"

优力正在加速往前跑。而丁杜高的判断是，在接下来的两三年，全球手机市场会发生翻天覆地的变化，全球手机品牌只会剩下6到8家。2012—2014年，手机行业非常喧嚣，进入2015年，品牌和上下游关系开始趋于稳定，不再依靠单纯的炒作，而是回归产品、品牌和渠道本身，回归用户价值、用户体验和用户服务。

在市场规模逐渐向品牌集中的资源整合期，丁杜高主导优力进行了差异化的竞争。他认为："低端、大众型的产品是流量型产品，可以保持流速和体系规模，但很多时候差异化往往体现在中高端产品。我们定位高，品牌力对消费者是有辐射能力的。"这是丁杜高架构的优力生存模式。

丁杜高经营企业的3大原则是激情、效率和适应性。他看上去其实温文尔雅，并不像是一个激情四射的领导者，却营造出了充满激情的企业文化。他和一众管理者聚到一起就是讨论手机产品和设计细节。在进行优力T6的外观设计时，他还专门找来了游标卡尺测量手机背面"笑脸"Logo的大小、摆位。他对细节的把控无比苛刻。

时隔10年，优力再次与冯大刚达成深度合作，并且引入了高颜值担当余天乐。在冯大刚和余天乐合演的《手机·芯战》中出现的"内置安全加密芯片"这句广告语成为当下热点。

冯大刚问了丁杜高一个问题，这个问题当年丁杜高在波士顿也问过我：菲基亚怎么就没了？丁杜高回答道：“缺乏适应性。菲基亚的体制和文化让它缺乏适应性。”

自2016年1月开始，优力投入几亿元资金在全国进行品牌的优化升级，品牌营销也成了一项重点工作，优力将约10亿元资金投放在品牌建设上。消费者服务和实体店形象也在不断提升中。

优力的目标是，在未来3年重返国内智能手机品牌前三名。“这是一个不小的挑战。”丁杜高轻轻说道。

他当然知道，这是一个巨大的挑战。

56 彩云之南

8月底，于杰组织了一批重要媒体的记者和科技行业大V去云南参观。媒体的营销一直是我们工作的重中之重。我和于杰都希望能真正地把媒体变成认可我们的朋友。

媒体大多集中在北上广深这类一线城市或者省会城市。这些城市目前还不是我们发展的强势地区。而在我们有优势的三、四线城市市场，他们却很少去。如果他们仅仅靠自己的生活经验和对周遭的感受给出对我们品牌的评价，对我们来说肯定是一件吃亏的事情。云南是优力发展最强劲的几个地区之一，我们在三、四线城市的手机市场中占据绝对领导地位。同时，云南又是一个久居大城市的人特别向往的旅游地区，我们推出的“彩云之南”计划非常受媒体记者的欢迎，大家报名都很踊跃。

我们从各大媒体中选了20多人作为第一批云南市场的参观者，之后我们还打算筹备贵州、东北之旅。我和于杰带队，飞往昆明。

云南的代理商总经理是30多岁的邓兵。他是一名退役军人，在他的带领下，短短几年时间，云南的销售额已经从全国排名倒数成为全国第一。他们的部门架构非常完善，不仅有销售，也有自己的市场部门，后者由一位叫小张的年轻人负责。

邓兵在昆明设了晚宴，非常隆重地欢迎了媒体老师和总部的同事，小张则一路跟随，陪我们跑遍了云南。事前，我和邓兵、小张都说过此行的目的。对于我们将媒体中国行的第一站放在云南，他俩感到非常高兴和自豪。

而媒体也看到了和他们印象中完全不同的市场。在三线以下的城市和乡镇市场中，电商的影响力锐减，消费者还是更喜欢到当地的手机一条街或大卖场去购买手机，例如昆明的小西门地区。云南的市县也有很多的手机一条街，这里集中了大量的手机门店。

正是基于这种情况，苹果、小豆等手机厂商虽然有优秀的产品，但是并没有强大的对接渠道，用于将产品触达三、四线城市中的消费者。相反，像优力、OVVO 和丽音等手机品牌早早在这些市场扎下了根，在三、四线城市随处都可以看到这几个品牌的门店。这也使得“线下三杰”在这些市场占有了比在一、二线城市高得多的市场份额。一位资深媒体记者写道：

> 尽管优力手机已经连续 8 个月跻身国内销量榜的前四名，但一些人对它依然持怀疑态度，这种偏见一直存在。这次，我走访了昆明、大理、香格里拉和丽江等云南的多个手机市场，发现优力的线下渠道之强大、品牌在消费者心目中的认知度之高，远超外界的想象。
>
> 在高海拔的七彩云南，最有竞争力的品牌既不是苹果和韩国品牌，也不是华兴和小豆，而是像优力这样在线下渠道有沉淀的品牌。在整个云南市场，优力手机的市场份额超过了 18%，而在香格里拉、丽江等城市，优力手机的市场份额更是超过 30%，连续多年以绝对优势稳居行业第一。
>
> 优力手机不仅在出货量上遥遥领先，在品牌上也占据了高端市场相当大的份额。其中，售价 3 999 元的天机 909 翻盖智能机以及售价 2 699 元起的 T6 系列新品，成为云南市场中当仁不让的畅销机型。刚上市的 T6 Plus 因为需求强劲，一直处于缺货状态，代理商不断敦促优力加大供应力度。那么，在智能手机销量增速低迷的今天，低调的优力凭什么逆势飞扬？它的竞争力又在哪里？

邓兵对这个问题做出了最好的解释。邓兵是销售代表出身，做事果决，说话富有感召力。在优力，他不仅做好了分内的工作，还成了云南优力的第二大股东，实现了财务自由。

“在操作市场时，要有一个主导思想。”邓兵说，“作为代理商，首先要思考自己有什么、能做什么。产品、品牌建设及营销策略都是集团的事，代理商能做的，就是打造体系能力和服务能力，全面提升市场对优力的满意度，全面提升消费者对优力的满意度。”

云南优力推崇“保姆式”服务，所有营销资源的投放和终端的销售（售前、售中和售后）都不需要合作商家操心，完全由优力跟进和服务。优力的“保姆式”服务还体现在对消费者的态度上。云南优力内部有句话：“优力不是卖手机的，而是卖服务的。”

记者在云南也感受到了优力在丁杜高的带领下散发的强大感召力。优力的“厂商一家”绝不是口号，它体现的不仅仅是一种股东关系，这是一种企业文化。小豆和华兴的代理商或者导购从不会认为自己是小豆人或华兴人，但在优力，无论身处代理商体系中多低的职位，都会从心中散发出身为优力人的自豪感和归属感。记者写道：

> 优力销售网点中的大部分督导和促销人员在公司服务了多年，他们忠于优力，熟悉优力，了解消费者需求，解决消费者诉求。在云南大理一家手机卖场，一位督导卖了8年优力手机，她有着出色的销售能力和桃花一般的笑容，让消费者感到很舒服。这种热情的服务态度和出色的工作能力是优力做好线下市场的关键。
>
> 优力的良好口碑是无数优力人用行动一天天积攒起来的。2005年，罗加康在大理宾川县做优力手机促销员（现在他是云南优力的销售总监）。他回忆，当时优力的知名度不高，他利用双休日和女朋友一起自费下乡镇宣传，坚持了8个月，使优力成为当地家喻户晓的品牌。
>
> 2007年，罗加康赴任丽江区域经理，从市区到各县山路崎岖陡峭，冰雪灾害严重。那年，丽江的一个客户需要10台优力手机，然而通往这个村庄的唯一一条路被大雪封住，怎么办？地理条件恶劣，又碰上自然灾

害，这个时候选择放弃，从常理来说可以理解，客户也不会有怨言。但罗加康想到客户家要办喜事，等着手机用，不能让自己的客户失望。于是，他选择步行，天刚蒙蒙亮就背负行囊出发，一路翻山越岭，滑倒了就再站起来。到黄昏时，终于将10台手机安全地送到客户手中。

这个故事在优力内部广为传颂。迄今，手机市场经历了菲基亚、苹果、小豆等时代。但这个客户的家人和朋友一直喜欢用优力手机。优力所传达的温度和感情是其他手机品牌无法给予的。今天，优力的产品和服务超越了需求层面，成了很多消费者的默认选择，一旦他们需要换机，就会自然而然地想起优力。当消费者的购买行为化为一种习惯时，销售与品牌建设便达到了一种高级境界。

57

花式营销

在我的带领下第一次出现在综艺节目中的优力，开始直面和OVVO、丽音的竞争。这两巨头以前一直掌握着80%以上的手机业软广植入资源，但今年，我们总植入时长第二，打破了这个格局。而我们在这方面的投入，其实远远不如OVVO和丽音，甚至也不如华兴。

专业机构曾经批评过优力2015年初在央视的综艺冠名举动，也注意到我们在2016年下半年扩大了投放范围。但是，由于OVVO和丽音的先发优势，很多IP和节目资源都掌握在他们手上。我们的节目选择其实相当受限。

之江、湘江两大卫视的综艺有太多OVVO和丽音的植入痕迹，我们把重心放在之前手机植入做得较少的沪江卫视，正是在做差异化传播。但对比OVVO和丽音而言，无论是冠名还是赞助节目的数量，优力都是最少的。

专业机构在对比分析的报告中说，在实物摆放、道具植入和产品使用方面，优力的软广植入目前都是最强的。

我们与OVVO和丽音最大的不同是，OVVO和丽音通常采用硬植入方式，而我们则多结合内容进行营销。这恰恰是我一直对广告部和公关部所讲的“广告公关化，公关广告化”。

许琳不仅带领着她的部门对每种舞台道具、口播和角标进行最大限度的权益争取，还通过和于杰部门的合作创造出了很多脍炙人口的内容营销和社会化传播杰作。

《百乐门》定档在9月中旬播出，本来我是嫌播出时间晚了点的，但没想到节目档期刚好和年度重磅旗舰机的发布时间无缝对接，这也算是意外之喜。《百乐门》播出当晚，我坐在电视机前非常忐忑。虽然我看好叶枫，但是如果这个节目的收视率不佳，我们的夏季攻势也算不得完美。现在，在我投向沪江卫视的1亿元的节目里，《笑林江湖》已经斩获2%以上的收视率，在意料之中。《四大名助》是0.4%～0.5%的收视率，比之前估计的大约高0.1%。如果仅算收视率叠加，那么，我们现在其实已经不亏了。但这种情况只能算良好，还不是优秀。丽音冠名的《中国好歌手》今年的收视率才刚过3%，虽然还是夏季的收视冠军，但以5亿元冠名费换来这个收视率，丽音无疑是大输家。

我飞往上海参加了《百乐门》的发布会，女主持人是著名的“毒舌”金心心。这个节目本来是由她和一位北方相声界前辈一起主持的，但不知为何最后只剩下了金心心一人，也许是预算不够。

金心心非常配合我们的内容植入，她甚至故意在台上说错冠名商的名字，然后再进行纠正。下台后，金心心对我说：“郑总，说错再纠正，这样观众才会印象深刻，这是一种植入技巧。”我认可她的做法。

金心心大胆的风格是我们收视率的保障。第一期《百乐门》的收视率高得出乎我们预料，超过2%，成为周六黄金档的收视率冠军，并且《百乐门》中的段子也被观众放到网上广泛传播。金心心和我们创造了许多的植入性段子，毕竟，我们是唯一的节目赞助商。到目前为止，我们在沪江卫视收获了两个收视率过2%的爆款节目，可以说是大获全胜。

《百乐门》是许琳的广告媒介部做花式植入营销的代表作品。与大多数综艺节目全程使用一个场景不同，“一群人，7个场景，每人数个角色，演10场左右的场景喜剧”是《百乐门》最大的节目特色。因为每期节目都需要多个场景间的频繁转换，所以这也给优力 T6 的产品露出提供了更加广阔的场景植入空间。

在 12 期节目中的几十个场景里，优力 T6 都作为场景中显著的构成元素出现，如《低价航空》中的机舱、《青岛大姨》中的电梯、《送你走专车》中的汽车……观众几乎在剧中的所有场景中都能看到优力 T6 的亮相，极具辨识度的品牌露出十分抢镜。仔细观察就会发现，优力 T6 的每一次场景植入都从实际生活出发，经过了精心的搭配和设计，达到与场景浑然一体的效果。比如，印有优力 U 形笑脸 Logo 的购物袋、机舱座椅靠背上的头部枕片等，这些细节都与日常生活场景一一对应，使观众会自然而然地产生代入感。

除此之外，优力 T6 也成了节目中明星、卡司表演的必备道具。“你认认真真看戏，我安安静静打广告”，优力的广告恰如其分地出现在各个角落而毫无违和感，不露声色地营造出了一种无处不在的品牌氛围。

除了在场景植入上进行悉心打磨，《百乐门》中的经典花式口播环节也屡次成为节目亮点。区别于以往单纯的浅层合作模式，《百乐门》采用了多种充满“魔性”的创意口播形式。让人耳目一新的广告形式不仅成为节目的“吸睛”利器，也生动地传达了品牌诉求。其中，主持人金心心的“金姐做人做事安全第一，就像优力 T6 手机”已经形成了洗脑式的植入效果，让人印象深刻。

而在优力 T6《百乐门》最经典的嘉宾提问环节中，金心心与明星之间的互动更把这种口播套路玩到了极致。比如，金心心提问飞行嘉宾：“上我们这个节目，每个人都要游历过什么，你知道吗？”飞行嘉宾以谐音“优力 T6 啊”机智地对答。敢于自我调侃的嘉宾会戏称：“我脸的分辨率比较高对不对？”金心心就会见缝插针：“就像优力 T6 的屏一样。”这样无缝对接的广告植入堪称教科书式的娱乐营销，实现了品牌与产品的多重曝光。

在场景剧《时尚的秘密》中，优力 T6 更是成了贯穿节目始终的主线，主持人借助于此深度剖析了娱乐圈和时尚圈人士对手机隐私安全的关注，在创造笑点的同时不断将优力 T6“内置安全加密芯片”的核心产品卖点传递给观众。与此同时，优力还趁热打铁精心制作了一条视频，将《时尚的秘密》中包含深度植入的视频素材与 12 期《百乐门》中所有的明星素材进行混剪，形成了“众星站台”的气势，再次阐述了隐私安全的重要性。

专业的广告圈媒体评价道：

优力集团副总裁郑明曾表示，优力的营销不是靠预算多，而是靠优质的内容和营销创新取胜的。优质的内容要想真正打动目标受众，内容和品牌调性要保持一致，这样才能超越内容与品牌信息“格格不入”的硬性植入。用“润物细无声”的方式将品牌信息植入受众的内心，这才是内容营销的“高段位”做法。依托《百乐门》场景剧的优势，优力将品牌与产品深度结合，通过内容驱动达成了广告与节目的完美融合。

这些极致的内容植入大多是优力广告媒介团队自己的原创，或是与导演组密切沟通的结果。事实证明，创新的深度植入模式不仅没有引起观众的反感，还激发了观众的好奇心和共鸣，让消费者在娱乐营销中建立了广泛的品牌认知。在优质内容的驱动下，优力通过品牌与节目内容的强捆绑，实现产品与营销的强关联，进而达到“1+1 > 2”的营销效果。

《百乐门》在综艺节目的广告植入上的创新给观众带来了更高的观赏价值，优力 T6 的营销策略则为品牌传播打造了一个完美范式。在《百乐门》的舞台上，优力用一场经典的娱乐综艺营销秀演绎了品牌植入的正确方式，而这或许只是“优力式”营销战舰航行的开始。优力在未来还有哪些玩法，值得大家期待。

2016 年，凭借着叶枫的这档新节目，我们打造出了一个空前绝后的综艺品牌营销的经典案例。遗憾的是，由于种种原因，《百乐门》第二季没能在电视上出现。但是，叶枫的脱口秀后来经由网络红遍大江南北。之后，他在网络节目中运用的各种创意性的品牌植入手法，都有着 2016 年我们在《百乐门》中做的这些教科书式花式营销的影子。

我们的营销手法对电商部门的影响很大。他们借着我们代言人的 IP，做起了电商营销。电商做出了代言人签名版产品，甚至还和冯大刚导演的新电影联名推出了礼品套装组合。电商部门在这一年的“双十一”，给了我一份满意的答卷，不仅又创下了销售纪录的历史新高，还首次把 T6 送上“双十一”电商排行榜，并且在电商增长率排名榜单中名列第一。

58

遨游太空

正当我们的花式植入营销在电视综艺节目和网络上成为焦点时，在另外一个战场中，我们和号称“天下第一”的华兴公关团队也正激烈角逐。

2016 年 10 月 17 日早晨 7 点 30 分，伴随着震耳欲聋的轰鸣声，神舟十一号载人飞船从酒泉卫星发射中心发射成功。这是我国执行的第六次载人飞行任务。飞船的总飞行时间将长达 33 天。10 月 19 日 3 时 31 分，在发射室工作人员的密切关注下，神舟十一号载人飞船与 9 月 15 日发射入轨的天宫二号空间实验室成功地实现自动交会对接。

这是一件举国上下关注的大事。我们在神舟十一号载人飞船发射当天也发了一张祝贺海报。海报中，我们把神舟十一号载人飞船中央的字改成了“优力 T6”，并且在旁边写了一句话：33 天后，地球见。

我发了一条微博，并配了一句文案：有彩蛋。此时，大概不会有人能猜到我们想干什么。其实，公关部的蔡忠一直在谋划一件大事：把优力 T6 送上神舟十一号载人飞船，让它遨游太空。

在人类宇航的历史上，被送上太空的电子产品其实并不多，有哈苏和尼康的相机，也有欧米茄手表，但是智能手机还从没有过。

与地球相比，太空环境处于真空、失重和强辐射的状态下，所以宇航员在出舱行走时都穿着造价昂贵的航天服。据研究，如果没有航天服，人类暴露在太空环境中 15 秒内便会失去意识，身体中的液体将沸腾并在 30 到 60 秒内冻结，肺部空气将不断膨胀。此外，人体还会遭到强烈的辐射。地球被磁层、电离层、大气层所保护，能够有效地隔离各种辐射侵害，而太空环境十分恶劣，因此才需要宇宙飞船和航天服来保护宇航员。所以，并不是所有东西都适合上太空。以前进入太空的照相机也是被 NASA 技术人员进行了相应改装才能适应太空环境的。在这之后，才开始有厂商为太空飞行设计专门产品。即便如此，仍然只有少数世界顶级厂商的产品才符合航天机构的一系列严格标准。

蔡忠和我说这个计划的时候，我其实吓了一跳。蔡忠看上去话不多，思想似乎也比公关部的那些年轻人保守，但对于这个方案，他似乎十分坚持。

之前我和他去了几次北京，基本了解了航天部门的一些要求，我们的手机也经过了他们的测试。对方的说法是，产品没有问题。

但就在我们正犹豫是否要送产品上太空时，华兴加入了争夺。他们也不知道从哪里得到消息，希望通过 1 000 万元的赞助，让第一台上太空的手机由优力变成华兴。说实话，那时候我非常紧张，我们不可能在这件事上出那么多钱，财大气粗的华兴极有可能把我们的机会抢占了。

但是蔡忠却很镇定，他在北京待了几天后我就接到了他的电话："郑总，上太空的事情搞定了。"

"太好了，费用多少？"其实我最担心的就是费用问题，华兴一下子把价格抬得那么高，我们肯定没有这么高的预算。

"什么钱不钱的，郑总，对方说他们和我们优力是多年的老朋友了，我们又是扎扎实实做企业、做产品的公司，对方一分钱不要，出舱之后还会给我们做公证呢！"蔡忠在电话那头操着他的一口湖南普通话，呵呵地笑了。

后来我才知道，为了这件事情，蔡忠动用了他在北京的所有关系。最终，在没有任何赞助费用的情况下，航天部门选择了带优力 T6 第一个上太空。

在优力遨游太空的 33 天里，我其实也一直提心吊胆，我不知道手机电池在太空环境中会怎么样。蔡忠安慰我说，产品是通过检测的，他们说没问题，那就一定没问题。

终于，时间来到了神舟十一号回航的 11 月 18 日。

11 月 18 日，神舟十一号返回舱在内蒙古四子王旗的主着陆场顺利着陆，两位航天员也顺利出舱。至此，神舟十一号在太空长达 33 天的科研任务圆满结束。22 日，神舟十一号返回舱在北京航天城举办了隆重的开舱仪式。现场，除了各类实验装置、农作物以及纪念品，一起露面的还有本次航行中一位特殊的"乘客"——优力 T6。作为第一台进入太空的国产手机，优力 T6 与神舟十一号共同遨游太空 33 天，向全世界展示了优力引领中国高端制造的产品品质。

蔡忠代表公司参加了开舱仪式，拿着从太空回来的优力 T6，和公证处的首席公证员一起在神舟十一号前合影留念。当天晚上，他管理的优力官方公众号就发布了这样一条消息：

> 一系列技术投入和产品创新，使优力的每一代产品都成了精雕细琢出来的精品。同时，优力还围绕消费者的需求，尽力打造产品的差异化。优力T系列历经了从“超级续航”到“超级续航+安全”的进化，让高端消费者享受产品更新带来的成就与愉悦。正是优力对品质的严苛追求，使得优力T6达到了航天品质，成为第一台进入太空的国产手机。
>
> 中国载人航天精神是激励中国人民奋发进取的强大精神力量。作为国产手机品牌中最具潜力的品牌，优力也在不断进取。能够与神舟十一号共游太空，让优力多年来的努力获得了举世见证。手机市场未来危机与机会并存，秉承着这份航天精神，优力的征途也将越走越远。

不必说，这段激情昂扬的文字正是出自蔡忠。围绕着优力T6遨游太空33天的事件，公关部现在把优力T6这款太空手机和中国高端制造紧密地联系在一起作为传播重点。

6天后，《人民日报》的微博“表扬”了“刷脸”支付、无人驾驶、手语翻译手套、机器人搬运、无人机送快递等国产科技。其中，内置安全加密芯片、跟随神舟十一号整机上天的优力T6智能手机也被列为典型案例之一。

于杰和蔡忠借着T6上太空这个事件，又请来了一帮新闻记者参观东莞的优力工业园。这次，东莞政府部门的宣传部部长也出面了。优力的这次大新闻让他们也倍感骄傲，因为上太空的优力T6正是在东莞松山湖畔被制造出来的。媒体这样写道：

> T6参与见证神舟十一号历史性的飞天之旅，不但再次印证了T6的可靠性能，也为优力的品牌带来了提升。随着“航天品质”成为优力的新标签，优力可以进一步强化高端、商务的差异化品牌定位，扩大知名度，提升用户口碑，增强市场号召力。

59

年代系列

2016 年 11 月前后，参观工业园的不仅仅有媒体，还有我们全国代理商体系的新媒体负责人。培养我们自己的新媒体和自媒体矩阵，一直是于杰和蔡忠这两年来的一项重要工作。我们各地的代理商公司在当地都是年销售额几亿元到几十亿元的贸易大企业，有些代理商老板还在当地获得了很多政商界的荣誉，成了优秀的企业家。

新媒体和自媒体对他们这些擅长运作线下生意的老板来说，算是陌生的领域。但是，这两年来优力的变化让他们也意识到了这部分工作的重要性。在于杰和蔡忠的鼓励下，他们也都在自己的推广体系内成立了新媒体部门。

我们举办了一次培训会，并把这次培训会办成了峰会。代理商的新媒体负责人大多没有参观过优力工业园。白天，我让于杰和蔡忠带队，把他们一起带到了松山湖。刘三全亲自陪同，给他们介绍了整个工厂，并且还用幻灯片给他们做了工业园介绍。

在讨论新媒体的环节，这些年轻人各抒己见，就怎样利用强 IP 资源、综艺节目、热点事件等与品牌和产品无缝连接以及如何推广活动发表了自己的意见，甚至还讨论了“蓝瘦香菇”、奥运会和“给自己定个小目标”这些时下热门的营销案例。

于杰今天给他们上了课。“万能的杰哥”现在已经在代理商体系里名声赫赫，大家都知道这是我们中国市场营销中心的一员大将。于杰问大家：“为什么要做新媒体？”他的答案是：“广告是用来做触达的，可以告诉受众品牌方有什么，而决策购买靠口碑。新媒体的作用就是不断输出口碑。有了好口碑，产品就能卖得好！”于杰还特别提到了社群。这一年，社群在公关部，尤其是蔡忠的经营下十分活跃。于杰说道：“我们做社群的目标有 4 个。第一，帮助优力 7 万余名导购卖货。帮助他们和消费者更了解优力。第二，给公司员工真金白银的福利。挖掘体系内所有成员的朋友圈的价值，写得好要奖励，推得好也要奖励，这就体现了私域的价值。第三，打造最好的技术团队和最可爱的人。目前，公关部在和国内最好的社会化大数据公司合作，共同打造精准营销平台。第四，最终的目标是大家一起努力，和公司一起成长，成就自己，成就优力！”

于杰此时已经成了大家的偶像。上完课，想要与他合影的人纷纷凑了上来。不过，他们最想见的人还是我。那天，我刚好在外出差，回来时已是晚上。晚上 9 点，我下了飞机就赶到 28 楼的大会议室和大家见面。我和大家分享了很多优力的广告策略、强 IP 植入策略、公关策略，还有我多年的营销经验，一聊就聊到了晚上 11 点。大家意犹未尽，一个个围着我合影、签名。

在这次会议上，我向大家放出了一个消息：12 月底，我们将开一场年度重磅旗舰产品的发布会。我最近出差其实就是在忙这件事情。这款重磅旗舰机就是我们从年初开始“密谋”的 T 年代系列。

丁杜高这几年最在意的就是品牌的提升，国内手机业品牌数量已经锐减到了个位数，这是任何一个大行业都没有出现过的事情。这个时候，品牌的打造就是一件极为关键的事情了。某韩国品牌今年出了一件大事，他们生产的一款旗舰手机频频出现电池爆炸事故，最主要的原因还是产品堆叠出现了错误。现在，国内的航空公司已经不允许这款旗舰手机上飞机了，这让韩国品牌在国内的销售业绩一落千丈。

这件事对中国手机品牌来说是一件好事，如果我们要抓住这些高端用户，不仅需要提供给他们好的产品，也需要让消费者认可我们是一个好品牌、一个高端品牌。

优力已经逐渐把 T 系列的主流价位段提升到了 2 500 ～ 3 000 元，但是这个价位在国际品牌中只属于中端，国际品牌的产品价位普遍在 4 000 ～ 5 000 元。T 系列如果一下子提价 2 000 多元，恐怕很有难度。

一开始，丁杜高把目光放在了翻盖机旗舰天机系列上，希望做一款天机系列的直板机，价位能超过 5 000 元。但问题是，天机系列翻盖机的形象在消费者心中留下的印象太深，现在突然改为直板机，很容易造成消费者认知的混淆。也有人提议再出一个新的系列来支撑 5 000 元以上的价位段。丁杜高一下子也不知道该如何决策。

后来，我提了一个建议：既然这款产品原本的名字是天机 2016，且“2016”很好地反映了我们所属的年份，并且还可以提醒消费者每年不断购买我们的手机，因此我建议把新的高端产品系列叫作 T2017。T2017 不仅名字响亮，可以提升 T

系列的影响力，还与之前的产品有所区隔。T 系列按照数字顺序迭代，而 T 年代系列则按照年份进行迭代。我们把产品的发布时间定在了 2016 年 12 月底。由于发布时间已经快到 2017 年了，倒不如直接把产品命名为 T2017。这样，这款产品可以被当作 2017 年的新品而不是 2016 年底的新品来卖，不会让用户感到这款产品没几天就会过时。

丁杜高听了我的建议之后，就立刻确定将这款产品命名为 T2017。优力以后每年都会推出一款年代系列的超高端旗舰机。另外，我还有一个建议，就是找高端品牌一起做品牌联合。丁杜高同意了。但是，从今年产品上市的时间来看，显然已经来不及了。我们准备在 T2018 发布的时候推出定制款，和奢侈品品牌做品牌联合。我把目光瞄向了欧洲，因为那里是奢侈品的发源地。我联系了在欧洲工作的同学，开始寻找各种奢侈品品牌资源。我向丁杜高保证，我一定会在 T2018 这款产品上实现我的想法。

T2017 是我们在品牌高端化道路上做的一次非常激进的尝试。到目前为止，只有华兴把旗舰机卖到了 5 000 元以上，OVVO 和丽音的旗舰机现在还都在 3 000 元价位段，尚无法突破 5 000 元，而小豆的产品定价就更别提了，他们还是在走性价比路线，连卖到 2 000 元都很困难。

不过，在如何打造这款产品的问题上，我的很多意见还是和丁杜高不一样。我更想走全新的高端简约设计路线，但丁杜高觉得这款产品的风格应该偏向珠穆朗玛手机的风格。珠穆朗玛手机是手机行业的一个异类，他们的企业创始人并非手机业的从业者，以前炒作过很多产品，通过电视购物这种狂轰滥炸的营销方式在销售上取得了成功。他们的团队最近在做小罐茶。

我觉得丁杜高的想法是对的，因为我们的市场重心还是在三、四线城市，如果选择过于高端的设计，消费者并不一定买账。珠穆朗玛手机的设计非常繁复，并不是我喜欢的简约风格，但中国的很多有钱人就是喜欢这种风格。

丁杜高还亲自拍板，给 T2017 配了 7 000mAh 的大容量电池，这让我非常惊讶，因为这意味着手机的厚度将会达到 10mm。但丁杜高认为，这种大电池能让整个手机立在桌面上，可以展现一种中国式的气派。他刚参加工作的时候在大霸王开过一个会议，大家都把大哥大立在会议桌上，给他留下了深刻的印象。因此，配有 7 000mAh 电池的 T2017，就这么被定了下来。

60

态度公开课

时间就这样来到2016年11月，一年又到了尾声。T系列上市已经3个月了，销量势如破竹，成为历史旗舰机的销量冠军应该没有什么问题了。

我们对T6波段广告的投放，现在也在逐步收尾。我们对T2017的整个营销计划的制订已经在紧锣密鼓的筹划当中。虽然我不太赞成用T6的广告套路去投T2017，但是T6营销的成功让丁杜高下定决心继续加大投放力度，尤其是在综艺上的投放。综艺投放其实有很大的不确定性，我也没有把握保证一定能投中收视率高的综艺。

T6的长版本广告也取得了巨大的成功，这个6分钟的广告在各大卫视播出了整整19次。其实，我们没花一分钱的广告费，是许琳用各种借口去找卫视要资源、要"补偿"，成就了这段广告历史上的传奇。我们6分钟广告的收视率多次超过了主节目的收视率，这也是一件非常有意思的事情。

李大为和我都因为T6的创意和传播获得了业界的很多奖项：《手机·芯战》获得了中国广告奖中的最高奖项，李大为获得了金瞳奖的年度创意人大奖。

在这一年中，我们还做了很多短视频方面的传播。年初，我们和台北奥美集团合作拍摄《乐生活》的系列短片时，我花了1万元把飞机稿都买了下来，并交给年轻的导演，让他们将这些飞机稿拍成了短片。

我们拍的第一部短片是《给妈妈的一封信》，用的就是台北奥美的脚本。它讲的是一对相隔两地的母子之间的故事。这个故事的前半部分几乎和手机没有关系，只在最后出现了一个手机的镜头，这是从北京回到老家的妈妈拿着优力手机给台上表演的儿子拍照的镜头。整个短片的主题是"相隔千里，爱在咫尺；越关心，越快乐"。这个短片深沉而温馨，它反映了优力"乐生活"的品牌精神。

这部片子在六一儿童节被推出，获得了非常多的好评。但也有人质疑，尤其是审计部的李海峰，他说："这也不像广告啊！"这恰恰是我所想要的效果。在过去，叫卖式的电视购物曾经给优力造成很大的伤害，我们正是在对品牌形象进行修复和提升。很多媒体评价，优力的品牌形象已经越来越具有人文精神了。连丁杜高都对我说，这是一种很高级的手法。

奥美给我的脚本基本都是围绕着“乐生活”展开的，但我觉得还不够，我准备把“超级续航”也从一种技术卖点变成人文卖点。2016 年的夏季，我又拍了两部短片，合作的导演是我在菲基亚工作时的合作伙伴杨军武。两部片子都是由我命题，由杨军武导演编剧和执导的。

第一部短片是《铿锵玫瑰》。这是一部反映中国女足精神的片子，我们把女足那种永不言败的精神和超级续航联系在了一起。从她们像“山谷里的小花”一样的童年阶段讲起，讲到北京集训，再到她们为中国队出战。她们那种坚韧不拔、克服困难的精神被展现在片尾字幕上：优力超级续航手机向中国女足致敬——铿锵玫瑰，超级续航。

第二部短片叫作《一枚勋章》。和上一部短片一样，全片从头到尾也没有出现过优力手机，这部讲述的是云南边陲小城腾冲一位抗战老兵的故事。这位老兵在年轻时为国抗战，一辈子留在腾冲当农民。在抗日战争胜利 70 周年之际，国家邀请他去北京参加抗战胜利 70 周年的阅兵式。老兵拿出尘封许久的勋章，激动地说道：“兄弟们啊，你们值得了，国家没有忘记我们啊！”杨军武对我说，拍这段的时候，周围的腾冲村民都潸然泪下。

杨军武导演在腾冲待了两周，他找出了许多真正的抗战老兵，并把他们都拍进了我们的短片里，还在片中一一附上他们的名字和年龄。片子最后，从北京回来的老兵拿着国家颁发给他的抗战胜利 70 周年纪念勋章，走上腾冲国殇烈士陵园长长的台阶，在他那些牺牲战友的墓地前，行军礼致敬。这时候，音乐响起，字幕上映出：优力超级续航手机，向抗战老兵致敬。

这两部片子后来都获得了很多奖项，《一枚勋章》甚至还被腾冲政府的公众号转发。我们把品牌精神用一种共情的方式传达给了大众。

重阳节，我们还用奥美的剧本拍了一部名为《我的时尚爷爷》的短片。这是根据真实故事改编的一则短片，讲的是摄影师小野给他的爷爷拍摄时尚照片的故事，反映的是优力“乐生活”的品牌理念：越有爱越快乐，越关心越快乐，越亲密越快乐。

其实，在 11 月时，我就又让杨军武导演拍摄了一部反映我们代理商体系销售人员故事的影片，片名叫作《奋斗者》。按计划，这部片子我要在明年的优力年会中播放。

2016 年是我拍摄这类短片最多的一年。这类片子看似和产品毫无关联，却可以通过对品牌理念的宣扬，影响非常多的消费者。优力也正在变成一个有温度、有人文精神的品牌。

11 月，网易态度公开课邀请我为大家讲一堂课，讲一讲优力的营销策略。我接受了这个邀请。在公关部的安排下，我在北京网易态度公开课的录制中心，为大家讲了一节优力的营销课《中高端手机市场的营销战争》。

在这将近两年的时间里，我跟随着丁杜高，打了一场场大大小小的“战役”，可谓是殚精竭虑。在台上，我回顾了我加入优力以来的一场场“战斗”，详细讲了我的思考和我做营销的原则，也讲了这些营销所取得的效果以及我自己的一些反思。我没有藏私，也没有夸大，甚至在某些地方还对自己进行了批评。这次课程是我担任集团副总裁以来所做的一次深刻的工作总结。

在台上，我听得到台下此起彼伏的热烈掌声。但我知道，掌声的背后是我和我的团队近两年来不断地拼搏和努力，付出几倍于别人的努力才取得的成果。

从“海阔天空”到《手机·芯战》，这些“战斗”都已经成为过去，现在，我要打一场更艰难的“战役”，优力将全面向高端品牌进击的“战役”。

61

观澜高尔夫

在北京参与录制网易公开课后不久，我就从严寒的北京来到了温暖的海南省海口市。

我们将 T2017 的发布会定在海口召开。海口是一座很少举办手机发布会的城市。不过，我们这次有两个任务，发布会只是其一。我们还要在发布会次日召开全球供应商大会以及优力杯高尔夫友谊赛。

海口的观澜高尔夫球场是一个很有名的高尔夫球场，不远处还有冯大刚电影公社。我们的发布会就准备在电影公社里举行。海口其实是一个非常适合举办发布会的城市，酒店、场馆、高尔夫球场和景点一应俱全。不像在北京，所有重要场地的档期都排得满满的，在海口，没人和我们抢场地。我不懂高尔夫，但是活动执行公司的总经理老范跟我介绍说，这是一个非常好的高尔夫球场。丁杜高是打高尔夫球的高手，他说他也在海口观澜湖这个球场打过，觉得不错。于是，我们就定下了这个场地。

我在海口观澜湖的度假酒店住了一晚，这是一个典型的东南亚风格度假酒店，和北京、上海、深圳的酒店很不同。海口很小，这个酒店虽然在郊区，但是我们从这里打车到市中心也不算远，到机场只需半小时左右。酒店的客房很多，因为这里是度假酒店，所以不仅有客房，还有别墅区。我们刚好可以把重要嘉宾和代言人分开安排，避免他们被打搅。

T2017 的代言人是冯大刚导演，于是我和李大为也询问了冯导是否可以在以他的名字命名的电影公社开发布会。冯导回话说："你们想得挺周到。"

从 8 月开始，我和李大为就一直在商量 T2017 的推广主题。珠穆朗玛手机也主打商务风格，针对成功人士，如何与他们做出区分，这是我们最应该思考的问题。

"成功就等于有几个臭钱吗？"李大为一直把这句话挂在嘴上。T2017 肯定售价昂贵，但是，不管多贵，我们都得避免谈钱，我们不想被贴上有钱没品位的"土豪"标签。

"成功当然需要'几个臭钱'，"我对李大为说，"但是成功光有'几个臭钱'是不够的。"那么，成功的标准究竟是什么呢？我们当然希望 T2017 能成为成功人士的选择。但是，我们如何去定义成功呢？而且，我们对"成功"所下的定义也必须契合"乐生活"的品牌理念。

"乐生活"的品牌理念是丁杜高提出来的，他就是一个"乐生活"的代表。丁杜高结婚很早，儿女双全，和太太年龄相仿，夫妻感情也很好，从未传出过任何绯闻。他有钱，有才，文质彬彬，还不花心，简直就是好男人的代表。除了工作和少量应酬，丁杜高很少出门，放假的时候经常在香蜜湖的别墅里和家人一待就是好几天。有时候，我们和供应商在凤凰楼吃饭喝酒，一到晚上 9 点多，他太太就会带着司机在楼下等他。丁杜高喝多的时候也会多说几句，说他做得最成功的事情并不是创办优力，成了大企业家，而是娶了一位好太太。这样的话，我听他说了不止一次。

从大的舆论环境来讲，现在官方媒体也在推崇“家风建设”，丁杜高一家不正是好家风的代表吗？于是我和李大为讲，应该把成功的标准定义为“家庭幸福”，我们要把 T2017 的发布会做成一次“家宴”。这非常符合我们的品牌理念，并且立意也高。

李大为提议做个企业家调研，调研一下企业家心目中的成功标准到底是什么。我觉得这个提议很好，就让他做了一个计划，并且安排把调研报告当作 T2017 发布会的一部分。但是，成功的标准和产品又有什么关系呢？“成功的标准是家庭幸福，成功的标配是优力 T2017。”李大为想出了这个广告语。我和丁杜高都非常满意，产品的推广主题和广告语就这么定下来了。

如果我们把推广主题设定为家庭幸福，只用冯大刚导演一个人做代言人恐怕显得有些单薄。T6 和 T6 Plus 发布的时候，我们采用冯导和余天乐的组合，主要是想拓宽用户年龄段并将产品辐射到年轻人群中。余天乐前一段时间又代言了我们 R 系列的新品 R9，但我们在这款产品上并没有做太多推广，只在公关上做了一些传播。这款产品的设计延续了 R8 的风格，是鲁伟的海外团队做的，用户反响平平。

李大为向我推荐了冯大刚导演的太太许蘩。许蘩也是一位著名演员，在 20 世纪 90 年代就出道了，是话剧演员出身，在话剧和电影领域都获得过最佳女演员奖。许蘩身上有中国传统女性的美德，在和冯大刚 16 年的婚姻里，一直是贤妻良母的典型代表。

冯大刚导演也曾经在多个场合谈及他和许蘩的感情。桀骜不驯的大导演在家里被许蘩管得“服服帖帖”的，他曾经这样说过许蘩：“许老师不仅戏演得好，抓管理也很有一套。通常来说她会抓大放小，疏而不漏。她的管理看上去是人权和民主相结合的，但实际上是内紧外松，发现问题绝不手软。也就是说，许老师不会开枪，反而会往炮楼下面扔水果糖。但你得清楚自己的处境，知道自己在许老师的机枪射程之内。”冯导用一句话概括了他的婚姻：“娶了她我三生有幸。”

夫妻俩共同代言一个手机品牌，这在手机营销史上还从没出现过。冯导对我们的选择感到很意外，但也爽快地答应了。

2016 年 12 月 5 日又是一个周一，我宣布了许蘩的代言，并且配了一张冯大刚和许蘩手牵手、冯导手拿被半遮的优力 T2017 的照片，我在微博上写道：“他们用多年的家庭幸福，‘书写’优力‘乐生活’的成功典范。继冯大刚导演之后，今天，许蘩正式加盟优力。冯大刚和许蘩的 2017 值得期待。欢迎优力品牌新代言人许蘩！”

62

IP 化

许蘩代言优力的消息瞬间刷屏各大网站。由于我们还没有对外宣布 12 月 26 日有 T2017 的发布会，媒体纷纷猜测我们这么做的意图是什么。媒体疑惑的点在于，为什么我们会请冯导和许蘩两位代言人？请夫妻档共同代言是否多余？由于我们并没有透露具体信息，有些媒体揣摩，增加代言人应该会伴随着新品上市和品牌重塑，大概离不开以下用意：

一是优化、重塑 T6 Plus 带来的品牌诉求，进一步丰富品牌内涵。

T6 Plus 手机非常出色，它瞄准政商人群，主打安全概念，迎合了互联网时代集体的心理诉求，在个人隐私与信息安全方面做得尤其到位。

单纯从商业角度来说，这是出色的策略。不过，由于这款产品定位高端商务人群和政商人群，过于强调安全概念，很容易使用户产生心理隔阂和不信任感。而且，寻求安全性本身带有某种心理层面的模糊的暧昧，很容易导致公众误解产品用户的真实诉求。

安全确实是这款产品目标用户的核心诉求，但不能宣传得太突兀。安全更适合隐身于信任之下。优力有必要通过新一代产品来优化品牌诉求，用一种中性、温情的语言去中和用户的安全诉求，为品牌注入信任，让它成为人与人之间关系的连接器。

优力请冯导与许蘩夫妻代言，可以用一种隐晦的方式消除家庭和同事之间的某种隔阂。如果你看过冯导的《手机》，你就能体会到用户的信任对于一个品牌的重要性。

二是优力公司的气质与名字过于硬朗与男性化，需要一些温情的元素和女性力量来中和。

14 年来，丁杜高为优力建立起一条高度垂直整合的产业链和一套设计、制造、品牌以及服务的强大渠道体系。在一个崇尚水平分工的时代，这种体系称得上一朵奇葩。与优力同时起步的许多同行都已倒闭，这里面隐含着优力 14 年的商业秘密：水平分工虽能壮大产业规模、提升制造能力，但过度分工会导致产业缺乏品质与效率，易为资本狂潮所诱惑，产业更容易产生波动。但是，不得不说，优力公司的这种商业气质、产品的功能和品牌定位带有强烈的男性意识，这使它无形中摒弃了女性消费者群体。这在消费时代是一种残缺。只有对优力的品牌做柔性的、温情的改造，才能使其产品覆盖更广的人群。

如此，邀请许蘩代言就有了另一重含义：请夫妻档代言可能意味着在过去注重高端、安全和品质的基础上，优力手机或许会增加对温情、温和等品牌气质的追求。当然，请夫妻档代言或许还意味着优力手机会开发针对家庭的特定应用，比如智慧家庭、生活、理财、教育或娱乐类应用等。

冯大刚与许蘩夫妇的爱情延续了16年，丁杜高创立优力也已14年了。虽然这两件事不是发生在同一领域，但它们的时间跨度几乎完全重叠，都经历了同样的社会变迁，见证着一个全新的消费时代。这对明星夫妇的爱情与优力手机的变迁之间有共振效应，消费者会对这对代言人有更多认同。以往，优力过于强调产品功能性与工匠精神，在软文化与心理层面，还需要做出更多努力。

即便优力的新一代手机尚未落实上述诉求，优力未来仍会持续面对这一压力。这家有着较强 To B 气质与工匠精神的老牌手机企业，目前最大的瓶颈仍在于它的品牌识别度与渗透力不足。优力需要在品牌与营销前端为整个公司注入一种消费时代的思维，将科技与生活进一步拉近，才能从与一众品牌的竞争中脱颖而出。

其实在过去的一年多，优力发展得不错。这得益于它有一支精干的营销、品牌与传播团队。这个队伍的核心人物是郑明，他在营销、品牌、传播和广告领域有着多年的实战经验，同时也是一名低调且颇具见识的名校海归。两年来，由他在幕后主导的对优力品牌的塑造颇见成效。

有必要重提一下去年12月优力的T5 Plus发布会。那可是2015年整个手机业的现象级事件：优力举办的“海阔天空”优力T5 Plus发布会，因为邀请到Beyond乐队的黄家强，首次通过CG技术再现黄家驹和黄家强兄弟同台演唱Beyond乐队的经典歌曲《海阔天空》，在科技、娱乐和消费之间打造共鸣，为主打超级续航功能的优力T5 Plus的上市创造了先机。这是中国手机圈少见的以发布会形式实现品效合一的经典案例。正是因为这一案例，今年7月，优力与戴尔、英特尔等科技巨头同获“2016年度国际艾奇奖”。

你可能觉得优力由于定位高端，两年来在营销与广告上的投放肯定巨大。但据我所知，优力手机的品牌营销投入只能算是中等。它既没有华兴强大的资本实力，也没有丽音和OVVO那样几乎已造成视觉污染的刷屏能力，但它的品牌营销更为精准且一以贯之，呈现传播IP化趋势。

再次回到冯大刚、许蘩夫妻档代言的话题上来。当今品牌请明星代言的情况已经泛滥，这说明手机业的竞争已经高度同质化，开始力拼品牌营销。

同样是名流代言，有的手机品牌转化度极低，甚至以季度为周期。过于注重短期营销数字的投入，会使企业忽视品牌塑造的长期性，难以收到效果。优力有所不同，它的品牌传播开始有IP化趋势。这一趋势近期也在其他品牌中出现。比如丽音就与企鹅视频合作，制作了《手机人》节目，以形成IP持续传播。

许蘩的加入不仅意味着优力的下一代手机会有创新，更代表其会进行品牌理念的重塑。夫妻档本身就隐含着丰富的成长故事，故事中包含着爱情、婚姻、温情、信任等主题。夫妻档代言有成长为系列IP的可能，未来的效应可能远大过一部《手机》电影的价值。

过去一年，优力喊出的“华优O丽”这一口号成为现实，这不是偶然。它的品牌塑造已经初见成效。我将此归功于优力在品牌传播中有核心人物的主导。品牌仅靠营销无法生存，要直面系统性的竞争。

手机行业发展到2016年，圈子里发生了诸多大事。上游ARM被整合，谷歌开始强化硬件布局，供应链领域正在走向集中，代工领域开始出现寡头竞争。而品牌厂家开始出现各种病灶，产品开始趋同，竞争开始集中在前端营销。这是一个焦灼的周期，它体现了创新的不利局面。但无论如何，手机业的后续竞争仍须建立在整体系统的基础之上。如果没有强大的研发、生产和供应链优势，仅仅靠应用和花里胡哨的生态驱动，企业不会有真正的未来。

这也是优力营销背后的基础。优力经历了14年的风雨历程，尽管它还没能成就更大的规模，品牌影响力也与行业巨头还有差距，但它仍没有放弃已被市场验证的商业模式。手机业仍在持续前进，它还有超越的机会。2016年，优力手机的出货目标为4 500万台，时间只剩最后一个月，Q4的压力不小。而随着冯大刚、许蘩夫妻档的代言，2016年末的优力可能会展示出更多的核心竞争力以图来年再创佳绩。

63

为家而来

现在，整个优力中国市场营销中心都在围绕T2017的发布会忙碌。和以往不同的是，这次发布会的间隔时间短，从7月26日到12月26日，只相隔5个月。T6和T6 Plus还没有完全收尾，新的旗舰机就要发布了。

12月，发布还不到5个月的T系列旗舰机的销量已经突破400万台，随着元旦和春节销售旺季的到来，这个数字将达到500万。T系列今年在中国市场中的销量突破3 000万台已成定局，但是在海外的销量是个大问题，达到1 000万台可能都有压力。丁杜高已经和我谈了好几次海外销售的问题，我不知道这是不是一个暗示。但是，有鲁伟在，我实在不愿意接手海外市场，我们的理念相差太远了。

12月13日，我们发布了一份《优力T2017中国企业家调研报告》，这是我们和著名的创业家联盟以及《企业家》杂志一起做的调研，我们对200位知名企业董事长、总裁、合伙人和总经理等成功人士进行专项调研，深入探究他们对成功的看法。这是我们对T2017发布会的预热，也是为这个产品定下的基调。

我们在这份报告中有很多发现。

发现一：亿万身家，不如幸福的家。当下社会经济发展，“获得财富”成为大多数人根深蒂固的成功学思维。企业家是财富的代表，但当被问及“成功的标准是什么”时，82%的企业家竟然选择了家庭幸福，比例远高于财富或权势。

发现二：越忙越要陪家人。越忙越顾家是不少成功企业家的状态。比如，扎克伯格每年都要抽出时间陪妻子度假。越来越多的中国企业家也将更多的精力投入家庭中。在超过45岁的企业家中，75%的人每周陪家人的时间超过35小时。这一时长已经超过平均水平，但依然有80%的企业家认为需要花更多的时间陪伴家人。他们表示，如果有假期，最先考虑的就是跟家人一起度假。

此外，还有一个重要发现可以佐证在企业家心目中的成功标准是家庭幸福。大部分受访的企业家表示，在陪伴家人时，就算有突发工作也不能丢下家人。

发现三：不做甩手掌柜，家庭需要像事业一样去经营。家庭是企业家们温暖而坚定的港湾，他们在外拼搏，只有回到家的那一刻才感到最放松、最安全。73.5%的企业家认为，家庭成员的健康第一，工作第二。家庭与企业的经营之道也是相通的，夫妻关系作为家庭核心架构，经营好夫妻关系有利于维护家庭幸福。在这些企业家的家庭中，妻子扮演着CEO的角色。有很多企业家在这份报告中坦言，他们在事业的拼搏中曾牺牲了很多陪伴家人的时间，也正因为家人的理解与支持，让他们可以专注于事业，从而获得今天的成就。于他们而言，成功的标准正是家庭幸福。因此，几乎所有企业家都想对妻子说“谢谢”。

通过这份报告，我们对企业家的成功观有了更真实的了解，对成功的定义也可以更加多元化。从权力与财富本位到家本位，这一观念反映了成功人士对人与人亲密关系的重视与回归：越有爱越快乐、越关心越快乐、越亲密越快乐，这也正是优力“乐生活”所提倡的精神。

成功的标准是家庭幸福。我们关于成功观的调研是为了打造定位于政商人群的优力智能手机而对目标消费者生活与精神层面所做的研究，这份报告仅仅是个开始。我们随后为即将到来的T2017的发布会设定了家庭幸福与成功的主题。

我们紧接着发布了一则视频，这则视频完全是冯大刚和许虆家庭生活的日常写照，视频结尾落在了邀请大家参加12月26日在海口举办的一场“家宴”上。这场“家宴”正是我们T2017的发布会。

在发布会邀请函的制作上，我们也用了冯大刚导演的软笔手写体，将邀请函做成了一封来自冯大刚导演和许虆的“家书”。邀请函上写道：

×××先生/女士：

成功的标准是什么？有人觉得是事业有成，但我觉得是家庭幸福。碰巧，我与许虆代言的优力T2017上市在即，发布会将于海口观澜湖冯大刚电影公社举行。这次发布会的形式如同家宴，诸位无须端坐，请自在活动。新年将至，诚邀各位新朋旧友拨冗出席。

冯大刚携许虆诚邀

随着这封邀请函的发出，我们正式宣布了12月26日发布会的召开，这也是中国手机业在2016年的最后一场年终发布会了。

我们早就对产品预热环节驾轻就熟了，这次，海外媒体主动爆了我们的料，让我们十分惊讶。他们预测，我们会发布一款超高端产品，售价一定会突破5 000元。不过，这个意外只是一个小插曲，我们还是按计划在国内媒体上做了逐步的产品信息曝光，整个手机圈对我们发布这么高端的产品都很感兴趣。

这次，我们还特别重视在高端商务人群中的产品信息传播。在整个T2017发布会的设计中，我们还安排了一个讨论成功与家庭幸福关系的论坛，除了冯大刚、许虆夫妇，还邀请了几位知名的企业家夫妇。聚众传媒的老板江南秋也接受了我们的邀请，还有创业会的创始人马文、蓝狮子的创始人吴波，当然，还有丁杜高。他们都将和他们的太太一起出席这个论坛。

丁杜高最近也会问起我的个人问题，我还带着岳依柔和丁杜高一起吃了一顿饭。丁杜高很喜欢岳依柔，夸我真有眼光，知道她自己有公关活动公司后，还让我把公司年会和论坛的单子交给岳依柔做。我说：“这可不行，我管这块儿，不能让家属掺和进来。”岳依柔对我翻着白眼：“谁是你家属了。”丁杜高对我们说：“早点儿结婚，都老大不小了。”

我准备带着岳依柔一起参加这次论坛，江南秋、马文和吴波都是我介绍给丁杜高的，他们都是我的老朋友。这次，他们的太太们都一起去了海口，我也需要岳依柔出面帮我照顾她们。

我对岳依柔说：“发布会开场节目中有一首歌，它的背景视频里有一首诗，那首诗，就是我送给你的。”

64

情感的碧流

发布会定在12月26日。

22日，我和岳依柔就到了海口。晚上我们开了一个工作会议，布置了发布会和全球供应商大会的工作。这天的事情不算多。

傍晚，我牵着岳依柔的手在度假酒店里散步。海口的气温非常舒适，比深圳还要高几摄氏度。观澜湖度假酒店远离市区，非常安静，我们走在林荫道上，呼吸着海岛上的新鲜空气。

我们牵手散步的照片还被于杰拍了下来，发到中国市场营销中心的群里。于杰发了一段话：成功的标配是优力T2017，成功的标准是家庭幸福。大家看，郑总和嫂子撒“狗粮”了。

同事们纷纷点赞祝福，我又发了一个大红包："兄弟姐妹们，今年最后一个发布会，大家努力！"

12 月 23 日，我们开始了繁忙的搭建工作，岳依柔偶尔也会来看一下。看到我们如同办演唱会一般在搬运各种器械，她也两眼发光："郑明，不要说做发布会了，你们办演唱会也一点儿问题都没有啊！"

这一次，我们做发布会的倒计时海报没用惯常的产品图，而是用了冯大刚、江南秋、马文和吴波的肖像，并且注明了他们都会携夫人参加。这一次，我们为家而来。

蓝 V 联盟和我们的主要合作客户、运营商、媒体等，则在社会化媒体上发起了名为"成功的标配"的海报运动，大家互抬轿子，都说自己是本行业的标配，而成功的标配就是我们优力 T2017。

我们就这样忙到 25 日，我和岳依柔一起去机场接了几位重要嘉宾。接吴波的时候，我们碰到了丁杜高和他的太太，丁杜高微笑着和我们摆摆手，对岳依柔说："你老公这几天辛苦了。"

26 日白天，丁杜高也到现场来看了一下，这次发布会的准备时间比较宽松，整个电影公社只有我们一家企业在举办活动，我们布置外场时也不用和别家抢位置。我们把整个电影公社都装饰了一番，铺上红地毯，装上了很多灯，这在夜晚看上去很是壮观。

发布会将在 26 日晚上 7 点半开始。6 点半后，天色逐渐暗下来，灯光秀表演开始了。我们铺了一条 200 米长的红毯，嘉宾们身着盛装陆续进场，并在"成功的标配，优力 T2017"的巨幅发布会广告牌前合影留念。

这个晚上，我穿着发布会前岳依柔给我买的烟灰色西装，打着一条新领带，牵着岳依柔的手走上了红毯。她今天穿了一套黑色的晚礼服，她说，黑色是为了配合今天 T2017 的高端产品形象。灯光照着她的脸庞，我对她说："你今晚特别美。"

这次发布会的参与人数大约是 1 500 人，并没有发布 T6 和 T6 Plus 时的人多。但是，优力集团的高管几乎悉数出席，连在中国香港办公的一位总经理也赶了过来。人力资源的黄磊今天穿得特别隆重，一套红色的礼服甚是抢眼。刘三全、周彬、杨凡、王立、张明、董丽等人都到了。除了丁杜高和鲁伟，优力集团的所有高管一起在发布会的广告牌前留下了一张合影。

晚上 7 点半，发布会正式开始。短暂的开场视频后，在满场星光一样的灯光下，一位歌唱家出场，演唱了《我的太阳》。

《我的太阳》其实是我和岳依柔商量后选择的曲目。我想把开场设计得很有格调，于是我想到了使用歌剧。岳依柔向我推荐了深圳大学音乐系一位教美声的教授，用意大利拿波里方言演唱的《我的太阳》正是他最拿手的节目。但是，她不知道我为这个歌曲所配的视频是什么。

在 T2017 发布会的布置上，我用的是四面环屏的设计。观众坐在 3 个不同的方向，正面和左右两侧的观众都对着发布会舞台，他们的对面各有一块超长的大屏，而舞台上的主讲人和主持人则能看到正面观众背后的一块大屏。这样，我就不需要在舞台上再设提词屏了，整个舞台看上去非常干净。

这种四面环屏的设计在视觉上非常震撼。当《我的太阳》的歌声响起时，屏幕上播放的视频里出现了一首诗，这是泰戈尔的《情感的碧流》：

我的情感的碧流，
在你中间找到归宿。
于是人生啊永享摩挲，
于是人生啊奔涌欢乐。
你的容貌中间，
于是淹死我的眼眸；
我迷失的心儿，
是你费心地找回。
我失落的希冀，
是你一一捡起。
颈上晃动的花环，
编织，是你亲自动手。

岳依柔坐在我身边，紧紧地拉着我的手，看着视频上的涓涓流水和泰戈尔的诗。我在她耳边轻轻地说，这是泰戈尔的诗，是我送给她的。

这是一个特殊的开场，是我献给依柔的诗，也是为了贴合 T2107 这个产品的高端定位而精心设计的。《我的太阳》的歌声落幕后。发布会的主持人程伟宏上场了，他说道：

谢谢音乐家的精彩表演。尊敬的各位领导，亲爱的各位来宾，女士们，先生们，现场的各位朋友们，大家晚上好！欢迎各位前来出席优力T2017的产品发布会，今天发布会开场节目的选择可谓别具匠心。当这首脍炙人口的《我的太阳》“洒满”我们现场的每一个角落时，我相信每个人都感受到了一种特殊的温馨和温暖，而我们的眼前仿佛也亮起了一束光。这是让人心动的光芒，也指引着我们奋斗的方向，在很多人的心中，这束光的名字叫“成功”。

古往今来，人们对于成功的解读各式各样，有人说事业有成是成功，有人说名满天下是成功，还有人说功成名就才是成功。但是今晚，在这个充满着科技感和人文情怀的特别现场，优力愿意和大家一起分享他们对成功的理解。

也许在活动落幕的那一刻，您会和优力达成一个共识，那就是成功的标准，其实就是家庭幸福。而成功的标配也很简单，那就是要拥有优力T2017。大家同意吗？

谢谢各位，我们也把掌声送给走在成功路上的你。其实，今天我们现场的每一位朋友都是优力的老朋友，所以无论你来自哪里，在今晚这样特殊的场合，我们的名字都是相同的，那就是优力的老朋友。

在过去的岁月里，我们和优力一样风雨兼程，共同见证着他们的成长、他们的蜕变和他们的壮大。当然，他们在创新之路上的每一个成果都让我们为之骄傲和自豪，于是我们和优力建立了超越普通朋友的亲密关系，成为家人。

在活动开始之前，优力的丁总告诉我，他之所以要把这场活动放在风景如画的海口举办，就是希望每一位来自世界各地的朋友都能够在这样纯美的自然环境中，感受到家庭的轻松、浪漫、温暖和幸福。

所以，在这个意义上，与其说今晚是一场发布会，不如说它是我们优力大家庭年终岁末的一次盛大家宴。

65
产品梦

按照惯例，主持人开场以后就是丁杜高的发言。这一次，丁杜高的发言比以往都要简短，他讲了他的产品梦：

首先，我谨代表优力集团对各位朋友的到来再次表示热烈的欢迎和真诚的感谢，谢谢你们！

我还要特别感谢为家而来的冯大刚夫妇、江南秋夫妇、吴波夫妇和马文夫妇，谢谢你们。我还要特别感谢今天坐了一天飞机的老朋友程伟宏先生，谢谢你！

我在手机行业奋斗超过 15 年了。在这 15 年中，我见过非常多优秀的产品，当然也做出了不少受人欢迎的畅销产品。但我心中一直有一个产品梦，我一直想做一款产品，实用且先进，稳重且尊贵，与众不同且能彰显身份。

T2017 正是承载着优力产品梦想的一款产品。但我们想做的不仅是 T2017，T2017 只是一个开始，将来还有 T2018、T2019、T2020，我们将会持续推出一年一代的产品。

大家都非常清楚手机行业的竞争非常激烈。但实际上，整体的趋势是中国品牌的集体崛起和国际品牌的逐渐式微。不过，在现在的中国市场中，高端手机市场仍然是洋品牌的天下，高端产品仍然是洋品牌的专利。在这种背景下，国产品牌集体“进攻”高端产品和高端人群就成了趋势和必然。

T2017 正是优力“进攻”高端人群和高端产品的一个载体。T 年代系列也将是优力占有高端人群和高端市场、持续发力的一个系列。

今天请各位来到海口，对 T2017 进行鉴赏，请各位见证 T2017 的发布，也请各位期待接下来的 T2018 和 T2019。再次感谢各位的光临，谢谢各位，谢谢！

丁杜高在以往的发布会上，很少会直接说出未来产品的型号名称。但这一次，他直接说出了产品名称，这是我们内部的一个决定。

按照计划，T 年代系列将会按照一年一代的节奏发布。我们计划在 2018 年的巴塞罗那世界通信展上面向全球发布 T2018。我对丁杜高讲过，我已经在和世界的一些顶级奢侈品品牌的设计大师接触。乔治·阿玛尼老先生已经对我们表示出了兴趣，原因是他看到了优力 M6 登上神舟十一号的新闻。

接下来是鲁伟讲解产品的环节。这一次是他讲得最差的一次，用时也最短。他大量使用了我们做的一些产品视频中的文案。这一年来，与丁杜高和我在国内市场高歌猛进的操作相反，鲁伟不仅兵败印度，在其他海外国家中的运营也几乎找不到一个亮点。而且，据说杨凡对印度公司进行财务审计后发现了很多问题，作为鲁伟心腹的印度总经理存在很严重的腐败问题。公司里不断有小道消息传来，说鲁伟可能要被迫辞职了。

说回优力的 T2017 这款产品，T2017 被定位为商务型旗舰手机，用料和细节都十分奢华，做工十分精致。前后采用对称式曲面设计，保证了手机良好的持握手感，机身背面采用了黑色小牛皮，中框则采用暗金色的金属材质，外露式的六角铆钉带着些许粗犷的工业感。指纹 Home 键和镜头保护玻璃都是蓝宝石玻璃材质，耐磨防刮。另外，还有一款使用鳄鱼皮制作的定制版，更加高端。

在配置方面，T2017 采用高通骁龙 653 八核处理器，6GB+128GB 大容量内存方案，鳄鱼皮定制版的内存则是 6GB+256GB。T2017 的性能和功耗比较均衡，内置了 7 000mAh 超大电池，超级续航。屏幕为 5.7 英寸 2K 分辨率的 Amoled 曲面屏，具有 94% DCI P3 色域，支持指纹支付。产品内置安全芯片，对于金融类应用，该芯片会对支付环境进行扫描，帮助用户规避安全风险。它后置 1 200 万 + 1 300 万像素双摄像头，支持 2 倍光学变焦，CMOS 也支持全像素双核对焦，前置摄像头是 800 万像素。T2017 的 6GB+128GB 版本的定价为 6 999 元，鳄鱼皮定制版 6GB+256GB 版本的定价为 16 999 元，1 月 6 日全国开售。

在公布完价格之后，我们播放了 T2017 的广告。这是一条 3 分钟的长广告，故事情节是许虁探班冯导拍摄 T2017 广告。在这个广告里，不仅嵌入了产品卖点，还融入了几个梗，其中之一是冯导的几个标配：红枣、枸杞、冰糖，是冯导的健康标配；豆腐、鸡蛋、青菜，是冯导的美食标配；帽子、取景器、折叠椅，是冯导的工作标配；而内置安全加密芯片，是冯导的手机标配；许虁，当然是冯导的幸福标配。广告的最后是我们定下的金句，由许虁和冯导一起说出：成功的标准，是家庭幸福；成功的标配，是优力 T2017。我们打算把长广告投放在央视午夜档，另外又剪了一个 15 秒的版本用于正常的广告投放。

广告播放完，代言人冯大刚、许虁夫妇上台，在丁杜高夫妇和他们的互动赠机环节之后，便是我们今晚的重磅节目，一个关于家庭、幸福和成功的论坛。在邀请另外几组家庭之前，丁杜高贴心地让冯大刚夫妇先在沙发上落座。

成功和幸福是今晚的主题。今天的论坛也让我见到了这些成功企业家的另外一面。吴波和他的太太我早就认识，他们是初中同学、青梅竹马。吴波不管事业多么成功，在家里甚至在公司里都听他太太的，这我以前就知道。但是在这次论坛中，吴波的太太说道，她还是吴波的入团介绍人。吴波赶忙起身鞠躬，对他太太说：“感谢你让我走上了正道。”台下观众哈哈大笑。

江南秋是典型的工作狂，他的家其实在台北，他太太就是台北人。他之前就和我说过，他周末总会在上海和台北之间穿梭。他太太说，一年 365 天，他差不多有 300 天在飞机上。江南秋和他太太的性格非常互补，他是一个比较悲观的人，但他的太太是一个乐观的人，总会让他从积极的角度去看待问题。江南秋是名列福布斯排行榜前列的成功企业家，没想到，他心灵的港湾正是他看上去柔弱且温婉的太太。

马文的太太是一位非常支持他工作的年轻女性，在马文放弃令人尊敬的工作只身创业的时候，他的太太就坚定地支持他去追寻自己内心的想法。

冯大刚和许虁一家也是幸福家庭的典范。许虁其实是非常有名的女演员，但在结婚之后把重心都放在了家庭，成了冯导心目中最温馨也最稳固的港湾。

丁杜高伉俪当然是今天的重点。丁杜高的太太是记者出身，对丈夫十分崇拜，觉得丁杜高又帅又有想法，做什么都能成功。但丁杜高却坦言，他不仅是“妻管严”，还是一个宅男，在家里什么都不管，就听太太的。

我拉着岳依柔的手，饶有兴趣地听着他们的发言。这是我加入优力以来办得最有趣也最有人情味的一次发布会。“每个成功男人的背后都有一个女人”，这话果然没错。再大的企业家，仅在事业上获得成功是不够的，拥有一个幸福的家庭才是他们最想追求的。成功的标准是家庭幸福，成功的标配是优力 T2017。

晚上 9 点半，大家都还意犹未尽。灯光打在冯大刚电影公社的外墙上，大家拍照留念，依依惜别。中国手机业 2016 年最后一场大型发布会就这么结束了。

第二天，在海口观澜湖，我们还举办了优力杯高尔夫球友谊赛和全球供应商大会。江南秋、马文和吴波夫妇也多留了一天，我和岳依柔带着他们在海口转了一天，又一起吃了饭。太太们相谈甚欢，比我们几个聊得还多，岳依柔也被他们称为“郑太太”。

又过了一天，我们才陆续返回深圳。

66

成功的标配

关于 T2017 的广告投放，其实我和丁杜高是有不同意见的。T2017 是一款售价超过 5 000 元的超高端旗舰机，我并不觉得大面积进行广告投放就会有好的效果。我想把重心放在财经领域的传播上，只在央视午夜频段投放长版本硬广。T2017 这样的产品不适合在综艺上推广。但是，丁杜高也有为难的地方，T6 的下一代产品要等 2017 年的下半年才会研发出来，R 系列的旗舰机虽然已经在研发，但也需要等到 2017 年的 5—6 月。如果此时停止投放广告，对市场销售不利。所以，丁杜高还是指示我对 T2017 加大投放，而且要投综艺节目。

我们确实在 T6 的综艺投放上取得了很好的效果，但是，我认为是专业和运气共同造就了这样的效果。这两年来综艺层出不穷，广告资源被稀释了很多，收视率也大多呈现下滑趋势。这个时候，央视硬广的价值反而更加值得重视。而对于 T2017 这样的小众产品而言，在政商人士经常看的财经时政杂志中投广告是很有价值的。而且，这种类型产品的公关非常重要。很多类似高端白酒、雪茄这样的奢侈品的营销都依靠圈层。T2017 的销量不可能达到几百万台，能达到几十万台就是极大的成功了，而太多的广告投放显然会造成浪费。但是，暂时停止广告投放会损伤我们正在日益崛起的品牌势能。丁杜高听了我的意见后，还是做出了加大投放的决定。

时值元旦和春节，我们在夏秋投放的综艺节目都已经结束了，我选择了沪江卫视的王牌综艺《喜剧人》作为主要投放平台进行冠名，选择成为另外一个卫视的节目《超强大脑》的第二大权益的赞助商。但客观来说，这个季节的综艺质量会比暑期的差不少。《喜剧人》以 20% 的市场占有率拿下了当季的综艺冠军，但是收视率还是有所下滑。我让沪江卫视做了硬广补偿。《超强大脑》的收视率倒是飙到新高，弥补了我们的一些损失。好在许琳的花式植入在《喜剧人》和《超强大脑》上又做出了很多创新效果。

对于央视半夜时段的硬广，我和丁杜高的意见是一样的。政商人群无论是出差还是在家里，都有晚上或半夜打开电视机的习惯。2017 年初是电视节目的一个转折点，视频网站的影响力第一次超过电视。但这并不代表电视节目此时已经没有价值，尤其对于 T2017 这种高端产品，在视频网站进行投放并不合适。

在诸如户外、高铁、楼宇电梯等场所媒介中，我们的上一轮投放都取得了不错的效果，这一轮我们将会持续投放。

老高也向我推销了一个资源，是湘江卫视的元旦跨年晚会。我本来不想投，但是老高找了丁杜高，说仅需 2 000 万就可以获得硬广套餐，非常划算。我们就这么定了下来。湘江卫视的这次跨年晚会依然在深圳举办，他们送了我们很多票。我把这些票都作为公司福利发放了，连丁杜高的太太也来问我要了不少票送朋友。

T2017 的广告总投放量还略高于 T6，这是我没有想到的。

2016 年就这样过去了，我在优力的工作即将进入第三个年头。丁杜高在 2017 年的元旦之后找我谈了话，首先竟然是问我准备什么时候结婚，我说过年后。他跟我说，不用考虑房子，明年他会把东海花园的房子过户到我的名下。我愣了一下，深圳的房价非常昂贵，他的这份礼也太大了。

丁杜高对我说，明年合适的时候，他会召开董事会，会通过我进入董事会的决议。听到这里，我觉得丁杜高应该是要给我安排新的工作了。果然，丁杜高接下来跟我说，他会在明年春天开金钻俱乐部会议，到时让我同时接管中国区的销售，这样，我就成了优力历史上第一位既管市场营销又管销售的集团副总裁。

“而且，”丁杜高说道，“明年你还会有新任务的。”

其实我隐约已经猜到，这个新任务一定和鲁伟的去留有关。但是，我了解丁杜高的个性。在2014年底，他就计划拿掉鲁伟，但丁杜高的做事风格是循序渐进、稳扎稳打的，不会那么激进。如果我猜得没错，明年他应该会让我逐步接手海外。

2017年初，我对未来充满着期待。现在，我有两件大事：第一件是全力做好T2017的推广工作；第二件是年后和岳依柔结婚。在我母亲和丁杜高的敦促下，我们最近已经领了结婚证。我和依柔其实也一起生活快两年了，所以，我们不打算大办宴席。我们只打算过年回上海邀请一些关系比较近的亲戚。在上海，我父亲的门生故旧太多，要是大办，我们实在顾不过来。我们准备年后回深圳摆几桌请一下朋友们就行了。

现在，我关注的焦点还是T2017。其实，同行业中的人对我们推出6 999元这样高价位的手机有不同看法，觉得我们有点激进。但是，既然定位高端商务，就必须占据“天王山”，举高才能打低。所以，我们在财经和政经领域发起了一轮公关，针对财经领域，从技术和人文两个角度进行宣传，针对政经领域，从中国高端制造和中国品牌崛起进行宣传。有媒体惊叹道：

> 更震撼的还有优力T2017的价格，其标准版价格达到了6 999元，高端定制版更是达到了“逆天”的16 999元。继8 999元的华兴M9定制版之后，再次拉升了国产手机的价格定位。
>
> 此价格一出，业界一片哗然，甚至有人质疑优力是不是疯了。的确，当前国产手机都在向高端市场发起冲击，这是国产手机的必经之路，但像优力这样一下子把价格拉升到万元以上是不是太过激进？这些代言人能支撑16 999元的逆天手机吗？
>
> 事实上，优力貌似“激进”的高端战略背后，有着严密的产品市场定位和营销逻辑，这是一套行得通的战略打法。在消费升级的时代，高端手机市场已然形成。优力一直就有高端基因。从2013年起，优力就已经瞄准高端商务市场，推出了针对高端商务人群的优力天机800，今年3月还推出了优力天机909，定价3 499元。在特定的高端商务市场中，仅一款

翻盖机就能达到接近40亿元的销售额，这一成绩其实已经证明了优力在高端市场中的突破。从天机909，再到T5、T6系列，可以说，除了华兴，优力是唯一能守住2 500元以上市场的国产品牌。

3年多来对高端手机市场的探索也让优力对高端用户人群的需求和市场特点有了更好的把握。更重要的是，随着中国消费升级时代的到来，高端手机市场的规模正在扩大。

12月15日，华兴M9定制版在中国正式开售，虽然这款手机售价高达8 999元，但出乎我意料的是，该产品发布之后，华兴M9定制版的溢价最高超过2万元，而且一机难求。

优力董事长丁杜高表示，虽然高端手机市场依然是洋品牌的天下，但国产品牌开始集体进军高端市场、面向高端人群已经成为趋势。

事实上，优力T2017的推出有着足够的市场基础。更重要的是，在经过了几年的积累之后，优力也掌握了高端市场的独特打法。优力在产品定位上是依靠安全和续航击穿高端用户需求的。

正如丁杜高曾经在优力T6发布时所说，T6高举安全牌的初衷，其实就源于他的一位在政商界工作的朋友的一句话："手机丢了怎么办？"当手机已经变得比钱包和钥匙还重要时，又有多少人想过"手机丢了怎么办"这件事？可手机一旦丢了，其后果的严重性已经可以达到影响"身家性命"的程度了。

此前，优力T6在手机芯片的硬件层面和软硬一体化的安全设计层面都做到了极致，并通过利用冯大刚与佘天乐的代言将"政商人士"这一消费群体"打穿"的做法，在业界创造了独一无二的产品销售案例。

这次优力T2017手机延续了优力T系列的安全产品基因，内置一个通过权威机构认证的安全加密芯片，以硬件加密的方式保障手机里的数据与信息安全。安全加密芯片具有唯一性，每块芯片都有独立的ID并与手机CPU进行唯一绑定，暴力拆解或更换芯片都无法破解手机里的加密数据。另外，优力T2017还解决了用户最关心的3大安全问题：通信安全、数据安全和支付安全。

此外，针对商务人士对续航的需求，优力从功能机时代就以"长续航”著称，从去年发布的T5、T5 Plus到今年的T6和T6 Plus，这些产品使优力成了手机续航第一的品牌。优力这次推出的T2017配备5.7英寸QHD显示屏和7 000mAh电池，被外媒称作“来自亚洲的怪兽”，在续航上的突出优势也将成为优力T2017吸引高端消费者的最大亮点之一。

解决了安全和续航这两大高端商务人群的核心痛点之后，T2017这次还着力在外观上下足了功夫，产品采取全曲面设计，背面采用了曲面皮质，机身上下及两侧融入金属元素，背面大面积使用了全手工裁剪的头层小牛皮，背部还镶嵌了一块代表身份、权威、荣誉和责任的欧式盾牌，做到了尊贵、大气，完全针对高端人群的需求而设计。

产品层面的高端突破也是优力敢于在价格上做拉升的基础。优力在营销上也下了功夫，“成功的标配”背后是人文精神与高科技的融合。

“我的情感的碧流，在你中间找到归宿。”无论是泰戈尔的诗，还是“成功的标准是家庭幸福”这样的哲学探讨，优力试图借助T2017手机传达“成功的本来意义”。

当今的社会竞争越来越激烈，获得成功势必需要加倍的努力，这就不可避免地会使人大量透支与家人相伴的时间，进而忽视对家人的关怀。这本身是一种本末倒置的表现，丧失了成功原本的意义。

高端人群作为社会精英已经走向了人生的成功，开始有能力回归家庭和亲情。此刻，优力的人文呼吁在某种意义上正是对高端人群精神走向的一种引领。事实上，“秀恩爱”极具社会正能量。

如优力“乐生活”的Slogan一样，科技本应是为人服务的，应该让生活能够更加便捷、快乐，科技是沟通亲情的家庭纽带。所以，优力T2017“成功的标配”背后正是人文精神与科技的融合。

请冯大刚和许蘩夫妇二人携手共同代言T2017，对30岁以上年龄段的高端人群极具影响力和号召力。可以说，优力T2017手机不仅用户定位清晰，而且在营销方式的选择上恰到好处、指向明确。所以，优力式的高端极致营销是一种非常精确的“制导”。

国产手机都在瞄准高端市场，但能在产品、市场和营销等多个层面精确把握高端用户痛点的只有优力。

优力高端营销策略的独特之处不是在某一个层面追求突破，而是形成了一套逻辑严密的攻略。这不仅能使优力精确定位消费者需求，而且利于其在高端市场打造自己的品牌，值得所有国产手机企业思考与借鉴。

综合来看，优力将 T2017 定制版的价格定在 16 999 元，这并不疯狂，也不激进，这是因为优力找到了打开高端市场的钥匙。

一些对我们友好的媒体甚至说道：“优力 T2017 是优力历史上一款里程碑式的产品。优力和华兴这两个品牌，正引领着中国品牌迈向高端，向国际品牌发起挑战。”

67

奋斗者

元旦过后，优力 T2017 即将开售，但在 2017 年 1 月 4 日，我先去了北京，参加沪江卫视《喜剧人》的发布会。《喜剧人》的主持人是相声界的前辈郭登高——一位真正的人民艺术家。在发布会的舞台上，许琳给我们设计了一个环节，让我拿着优力 T2017 和郭登高、一众沪江卫视的领导以及《喜剧人》中的名角一起合影。

《喜剧人》的收视率虽然是一季度冠军，但还是略有下滑。为了进行植入，徐文敏这次又在看台上扮演起了“优大力”。郭登高也很配合我们的口播植入，他口才了得，脑子也特别灵活，在《喜剧人》的舞台上给我们创造了很多的经典植入。这一季，他的开场白就是：“知道一个成功男人的标配是什么吗？”众人回答：“优力 T2017 啊！”

我和许琳说，在今年第二季度即将上市的 R10 的推广中，我们一定要减少对电视节目的投放，转向视频网站，以贴合年轻群体观看节目的习惯。发布 R10 是我们去年下半年的一个决定，我将会在年后的金钻俱乐部全国代理商和大客户的会议上跟大家讲我们的市场策略，我把这个策略叫作“筑城拔寨”。

筑城拔寨策略其实是我们为了应对华兴的M系列和P系列而做的一个重要策略改变，在后面，我会进行更为详细的讲解。许琳、于杰和张华都已经收到了我给他们的任务，准备将R10放在2017年的二季度进行推广，他们也很兴奋。这些年轻人大多更喜欢R系列这种时尚类型的产品，也对R系列的理解更为深刻。但我还是更喜欢用T系列，于杰也是。而许琳和张华平时用的手机都是R系列。

1月6日，优力T2017正式开卖，下午我就接到了被同事称为“粗口仔老板”的李大为的电话：“老郑，你们的鳄鱼皮定制版也太难买了，京东开售后我第一时间就去抢，结果一秒卖光，买不到啊！”

李大为现在已经是我的“御用”广告创意公司了，他并不负责投放广告，负责投放广告的主要是老高。但是李大为是我们推广创意方案的提供商。现在，连丁杜高都和他很熟，每次我和丁杜高遇到难解的问题时，都会把大为叫过来。

我比李大为大两岁，所以平时李大为都叫我“老郑”，我叫他“大为”。我们这两年来已经结下了很深的战斗友谊，也成了相互信赖的合作伙伴。

“你要鳄鱼皮定制版找我啊，”我说道，“你自己买啥啊，看不起我啊？我送你！”

“不不不，我就是要自己抢一台。坦白跟我讲，你是不是又在搞什么饥饿营销？”李大为问道。

“绝对没有，新品上市都有产能爬坡的过程，我们分给电商的货也不算少，但是确实没想到能卖得这么好。”

几天后，李大为终于抢到了一台鳄鱼皮定制版，他每次跟我和丁杜高开会时，都会拿着这台手机，显示他“成功的标配”。

这年的春节是在1月28日。1月18日，优力集团的固定节目优力年会就要在东莞工业园召开了，今年年会办得尤其隆重，而丁杜高将主题定为“奋斗2017”。奋斗者文化是优力的企业文化之一，在智能手机更新迭代迅速的行业里，企业不能有停歇的时候。奋斗，是优力，乃至这个行业的主旋律。

这一年的优力年会有一万多人齐聚工业园，张华的团队在工业园为大家准备了很多精彩的互动游戏，奖品也相当丰厚。我们这次的游戏原则是：让每个人都能获奖，让所有参与的员工都能开心。前一天，我们甚至还举行了优力杯篮球比赛。虽然中国市场营销中心没能组队参赛，但是于杰加入了深圳研发队，一路打入了决赛。不过，他们最后输给了东道主东莞工业园二队，屈居亚军。

这应该是优力历史上人数最多，也最隆重的一次年会，刘三全还在工业园建了一条美食街，街里的美食看得人直流口水。

晚上 6 点，晚宴开始，丁杜高和我们所有高管在几个分会场向大家致辞，一万多人的宴席开宴的场景在多年以后都令我记忆深刻。

今年晚宴后的联欢晚会是吴英策划的，这也是我们第一次用发布会的团队布置公司年会。上一次年会还是毛冬梅团队策划的。

早在 11 月，我就让杨军武导演拍了一部反映优力基层优秀员工的视频《奋斗者》，我还亲自写了片名中的“奋斗者”3 个字。杨军武导演和许琳部门的同事冒着东北的严寒拍摄了这部片子。

8 点，联欢晚会开始。在主持人致辞之后，我们开启了《奋斗者》的首映。《奋斗者》的故事后来激励了优力的很多同事，在智能手机销售领域，也引起了巨大反响。这部片子讲的是出生在甘肃庆阳农村的刘军的故事。刘军的父母都是普通农民。刘军 10 岁那年，他妹妹因为一场车祸不幸变成一个残疾人，他原本清贫的家境变得更加困难。身为长子，刘军从小就有一个梦想：一定要让家人过上好日子。2004 年，刘军来到哈尔滨，成为哈尔滨优力公司的一员，从基层工作开始干起。一开始，作为一名不熟悉销售技巧的业务员，刘军的工作并不顺利，他甚至遭到了客户的冷脸。但是，刘军并未放弃，而是比别人更加努力，付出比别人更多的时间来对待这份工作。他从一名普通的业务员成长为业务经理，并收获了美满幸福的家庭。

刘军是父亲，为家庭付出如山般的关怀；他是儿子，为父母尽人间大孝；他是丈夫，拼搏奋斗只为一生挚爱；他是同事，拥有难能可贵的团队协作精神；他是男人，是顶梁柱。

哈尔滨优力公司总经理老陈这样评价刘军：“刘军就是一个普通、踏实肯干、勤奋耐劳的人。他从一名普通的打工者成长为一名优秀的业务经理，正是因为有他这样的人，才成就了今天的优力。”

蔡忠在公众号上这样写道：“刘军让一个奋斗者的故事跃然纸上，他不瞎干，不蛮干，而是撸起袖子实干，从而频创佳绩。上下同欲者胜，每一个优力人都是主角，只要愿干事、能干事，就能干成事，就能聆听到时代的心跳，紧跟前进的步伐，敲开成功的大门。”

以优力为代表的这种奋斗者精神，与社会上的某些浮躁之风不同，是稳干、实干的典型代表，也是优力所秉持的“以奋斗者为本”价值观的最直接体现。

刘军不仅是老陈的爱将，还是全国县级的销售冠军。这个视频发布后，在优力内部引起了极大的反响，蔡忠还专门去采访了他。刘军最后对大家说道：“祝大家新年快乐！只要你有梦想，去奋斗，在优力，就一定会成功！”

这年的年会，气氛热闹而隆重。过去的 2016 年，我们的产品在国内市场中的销量突破了 3 000 万台，全球销量突破 4 000 万台，T6 系列历史性地突破了 500 万台，我们又重新回到了一线手机品牌阵营。在《相亲相爱的一家人》的歌声中，我们结束了奋斗的 2016 年，期待着奋斗的 2017 年。

东莞的工业园灯光闪烁，这一刻，我们都在憧憬着未来美好的一年。

68

春节

过了几天，我和岳依柔一起回了上海。虽然我们这次是回去结婚的，但我事先已经和父母沟通过了，婚礼不用大办。我妈把家里二楼腾出了一间套间作为我们的婚房，在家里贴满了“囍”字。

腊月二十八号，我们在外滩的 W 酒店办了 4 桌宴席，招待了关系比较近的亲朋好友，就算是结婚了。其实，按照母亲的意思，婚礼是要大办的，但是父亲和我都希望低调一点。我在美国的很多同学结婚时，都是拉着大家吃一顿自助餐就结束了。我爸也希望我们一定不要忘记艰苦朴素的品质。但是，母亲还是很高兴，因为她终于有了儿媳妇。这么多年来，我一个人出国留学，回国工作后又一直不在父母身边。现在，我终于不是一个人了。

母亲问我打算去哪儿旅游度蜜月，岳依柔接过了话茬：“妈，郑总年后就要高升了，要忙的事情多着呢，今年他连巴塞罗那的展会都去不了，旅游这事以后再说吧，咱们不急。”

“妈，我们回深圳还要请一些朋友，依柔的妈妈也来，您也一起去深圳住几天吧。”我对母亲说道。

这次，不仅是母亲，父亲也一起来到了深圳。他说一定要见下亲家母。

正月初三一早，我们就一起飞回了深圳。父亲只是看了一下我们住的地方，并没有住在我家，而是住到了麒麟山庄。我猜想，他是怕打搅到我们。

按照计划，正月初四晚上我们在欢乐海岸蓝楹湾的凤凰楼摆了 5 桌宴席，人不多，来的主要是我家在深圳的一些亲戚以及父亲在深圳的旧友。岳依柔的妈妈、弟弟和弟媳妇也来了，来的人中还有一些岳依柔的好朋友。

我没有邀请公司的同事，只请了于杰。因为过年大多数同事都回了老家，我准备上班再给同事们发喜糖。丁杜高今年在深圳过年，他是带着太太来的，杨凡也不请自来了。杨凡对我说，他正在丁杜高家里打麻将，知道丁总要来参加我的婚礼，一定得过来沾沾我们的喜气。

父亲见到丁杜高，高兴地迎了上去：“丁总好啊，小明经常跟我提起你。了不起啊，把事业做得这么大，小明以后还要你多多照顾。”

丁杜高是第一次见我父亲，但我以前向他介绍过。丁杜高客气地向我父亲打招呼：“郑老好啊，郑总可是我们公司的顶梁柱，他的婚礼我是一定要来的。恭喜恭喜啊！”

婚礼虽然不算隆重，但气氛却非常好，于杰自告奋勇地做起了我们的主持人，问起了我们认识的经过。我说我们在北京就是好朋友，但是来到深圳，我们成了恋人，最终走到了一起。

岳依柔今天讲话有点激动，她说道：“其实，在北京，我就已经喜欢上了郑明，但是人家不接茬啊！他的黑历史我就不抖了，反正在北京他也没少交女朋友。他每次交女朋友的时候，我就说我有男朋友了，免得让他觉得有压力。其实我从没有别的男朋友，我一直在等着他。上天真是开眼，他去了美国，我还以为他不回来了。没想到，他回来了，还来到了深圳，那我可不会放过他了。”岳依柔说着说着，眼睛里闪烁起了泪花。我从不知道她说的这些事，我非常惊讶，但我内心更多的是感动。

我忍不住抢过话筒，对着依柔说：“依柔，郑太太，我以后一定会全心全意爱你的。”

父亲微笑地看着我们，母亲和岳依柔的妈妈笑着，但两人眼角都有了泪花。

来深圳两年了，我原以为自己只是深圳的一个过客，没想到在深圳成了家。蓝楹湾的海风吹着，这是 2017 年的春节，我终于有了一个家。

第二天，按照风俗，我们要请娘家人的客。于是，我父母又在麒麟山庄请了岳依柔的妈妈、弟弟和弟媳，大家其乐融融。

岳依柔的弟弟说：“姐夫，我第一眼看到你就知道你会是我姐夫，我都叫了你两年姐夫了。这不，你现在是正式执证上岗的姐夫了。”

岳依柔笑着打断了他：“长辈都在，轮不到你说话呢。”

岳依柔的妈妈回忆起了依柔上学和工作的经历，说她从小就要强，爸爸去世得早，她又是大姐，不仅要读书，还要照顾家里。工作以后，一个人在外打拼，很不容易，现在好了，终于结婚了。“这个女婿，我很满意。”岳依柔的妈妈说道。

“亲家母啊，你一个女人把两个孩子拉扯大，不容易。”父亲说道，“郑明和依柔他们在深圳工作忙，你以后多到上海来住住。我们家里房子大，就我和老伴儿两个人。我老伴也退休了，没事儿干，我们陪你逛大上海。”

“好啊，好啊，亲家公、亲家母。”岳依柔的妈妈笑着说道。

正月初六，父亲在深圳的朋友们请他吃饭，摆了整整 4 桌。我和父亲几乎不谈工作，回国工作以后，我从不动用他的关系，他也从不介绍他的朋友给我。我没想到他在深圳有这么多门生故旧。

说实话，我和父亲的关系不如和母亲那么亲密。他是一个非常严肃的人，我从小就怕和他说话。但是，他对我的教诲一直影响着我。从小，他就绝不允许我说谎，并且告诫我做人要正直，不能干坏事，不要占别人的便宜。

在深圳的几天，我们说了很多话，上一次说那么多话，还是我要出国读大学的时候。父亲很喜欢岳依柔，一直对我说：“这是一个好姑娘，你一定要好好对她，她是我的儿媳妇，也是我的女儿。”

母亲的话就说得更直接了：“小明，侬银行卡全部交给依柔，侬晓得伐。用钞票嘛，以后都要依柔同意。”

依柔呵呵地笑了：“妈，这点郑明很自觉的。他呀，就知道工作，从不管钱的。现在他买东西都是我挑的，他从来不管。”

母亲也笑了：“这点倒随他爸。”

正月初七下午，我们送走了我父母，依柔的妈妈也在我父母一再的邀请下一起去了上海住些日子。

春节就这样过完了，明天就要开始上班，我也即将迎来战斗的一年。

69

珍珑棋局

农历正月初八是优力每年上班的第一天。但这一天对我们而言却很特殊。AIGo 的母公司谷歌在前一天深夜宣布了 AIGo 和王星杰九段的比赛时间就在两周之后。

我马上打电话给王星杰九段确认，问他为什么这么重要的事情宣布得这么匆忙。王星杰告诉我，谷歌确实早就在和他磋商比赛的事情，但是根据事先签署的保密协议，此事必须由谷歌公司在第一时间宣布，其他单位和个人事先不能向任何人诱露。

好在我们对于此事早有准备，王星杰也早被我们用在了和围棋相关的广告宣传上。而且，我们还事先拍摄了一条视频《王星杰：坚持是最好的答案》。这条视频讲的是王星杰九段的成长故事。我们同时还剪辑了一条 15 秒的广告。许琳也在《超强大脑》节目上启用了王星杰，用他的代言人身份做了很多口播和植入。如果不是这些事先准备，我们很可能无法充分借势营销。

我马上叫来许琳，让她问清楚中央 5 套体育频道的转播时间。比赛会持续 5 天左右，我让她将比赛前一周到比赛结束期间中央 5 套所有的优力广告都切换成王星杰的 15 秒代言广告。

我们在拍王星杰的广告时，还不知道他和AIGo的比赛会在什么时间举行，所以，最后的广告语用了“我是王星杰九段，我选择优力超级续航手机”。这句话没问题，但是，最后的广告语我得让许琳改成“优力M2017，成功的标配”。

前一段时间，AIGo的迭代版本Master登录弈城围棋，这个程序在网站上下了30多盘棋，无一败绩。我也看了其中几盘棋，它与职业高手对战时都获得了碾压式的胜利。我感觉从这个迭代版本的战绩来看，王星杰是不可能获胜的。

我又打电话给范辉，他现在已经加盟了AIGo团队，我问他对第二次人机大战的比赛前景怎么看。他回答说，即将出战的AIGo又在Master版本上完成了新一轮迭代，起码可以让王星杰九段两子，王星杰不可能赢，因为AI不会像人类一样出错。

于是，我找来于杰，告诉他王星杰不会获胜，要从人类勇于探索未知领域、坚持超级续航等精神层面去升华，不用在乎比赛结果，比赛本身就已经是我们押宝王星杰代言的胜利了。

我们找来去年给王星杰拍摄的视频和照片，做了最后的视频剪辑和海报制作的准备。我们签下王星杰已经快一年了，这招“伏手”终于迎来了它的全面爆发时刻。

一周后，《王星杰：坚持是最好的答案》视频上线，它讲述了世界围棋第一人王星杰从3岁学棋，7岁北漂，13岁以网名“潜伏”对弈30 000局，坚持学习围棋16年到获得世界冠军的成长、蜕变历程。这条视频的画龙点睛之处在于其中出现的金句：“坚持，是最好的答案；热爱，依然超级续航。”

超级续航正在逐渐成为我们的一种品牌精神，我们将它从一种功能卖点升华成了一种精神和热爱。

一周后，比赛开始。第一局对弈自然是王星杰输了，这也在我们的意料之中。当天，我们发布了一张海报，海报的文案是：人工智能的胜利不是围棋的终点，而是人类新的起点。保持对未来的好奇心，超级续航。

比赛吸引了大量媒体和民众的关注。我们从公关和广告两方面双管齐下，媒体想不提到优力都难。有些媒体说：“优力捡了一个大便宜。”我发了一条微博回应这种“捡便宜”的说法：“为了这件事，我们团队准备了一年。为了中国围棋，我们赞助了十一年。”也有媒体用了一个围棋术语来形容我们的营销：“这是优力布下的珍珑棋局。”

王星杰最终还是以 0 ：3 的比分败给了 AIGo。但是，此时胜负已经不再重要，人类的好奇心和对未来永无止境的探索超级续航。王星杰代言的 15 秒广告《每一手都是未知》也刚好卡点出现在央视 5 套，我们还临时购买了人机大战讲解直播的插播广告。这一次，我们比在李天石九段第一次人机大战时准备得更充分，我们的营销大获全胜。

正当我们高歌猛进的时候，网络上出现了一些不和谐的声音，网络媒体上忽然出现了不少针对我们的负面评论。这两年多，我们不断渗透媒体关系，以前“黑”优力的专业户也基本和我们达成了和解。其余就只剩下一些以敲诈为生的媒体和自媒体了。但这些文章显然是为抹黑而抹黑，不是来敲诈的。

我们发现第一个系统黑的文章时是在星期六的早上，于杰给我打电话说了一下情况。“公关部立刻加班，紧急处理。投诉、删除或降权都可以，先压下去。你再查一下是谁下的黑单。”我对于杰说道，“下午我也过来。”

优力的代理商体系对负面评论非常敏感，这点和小豆、华兴的公关不太一样。小豆一直在争议声中成长，这种互联网企业关注的首先是流量，评论的好坏反而是次要的。华兴则认为舆论评价的好坏有七三开就行。不过，这几年来，华兴的公关越来越强势，公关部门甚至不归消费者业务部门管，而是直属于大老板。再加上他们特殊的企业背景，他们的公关几乎把华兴和爱国画上了等号。

下午 1 点半，我去银行取了 2 万元钱，跑到 28 楼，先给大家发了一圈红包：“兄弟们辛苦了，我没在群里发红包是怕没加班的人也来抢，所以今天给大家发现金红包。”我给加班的许琳和徐文敏以及门口的保安都发了红包。

于杰告诉我说，这是金箍棒手机下的黑单。关于这种脏活，他们一般都会通过一些公关公司下黑稿单。“万能的杰哥”在公关行业神通广大，这件事很容易就被他查出了线索。但是，金箍棒手机自己都快支撑不下去了，为什么还有工夫来下黑单抹黑我们？不过，仔细一想我也就明白了：金箍棒手机从互联网时代开始就以安全为主要定位，但我们从去年开始做的关于“内置安全加密芯片”的推广使他们把我们当成了竞争对手。金箍棒手机从未进入过我们的竞争视野，我们也从不认为他们是竞争对手。但问题是，金箍棒手机自从做手机以后，依然延续互联网炒作那套毫无底线的手法，手段不仅下作，还非常低俗。最终，它还是自食其果。我当时想，在“优力六条”面前，金箍棒手机真是一个负面典型。

花了一天时间，于杰对那些负面评论做了投诉和删除。既然下黑单的幕后指使人都找到了，写黑稿的人自然也停止了抹黑动作，毕竟明目张胆地得罪优力不是一件好事。

从 2016 年开始，针对优力的大小黑稿就几乎没断过，大多数人没看到这些黑稿，只是因为于杰团队第一时间就把它们处理了。这些下黑稿的公司，既有金箍棒手机这种互联网公司，也有华兴这种表面高端的公司，甚至还有把“本分”作为企业价值观的 OVVO。

那几年，智能手机业公关混战的激烈程度可见一斑。而丁杜高给我定下的“优力六条”，就是为了防止我们的公关部干这种事。

70

营销中心

时间来到 2017 年 3 月。

2 月底的时候，丁杜高已经宣布了新的人事调整，由我负责中国区销售，同时接管海外市场。这样，我的工作就从之前负责中国市场营销中心，转为负责全球市场和中国区销售。

董丽将要离开总部，去优力的代理商体系做总经理。我想如果我猜得没错，鲁伟很快也会被调整。但丁杜高应该是有些忌惮鲁伟在海外事业部的“山头”，所以还在谨慎地筹划此事。丁杜高做事情的风格确实和他的棋风很像。

就在两年前，优力的海外业务还是国内的 2 倍。但是现在，算上海外的 ODM，海外业务量都不到国内的 1/3。鲁伟在公司内部已经越来越没有话语权了。

董丽带领的销售中心也变得可有可无。优力强大的销售能力都体现在了代理商的身上，销售中心的员工大多只需要发布公司政策或做一些分货、压货的工作，没有太多实权。代理商们遇到问题时都会直接找丁杜高。而且，我接管销售之后才发现，销售中心的员工工资竟然是深圳总部所有员工中最低的，他们中薪资水平最高的总监的工资都不到张华、于杰的 1/4。为了多赚点钱，销售中心虚报差旅发票的风气非常盛行，这甚至已经变成了一种默认的补贴方式。这让我非常震惊，这是严重违反公司制度的行为，竟然在销售中心变得这么理所应当。

代理商也跟我反映了很多问题。董丽通宵打麻将的事自不必说，上梁不正当然下梁也歪。一些销售总监出差时，不但要吃要喝，还要一条龙服务。销售中心简直成了代理商开展业务的阻力而非助力。

我现在还不急着解决销售中心的问题，因为他们对整体销售起不到关键作用。与我们师出同门的 OVVO 和丽音甚至干脆连销售部都不设，干脆把销售工作全部交给代理商承担，其实我们也是。但是，销售中心还有商务部，他们要处理订单和物流的工作，商务总监王雷不但要给我和丁杜高提供每个月的销售预测作为参考，还要对代理商的各种调价补差，并在市场推广费用上对接代理商和中国市场营销中心。

我们可以通过后台激活数掌握库存和每天的实际销售数据。代理商也在用我们这套系统，只要手机卖出去后被插卡使用，我们的后台都可以监测到。刚加入优力的时候，我就有了全国的数据权限，所以对这套系统很熟悉。

商务部那些负责订单的小姑娘反而和代理商们关系更好。代理商经常说，有商务部就行了，要那些销售总监和区域经理有什么用。

销售中心还下设了一个市场监管部，这是负责市场秩序的部门。如果一个代理商的异地激活数过高，我们就会核查，因为这是有“串货”嫌疑的。优力的销售体系规定只能在自己的属地内销售，如果存在故意放货去外省的行为，我们会进行处罚。市场监管部另外一个工作是查处假货。作为知名品牌，我们的产品经常被造假。

除辞退董丽的助理之外，我现在还不想在销售中心大动干戈。但销售中心的人才梯队确实不能和中国市场营销中心的相提并论。我把两个中心以及海外市场部进行了合并，改名为集团营销中心，并且让张华和于杰带头，帮助原来销售中心的同事一起进步。海外市场部过来的同事都很优秀，很多都有海外留学背景，他们迅速融入了于杰和张华的部门。

丁杜高从去年开始，就在招募退伍军人加入优力的销售队伍。这是因为云南、贵州这些业绩出色的省份的总经理都是退伍军人出身。丁杜高的意思是，不仅要充实我们自己的销售队伍，也要充实代理商的销售队伍。优力体系中一直有一个惯例，在总部工作表现优秀的销售总监会被派往代理商那里担任总经理，甚至可以获得股份，这也是我们培养“子弟兵”的典型模式。当然，董丽是一个例外。

很多海外市场部过来的同事以前也并不认同鲁伟的做法，看到中国市场做得风生水起，而海外市场的销售额持续下跌，他们都憋着一口气。

除了印度和尼日利亚，鲁伟这几年拓展的海外市场非常有限，做的大多是ODM，赚的是代工的钱。做品牌出身的丁杜高和我显然不认同这种业务。我们做手机并没有成本优势，论代工，我们肯定不如专业代工厂有优势，而我们的品牌、产品和品质的优势，在ODM模式下是不可能发挥出来的。

2017年初，丁杜高准备在东南亚开辟战场，把国内的省代模式向东南亚输出为国代模式，采取和国内一模一样的打法。这条业务线不再向鲁伟汇报工作，而是直接向丁杜高汇报。所以，我们在海外市场中做的工作也是为了配合丁杜高。

我们没有在东南亚招募代理商，而是鼓励中国的代理商出海。东南亚的一些重要地盘，都逐渐被分给了几位优力的股东。

优力的股东绝大多数都是优力的国内代理商，他们的实战经验非常丰富，而且还培养了很多的营销人才。OVVO和丽音走的就是这条路。他们早在2014年就向东南亚派出了国内的“子弟兵”，现在已经稳居东南亚手机市场前两位了。

“中国‘子弟兵’出海”是丁杜高为全球市场拓展定下的基调。“2+N”已经成为一个全球手机市场的格局。“2+N”即苹果、韩国品牌加一众中国品牌的格局。中国品牌若想要超越这个“2”，就不能仅仅局限于中国市场，必须“打”出去，在洋品牌的覆盖地区参与竞争，甚至“打”到他们的老巢。

中国市场虽然是全球最大的国家市场，但也仅占全球市场的1/3，而且从2013年占比达到34%之后就在一路下滑。优力打造全球品牌不能局限于一隅，必须走出去，在亚洲、非洲、欧洲、美洲和洋品牌巨头作战。

打入东南亚是优力真正启动全球战略的关键一步。不过，东南亚的事情我现在还顾不过来，至于在缅甸马上召开的新品发布会，我派出了张华和吴英前往。我马上要和丁杜高召开我们金钻俱乐部的第一次重要客户会议。在这次会议上，我要宣布今年重大的市场策略调整。那就是我们从去年下半年一直谋划到今年的战略：筑城拔寨。

71

筑城拔寨

筑城拔寨是我们从去年就开始讨论的策略。以 T 系列的迭代速度来看，这一系列的产品目前只能一年出两款，而且基本与 T6 和 T6 Plus 一样，只在屏幕大小、内存和电池上做一些变化。严格来说，这两款产品属于同一款产品的不同配置。T7 虽然已经在研发之中，但是，T7 的发布时间估计要延后到 2017 年的下半年，我们要加入新的功能，研发周期确实比较长。

2017 年，手机在技术上最大的变化应该是全面屏的出现，这是一种屏占比更高的屏幕，会优化消费者的使用体验。我们预估到全面屏时代即将到来，所以在今年上半年的产品迭代中，我们会更加谨慎。一旦迭代不成功，造成库存积压，这在技术演变迅速的当下会是非常危险的事情。

我们已经把 T7 定位为全面屏产品，发布时间定在秋季。但如果我们上半年没有推出其他新品，光靠 T2017 这样的超高端产品，怕是撑不起销量。因此，要么加快 T 系列的迭代速度，要么重塑 R 系列，把 R 系列也变成发布会级别的旗舰产品。

我们会在上半年推出一款 T 系列产品 T6S，但我们基本只在 T6 Plus 的基础上进行了一个小迭代，我和丁杜高都认为它不适合作为旗舰机推广。所以，我们商量的结果是，把 R 系列也抬高为旗舰机，价格定在 2 500 元左右，让这款产品成为一把真正刺向 OVVO 和丽音的尖刀。而 T 系列的价格则被我们定位在 3 000 元左右，用于延续我们超级续航、超级安全和超级健康的卖点。

至于天机系列和 T 年代系列，则被我们定义为翻盖旗舰机和超高端旗舰机。世界顶级时尚设计大师乔治·阿玛尼已经答应为我们设计天机系列，并且允许我们使用他的名字做品牌联名。但他的条件是我们的产品要“再上一次天”。我不太明白阿玛尼老先生为什么对上天那么执着。我对蔡忠说了这件事情，蔡忠说：“那我再试试看喽。”但是，对于天机系列的迭代产品我们目前还没有策划营销方案。我问了阿玛尼先生愿不愿意设计 T2018 这个直板手机，他的回话是："我喜欢翻盖机，翻盖机才是永恒的经典。"

因此，我们还需要为 T2018 重新选择合作伙伴。我正在和宾利这个品牌洽谈。宾利是超高端，也是超安全的汽车品牌，其受众和 T2018 要针对的高端政商人群几乎完全重合。在国内所有的手机企业所做的品牌联合里，宾利是最高端的品牌。如果这件事情能做成，我们将彻底在品牌上打一个翻身仗。但宾利暂时只授权我们在国内使用他们的品牌，我认为这没有问题，并且和他们的大中华区总裁约了见面时间。

同时，我也没停下和其他奢侈品品牌的合作讨论。我同学给我介绍了一位意大利咨询公司的老板老弗，老弗专门做欧洲和中国之间的商务咨询。他 2 月在巴塞罗那参观了我们 MWC 的展台，最近也到中国拜访了我。我谈了我的诉求，不仅是 T2018 的合作，在 T 系列和 R 系列上，我也愿意敞开合作。我的想法是，借助欧洲时尚和奢侈品品牌来迅速提升我们的品牌力。

再说回 R 系列。R 系列产品的销售情况时好时坏，和这几年 T 系列的成功很不一样。一方面，确实有鲁伟主导失误的原因；另一方面，自 R6 发布后，我们也一直没有找到 R 系列的破局之道。

R 系列原本的定位是"极致设计"。但是，优力这家公司其实缺乏时尚基因。

优力总部所在的深圳虽然也是一座繁华的大都市，但比起上海和北京，时尚感还差了许多。深圳人非常务实，凉鞋、大裤衩和圆领衫几乎是深圳工程师的标配。丁杜高也是如此，他虽然很有钱，但根本不讲究时尚，平时只穿着一套基础款西装，夏天也是用普通的皮鞋、西裤配 T 恤衫。

当年，鲁伟也想做时尚产品，但是他的品位无法改变。每次他穿着牛仔裤和一双一脚蹬的皮鞋上台，负责人力资源的黄磊总会用北京话评论几句："哎呀，这个鲁总啊，跟他讲不要穿这皮鞋，他偏不听。"

所以，每次讨论 R 系列时，丁杜高都会把负责 R 系列的年轻、时尚的产品经理叫过来。他也经常会问我和李大为的意见："你们一个是留洋的海归，一个是时尚广告人，说说你们的意见。"

总而言之，不管我们擅不擅长时尚领域，都必须在 R 系列上进行突破。这个系列体现了目前智能手机市场的趋势。华兴将其主品牌 M 系列的商务风和 P 系列的时尚拍照功能都打造得非常成功，而且其子品牌 novo 自去年上市以来，势头也非常猛。OVVO 和丽音也正在打造自己高端的旗舰机，他们的产品风格有点偏向商务时尚。

丁杜高终于在 R 系列的技术功能上找到了突破点，那就是拍照。深圳负责研发的影像团队去年招募了一位优秀的技术人才。这一年，他们做出了很多新功能。其中，人像拍摄中的背景虚化功能居然能将背景虚化到 10 级，这个水平远远高于友商产品同类功能的水平，处于行业领先地位。3D 立体拍照的功能也是在这款手机上首先实现的。丁杜高定下了这次 R 系列旗舰机的推广基调。正是因为这些技术突破，他准备首次使用前后双摄的相机配置。同时，他下定决心实行双旗舰策略。上半年 R 系列和下半年 T 系列产品的发布使我们的进攻节奏变得立体。再加上 T 系列和 R 系列的一些小迭代产品以及低端系列金钢和 F 系列，我们的销量会更加稳固。而天机系列和 T 年代系列可以帮助我们冲击高端市场、提升品牌势能、稳固品牌地位。

我把这个策略叫作“筑城拔寨”，以 T 系列“筑城”——不断提高品牌壁垒，以 R 系列“拔寨”——不断创造新的客户群体。

在即将到来的金钻俱乐部会议上，我将以优力集团国内新销售负责人的身份，向我们的代理商和重要客户宣布这一重大策略调整。

72

金钻俱乐部

金钻俱乐部是丁杜高为线下重要客户成立的一个机构。首批加入金钻俱乐部的重要零售客户有 131 家。而优力销售体系为了这些重要客户也成立了大客户部门。

中国手机市场经过 20 多年的发展，已经形成了一大批具有全国和区域连锁能力的重要客户。这批客户在零售渠道中占有重要份额，而且在当地甚至全国零售市场中，都极具号召力。可以说，金钻客户就是我们零售客户中最核心的部分，是我们零售渠道的旗舰。而金钻客户大多集中在一、二线城市市场，这和乡镇多而散的零售客户很不同。可以说，优力如果要向高端市场进军，那么，获得金钻客户的支持是必不可少的。

2016 年的数据显示，优力的出货增长率排在全国第三位，和华兴几乎持平，但 OVVO 和丽音的增长速度很快。这一点也可以理解，我们的出货增长率提升最迅猛的年份是 2015 年，在那年翻了 1 倍都不止，但在 2016 年增长不如 2015 年迅猛，主要是因为我们基本延续了 2015 年的策略。但今年，我们的企图心不止于此，这也是筑城拔寨战略的由来。

2017 年 3 月 10 日，在松山湖畔的凯悦酒店，“四海一家”优力金钻俱乐部会议开幕。第一天，丁杜高和我带队，带着大家参观了优力工业园。很多客户第一次见到我们的工业园。现代化的厂房设施、严格的工业管理体系和人性化的员工管理制度，都给金钻客户们留下了深刻的印象。

第二天，会议在酒店大会议厅召开，丁杜高首先发言。他表示，针对目前国产手机的发展形势，今年优力的国内销售目标是 3 800 万台，全球销售目标是 5 000 万台，并且要追求产品领先潮流与体系盈利能力的增长。这些目标的实现都离不开合作伙伴的大力支持，金钻俱乐部的成立是一个良好的开端。

接下来是我的发言，这是我第一次作为销售负责人面对客户。虽然很多客户我都已经很熟悉了，但今天，我第一次跟他们分享优力在销售方面的策略。我说道：

> 成立金钻俱乐部是我们执行核心客户战略的一个开始。未来，我们将有针对性地为重要客户提供各项专属权益，并且为重要客户赋能，一起提升优力在重要客户体系里的规模和利润，共同为消费者服务。我们将推出针对金钻客户的定制产品，新品上市也将实行金钻客户首销制度，以确保金钻客户的利益。
>
> 在消费升级的大背景下，消费者的消费理念更趋成熟，越来越多的人愿意为高品质的产品买单，其需求也日趋多样化与个性化。消费升级必将

会带来产品服务的升级。对于手机行业而言，线下零售店为消费者提供的售前、售中、售后一体化的服务有不可替代的价值。金钻俱乐部的成员基本覆盖了中国线下手机市场的所有核心零售商，在各自区域内都拥有广泛的覆盖率、影响力和极高的服务能力。优力将与 131 家金钻俱乐部成员强强联手，共同为消费者提供高品质的产品与服务。

在过去的一年，优力已经通过 T 系列的超级安全与超级续航两大品牌资产建立了品牌壁垒，用差异化的营销策略在政商人群中巩固并提高了品牌地位。接下来，优力将会在追求极致设计和潮流科技的 R 系列上加大投入，聚焦年轻、时尚用户，为零售商创造新的市场空间。优力将以 T 系列“筑城”——不断提高品牌壁垒，以 R 系列“拔寨”——不断创造新的客户群体，将自己打造成高品质、高美誉度的国际化品牌。

这是外界第一次了解到我们的筑城拔寨策略。我理解，一些重要客户还是有顾虑，不过，我也向他们透露了一些我们对即将在 5 月发布的 R10 产品的整体市场推广计划，我们对 R10 在广告和公关上的投放强度将不低于去年的 T6。

T6 的推广是金钻客户最认可的一次旗舰机推广，我把今年的推广计划拿出来与之对比，也说明我们在 R10 产品的打造和推广上有绝对的信心。我对着台下的 131 家金钻客户说道：

对 R10 的投放将会是优力有史以来第一次对 R 系列旗舰产品进行高强度广告投放，这会是不低于去年 T 系列投放量的最大的一次投放。我们已经做好了计划和准备，不仅要在产品上让大家眼前一亮，我们的广告和公关推广也将打破中国现有时尚类旗舰手机市场的格局，R10 的销量预计会突破 500 万台，R10 将会成为 R 系列历史上最畅销的机型。

当在座的老板和总裁们听我说出 500 万这一数字的时候，有些人发出了“啊”的惊讶声音。要知道，T 系列也是经历了 T5、T5 Plus 和 T6 三代产品的迭代，才刚刚突破了 500 万台。但是，R10 第一次被作为旗舰机推广，销量就要突破 500 万台，他们对此还是有所怀疑的。但既然听到我这么说，他们也能看出，我们这一次用来“拔寨”的 R10 显然符合优力的最高战略，我们对此非常有信心。我向他们保证，我们会对 R10 进行非常多的广告投放，将同时在 4 大卫视投放广告，采取电视与视频网站全覆盖的形式。

我这么说是因为其实在 T2017 发布会之前，我们团队就开始了对时尚旗舰机 R10 的营销策略研究，李大为和我已经开过无数次会议。这一次，我们将颠覆外界的认知。

和 T 系列不同的是，我在 R10 上倾注了更多的精力，我将更大的赌注下在了网络投放和公关方面。OVVO 和丽音所谓的“时尚”打法固然有参考价值，但出身世界 500 强外企的我坚信，在品牌方面，我更能把握得住方向。我们的销售体系也准备好了在 OVVO 和丽音的核心价位段，和他们展开全面决战。现在，我们要把这些占据重要地位的零售商一起“绑”上战车。

优力对零售商的态度深受待人宽厚的丁杜高的个性影响，零售商们这几年最喜欢卖的就是优力的产品，因为丁杜高一直信奉“同价高空间”的利他主义。

金钻俱乐部的成员们也非常给面子，全国第一大零售商迪信的总裁金总就说：“经销商卖手机主要考虑两个因素：有钱赚，好卖。他们通常以卖国货为主，而优力手机无疑是最好的国货之一，品质过硬，性价比高，品牌影响力大。更重要的是，优力提供比其他厂商更为可观的利润空间。”河北最大的零售商的老板何总也表示，优力给客户的压力没那么大，做优力的经销商特别幸福。他预计今年优力的产品销量至少会比去年增加 30%。最积极的还得是名列全国第四大零售商的朱总。他直接表示，今年优力的产品销售量在他们体系中要翻倍。朱总是我很好的朋友，2017 年，我多次走访他们总部和各地的门店，我也是他开设的论坛“老朱和他的朋友们”的嘉宾。

在第二天的会议上，我代表公司和各大金钻俱乐部的成员签署了 400 多万台的销售协议。当然，这是一个战略性协议，我们不想给他们太多压力。但我知道，他们今年能达到的销量肯定远不止于此。

后来，拜访金钻俱乐部成员的总部办公室和门店成了我的一项重要工作。成员们也经常来我的办公室一起开会。可以这么说，2017 年，我一定是中国手机业中拜访客户门店次数最多的一位高管。我甚至参加了很多次金钻俱乐部成员的内部会议。我本来就是销售出身，聆听一线的声音、聆听客户的意见是我从业第一天就养成的习惯。

我同时兼管市场和销售，工作量比之前大了许多。优力总部的28层有3 000多平方米，市场和销售的办公区域刚好在南北两头。丁杜高干脆给了我两个办公室，分设在南北两头。享受这样“待遇”的高管在优力中也只有我一人了。

73

T6S

接手销售和海外市场后，我的工作更忙了。东南亚的代理商已经和之前的不一样了，作为中国出海的“子弟兵”，他们不再向鲁伟汇报，而是天天跑来28楼找我和丁杜高。

张华、于杰和他们的团队现在经常在东南亚出差，吴英也作为负责人往柬埔寨、缅甸和泰国跑了好几次。东南亚的代理商一直邀请我去那边“视察工作”，我只好答应参加马来西亚的产品发布会。

东南亚的进展很快，印度尼西亚的代理商现在已经在筹备用SKD模式进入市场，泰国的代理商也已经铺开了摊子。泰国的代理商还为产品拍了广告，邀请的是当地最火的女明星。泰国各地的经销商也非常积极，优力的业务在泰国开展得很迅速。泰国的代理商总经理何小兵是天津代理商公司的操盘手出身，对我们这一套营销策略非常熟悉。金钻俱乐部会议结束后没多久，他就带着一大队的泰国经销商来到了深圳。

按照我们欢迎来宾的惯例，白天，何小兵带着他们去了东莞工业园参观；下午回深圳总部的28楼开了会；晚上，他就在凤凰楼宴请他们，我也作为公司领导出席。

泰国经销商非常热情，从他们热情洋溢的脸上，我看到了优力拓展海外品牌的希望。我向他们简单介绍了优力集团，但接下来，热情的泰国经销商们就开始一杯杯地向我敬酒。泰国经销商并不喝中国的白酒，我们公司仓库里的白酒没了用武之地。他们都喝洋酒，我却不太擅长。但是他们太热情了，我只能一杯杯地和他们干，还要一个个地和他们合影。

那一晚，我是被岳依柔和何小兵架着出去的，何小兵一脸不好意思。一到家，我就躺在沙发上吐了一脸盆，那是我在优力唯一一次喝到吐。

第二天，岳依柔要我上午休息一下，但是我还得急着去上班。R10 的产品发布会即将在 5 月底召开，我们在 4 月底还要发布一款 T6S 的小迭代产品。我们不太敢把 T6S 作为重点推广，是因为我们正在切换平台。之前，鲁伟一直主导我们和 MTK 的合作。但是这几年，高通骁龙芯片的崛起非常迅速，尤其是在旗舰机产品上，骁龙采取了当年英特尔的补贴模式，和客户一起推广骁龙品牌，MTK 被打得毫无还手之力。

我们的市场调研也表明，我们目前使用的平台是品牌提升的一大障碍。在高通消费者的教育下，消费者显然认为骁龙才属于高端芯片。代理商也热切地希望我们能在旗舰机上搭载骁龙旗舰芯片，甚至最后连鲁伟的研发团队都开始反水，觉得不用骁龙芯片，就好像显得他们没水平。但是，使用骁龙芯片确实需要我们投入更大的研发力量。T6S 就是在这样的背景下所生产出的一款搭载高通骁龙中端偏高端芯片的产品。

这是我们第一次在 T 系列产品中使用骁龙芯片，我们怕出现问题，所以不敢全力推广，只做了 T6S 这一款小迭代产品。

T6S 采用全金属一体化机身设计，配备 6 英寸 Amoled 显示屏。机身高度为 163.3mm，宽度为 80.9mm，厚度为 8.25mm，重量为 215g，机身颜色为墨玉黑。T6S 搭载的是高通骁龙 653 处理器，内置指纹加密存储芯片，支持后置活体指纹识别技术。后置 1 200 万像素摄像头，支持全像素双核对焦，前置 800 万像素摄像头。电池容量为 6 020mAh，采用双充电芯片方案，支持高通 QC3.0 快速充电，配备 3.5mm 耳机接口。

我们计划将这款产品的售价定为 3 499 元。我觉得售价高了，因为毕竟我们只用了骁龙 6 系芯片，而那个时候，友商的旗舰机已经配上了骁龙 7 系芯片。所以，我们在对这款产品进行营销时既要体现高端，又得避开消费者对我们使用骁龙 6 系芯片的拷问，这确实有点考验人。这一次，我准备联合京东一起做产品发布。这两年来，京东对我们的支持力度很大，它一直希望我们能有一款旗舰机和京东一起首发。这次倒是个机会。但是如何推广这款产品，对我们来说是一个新的考验。

最近，一部反腐剧《人民的名义》在湘江卫视播出。这部电视剧以检察官侯亮平的调查行动为叙事主线，讲述了当代检察官维护公平正义和法制统一、查办贪腐案件的故事。这部电视剧于2017年3月28日在湘江卫视的“湘江独播剧场”播出，收视率突破8%，刷新了近10年省级卫视收视率的最高纪录。这一现象级收视率的出现也入选了“2017中国10大事件”。

这部电视剧的有趣之处在于，作为主角的侯亮平不太出彩，里面的一个配角“达康书记”反倒因为精湛的演技而爆红。

一开始，大家还在猜测达康书记是不是腐败的“大老虎”，但随着剧情的深入，大家发现，原来达康书记真是一位一心为民、一心关心GDP的好书记。达康书记的表情包也在网络上迅速传播，全国人民上至80岁老奶奶，下至8岁小孩，都是他的粉丝。从《人民日报》新媒体到网上的A站视频播放平台，到处都是他的视频。最关键的是，达康书记这个角色刚正不阿，拥有极强的正义感，但同时又被塑造得有血有肉，是一个一心一意为人民群众造福的官员形象。老百姓太需要这样的好官了。

一天晚上，于杰忽然在公关部的微信群里问我：“明哥，我们能不能签下‘达康书记’？”

“可以。”我立刻回复。这一刻，我忽然想通了T6S的推广方案。在这之前，我们的方案里只有和京东联合首发的内容，这个方案还是太单薄，缺乏创意。

当天晚上，于杰就立即联系了达康书记的扮演者吴钢的经纪人。两天时间内，在所有友商还没有反应过来的情况下，我们就敲定了与吴钢3个月的短期代言协议。但是，签下“达康书记”后，我们下一步要思考的是应该怎样借势《人民的名义》做好营销。第二天一早，于杰就来办公室找我了。

4月24日就要召开T6S的发布会了，现在只剩一周多的时间。在这一周内要凑吴钢的档期拍海报、拍视频，时间肯定来不及。视频制作尤其耗时，我们不仅要拍摄，还要进行后期剪辑并制作脚本。

怎么办？仅仅用一个代言做宣传肯定不是我们的风格。于杰说，既然是小预算推广，就不找广告公司了，我们自己编剧，让与我们一直合作的北京年轻导演拍视频和主视觉海报。说干就干，于杰就在我的办公室里开始了故事创作。

74

安全的名义

不久，于杰就创作好了脚本，他拿着脚本问了一下导演的意见，导演也觉得可行，于是大家立刻开始拍摄。

4 月 17 日，离 4 月 24 日 T6S 的上市品鉴会还有一周，我宣布了召开 T6S 品鉴会的消息。T6S 毕竟是小迭代产品，我没有太早宣布这件事情，并将发布会的名字改成了品鉴会。一般而言，我们都把小型的发布会叫作品鉴会。我在预热中暗示，我们会在 T6S 的品鉴会上给大家一个惊喜。

北京的年轻导演高炎正在和于杰积极沟通，修改一些脚本细节。我们将拍摄视频的时间也定在了品鉴会当天。

《人民的名义》的热度已经高到无以复加，这是中国历史上收视率最高的一部反腐电视剧，引起的讨论无数。我们签下吴钢后不久，他的经纪人就给我打电话，说是华兴刚给她打了电话，要签下吴钢。她告诉华兴的人，吴钢已经在一周前和我们签约了。华兴没想到我们的反应会这么快。

4 月 23 日晚上，我赶到了北京。第二天下午两点，品鉴会在芳草地召开，而视频拍摄则已在上午开始。

这天早上 8 点多，我发了一条微博，附上了一张以吴钢为模特的海报，上面写着：以安全的名义，保护人民群众的手机安全，优力 T6S 上市品鉴会，2017 年 4 月 24 日下午 2 点。海报上还有吴钢的签名和他现在的身份——优力手机首席安全体验官。

一整个早上，我都在视频的拍摄地和高炎、于杰、许琳等人一起拍摄这个视频。我们还马上要拍一条吴钢为下午的品鉴会祝贺的视频，整个早上就像在打仗一样。吴钢主演的这个视频已经被我们命名为《安全的名义》，我发了一张片场照片，并发了一条微博：《安全的名义》，吴钢主演，将于五一后上线。我没敢写具体时间，是因为这次营销活动的组织太过匆忙。我们在 4 月 24 日拍摄了视频。按照正常情况，一个月出成片很正常。但没想到的是，于杰和许琳的效率奇高，《安全的名义》在 5 月 2 日就上线了。

下午两点，品鉴会开始。这是一个比较简单的品鉴会，一共 100 多人参与，是我来优力之后举办过的最小的“发布会”。但与其他发布会不一样的是，这是我们和京东第一次联合召开的发布会。一个以线下渠道为主的手机品牌竟然会和京东一起联合开发布会，这件事让媒体非常惊讶。

今天的主持人是于杰，他忙里忙外，早上和许琳一起拍片，中午就赶过来接待媒体，下午还要当主持人。

我今天替代丁杜高先上台发言，跟大家讲了我们今年的新策略：筑城拔寨。并且，我也向媒体透露了一个重磅消息：5 月 26 日，我们将在上海召开历史上最大的一次发布会，与会嘉宾预计突破 3 000 人，我们将发布 R 系列的旗舰机 R10。并且，我们也将在近期宣布新的代言人。

之后，是张华主讲产品的环节。张华讲解产品时总是充满激情，T6S 虽然不是我们计划主推的一款机型，但这款产品无论是在设计还是品质上都有很大的提升。媒体也都很喜欢这款产品。

今天还有一件重磅的事情就是我们和京东的签约仪式。这两年来，京东见证了我们的成长，我们和京东之间的配合也非常默契。今天，京东方面由我的老朋友——3C 数码的总裁胡雷带队。今年，胡雷的身份有所变化，他已经从两年前的副总裁晋升为总裁了。

我和胡雷签署了一项战略协议，我们和京东共同约定，今年优力在京东的线上业绩要比 2016 年增长 10 倍。我们也将向京东提供定制机型并承诺新品在京东首发。当媒体听到“增长 10 倍”的时候，都发出了惊讶的声音。

签约仪式后，我们发布了吴钢的祝贺视频：现场的各位朋友们，大家好。我是演员吴钢，很高兴能成为优力智能手机的首席安全体验官。我会和优力一起，关注人民群众的手机安全，与优力 T6S 一起，守护每一个人的 GDP。

吴钢的视频一出，台下响起一片掌声。《人民的名义》在下个月初才能迎来大结局。我们在这部剧的播出过程中，这么快速地做出了营销反应，签下了此剧中最火的“达康书记”，这是所有媒体事先都没想到的。

会后，我在接受媒体采访的时候和他们说：“大家认为优力是一个线下厂商，这是对我们的误解，优力是一个全渠道厂商，我们要发展电商。去年，我们的金钢系列也在运营商渠道卖得很好，总销量突破了 1 500 万台。其中，至少有 1 000 万台是在运营商渠道销售或者和运营商合作的。在互联网和数字媒体平台，我们的投放也很多。无论是市场还是销售，我们面向的都是全渠道。”

这两年来，我一直在向丁杜高强调京东的重要性。我们通过市场调研发现，电商渠道已经不仅仅是一个销售渠道，也成了排名前三的广告渠道。丁杜高也见证了我们电商的快速发展，对这个渠道越来越重视。胡雷来深圳的时候，我也安排了他们的见面。丁杜高说：“看来我们也要换换脑子了。”胡雷是丁杜高会见的第一位电商高管，他们对京东的创始人强哥讨论了很久。对强哥能做成京东这么大的企业，丁杜高满是赞扬。

电商渠道的销售额此时已经占到了中国手机零售市场总销售额的 20%。优力在 2017 年的电商销售额占比也从 2014 年的不到 1% 突破了 5%。今年，我和高小亮商量将这一比例提升到 8% ～ 10%。这还不包括代理商渠道的电商。

我现在鼓励所有的代理商都去京东和天猫开设专营店，只要遵守价格规定即可，我们并不限制销售地区。很多代理商也尝到了电商的甜头，不断加大投入。今年，高小亮被我提拔为电商部总监，他对我说：“多年的媳妇终于熬成了婆。”总监在优力是一个高级职位，薪酬是经理的 2 ～ 3 倍。优力是一家更看重高级职位的公司，将经理以下职位的薪酬标准定在行业中位数的 1.2 倍，但是将总监以上职位的薪酬标准定在行业中位数的 1.5 倍。

发布会后，我们和京东一起发布了新闻稿。我们一个小小的品鉴会的发稿量就和其他厂商开大型旗舰发布会的发稿量一样多。

“达康书记”也给我们助了一把力。4 月 24 日，刚拿到吴钢拍的 T6S 的广告硬照，张华就说，不用广告公司修图了，我们自己修。当天晚上，张华部门的设计师加班加点做出了吴钢的人形立牌。我们仅用了两天，就把吴钢的人形立牌发到了全国的终端，以迎接五一节假日销售旺季的到来。

终端的导购们纷纷给我们点赞，说吴钢老师的立牌来得太及时了。现在全国各地到处是吴钢的粉丝，不管买不买手机，路过的人都要在吴钢的人形立牌前合影留念。五一时，《人民的名义》快要接近尾声，吴钢在结局部分的戏份有点少，全国的很多观众纷纷在网上表示不满，说就想看吴钢演的达康书记。由此可见，吴钢当时有多么火。

多年以后，《安全的名义》还被“万能的杰哥”写进了他那本在公关行业中颇负盛名的书《刷屏》。在书中，于杰说我决定做这件事情只用了1分钟。其实，我仅用了1秒钟就做出了决定。

5月2日，《安全的名义》上线。这次我们在企鹅视频等网站上传了正常的宽版视频，还特别做了一个竖版视频套入H5，以便大家在微信群传播。

于杰编的剧情也参考了《人民的名义》里面的一些情节，从办案人员出车祸、手机丢失开始说起，最后剧情落在由于办案人员的手机是优力T6S，所以手机中的保密材料没有被泄露。吴钢到底是老戏骨，演技精湛。在这个视频中，他演的也是“书记”。最后，他告诫大家要用“优力T6S，保障你的手机安全”，因为“做人做事，安全第一”。《安全的名义》再次刷屏网络。

这次的营销可以说是于杰的一个代表作。多年以后，他还请吴钢为《刷屏》写了推荐语。

通过在优力工作，于杰把“刷屏”打造成了一种公关利器，他有一句名言：“企业要塑造品牌，就必须让品牌出现在用户的朋友圈。”

75

兵败印度

实际上，宣传T6S并不是我目前最重要的工作。我现在最重要的工作当然是推广即将上市的R10。这是我们拔寨之战的第一步，而且只能成功，不能失败。

关于R10的市场和销售规划，我们从年后就开始讨论了。我们将这款时尚旗舰的销售目标定为 500 万台，这个数字是 R 系列和以前 E 系列所有产品销量的好几倍。

2017 年 4 月，关于鲁伟辞职的消息也不断传来。最早是丁杜高向我要人，他想把人派往印度。他要的是营销中心的南区销售总监张彤。我有点诧异，问丁杜高："丁总，张彤在公司工作了很多年。坦白说，张彤虽然口才比较好，但我认为他负责印度这么大一个国家的销售，还要负责各种管理工作，能力不够。他除了销售，并没有接触过其他工作。"

"我当然知道张彤能力不够，但是现在国内正是全面推广 R 系列的时候，我也不能派出能力最强的，只能找个比较熟悉公司的去那里先解决问题，等稳定之后我们再物色人选。印度那边的工作比较复杂，我先直接管理，你这边一定要把国内大盘先做好，这是我们今年的业绩保障。"

我这才知道，鲁伟辖下的印度公司虽然在前几年被吹得像花一样，但其实从去年开始业绩就出现了严重下滑。去年鲁伟用了和国内差不多的广告投放量，收获的业绩却不到国内的 1/10。而且，鲁伟一直器重的那位印度人总经理慢慢地做大了，开口闭口就要向总部要几亿元。根据杨凡的审计，去年印度公司出现了 2 亿元的巨额亏损。但是，那个印度人却因为鲁伟承诺给他的提成和奖金，成了一位亿万富翁。

优力在印度的经营情况就是这样：腐败、业绩严重下滑。我明白以张彤的能力绝对救不了印度优力。但是，国内"大战"在即，虽然张华是一个比他更合适的人选，但国内现在也离不开张华。而销售这边近几年来人才寥寥，即便是张彤，也谈不上有多强。我知道丁杜高此举实属无奈。

鲁伟确实是最早把海外业务做起来的人，那位印度人总经理其实也是他多年来辗转多家手机公司积累的客户。但成也萧何败也萧何。最终，优力在印度的市场也死在了这个印度人手上。

4 月底，鲁伟离职的消息被正式公布，公司没有做任何说明，丁杜高同时兼任了总裁。这点我倒不意外，我知道按照丁杜高沉稳的个性，鲁伟离职后，丁杜高是不会立刻任命新总裁的。我的判断是，他起码要到今年年底才会开始行动。蔡忠私下和我说："你是最有力的竞争者。"

鲁伟那边倒是高调宣布自己要成立一家专做 ODM 的方案公司，给海外客户定制产品。他开公司的钱也大多是丁杜高出的，但是丁杜高只占了小股。海外业务部门中愿意跟鲁伟走的员工都去了鲁伟的新公司，他们的办公室还在东海大厦。那些不愿意跟鲁伟走的人，都搬到了28楼和我们一起办公。但我实在搞不明白，现在成立一家方案公司有什么意义。大的ODM公司都在走向集中，排名前几的公司几乎形成了垄断，而且他们都有自己的方案和研发团队。现在成立一家没有制造业基础的方案公司根本没有出路。不过，从另一角度看，这件事情也证明了鲁伟并不是一个真正做品牌、做产品出身的人。他的老本行是外贸。

这段时间来，我感觉丁杜高似乎有些变化，有时候连续几天都在公司看不到他，他好像变得非常急躁，跟以前判若两人。以前一直彬彬有礼的他最近经常会骂人，据说还摔了几次杯子。我不知道是不是印度公司和鲁伟的事情给了他打击。其中究竟还有没有其他原因，我也不知道。

兵败印度以及优力在印度市场上的巨额亏损其实早就有迹可循。我早就知道鲁伟在印度的一些做法，他自己搞了一套销售模式，竟然让优力付钱雇佣印度的上千名经销商门店导购。这种事情不仅会给公司造成巨大的负担，而且很容易滋生腐败。这些导购的人数其实很难统计，做销售出身的都知道这种吃空饷的猫腻。

鲁伟在印度做的那些广告推广更是不值一提，用一句话来概括就是拼钱。他做的每一个广告和投放都看上去很有道理，但是串在一起就让人看不清主线，不明白他究竟要针对哪块市场。

印度的销售渠道类似于中国的乡镇渠道，分散而传统。在这种渠道内做销售，本身就是最擅长线下渠道的优力中国代理商最在行的。如果当年派出的是中国优力的“子弟兵”出去，把中国的销售策略复制到印度的各个邦，就绝不会出现现在业绩大幅下滑、印度公司失控的局面。而这几年来，OVVO和丽音都依靠他们的“子弟兵”在印度打下了市场。优力前几年在印度的领先地位完全是先发优势造成的。OVVO和丽音“阵地战”的套路虽然和优力完全一样，但鲁伟却一点也不会。鲁伟的大败是必然的。

小豆这两年也加紧在印度发力，业绩增长很快。“华优O丽”都很擅长品牌营销，讲究品牌溢价能力。但是，小豆从创始以来就采用追求极致性价比的互联网策略。这种策略更适合印度这种低收入市场。

我当时挺想向丁杜高提议由我来兼管印度，但还是忍住了。丁杜高自然有他的节奏和打算。而且，R10 的拔寨之战，我必须先打赢再说。

2017 年，手机市场上的竞争明显比 2016 年更加白热化，而且手机高端化的趋势很明显。优力今年发布的旗舰产品 R10、下半年发布的 T7 以及年底发布的 T2018，在销售方面都有硬仗。

好消息是，从 T2017 发布后，我们的平均出货单价一直在上升，到了 4 月已经比去年上升了 50%。这并不是 T2017 的功劳。在我们今年国内 3 800 万台的产品销量规划中，T2017 大概只会占据 20 万台。产品均价的上升是我们这两年来品牌势能不断提升的最好证明。

4 月还发生了另外一件事，丁杜高请来了一家叫华龙的公司对优力进行尽职调查。按照丁杜高的说法，他想走上市之路。我感到非常突然，因为在此之前，丁杜高一点这方面的意思都没有，而且，他甚至一直对上市持反对态度。但不管怎么说，公司如果能上市对我们肯定有利。我接待了华龙公司的工作人员，负责对接他们的尽调，还带着他们的首席风控官去参观了优力在东莞的工业园以及在前海的优力科技大厦。

优力科技大厦已经结项，行政副总裁王立一直在负责这个项目。他甚至把丁杜高和我们的办公室都已经规划好了。丁杜高给我安排的办公室就在他的旁边。营销中心在丁杜高和我办公室的楼下一层，我一直想到楼下一层办公，这样方便管理。丁杜高摆摆手道："你就坐我旁边的办公室，方便沟通。"

76

许谦谦

按照计划，5 月 26 日 R10 就将发布。这是我们上半年最重要的旗舰产品。年初的时候，我就去了趟上海，定下了上海东方体育中心作为发布会的场地。这也是华兴最喜欢用的一个场地，参会人数可以达到 3 000 人。

关于 R10 的营销方案，我们其实在去年筹备 T2017 发布会的时候就已经开始准备了。R10 在影像上取得了很大的突破，这次，我们将主要推广拍照功能。对于这款率先使用前后双摄的产品，我和李大为定下的广告语是“优力 R10，四摄拍照更美”。这是目前搭载摄像头最多的一款旗舰机。

从去年底起，我们就开始甄选 R10 的代言人。2016—2017 年，有流量的娱乐明星一直被手机业中的各个公司争夺。但我们更想找一位不仅有流量，还有内涵的明星代言。

李大为向我推荐了许谦谦。许谦谦刚 30 出头，非常时尚，和其他流量明星不同的是，许谦谦是一位创作歌手，而且是热门的新生代歌手，他的歌曲大街小巷都在传唱。

许谦谦学生时代在瑞士留学，回国后通过一首选秀歌曲《认真的雪》火遍全国。可不幸的是，他的签约公司突然倒闭，许谦谦一夜间从火爆全国的选秀歌手变成了失业赋闲的流浪歌手。为了他心爱的音乐，他只能自己赚钱出唱片、开火锅店、开淘宝服装店，他的每一次身份的转变都蕴藏着辛酸。但许谦谦对音乐是非常认真的。多年来，他转换过很多身份，无论经历多少次迂回曲折，他都始终为音乐倾心付出。

这两年来，许谦谦又逐渐火了起来。到 2017 年，他基本已经成为一线明星，他有非常多的热门歌曲被大众传唱。虽然他那搞怪的嘻哈形象为大众熟知，他本人还被网友亲切地称为“段王爷”，但他能走到今天，更多的是靠他多年的坚持和苦心经营。在这一点上，我觉得许谦谦很符合我们“超级续航”的品牌精神。许谦谦的粉丝主要是年轻人，而且女性偏多。这正是我们接下来想要在产品和品牌端关注的群体。

T6 发布的时候，我们和许谦谦合作过一个小项目，他拍的一段 T6 的广告视频点击量惊人。现在还没有人签约许谦谦，可能是因为许谦谦并不只是一位演员，有人还把他看成网红和段子手。而他在这几年出名主要也是因为他唱的歌和他上的综艺。这么说来，大家总会觉得他的路子有点“野”，和其他一线艺人不太一样。

我认真听了许谦谦的歌，他的歌基本是情歌，温婉抒情。唱歌的许谦谦完全像换了一个人。我觉得这才是真正的他，他是一个天才的创作型歌手，同时也是一个内心极为丰富的人。虽然他的歌曲非常多，但我最喜欢的是他的一首冷门歌曲《续雪》：

雪下得那么深，北京冬天的黄昏。
我换了一座城，走过两盏路灯，
那三年的故事，换了剧本。

每当我和岳依柔听到这段，总是会回忆起我们在北京初识的场景。

我又研究了许谦谦做过的品牌代言和商业合作，发现许谦谦还真是一个“广告小王子”。他打的广告有趣又好玩，一点都不让人生厌。我和李大为的判断是，许谦谦正处于上升期，很可能在这一两年内成为最有流量的艺人，现在签下他是最划算的。

艺人大都非常愿意做国际大牌和手机品牌的代言人。人们传统上会认为大品牌的代言费用高。恰巧相反，其实艺人代言大品牌收到的费用反而更低。艺人做代言不仅是在赚代言费，他们也很看重品牌对他们演艺生涯的影响力以及品牌方对代言广告的投放力度。小品牌的代言广告投放预算少，他们往往只会做一些产品包装和卖场的平面海报，活动的档次也不高。代言这些品牌对艺人个人品牌的宣传没有帮助，有时候还会透支艺人的公信力。所以，艺人反而会对小品牌收更高的代言费。

大品牌方对广告投放的力度大，这不仅会让品牌方得益，也会让艺人受益，因为艺人在媒体中的曝光率会大增。而在国际大牌尤其是高端奢侈品品牌的代言中，大量存在品牌为艺人背书的现象。所以，大品牌的代言对艺人和品牌方双方而言是共赢的。于是，我签下了许谦谦，一签就是两年。

4 月 4 日，我趁着清明假期飞了一趟北京，当天一大早起飞，夜里 12 点回到深圳。这天，我趁着假期去跟拍了许谦谦的平面照。

这是我第一次见到许谦谦，他和其他艺人不同，没有什么明星架子，对人非常客气。后来，事实证明许谦谦是几年来对品牌价值的提升影响最大的，也是最能带货的一位代言人。他的粉丝也是我见过的最可爱的一群人。

《安全的名义》的短视频发布两天后，我们带来了更大的惊喜。这天早上 8 点半，我发了微博和朋友圈，宣布了许谦谦的代言：“他是《认真的雪》，他是《王子归来》的《演员》，他也是《高尚》的《绅士》，他就是《我好像在哪见过你》的许谦谦。今天，我宣布新的优力品牌代言人是许谦谦！”

几小时之内，我的微博就登上了热搜。许谦谦的粉丝自称“谦友”，他们纷纷前来祝贺。在优力以前的几次代言合作中，哪怕代言人是当年的天王刘德荣，都不会有这么多粉丝在社交媒体上出现。从许谦谦开始，我们加强了和代言人粉丝的互动，一起和“谦友会”做了很多活动。

第二天，我们的公众号发布了一篇讲述许谦谦经历的文章。这篇文章和以前推广 T 系列的文章风格非常不同，文风款款深情，“谦友”们一片叫好。文章是这样写的：

> 关于他的故事，我们知道得并不多，他也很少提及。我们只好从他的音符入手，试图感知那颗不安而又沧桑的心，再把他的歌连起来，组成一个动人心弦的故事。这个故事，字字入心，句句断肠。
>
> 这是他在巡回演唱会第一站唱的最后一首歌。从 2008 年之后，他就没开过演唱会，我们这一等，就是十年。
>
> 那些一起听过《认真的雪》的老朋友们，散落在天南地北。这一年，他们在不同城市，隔着暧昧的时空，揣着一张欠了 10 年的门票，一起和着那青葱岁月的旋律。
>
> 那一夜，舞台的灯光好温柔，我们和新朋友坐在一起，安静地听许谦谦唱着他的故事以及我们交织斑驳的旧时光。
>
> 每一个落泪的人儿，终于明白了，岁月打磨的，并不是容颜，而是梦想，一个愈发闪耀、足以照亮前行之路的梦想。
>
> 这个梦想如同刚刚签下许谦谦的优力手机，历经 15 年“超级续航”的打磨，不忘初心，用“乐生活”为用户提供愉悦的手机体验。
>
> 如果恰巧你能听懂他的情书，也许你会爱上他代言的优力手机。
>
> 如果恰巧你也在听许谦谦，也许你已经在他的歌里找到了你的那段青春岁月……

77

拔寨之战

“大战”在即，但是，最近我经常看不到丁杜高，有时候给他打电话也无人接听。他回来后，我向他汇报工作，他好像也没有以前那样认真和投入了。不过，他还是指示我，在发布会前，要在全国做代理商体系的动员，结合 R10 的上市打好暑期战役。

丁杜高呈现出这样的状态是因为这两年优力的业绩上来了，他有些自满吗？我感觉不至于。但我要忙的事情太多，也顾不上多想，就把所有精力投入 R10 的上市准备工作中去了。

丁杜高没有参加这次动员会，我把全国分成了南北两大片区，分别在济南和温州做了动员大会和 R10 的上市准备工作会议。

会议准备工作进行得非常顺利，我现在唯一担心的是新品爬坡问题。离 5 月 26 日的发布会已经越来越近了，但是研发上还有一堆问题没有解决。按照目前的节奏，产品的上市时间大概率会延期。

我把这件事情向丁杜高做了汇报，丁杜高也叫来了负责研发的周彬，告诉他 R10 的研发必须按进度来，不能延期。周彬答应了。

南北销售会议结束后的 5 月 11 日，按照计划，我在微博上宣布了 R10 的发布会召开时间，并且附上了一张许谦谦手拿 R10 的帅照：5 月 26 日，上海东方体育中心，与许谦谦一起，揭开四摄拍照手机优力 R10 的面纱。不见不散！

拔寨之战正式打响。

许琳已经把广告投放工作安排妥当。这一次，我们不仅投放了综艺广告，也加大了户外广告的投放力度。更重要的是，在互联网视频网站，我们将投放力度增加到最大。但是，这次我们砍掉了对高铁广告的投放。我们对 R10 的投放力度虽然稍逊于 T6 和 T2017，但是，因为在互联网上的投放力度空前加强，所以这一次消费者对产品的感知度和产品的话题度反而更强了。

另外，我和北京的一位著名导演还筹划了一部以优力为 IP 和背景的定制剧《异地恋》，计划拍好后卖给企鹅视频。这部剧的制作成本是 1 000 万。后来，我们把这部剧卖了 1 300 万，我们又更新了手机行业的营销方法。

今年，我的工作实在太忙了，我管的业务比去年多了很多。所以，各大综艺节目的发布会，我都基本不会去了。许琳就都让张华出面。张华口才了得、仪表堂堂，又熟悉产品，今年他就代替了我在这方面的工作。

关于今年的户外广告，我们除了继续做“千城千牌”，也加大了对一、二线城市 LED 大屏的投放。我和一家户外广告公司签署了一个全国打包协议，采用在产品发布期加大频次的波段式投放方式。2017 年，打入一、二线城市市场已经势在必行。OVVO 和丽音也在做同样的事情。

在网络媒体和社会化传播上，做新机预热宣传现在对于杰来说都是小菜一碟。4 个摄像头的 R10 本身就很有话题度，所以整个行业和代理商体系都对这款产品充满期待。

关于怎么用好许谦谦这个 IP，于杰有很多想法，他想把以前许谦谦的段子转化成系列剧的形式。于是，他和李大为商量制作了一部 5 集的系列剧《机情四摄许谦谦》，这部剧结合了“四摄拍照更美”等 R10 的卖点以及各种许谦谦式的段子。

我们将广告和视频的拍摄定在五一期间在深圳进行。劳动节当天早上，我和深圳的代理商老鲍去看了一圈市场后，下午就来到拍摄现场探班。

许谦谦非常敬业，为了拍一个广告片镜头，他竟然跳跃了上百次。导演很多次都说片子已经过了，他却执意要重来，每一次拍摄都力求完美。我让他休息一下他也不肯，他确实是一位非常敬业的明星。

拍摄的第二天，我去了东莞看市场，没有跟拍。但是我相信许谦谦一定能给我们呈现出非常优秀的作品。后来，许琳和于杰告诉我，在李大为原先的脚本基础上，“段王爷”许谦谦又加了很多自己的创作，为视频增色许多。

那条 30 秒的电视广告是我这几年来拍过最满意的一条，这当然也离不开许谦谦的付出。许谦谦对最后一句广告语略做修改，把广告语换成了“优力 R10，四摄拍照更美哦！”。我琢磨了很久，觉得他改得非常口语化，非常妙，语气就像一个好朋友在给你分享一款好的产品。丁杜高对这条广告也非常满意，但发现了广告语的变化：“这里多了一个‘哦’字。”

“是的，丁总，这是许谦谦临时发挥加上去的。”我回答道，“不过，我看了很多遍，觉得有这个‘哦’字更好，更有意思。”

丁杜高微笑着同意了。一条极具动感、非常时尚又卖点十足的广告片就这么诞生了。

在主视觉海报的设计上，张华也出了一个主意，让许谦谦戴上了一个四框特殊眼镜作为视觉锤。这也符合许谦谦搞怪的人物设定。后来，这个四框特殊眼镜还成了我们的促销道具。有消费者问：“你们为什么要用四框眼镜啊？”导购们就会回答：“因为我们的手机有 4 个镜头，四摄拍照更美哦！”

发布会预热的规模空前，5 月 20 日左右，R10 的广告就陆续上刊，蓝 V 联盟帮我们一起做宣传，科技媒体也陆续曝光了 R10 的技术参数和产品特点。5 月 23 日，我飞往上海，准备召开我们历史上最大的一次发布会。

丁杜高这几天居然都不在公司，一直到 25 日晚上，他才赶到上海。这是历次发布会召开以来从未出现过的情况，我感到非常意外。

在上海，我们把门店柜台的背景板都换成了 R10 的主视觉海报。大家对马上要到来的 R10 发布会都做好了准备。

这次的发布会场地非常大，仅一块屏幕就长达 74 米。我们和活动执行公司都在加班加点工作。这一次发布会在浦东新区举办。我为了方便，也没住家里，只是给我妈打了一个电话，告诉她我在浦东办发布会，给她留了几张票，她 26 日下午可以和朋友一起来。

为了这次发布会，我还特别邀请了毛戈平化妆艺术学校的模特，她们将在发布会开场时，献上一台亚洲顶级的彩妆艺术和拍照手机的融合秀。我给营销中心的同事们介绍了盛妆秀和普通模特走台的不同。对于色彩的把握，毛戈平化妆艺术学校可以说是整个中国最强的。

5 月 25 日晚上，许谦谦到达上海。安排接机的同事给我发来了视频，一大堆的粉丝追着许谦谦拍照、拍视频。在同事发来的视频里，充斥着粉丝们的尖叫声。

这次发布会，我们通过微博抽奖和发放谦友会社群福利的形式，给了许谦谦的粉丝好几百张发布会门票。这在我们发布会历史上还是第一次。一位“谦友”在机场拿行李的时候还偶遇了我，坚持要拉着我自拍，还发了条微博：天啦噜，竟然在机场偶遇赞助商！

78

四摄拍照更美

5月26日下午两点半，优力历史上最盛大的发布会在上海东方体育中心隆重开幕。今天的来宾有3 000多人。

毛戈平化妆艺术学校的“盛妆秀”搭配着他们为R10手机制作的视频惊艳全场。大家完全没想到，一向作风老派的优力能做出这么时尚的开场秀。

今天来的主持人还是李思明。按照惯例，在主持人致辞之后，是丁杜高的发言环节。丁杜高今天发言的主题是“优力的变与不变”，他说道：

优力R10四摄拍照更美！尊敬的各位来宾们、朋友们，大家下午好！

首先，我还是要代表优力集团对莅临本次发布会的各位代理商朋友、供应商朋友、经销商朋友，还有金钻俱乐部的朋友们表示热烈的欢迎！我还要对来自中国移动、中国电信、中国联通的各位领导表示衷心的感谢！我也要对来自各界媒体的朋友们表示热烈的欢迎，谢谢你们！我还要对新的形象代言人许谦谦的粉丝们表示热烈的欢迎，谢谢你们！当然，我还要对来自全国各地的优力体系内的各位同事表示欢迎和感谢，谢谢你们！借此机会，我还要对全球的优力用户表示真诚的感谢，谢谢你们！

优力在16年来，一直专注于手机行业，致力于为消费者提供实用的、科技的和创新的产品。我记得我在年初金钻俱乐部的会议上提到，今年优力要推两款产品——暑期的四摄手机以及下半年的全面屏产品。此刻，全球第一款四摄手机R10和大家见面了，希望R10能够得到各界经销商朋友们的支持，更希望R10能够得到广大消费者的喜爱。同时，我还要坦诚地告诉各位，下半年，全面屏产品的筹备已经在紧锣密鼓地顺利进行当中。我相信，我们的全面屏产品能够如期与消费者见面，能够给各界带来惊喜。

在本次发布会之前，有熟悉优力的朋友们问我，优力一直在主推T系列，但是本次发布的R10宣传规模这么大，据说广告还非常多，那么是不是意味着优力在定位上有所改变呢？我当时的回答是，优力一直没变，优力又有所改变。“一直没变”是指定位政商人群的T系列和定位时尚人群的R系列一直都是优力的主要产品线，政商人群和时尚人群一直是优力的目标人群。“有所改变”指的是以往我们主推T系列，但从今年开始，我们会并重T系列和R系列，在每年的暑期主推R系列，在每年的下半年主推T系列。优力将从单一旗舰策略转向双旗舰策略。

也有朋友问我，优力的基因不是续航和安全吗？我说，是的，优力的基因是续航，是安全，但是，续航和安全也会成为R系列的基因。因为我们相信续航和安全是消费者的痛点，是消费者的刚性需求。优力这么多年的研发和积累让我们能够将续航和安全完美地结合到R系列中去。同时，我还告诉他，追求创新、追求差异化一直是我们的理念和追求。优力R10四摄手机就是我们追求创新和差异化的完整体现。我衷心地希望R10能得到市场的认可，能够得到经销商的认可，能够得到消费者的选择。创新、科技、乐生活是我们优力的品牌理念。

最后，我要再次感谢各位的光临，再次感谢优力的全球用户，衷心祝愿R10发布会圆满成功！真诚希望优力R10能给我们的各位合作伙伴带来惊喜，带来满意。最后，祝愿在座的各位心想事成，谢谢！

不知道为何，这次丁杜高的演讲总让我觉得他藏着很多心事，不再像以前那样平静中蕴藏着澎湃的激情。这种变化也许只有我这种天天在他身边工作的人才能感受到。我相信那天在场的来宾是感受不出来的。

今天我在产品讲解环节第一次登台。但我让张华和我一起配合，我讲了硬件部分，他讲了软件部分。我们在讲解的过程中还让R10的产品团队上台讲了他们的观点和技术研发的过程。这是我未来想要打造的一种发布会模式：以团队讲解的方式来讲产品。我们公布了优力6GB+64GB版本的R10的最终售价是2 599元。

发布会达到高潮，许谦谦出场了。台下的粉丝一看到许谦谦，马上发出一阵尖叫声，并且把印着许谦谦名字的牌子举得很高。不过这一次，我们给许谦谦安排的可不是代言人发表感言环节，而是“四摄拍照课堂”。

对着现场3 000多名观众，许谦谦首先调侃了一番：“优力还可以更有钱一点儿吗？这个发布会做得比演唱会还要大。”台下响起一片掌声和尖叫声。言归正传后，许谦谦分享了他的四摄拍照趣事，并带来了一组用优力R10拍摄的个人主题照。在分享的过程中，许谦谦一展“段王爷”本色，用招牌“许氏段子”频频逗乐现场观众。

“自拍合照时，总有人喜欢站在我身后，因为这样显得脸小。自从用了优力R10，我再也没有给他们上镜的机会，因为背景都被虚化了。”许谦谦对着屏幕上的照片说道：“有时候挑起情侣矛盾的，不是双方的性格问题，而是一方拍照技术不好。”

除了分享优力R10四摄拍照体验，许谦谦还传授了独家“抢镜绝招”：“上镜的秘诀就是成为照片的焦点。要么像我一样会抢镜，要么把背景虚化掉，让全世界就剩下你一个焦点。”

最后，许谦谦还拿着R10，和观众席上的3 000多位来宾拍了一张大合影。这张照片在发布会结束后就马上被我们发布出来了。

不得不说，许谦谦对产品钻研得非常深。前段时间，我经常会接到他经纪人的电话，很多电话都是打来询问手机功能的。如果没有这样的钻研，他在台上不会发挥得如此自如。

许谦谦分享结束后，我们还发布了5集青春喜剧《机情四摄许谦谦》的第一集。在第一集中，许谦谦和好兄弟参加大学迎新会，却被精心打扮的好兄弟“设局”抢尽风头。随后剧情反转，凭借优力R10四摄拍照手机，许谦谦被师妹们盛赞“会拍照”，成功获得师妹们的芳心。

李思明最后说，这部剧还有4集，会在发布会后全部上线。

发布会最后的彩蛋是我们发布的定制剧《异地恋》。这部片子里的故事发生在优力公司，两位男主都是优力大老板的公子，也都在优力工作，他们用的手机都是优力R10。这部20多集的网络剧最后也收获了4亿多的点击量，成了暑期档网剧中的一匹黑马。

79

传言

发布会非常成功，这是优力历史上规模最大的一次发布会。我们在最后清点人数时发现会场竟然有 3 200 多人。

许谦谦的粉丝让我第一次见识到了饭圈文化。不过，他的粉丝素质都很高，而且很讲道理。即便后来许谦谦身陷舆论风波，他的粉丝也没有做太多出格行为，而是一如既往地相信他们的偶像，支持许谦谦。

发布会第二天的早上，老高来酒店找我一起吃早餐。现在，他已经是我们最大的广告供应商了，尤其在综艺这部分，我们用的都是他们公司的资源。但是，老高却不愿意接对央视进行投放的广告项目，主要原因还是央视的广告没有太多利润，老高怕垫资。我只能让上海的一家广告公司宋唐来接。宋唐广告当然也知道利润空间很小，但是，优力是广告业的大金主，他们一直想进入我们的供应商名单，宋唐的老板程刚咬着牙还是接了下来。

“你们昨天的发布会很成功啊，郑总。”老高拿着餐盘，吃着煎蛋，但脸色看上去不太好。

“高总，有段时间没看到你了，你忙啥去了？这段时间还好吧？”我笑着问道。

“不太好啊，唉，”老高说着低下了头，“最近有点儿难。”

“不会吧，我看你做的几个节目都很成功啊，我们今年也买了你不少资源。”我感到有点奇怪，今年业绩看上去不错的老高怎么会觉得最近有点难呢？

“我最近准备把公司卖掉了，正在和一家上市公司谈。我最近手头紧，回深圳还想向丁总借一两个亿周转。”老高低声说道。

“啊，你这是怎么回事？你们公司不是经营得好好的吗？”我越发觉得奇怪了。

“唉，过年的时候出去玩儿，结果输了两个亿。”老高轻声说道。

老高竟然输了两亿元！

“这事儿，丁总知道吗？”我追问道。

“唉，他知道。是我不好，我只不过是想出去玩玩，我带他一起去的。”老高默默地吃着早餐，神情满是后悔。

“丁总和你一起去的？”

“嗯，他也输了，”老高默默说出了一个数字，“他输了20亿。”

啊？输了20亿。听到这件事情的时候，我简直不敢相信，好像五雷轰顶，半晌没说出话来。

“你别在丁总面前提这件事，就当不知道。拿出20亿元对优力来说也不是什么难事儿，优力周转得过来，”老高焦急地叮嘱着我，“我明天回深圳去找杨凡，如果丁总不帮忙，我这里就难过了。”

这一天我过得都很恍惚，但是在回深圳的飞机上，我仔细回忆了最近丁杜高的一些表现，他好像确实出了点事。但是，这两三年来，我已经越来越把丁杜高神化了，总觉得只要他在，就没有什么问题是解决不了的。

回到深圳时是傍晚，我连办公室都没去，就回家和岳依柔说了这件事。岳依柔完全不相信丁杜高会在外面赌钱，说实话，如果不是老高说的，我也完全不会相信。但老高言之凿凿，又不像是在骗我。

我现在已经冷静下来了，感觉老高讲的不像是实话，只是在为自己输钱的事打掩护。而且，即便真的发生了这种事情，以我对公司现金流的了解，公司的资金应该也只是短时期紧张。公司目前的销售形势和品牌势能都是正向的，银行都追着给我们贷款，这件事很容易过去。我深信丁杜高的为人，这事一定另有隐情。

过了一段时间，丁杜高忽然对我说，几大运营商愿意给我们放20亿元的账，虽然操作有一些复杂，但是总体评估下来，我们还是可以接受的。

20亿这个数字跟老高和我说的数字一模一样。我马上意识到这可能是丁杜高解决问题的一个方案。但是，今年优力对供应商的应付账款和同事们的一些报销款都出现了拖延的情况，结款速度比以前要慢很多。很多同事不知道情况，有点发牢骚。但是许琳对我说，优力历史上出现过好几次危机，最严重的一次是优力的手机牌照还没下来，几个月都发不出工资。但是，每次危机之后，都会迎来巨大的转机。她觉得暂时的资金困难对丁杜高这种见过大风大浪的人来说不算问题。

公司在借了20亿元的贷款之后，资金状况似乎好了一些。但是，原定于6月发放的去年的年终奖金没有发，据说是因为目前公司资金紧张。现在，我需要狠抓销售，为公司多挣点钱了。

R10代理商的发布会在各地举行，盛况空前。我的心情一下子好了很多。R10这款产品的客户预订单已经远远超过了去年的T6。许谦谦的粉丝也非常疯狂，积极为我们加油，各地门店经常会出现许谦谦的粉丝。他们不仅买R10，甚至还经常向导购索要许谦谦的人形立牌。

我在微博上看到，有些粉丝会把我们R10的人形立牌放在卧室里。但人形立牌毕竟是销售道具，他们拿回家，那卖场怎么办？我让张华赶紧定做了一大批印有许谦谦形象的促销品，有抱枕，也有桌上的人形小立牌等。没想到，营销中心也有一大批许谦谦的粉丝，同事们也嚷嚷着要。把这批促销品分发下去，总算满足了粉丝们的需求。

许谦谦在代言我们的产品之后，人气继续上涨。一天晚上，他用优力R10发了一条微博，宣布与前任复合。这件事情轰动网络，当天就登上了热搜榜第一。与此同时，许谦谦几乎达到了他艺人生涯的巅峰。

这种借势营销，于杰怎么会错过。他不仅让我转发了微博，祝福了许谦谦，还让公关部立刻发出一张借势海报。我们在海报的文案中巧妙地运用了许谦谦的一句歌词：你是我今生未完成的歌。我们在设计海报时还在R10的广告语“四摄拍照更美”上手写了“爱情”两个字，用心可见一斑。

抛开海报不谈，许谦谦所发微博的点赞数就超过了300万，优力R10在微博上的强势露出赚足了流量。甚至还有人跑来问于杰：“这个事件是不是优力策划的？每个公关群都在谈论优力。”

虽然我们对优力R10的营销非常成功，但R10的产能却遇到了瓶颈。周彬答应我的上市时间整整推迟了一个月，一直到6月底产品才正式上市，这时候离发布会已经过去一个多月。而且，产品上市之后，产能也跟不上销售需求，各地代理商都纷纷给我打电话，说订货会上几百万的订单都要退给客户，真是心疼。还是黑龙江的老陈沉得住气，他似乎很了解公司，把他们的订货会推迟到了6月底。

80

拍张照吧

老陈开订货会的时候，我飞到了哈尔滨支持他。订货会很成功，但是老陈似乎兴致不高。

晚上，我和他单独吃饭。老陈忽然骂了一句，说道：“公司出问题了。”我没有接话，只是默默喝了一杯酒。我隐约明白他的意思，但又不能说出口。

老陈好久没有做声，忽然端起酒杯一饮而尽：“有些事情碰不得啊！看来，要另做打算了。”

老陈的话，我听懂了一半，他知道的似乎比我更多，但我又不好问，只是默默和他吃着饭。整个晚上都很沉闷，有一种山雨欲来风满楼的感觉。我心里有种说不出的难受。

最近，丁杜高没有像前半年一样经常不在公司。但是，他以前从不上锁的办公室门现在经常会被锁上，有时候是为了开会，有时候他只是自己一个人待在办公室。

到了下半年，公司的资金紧张已经成了一个公开的秘密。至于资金为什么紧张，大家各有各的说法，有说是印度公司亏损拖累的；也有说是全面屏产品马上要发布，旧产品的库存太大导致的；甚至还有人说是广告费用太多造成的。

但是，R10 的销售势头很猛，并没有受到这些传言的影响。在很多省份，R10 的销量都打进了手机单品销量的前三名，在一贯由 OVVO 和丽音把持的 2 500 元价位段，我们硬生生地撕开了一个口子。

丁杜高最近的工作方向好像有所转变。除了产品研发，他花了大量的时间在和外地政府的接洽上。王立陪他一起去了重庆，据说与当地政府人员相谈甚欢。丁杜高回来就和我说，要在重庆办优力杯世界围棋冠军争霸赛。

前面的事情我没有参与，于是就问了一下王立。王立告诉我，重庆那边希望我们能把东莞工业园的部分产能搬过去，并且会给我们很大一笔补贴。

2017 年 7 月下旬，优力杯世界围棋冠军争霸赛即将在重庆举办。这几天，许谦谦的巡回演唱会刚好也在重庆举办，我们又做了冠名赞助，和“谦友会”一起办了不少活动。作为赞助商，我们也给“谦友会”送了不少门票。

7月19日，丁杜高抵达重庆，和当地领导一起吃了晚饭，大家都很高兴。重庆方面对我们这样一个有先进制造技术的智能手机工厂能部分搬到重庆非常欢迎。

第二天晚上是优力杯世界围棋冠军争霸赛的开幕式，我代表公司发了言。这次因为丁杜高来，所以赛事比前两年隆重了不少。除了参赛选手，还来了很多老一代的知名职业棋手。重庆方面安排了当地的业余高手跟我和丁杜高进行了一场友谊赛。但我的心思根本不在下棋上，倒是丁杜高好像什么事情都没有发生过，认认真真下了很多盘棋。

比赛间隙，重庆的代理商老何陪着丁杜高、我和王立，一起走访了重庆市场。导购们看到丁杜高的到来，非常高兴，每到一个卖场，都有一群人追着丁杜高合影留念。丁杜高也始终笑眯眯的，如果不是因为老高和老陈跟我说“公司出事了”，从丁杜高的表情上，我一点都看不出异样。

在其中一个卖场，有几十个导购围着丁杜高要求合影。丁杜高说：“我们一起拍吧。”于是，大家一起围着丁杜高，在优力门店的大 Logo 下，大家一起喊着“优力 R10，四摄拍照更美”合了一张影。

R10 上市之后，迅速打破了优力旗舰机以往的各项销售纪录，我们也在广告上做了调整，来应对产品上市时间的延误。暑期档电视剧《鬼吹灯》爆火，这是几个月前许琳就瞄准投放的节目，它后来果然获得了收视率第一。

视频网站的广告和电视的广告很不一样，能玩出各种花样，还能让剧中的演员出演我们的广告。借助视频网站的玩法，许琳团队又做出了很多与内容营销有关的广告创新。

《异地恋》也在8月正式上线，这刚好是 R10 卖得最好的时候。这部小成本网剧仅用了两天就进入了企鹅视频的点击率榜前十名。我们在里面进行了各种产品植入，甚至连剧中公司的名字都是优力，媒体对我们的营销手法又有了新的认识。

我们和“谦友会”共同举办的活动也非常多，一些在微博上获奖的谦友和社群中的积极分子被我们邀请到了深圳参加活动，公关部还带他们去了东莞工业园。最后一天的活动在7月17日的广州举办，我们把餐厅特别安排在了能看到“小蛮腰”电视塔的地方。

7 月 17 日是许谦谦的生日，我们公关部的同事和“谦友会”一起庆祝了他的生日。晚上，“小蛮腰”电视塔上播出了一列字：优力 R10 祝许谦谦生日快乐，优力 R10 许谦谦定制版上市。

谦友们看到我们在“小蛮腰”为许谦谦打的庆生广告，纷纷拿出 R10 手机拍照。晚上 7 点钟，高小亮上架了 717 台许谦谦定制版手机，这款产品不仅在后盖上镭雕了许谦谦的签名，还在系统中加入了独特的许谦谦定制元素。在软件界面的设计中，我们也加入了许谦谦定制主题，让谦友们开机便可与许谦谦“面对面”。此外，打开优力手机相册，还能看到多张通过优力 R10 拍摄的许谦谦独家照片。而在这些照片中，还有一些许谦谦此前从未曝光过的签名照，仅购买该机的谦友才能拥有。

除了足量的定制元素，我们还为谦友带来了其他福利：预约用户不仅可以获得许谦谦相册、专辑 CD、精美海报以及发售当天即可使用的 50 元购机券，还有机会获得许谦谦重庆演唱会门票这一重磅礼品。

一分钟时间，717 台定制版手机在电商平台销售一空。

8 月，全国最大的手机卖场迪信联合调研公司一起发布了零售排行榜，优力 R10 成为迪信 7 月销量排行榜中的亚军，仅次于丽音的一款旗舰机，成了今年暑期智能手机销量榜中最大的黑马。

随后，一家著名的第三方调研公司的数据显示，在 2 000 ～ 3 000 元价位段，R10 已经拿下 7.8% 的市场份额，成为增长最快的品牌。这是国产手机品牌竞争最激烈的价位段，优力仅靠一款单品就取得了这么高的份额，说是“黑马”也毫不为过。

81

全面屏

2017 年的手机市场变化很大，2012—2016 年是手机整体销量上升的 5 年，而 2017 年是一个拐点，中国手机市场的总出货数量首次出现了下滑，以后也再没回到过 2016 年的巅峰状态。不过，中国手机市场高端化的趋势非常明显，产品的平均出货单价每年都有上升。

而这一年，技术上的重要变化是全面屏。2016 年 10 月底，小豆在发布一款旗舰机的同时推出了全面屏概念手机小豆 MIX，它将智能手机的上下边框进行了收缩，使屏占比达到了 91.3%。不过，小豆 MIX 为了追求更窄的上边框，在设计上做得太特殊，将前置摄像头放置到了 MIX 的右下角。这样的设计，无论如何都不会成为主流，所以这款手机只能被称为概念机。以前手机的屏幕比例是 16∶9，第一代全面屏把屏幕比例拉到了 18∶9。

小豆 MIX 的销量并不好，但是，全面屏的概念却开始兴起。华兴首先反应过来，对 2017 年的产品进行了大调整，将所有产品的屏幕全部改为全面屏。我们也收到了来自苹果供应链方面的消息，苹果在秋天发布的产品也会是全面屏。苹果在手机行业里有极强的引领作用，我们相信，全面屏时代即将来临。

因此，现在对 16∶9 屏幕产品的清库工作成为重中之重，这些库存产品也包括我们 5 月底才发布的 R10。手机业的风潮来得非常快，如果跟不上节奏，就很容易落后，甚至直接退出竞争舞台。所以，从 2017 年上半年开始，我们就计划把下半年的所有产品都改为全面屏。我们相信，全面屏的技术演变会是未来一两年的主流。

丁杜高在金钻俱乐部甚至 R10 的发布会上都提到了全面屏。将所有产品都改为全面屏产品，无论是对产品研发还是市场营销，都是非常费时费力的。但是，我们准备抓住全面屏的机会，再打一场胜仗。

全面屏的到来也打乱了我们产品研发的步骤。我们原计划在 T7 上推出超级健康概念，把一些有关健康的软、硬件和手机进行结合。但现在看来，国庆节前我们就需要抢先发布全面屏旗舰产品，健康方面的内容就没时间做了。卡着这个时间点，是因为苹果发布会的时间也在 9 月。

5 月 26 日，R10 发布会刚结束，9 月底我们又要召开全面屏旗舰产品 T7 的发布会，这种节奏显然非常仓促，但高速变化是这个行业的特质。R10 的战斗还没结束，我们就要开始准备 T7 的上市了。

9 月中旬，娱乐圈还发生了一件大事，这件事对我们影响很大。之前，许谦谦的人气几乎达到了顶峰。无论是他和前女友复合的微博、他的演唱会，还是为我们拍摄的 5 条短视频《机情四摄许谦谦》都人气爆棚。9 月 12 日，一个名为“程子欣”的账号忽然对许谦谦发难，自称是他的前女友。程子欣在一篇长文中表白，说自己被许谦谦骗了感情和钱。这篇文章在网上引起轩然大波。这篇长文描述了程子欣和许谦谦之间爱恨交织的关系。在许谦谦向前女友求婚的第四天，程子欣在微博等平台爆料了她和许谦谦的旧事。她说许谦谦在她抑郁的时候骗了她 1 000 万元。

我向来对这些娱乐八卦不感兴趣，但是事关代言人，我马上让于杰密切关注此事。一般而言，如果娱乐圈明星出现出轨、品行不佳之类的问题，前途基本上就算毁了。

这件事的舆论发酵很快，几天后，就有许谦谦代言的品牌宣布和他解约，还有一些默默撤下了他的代言形象。这几年，代言人出事的情况非常多，品牌方宣布解除代言、撤广告的举动大家都已经见怪不怪了。不过，我仔细分析了一下许谦谦事件，发现程子欣提到的那几件事几乎都没有证据。程子欣确实是许谦谦的前女友，但是许谦谦在和程子欣谈恋爱的时候并没有“劈腿”。谈恋爱分手很正常，但从程子欣之前索要 1 000 万分手费的行为来看，这个女人也目的不纯。现在她闹这一出，目的显然有几点：一是看不顺眼许谦谦和前女友复合；二是想要钱；三是想出名。

于杰很着急，他找到我，说我们必须撤掉许谦谦的代言，不然马上会有负面舆情影响我们的品牌。

现在我面临着抉择。从 5 月 26 日发布到 6 月下旬上市，现在 R10 的销售已经接近尾声。9 月下旬，我们就要在北京开 T7 全面屏的发布会了，这时候宣布撤代言人是否合适？我拿不定主意，马上让产品调研部门做了一个市场调研，分析用户的真实态度。

根据产品调研部门做的调研报告，竟然有接近 70% 的用户支持许谦谦，20% 的是“吃瓜群众”，只有 10% 左右的用户反对许谦谦。而且，在这一次的网络舆论风波中，谦友大多坚定地站在许谦谦这边。我深知谦友的力量，如果我们这时候宣布解约，不仅会得罪现在的用户，也会得罪谦友。而且，从事件本身来看，许谦谦并没有做错什么事。

我又打电话给李大为和老高，询问他们的意见，他们也觉得这只是一场风波，不是什么大不了的事情。我听取了他们的意见，又结合调研报告，对于杰说：“不用撤代言人，我们也不用发声。R10 已经到了销售和推广的尾声，T7 本来就有新的代言人，T7 的广告由新的代言人拍。许谦谦还是继续代言 R 系列，等风波过去，R11 继续由他代言。”

不过，许谦谦的确因为这件事受伤很严重，他也沉寂了一段时间。但是，事后证明，程子欣讲的大多是谎言。事情过去后，她删光了自己所有的微博。我们当年的决策也是正确的，许谦谦在后来又继续翻红，再次向娱乐界证明了他的实力。

许谦谦的粉丝看到我们并没有替换掉许谦谦的代言，也变得更加支持我们的产品。当然，也有人攻击我们用“渣男”来代言，但这样的人是极少数。

许谦谦事件像一个不好的兆头。这几年来，高歌猛进的优力忽然乌云密布，公司里的气氛也变得越来越诡异。公司资金流紧张的事情现在好像尽人皆知了。

（第二卷完）

第三卷

终局·北望深圳

82
T7 发布

无论如何，T7 算是一款仓促上市的产品。但是全面屏“战役”即将打响，每个厂商都怕与技术变革擦肩而过。

9 月 4 日，优力的泰国代言人发布了几张产品图片。图片中的产品是我们即将在海外上市的一款全面屏产品，作为优力的第一款全面屏手机，引起了媒体很大的关注度。媒体都以为这是我们即将发布的全面屏产品 T7。我转发了泰国代言人的微博，说这并不是我们在国内要上的 T7，这款产品是我们针对东南亚市场研发的产品 T7 Power，它在国内的名字是金钢 2，9 月 28 日将在泰国曼谷首发。

T7 的上市确实太过仓促。我和丁杜高商量，将这次上市分成两步走：第一步是在产能不足的前提下专供金钻客户；第二步是进行全面销售，将 T7 和其他全面屏产品一起销售，我们把这波“战役”叫作“全面全面屏”，这代表了我们坚决切换到全面屏产品的决心。

确定 T7 代言人的时间非常紧张，我和丁杜高、李大为匆忙定下了一位当红女星柳影。柳影形象端庄美丽，在男性受众中很受欢迎。当年，柳影嫁入豪门，但没想到她老公的生意破产，本已息影的柳影从阔太太再次变成了一名演员，替夫还债。最近，她和她老公还在一档当红的综艺节目里一起出镜，两人夫唱妇随。丁杜高说：“柳影不错啊，老公生意破产她也不离不弃。”听到这话的时候，我总有一些不好的预感，我很担心他一语成谶。

R10的推广和销售还在继续，它已经成了优力历史上第一款突破500万台销量的R系列旗舰机。《异地恋》刚刚收官，突破了4亿的播放量，是今年小成本网剧的冠军，这种用定制剧做营销的策略也开创了手机行业品牌做定制剧的先河。但我根本来不及沉浸在这些成绩所带来的喜悦之中。所有16：9老屏幕产品的库存消化和新品T7的上市工作，都让我忙得焦头烂额。

9月14日，我们正式对外宣布：9月25日，令人期待的全面屏旗舰机优力T7的金钻客户和媒体品鉴会将在北京召开，T7也将于26日在金钻客户渠道首发。

9月20日，我正式宣布T7的代言人：柳影。我在微博上发了她手握T7的宣传海报，写道：戏中，她干练、自信、优雅；戏外，她时尚、有型、端庄。她是柳影，她是通过自我突破让人生经历更加丰富的国民女神！欢迎柳影成为优力品牌暨优力T7代言人。

我来不及在9月26日的发布会之前拍摄完T7的广告。我最近觉得丁杜高似乎也不再像前几年这么从容，他总是匆忙地去做一些事情，似乎内心很急躁。尤其是今年，他骂人的次数非常多。他以前从来没有和我红过脸，但今年，大嗓门、拍桌子的次数明显增加了。他心里肯定有事，还是大事。

9月24日，我赶到了北京。这次的发布会只是一场品鉴会级别的发布会，来的人数有四五百，对于杰和吴英来说，组织这场发布会是小菜一碟。我稍微安排了一下，就去见了一位重要来宾。今天晚上，我会在酒店的餐厅包间请他吃饭。

来的人是宾利大中华区的总裁那总，我叫他Frank，从口音可以听出他是东北人。我一问，发现他果然是哈尔滨人。这样我心里就踏实多了，哈尔滨乃至整个黑龙江地区都是老陈的地盘。在老陈的经营下，优力在黑龙江的市场占有率一直远远高于全国平均水平。

“Frank总以前听说过优力品牌吗？”我问道。

“必须的。在我老家，优力做得老好了。”那总说道，“你们那个翻盖机，我的很多朋友都在用。”

Frank讲了一下他们的授权规定。这次我们谈的是宾利的B形图标加“翅膀”的商标。Frank说他看了T2017的很多资料，认为如果延续这样的风格应该没有问题。但是，Frank 也提出了要求：联名款手机的发售量不能太大，只能限定在10万台。并且，他们在价格上也有要求：不能低于去年6 999元的定价。Frank 说，他们非常担心进行品牌授权之后，产品被随意销售或者产品价格被拉得很低，这样会严重损害宾利的品牌价值。比如，路虎授权过的一个手机品牌竟然以 999 元的价格销售联名产品。他们说，如果发生这样的情况，他们有权收回授权。

我非常同意他的观点，并且告诉他，T2018 宾利定制版的价格将不会低于 7 000 元，价格很可能会在 8 000 ～ 12 000 元。Frank 很高兴，我们愉快地达成了合作，双方的协议将会在几天之后签署。

Frank 送了我一瓶 2.5 千克装的宾利红酒，我们拿着宾利红酒合了一张影。我告诉他，在第二天我们金钻客户的晚宴上，我会请大家一起喝。

在第二天的金钻客户和媒体品鉴会上，我们发布了 T7。T7 的产品外观和 T6 或者更早的 T5 相比有了很大的变化，变得更加时尚。这是因为在 T6 发布之后，我们在设计上改变了想法，我们认为商务也需要时尚。这款手机的背部金属用了非常少见的太阳纹设计，很具差异化，也很具美感。多年以后，我都认为 T7 是我们有史以来设计得最漂亮的一款 T 系列手机。

当然，这款手机与上一代相比，最大的变化就是屏幕。这是我们首次搭载 6.01 英寸 18∶9 的 Amoled 2K 分辨率全面屏，屏占比高达 85%，这是以前的 16∶9 屏幕不可能做到的。

在独立安全加密芯片这个 T6 最具有差异化的产品特点上，我们也继续进行了深化，在原有芯片的基础上又增加了一块支付安全加密芯片。我们采用双硬件加密芯片解决方案，确保在支付和数据两大日常应用最频繁的场景中能更有效地保障用户的安全。

我们的数据安全芯片一直采用国密级别的芯片，而支付安全加密芯片则通过了银联安全认证，获得了金融芯片产品能够取得的最高级别认证——EAL6+。数字银行卡这次也被我们整合进了优力钱包里，用户可以通过 NFC 技术进行支付，并通过加密技术确保自身安全。

R10 使用的是 2D 人脸识别技术。我们在 T7 上将这一技术迭代成了 3D 人脸识别技术。对比 R10，这次屏幕的分辨率达到了 2K，是 2017 年手机行业中最好的屏幕。唯一遗憾的是，T6S 上的高通骁龙芯片我们做得不太成功，为了抢时间，这次我们还是用了 MTK 的芯片。虽然这是联发科在当时做得最好的芯片，但是比起高通骁龙的旗舰芯片，还是有差距的。我们已经下定决心，在 T2018 上一定要用骁龙最好的旗舰芯片。

我们的影像团队也将 T7 的拍照功能做了很大的提升，不仅保留了 R10 的全部拍照功能，还加入了大光圈。这款产品的电池容量虽然有 4 000mAh，但产品厚度做到了 7.2mm，非常薄。T7 6GB+64GB 版本的售价是 2 799 元，同时上市的金钢 2 在海外被叫作 T7 Power，4GB+64GB 版本的售价则是 1 999 元。

T7 的广告还在后期制作之中，我们就这样匆匆忙忙地让产品上市了。不过，产品的广告语是早就定下来的：安全双芯片，超清全面屏。

83

焦虑

客观来说，T7 上市的时间虽然仓促，但这几年以来，我们的整个市场营销和代理商体系已经做得越来越扎实了，产品销量也依旧蒸蒸日上，看不到有危机来临的征兆。其中，变化最大的可能就是丁杜高。

我也逐渐察觉到了丁杜高最近几个月来的异样。虽然他出现异样的时刻不多，但是，他的这种变化让我非常焦虑。我隐隐觉得这跟老高和我说的事情有关。

我当然不会去问他。我更频繁地去拜访客户，希望忘掉这件事。我一直不愿意相信老高和我说的事情是真的。

我这一心态也反映在了工作上，第一条剪出来的 T7 广告令我非常不满意，这很可能是拍摄太过匆忙，我没把剧本和现场盯紧的缘故。这条广告是由许谦谦和柳影一起拍摄的，但广告完全没有达到我们的要求，只能作废。

好在于杰他们此时正在拍摄一个《30 岁的焦虑》的视频用来做公关传播。视频里面有柳影的一段广告词：安全感，是一种向内行走的力量，你越努力，它越强大；安全双芯片，超清全面屏，优力 T7。我们以前做电视广告时，起码会做 5 秒、15 秒和 30 秒 3 个版本。但是，这条广告只有 5 秒和 15 秒两个版本。国庆节，柳影代言的广告终于上线了。

整个国庆节期间，我不是在市场中，就是在公司加班，直到 10 月 5 日才休息。晚上，我和岳依柔在香蜜湖公园散步，望着婆娑的月影，我竟然有点伤感。这一年又到了秋天。我总觉得最近会出点什么事情。

自从上次的事情之后，我就没有和岳依柔多说，只告诉她公司最近资金好像有些紧张，不仅很多供应商的应付账款都延期了，在 6 月就该发给员工的去年的年终奖到现在还没发。

尽管公司有困难，我也一定会和公司共渡难关，而且我相信公司的困难很快就会过去。我们的销售和品牌势能都在走上坡路，没有道理会陷入绝境。我心里也盘算着老高说的那 20 亿元。如果丁杜高的欠款只有这么多，优力渡过难关应该没有问题。

然而，难关并没有渡过去，我们的资金问题反而越来越严重了。代理商体系也有了一些骚动，以前积极提货的几个代理商，现在变得非常保守。我想起了老陈“要另做打算”的话，心里竟有点不寒而栗。我也从导购那里听说广州等地的代理商正在偷偷和其他品牌接触，而且有些已经开始卖别家的货了。这在以前的优力体系中是绝对不被允许的，优力的代理商体系一直是一个封闭性体系，代理商都来自创始的几位股东或者优力内部人员，优力从不招募外部的代理商，也绝不允许自己的代理商代理其他品牌的产品。但是我明显感觉到，在处理库存方面，代理商已经不像以前那么配合了。销售总监天天打电话催他们付款提货，工作难度比以前大了很多。优力体系内的新品和库存分配，以前都是按照历年来的销售权重点数进行的，代理商历来按照这个规则严格执行。现在，这套方法好像也越来越不灵了，很少有人愿意按照点数来提 16∶9 屏幕产品的库存。

10 月，我把市场推广的业务全部交给了许琳和于杰，我自己则天南地北地跑市场，希望能在跑市场的过程中忘掉这些事情，希望我们的销售能出现更加快速的增长。张华则在各地做库存产品的特卖会。他总结出了一套营销方法，和以前家电业的方法相似，用在手机领域似乎效果不错。张华领导的各个销售小分队、销售总监和区域经理几乎全部到了市场一线，我每天都能看到他们在各地活动的数据，活动效果应该不错。我让商务部的姑娘们天天打电话给代理商，要求他们提货清库。

许琳和于杰的工作也干得不错。无论是在广告还是在公关推广方面，尽管时间非常仓促，我们还是成功地做好了 T7 这款产品。尤其是在公关方面，T7 可以说是覆盖面最广，也最成功的一款商品。我们不仅在财经公关上取得了突破，在国家重大的会议上，新华社的记者也拿着我们的手机参会、拍摄照片。央视两次报道了 T7 这款产品。在时尚界，我们赞助了上海时装周，和一位著名的服装设计师联名举办了一场时装秀。

《30 岁的焦虑》的短视频引起了很大的反响，我们分几天推出了这一系列短片。一时间，“30 岁的焦虑”甚至成了一个热门词语。于杰还找来时下最红的嘻哈歌手，围绕这一主题，拿着 T7 演绎了一首嘻哈歌曲。这首歌更是成了热门歌曲。

可以这么说，优力品牌正在“洗”去当年电视购物的影响和土味气质，正在获得主流的承认。我们甚至在时尚杂志上也做了很多植入。这是我们今年公关方向的一大转变。我们相信，商务机也可以与时尚结合，这样我们的产品可以面向更广泛的年龄层和人群。

如果说我有一个对标对象，那个对象就是华兴。虽然丽音今年在中国市场上的份额还排在第一，但是，华兴今年的上升态势极其明显，无论是在国内还是在海外。如同当年华兴学习韩国品牌一样，我们现在要学习的就是华兴。优力要在品牌上和 OVVO、丽音形成差异化，在渠道上和华兴形成差异化，这个观点我现在依然赞同。

这个月我拜访了很多城市，和代理商一起走访终端，尤其是金钻客户的门店。今年，金钻客户对我们充满希望，R10 的成功、新品 T7 的上市，以及我们对零售终端一直实行“同价高空间”的策略，使金钻客户更愿意销售我们的产品。但从竞争的态势上来看，我们依然处于危险的边缘。2017 年，中国智能手机业寡头竞争的格局已经越来越明显。我们在 2016 年拿下了 7% 左右的市场份额，但是这个份额显然还不算稳固。作为手机业前三强的华兴、OVVO 和丽音的地位已经非常稳固，小豆在余军的带领下重新崛起，并且在 2017 年初再次反超优力。虽然大家都在进步，但别人的进步更快。其他一些小品牌不断变得小众，甚至倒闭。我的判断是，我们要真正站稳脚跟，就必须拿下中国市场 15% 的份额。而在这期间，哪怕我们犯一次错都可能跌入万劫不复的深渊。

丁杜高同意我的观点。我们要筑城拔寨，就意味着我们不能退缩在一隅，必须主动出击才有机会。至少在年初，他也是这么想的。但是不知为何，现在公司的财务状况越来越糟糕，已经有不少供应商来向我们催钱了。搞钱，就成了丁杜高的一项重要工作。

84

柴火鸡

10 月底，我刚跑完各地市场，回到深圳，正想着和丁杜高汇报 T7 的销售情况以及老产品的清库情况，就接到了丁杜高的电话：“郑明，你回深圳了吗？赶快来我办公室一趟。”现在的时间是晚上 10 点。

我行李都没放，就赶到了丁杜高的办公室。只见杨凡和王立正在丁杜高的办公室里商量着什么。丁杜高见我来了，马上让我坐下：“老王，你把宜洲市的情况和郑明说一下。”

原来，王立一直在帮助丁杜高通过产业落地的方式获取资金支持。

宜洲是四川省内一个经济相对发达的地区，当地盛产的浓香型白酒颇为知名。王立前一阶段时间代表公司和重庆市政府谈判，重庆的产业落地补贴力度在 6 亿元左右。正当丁杜高和王立准备接受这个条件的时候，宜洲市政府忽然找到了王立，开出了更高的条件。按照王立的说法，补贴 20 亿～ 30 亿元问题不大。而且，只要签署协议，宜洲市可以给予 10 亿元的前置补贴。

“那太好了，丁总，真这样的话我们的资金问题可以大大缓解。”资金链问题现在在优力高层已经不是秘密，丁杜高甚至亲自打电话给代理商的老板们催钱。王立做事向来谨慎，他说的情况应该是靠谱的。

“还有落地之后的银行贷款，”杨凡补充道，“宜洲方面也会给我们提供很多银行贷款和政府贷款。这样，我们就可以大大缓解资金压力，全力往前冲了。”

“郑明，明天下午，我和你、王立一起飞成都。另外，再叫上云贵川渝的代理商老板们，我们去成都和宜洲看一下市场，再和宜洲的领导们见个面。”丁杜高露出了久违的笑意：“郑明，你把宾利定制机的机模也带上。”

丁杜高没让负责财务的杨凡去，我想他有自己的道理，让负责产业、基建的王立和负责营销的我出面，先和地方政府谈产业的落地和业务的规划。

第二天，飞机降落在成都的时候已经将近晚上 9 点了，我们到酒店时已经 10 点。4 位代理商的老板是一起来接我们的。他们在车上汇报了一下工作，到了酒店，丁杜高让大家先别走，他要在酒店的大堂开个会。

这 4 位代理商的老板，有一些属于公司的股东体系，还有一些也在优力体系内部有举足轻重的地位。贵州的方笑天当然也来了。

丁杜高面色有点凝重，他缓缓地说道：“最近市场竞争很激烈，公司的资金链有点儿吃紧。所以，你们要做好市场，做好新品的销售，清理完老产品的库存。这次我来有两个目的，一是看一下四川市场，二是要和宜汌的政府谈，如果能谈妥，政府会给我们一大笔资金来支持公司的发展。”

这几位代理商老板没有说话，哪怕丁杜高示意他们谈一下对市场的看法，他们的话也不是很多，表情都很凝重。

2015—2016 年，丁杜高大多数时间都在公司。除了发布会和订货会，外出的次数很少。但是 2017 年下半年，他去各地的次数忽然多了起来。他外出绝不是为了解市场。这几年，我跟在他的身边，发现他对于技术前瞻、友商旗舰、畅销单品都一清二楚。有时候我甚至都不知道他的信息是从哪里来的。

第二天，丁杜高带着我们走访了成都的一些金钻客户，他没有去客户的办公室，大多数时间都在卖场。

丁杜高来走访市场当然是一件大新闻，虽然他没有事先通知，但所到之处，卖场的老板都闻讯赶来。丁杜高基本上 2/3 的时间在听他们介绍，1/3 的时间在和他们合影。就这样在成都待了一天，丁杜高中午只吃了一顿盒饭，也没休息，一路上都在看市场。四川的代理商老罗对我说，他觉得自己好像又回到了优力创业的时代，那时候丁总经常和他们一起出差，有时候甚至还会打地铺。

晚上，老罗做东，请了当地的运营商负责人和最大的金钻客户老板一起吃饭。在我的印象中，丁杜高已经有好几年没在外地和客户这样吃过饭了。和我们内部的焦虑相比，无论是运营商还是金钻客户，都称赞我们自 2017 年以来的表现。他们认为，只要我们能抓住机会推广全面屏，就肯定能在一线品牌中站稳脚跟。在中国市场中，华兴、OVVO 和丽音领跑，小豆和优力紧随，其他品牌消亡的格局便会是 2018 年手机市场的格局。尽管优力也有库存，但其他品牌的库存更多，全面屏出现导致的市场变化其实对优力更有利。因为优力的包袱最小，调头也快。

丁杜高微微笑着，似乎看到了很大的希望。他指着我说：“郑总在准备‘全面全面屏’呢。我们在 11 月会有个全面屏手机的发布会，届时我们将会把产品全部切换成全面屏。”

丁杜高说的发布会是我正在筹备的 11 月 26 日的“全面全面屏”发布会。我们本来计划在 10 月下旬召开这个发布会，但是因为研发进度的问题，延迟到了 11 月下旬。发布会将在深圳的鹏城卫视演播厅召开，卫视直接上星转播。这也是我们第一次举办由卫视直播的发布会，上一次 R10 的发布会是由沪江卫视剪辑录播的。

第二天一早，我们就乘考斯特商务车赶往了宜洲，我们一路上了解了很多乡镇市场的状况。丁杜高和那些乡镇零售门店的导购与老板们聊得津津有味，这些导购和老板们特别兴奋。丁杜高在手机业中赫赫有名，也是深圳手机协会的第一任会长，这样的行业大佬能去看他们的门店，他们可能一辈子也难得遇上一次。

中午的时候，老罗还带着我们去了一处偏僻的农家乐吃柴火鸡。大家围着一个大铁锅，铁锅下面烧着柴火，锅中炖着鸡肉，我在深圳从没有吃过这样的美味。丁杜高甚至还喝了点酒。

如果我们的资金链危机能这么过去，该有多好。我当然坚信这一切都会过去，因为丁杜高对我们而言就是神。我加入优力快 3 年了，对于丁杜高所说的一切，我都深信不疑、坚决执行。他现在不仅仅是我的老板，更是我的精神导师。

85

宜洲

我们一路走访市场，到宜洲的时候已是傍晚 6 点多了。

宜洲政府的李常委已经带着接待人员在我们入住的酒店等着我们了。他们一见我们就热情地迎了上来，直接给了每人一张房卡。丁杜高、我和王立住的是套房，其他人都住行政房。李常委说道："丁总，你们休息一下，我们半小时后出发，书记在饭店等着我们呢。"

"怎么好意思让书记等呢，我们放一下行李，5 分钟后就下来集合出发。"丁杜高热情地和李常委握着手说道。

晚宴设在市中心的一家饭店，我们到的时候已经 7 点了，书记等一干人都已经在饭店等着我们了。

书记姓刘，50 多岁的年纪，一看就是一位大干部。他见到丁杜高和我们进了屋，起身热情地欢迎我们，一一给我们介绍今天宜洲方面来的人。

宜洲方面今天确实派出了大阵仗，除了刘书记和刚才那位迎接我们、负责招商工作的李常委，还有市长、常委、招商局局长和高新技术开发区的党工委书记，以及负责对接业务的一些干部。

丁杜高也是见惯大场面的人，在刘书记介绍完之后，也一一给他们介绍起了优力公司来的人。他先介绍了王立，又介绍了我，最后介绍了云贵川渝的 4 位代理商老板，大家分两桌落座。

中国地方政府这几年在招商引资工作上非常拼。王立经常说起，他外出时，一些内陆省份的招商干部为了和他见一面能在公司等一个下午，这让他很不好意思。

照理说，他们是官，我们是民营企业，他们并不需要如此。但据说政府招商部门的业绩考核非常严格，他们的拼劲一点都不比我们少。王立也是政府官员出身，年轻的时候就当上了处长，他经常向我感慨："现在的公务员可比我们那时候压力大多了。"

优力是一家营业规模数百亿元的高端制造企业，在东莞工业园，光是 SMT 贴片生产线就价值几亿元，对整个工业园投资超过 15 亿元。当年丁杜高没向政府要过一分钱，但现在不同以往，内陆省份为了吸引深圳和深圳周边的企业搬迁过去，给了非常多的补贴政策。在这些政策中，有些条款是固定的，但对于优力这样的大企业，他们都采取"一事一议"的方案。

在过去几年，面对优惠政策，深圳的很多中小型智能手机制造企业，已经搬迁到了四川和重庆。OVVO 和丽音相继在重庆设厂，优力投资的另外一家智能手机公司营业规模大概一二十亿元，做的是三防手机，也搬迁到了宜洲，享受到了非常优惠的政策。

宜洲的传统产业是制造浓香型白酒，当地有好几家著名的酒厂。但在前几年，刘书记就下决心要发展电子产业，希望把宜洲建设为西部地区重要的科技型城市。

这几年，宜洲确实干出了名堂。深圳的电子产业被他们“挖”去了很大一部分。但“华优 O 丽”4 大家，还没有落地宜洲的。今天，丁杜高亲自带队前来宜洲，刘书记高兴的心情溢于言表。

刘书记用当地的政府用酒来招待我们，这是一种 39 度的知名浓香型白酒。据说，这种白酒的制作工艺非常复杂。今天，他甚至把这个酒厂的董事长也叫过来作陪，因为这种酒是他们宜洲的一张名片。

丁杜高在深圳从来只喝茅台。在我的印象中，他从未喝过浓香型的酒。深圳人确实有这个习惯，甚至在深圳待久了的四川人也只喝酱香型的酒，几乎没有人喝其他香型的。但是，今天丁杜高对这种特殊度数的浓香型白酒却特别感兴趣，喝了一杯之后连声说好。

刘书记解释道：“为什么我们要用这种酒招待大家呢？其中有两个道理。一是这酒是我们宜洲的特产，有朋自远方来，我们当然要拿出最好的酒。二是今天来的是贵客，我们希望丁总一行喝好，但不要喝醉，这种 39 度的酒非常少见，是用来招待贵客的。”

这一晚，刘书记只字未提招商的事情，只是欢迎我们来到宜洲，要我们在宜洲多看看、多走走。按照行程，明天我们会参观宜洲的高新技术开发区，晚上会去宜洲著名的景点蜀南竹海住一晚，第二天再乘坐晚上的飞机返回深圳。

王立坐在我身边，他轻声地对我说：“刘书记是前几年省里派下来的，是位很有魄力的干部，可能明年就会被提拔。”

这顿饭一直吃到晚上 10 点半，我也喝了不少酒。刘书记的酒量颇为惊人，大概是为了表现诚意，竟然和我们优力来的每一位都来了一个“拎壶冲”。我想，这书记为了招商也真是拼了。优力的代理商也个个都是好酒量，大家都喝得酒酣耳熟方才散去。

第二天早上10点，书记亲自来酒店接我们，我们坐着两部考斯特一起出发。一上车，我们每人都拿到了一张今天的行程表，上面有对接人的姓名和职务。另外，每人都被分发了一个保温杯，杯子上面还印着我们的名字，打开保温杯，里面是泡好的茶。我对王立说："我们真得学习宜洲的接待工作，他们做得太细致了。"

早上，书记带我们参观了酒厂，酒厂有非常现代化的生产线，我第一次知道白酒原来是这么制造出来的。丁杜高让王立买几十件白酒发往深圳，但是刘书记不肯，让工作人员今天就送往了深圳优力公司，丁杜高感到盛情难却，只好答应。

中午，我们在酒厂又分成两桌，董事长向我们介绍了关于当地白酒的很多历史故事，我听得颇有兴味，中午又小酌了几杯。我原本也不喝浓香型酒，但这次来宜洲，确实也品出了浓香型的好处，回深圳后，我还去丁杜高放酒的仓库里拿了一件。

中午，刘书记问丁杜高要不要休息一下，丁杜高说不用，在车上眯一会儿就可以。宜洲方面的安排确实细致，从酒厂前往高新技术开发区大约有1小时的路程。路上，刘书记让大家眯了一会儿。一觉醒来，我们刚好到开发区。

宜洲的高新技术开发区在一条江边，风景宜人。江边还有一座公园，修着绿道。刘书记指着对面的楼房说："丁总，这里都是人才房，以后你们的技术人员过来可以免费入住，你们不用建宿舍。"

这里的环境确实比东莞好不少。东莞虽然有松山湖，但是大部分地区还都是七零八落的厂房，这些厂房也是多年来零零星星建成的。但是宜洲不一样，高新技术开发区从建设开始都是有规划的，而且马路、公园等基础设施都非常漂亮。

"我们还规划在这里建一所大学，以后就能为各个企业输送优秀人才了。"刘书记指着远处说道。刘书记说着就带我们走到了公园。在江边，宜洲的陪同人员和我们一起拍了一张大合影。

看着照片，刘书记笑着说："优力手机的拍照功能很好啊！"

丁杜高笑了，说道："这是我们最新的产品T7，有安全双芯片和高清全面屏。"

86
蜀南竹海

我们下午的行程不太紧凑，这应该是宜洲方面不希望丁杜高太累而特意安排的。参观完高新区的公园之后，刘书记又带着我们来到了一处厂房：“这些厂房都是政府盖的，只要优力能落户宜洲，这些厂房都能免费给优力使用。你们购买的所有机器设备，我们都可以补贴。”

丁杜高笑着说：“书记，优力建厂房，只用这点儿地方可不够啊！”

“没问题，你们要多大？后面还有一大块儿地方，不够我们还可以再建。”刘书记也笑了，“我们不怕你们厂房大，你们再大，我们也有地方建。”

下午5点多，车从高新区的厂房出发，前往蜀南竹海，我喝了一口车上保温杯里的茶，茶水竟然还和早上一样热。茶非常香浓，我却喝不出这是什么品种。

过了快一小时，我们进入了蜀南竹海的景区，道路两边全是竹林，景色非常优美。天色逐渐变暗，我们到蜀南竹海里的酒店时已经是晚上7点钟了。

办理完入住，刘书记就在酒店的餐厅包间接待我们，我们还是分成了两桌。刘书记一行人今天一天都陪着丁杜高和我们。可以看出，对他们而言，丁杜高的到来是一件非常重要的事情。

接待其实是一件非常辛苦的事情。李常委后来告诉我，为了丁杜高的到来，他们的接待部门已经准备了很长时间。他们为了讨论负责对接的领导和随从人员，时间、地点的安排，住宿的安排等，开过很多次会议。李常委一直是宜洲招商工作的负责人，他把工作做得这样细致，怪不得能把深圳大批的厂家招至宜洲。当然，他们的产业政策和补贴力度也帮了不少忙。

我已经很久没有看到丁杜高有这么好的兴致了。他不仅在酒局上和刘书记、李常委等一杯杯地喝酒，情绪也远比在深圳的时候好。应该是刘书记的热情接待以及对丁杜高的承诺让他看到了希望。

酒局上，刘书记还找来了两位围棋高手作陪。据说，他们是宜洲棋院的院长和当地的一位业余围棋高手。刘书记确实想得非常周到，他不但知道丁杜高喜欢围棋，而且知道我也喜欢，所以才找来两位棋手作陪。他们的工作做得远比我们想象的还要细。

这场酒我们一直喝到晚上10点。丁杜高提议说："我和郑总一起会会宜洲的围棋高手？"这么晚了，我们又喝了那么多酒，丁杜高竟然还要下围棋。看来，这次来宜洲，他的心情还是挺不错的。

丁杜高没有回房间，就直接和我们一起去了酒店的茶馆。刘书记先回房休息了，明天一早，他还要和我们开正式会议。李常委带着一干人等跟着丁杜高和我们来到酒店的茶馆。四川人爱喝茶，茶馆在四川到处都是。在这样的高档酒店，茶馆的装修和氛围当然都是一流的。

宜洲棋院的陶院长和丁杜高对弈，我则和另外一位宜洲的唐高手对弈。就这样，我们摆开两桌棋局，开始捉对厮杀。

丁杜高这次的对弈风格和以往有点不太一样。他以前下棋时几乎从不会和边上的人说话，可不知为何，这次他经常会和边上的李常委和王立说上几句。反倒是我和唐高手自顾自地下了起来。

我下了一个半小时，赢了唐高手两目半。我们对于胜负都感到无所谓。下完后，唐高手问我："还下吗？"我说："下不动了，我们去看丁总他们下吧。"

丁杜高的第一局还没结束，已经到了官子阶段。我略微判断了一下形势，丁杜高似乎不占优势。除了我和唐高手，旁边的人都不懂围棋，只是喝着茶，陪着他们。王立和李常委偶尔会轻声交谈几句。

因为没有看棋局进程，所以我又仔细点了一遍目数，丁杜高的黑棋贴不出目来，肯定输了。忽然，丁杜高一把抹掉棋子说："输了，再来一局。"

看到丁杜高输了，李常委笑着说道："第一盘结束了？"他朝着陶院长使眼色。陶院长也看到了李常委的眼色，他当然知道该怎么做了。

第二盘，两人交换黑白，陶院长执黑先行。他当然知道李常委不希望他再赢一盘，毕竟丁杜高是重要客人。但如果是高手对弈，相让会很容易被看出来。所以，对于陶院长来讲，这也是件难事。

陶院长布下星加无忧角的布局。这是一种非常稳健的布局，我估计陶院长已经领会了李常委的意思。

在第二局的战斗中，丁杜高的棋风似乎和平常不太一样，经常积极求变，甚至变得有点好战，这让我颇感意外。陶院长布好局后没多久，丁杜高就拿着一颗白子去肩冲陶院长的无忧角。这种下法比较少见，是一种追求外势、注重中央的下法，我以前从没见过丁杜高用这种下法。丁杜高采用追求外势的下法倒也没错，但是，他刚下完肩冲无忧角，又去点黑棋的三三位，去追求实地了。我觉得他今天一会儿追求外势，一会儿追求实地的下法非常割裂，充满矛盾。而且，他将对方棋子间的联络都切断了，显得非常好战，总希望能一举拿下黑棋定胜负。又下了两小时，丁杜高赢了两目半，但我看到一边的陶院长涨红了脸。他为了让这两目半可谓绞尽脑汁，恐怕丁杜高心里也是清楚的。

多年以后，陶院长对我说："当时我就觉得他心里有事。"陶院长尽管有点事后诸葛亮，但是围棋的对弈确实可以反映出一个人的个性或者当时的心态。我也看了那盘棋，觉得那确实不是丁杜高平时的风格。那种矛盾和冒进的下法，以前在丁杜高的棋里是从来没有出现过的。

李常委一直陪我们到凌晨 2 点多，还提议大家一起去吃点夜宵。第二天早上 9 点还有会议，没想到丁杜高爽快地答应了。夜宵就在隔壁户外的餐厅，他们这么晚都不打烊，肯定也是李常委安排的。我一边吃着叫不上名字但很好吃的四川小吃，一边听丁杜高和陶院长探讨刚才的棋局。我真担心作为大棋迷的他待会吃完夜宵又要开战。

幸好，我们半小时就吃完了夜宵，大家各自回房休息了。我睡下的时候已是凌晨 3 点多。

第二天早上才是正式的会议，我估计会议应该会开得比较顺利。关于政策和补贴，李常委早就和土立有过充分的沟通，至于公司介绍环节，我也早就准备好了幻灯片。

一夜无事。早上 8 点我就醒了。昨天回来的时候已是晚上，我没看清楚酒店的环境。早上一打开窗帘，映入眼帘的是郁郁葱葱的竹林，空气中带着点潮气，氤氲弥漫。

太阳还没完全出来。

87

程刚的电话

早上 9 点，丁杜高准时到达会议室，刘书记和李常委已经在等着我们了。昨天虽然很晚才睡，但丁杜高一点倦容都没有。

今天的会议很顺利，刘书记亲自给我们讲解了宜圳市和高新技术开发区的情况，也承诺他们会对优力“一事一议”，给予高新区历史上最大的支持力度和最优惠的补贴。

丁杜高很高兴，亲自向宜圳方面介绍了优力集团的历史和目前的情况，也讲了今年的销售目标：保底 5 000 万台，冲击 5 800 万台。但年初在金钻俱乐部的时候，我记得丁杜高只提过将 5 000 万台作为今年的全球销售目标。上半年的财报显示，我们的销售额是 212 亿元，我估算过，如果保持目前的增速，且在海外能有所突破，5 000 万台是有希望的，但在最后的 2 个月内达到 5 800 万台基本不太可能。

丁杜高做完介绍后，我介绍了我们目前的产品线。我主要讲了优力即将在 11 月 26 日发布的手机 T7 Plus、R11S、R11、小金钢 3、F6、F205，以及已于 9 月 25 日发布的 T7 和金钢 2。今年，优力在 ID 设计上取得了很大的进步，产品都非常时尚、漂亮。我们还在 T7 Plus 的设计中借鉴了去年的 T2017，加入了皮革材质，并且增加了 21K 黄金镀层。

宜圳方面对我们的产品大加赞赏。抛开功能不说，我们的产品设计就比他们以前引进的几家小厂做得漂亮太多了。今年，产品在拍照功能上的提升非常大，我给他们展示了几张优力 R11S 拍摄的样张，这些完全是单反水准的照片。而安装独立安全加密芯片更是我们的看家本领。

最后，我拿出了优力 T2018 宾利定制版的手板。不过，我卖了一个关子，没有介绍产品，而是让他们先把玩欣赏一下。和 T2017 相比，T2018 完全采用另一个时代的设计风格。这款产品的电池已经被调整到 5 000mAh，手机手感不会像

T2017 那么厚重。在设计上，我们采用了商务、时尚的设计理念，并且借鉴了宾利汽车的设计理念，背部采用了一种非常漂亮的蓝色皮。这种皮和宾利汽车上用的缝制真皮是一种皮。T2018 的中框采用的是不锈钢，看上去非常漂亮。

刘书记一拿到 T2018 就看到了背后的宾利车标，他有点惊讶："这不是宾利吗？"

"对，"我说道，"向刘书记报告，我们用了一年时间和宾利谈判，最后得到了他们的品牌授权。我们将在明年年初首发这款产品：优力 T2018 宾利特别定制版。"

丁杜高在一旁微笑着补充："这部手机会卖到一万多。"

"这手机好啊，"刘书记夸赞道，"华兴也就做了个保时捷版吧？你们这个宾利版完全碾压他们啊！优力今天展示的这些产品我们以前都没见过。产品太好了，这样我们更有信心了。"

"这些产品以后就是宜沺制造的。"丁杜高补充了一句。

"好啊！"刘书记带头为丁杜高的这句话鼓掌，大家也都一起热烈地鼓起掌来。

会议开了两小时，基本达成了协议框架，在签署完协议一个月内，宜沺市将向优力提供 10 亿元的补贴。在优力落地宜沺 3 个月内，宜沺将继续向优力提供 20 亿元的补贴。优力承诺，公司在宜沺第一年的生产量将达到 200 亿元，并且在随后的两年内，逐年递增 20% 的产值。宜沺将提供免费厂房、税收优惠、低息贷款、搬迁补贴和人才补贴等一系列政策支持。

正式协议将于一两周后在深圳优力总部签署。刘书记说道："我亲自带队来！"

丁杜高今天很高兴，和宜沺的协议就这么顺利地谈成了，他对着王立说道："我们尽快落实协议，尽快搬迁。要让优力手机尽快实现宜沺制造。"

我松了一口气，有 30 亿元的资金注入，再加上来宜沺后政府支持的低息贷款，我们在 2018 年一定能打一场胜仗。丁杜高终于可以不用为资金紧张的事情发愁了。

中午，我们退了房。宜沺方面把午餐安排在蜀南竹海的一处农家乐，让我们品尝这里的山珍野味。宜沺方面的接待非常用心，他们知道我们这些人在大都市早就吃腻了高档餐厅，所以"洋来土挡"。他们用来招待我们的是四川正宗农家菜，确实让我们觉得很新鲜。

双方终于达成了协议。在回去的路上，大家有说有笑。李常委也不再谈工作，说起了他的钓鱼爱好。

农家乐在一处湖边，三面环山，景色宜人。我和贵州的方笑天一起在湖边合了张影，他轻声地在我耳边说："这次老板心里安稳了。"我装作听不懂，对他笑了，搭着他的肩膀，留下了我们在蜀南竹海的合影。

飞机的起飞时间在下午6点，我们还有时间。当时虽是中午，但丁杜高却和刘书记一直喝酒喝到近下午3点方才启程去宜训机场。

刘书记一路陪同，把我们送到宜训机场的贵宾候机楼，整个候机楼只有我们一队人马，云贵川渝的4位代理商老板也一起陪着我和丁杜高。王立和丁杜高又同刘书记聊了不少事情，大致是谈优力在宜训落地后的一些细节问题。

晚上8点半，我们回到了深圳。岳依柔来接我，我就在机场和丁杜高、王立别过。

我和岳依柔大致说了下宜训的情况。岳依柔和我说，最近其他公司的同行已经对优力的情况有一些传言。我们在车上正说着这些事情，就接到了宋唐广告老板程刚的电话，他是我们投放央视广告的代理商。程刚是20世纪90年代在复旦大学新闻系毕业的学生，以前在上海的新闻单位工作，一直做到了总编辑。十多年前，程刚开始创业，宋唐现在也是上海赫赫有名的4A广告公司。

实际上，宋唐的资源大多来自沪江卫视，但因为老高和丁杜高的关系，我们后来把这些资源都给了老高。只有央视的一些硬广，因为老高嫌利润太低，所以我们给了宋唐。但是，将这些央视的硬广累积起来，宋唐一年也有两亿元左右的金额。

"郑总，你知道丁总出事了吗？"程刚在电话里焦急地问我道。

"什么事？"我不太相信老高会把这件事告诉程刚，他们并没有交集。

"沪江卫视的领导告诉我，说丁总在外面输了很多钱，我们的广告费已经被拖欠了好几个月了。我们一直合作得很好，面对这个情况我肯定要有一些行动。所以，我得提前告知你一下，我们正在通过法律途径提起诉讼。"程刚说道，"这件事不能怪你，我估计你也不知情。"

"程总，你别听外面的谣传。而且，我们最近会拿到一笔很大的政府资金，所以你不用太急，资金紧张的情况应该很快就会有所缓解。"我知道如果我说优力没有资金紧张的情况，程刚是不会信的。

“郑总，我收到的消息应该是很确切的，这不是小钱，而是很大一笔钱。我们已经决定了，你也要早做打算。”程刚说完就挂了电话。

我接完程刚的电话，心情久久不能平静。岳依柔刚好把车开到了东海花园，停了车，瞪大着眼睛看着我，不知道要说什么。

88

超级发布会

回到深圳，我又变得异常忙碌。今年的“双十一”马上就要来了，一周后，宜沺政府的代表团也将来访。而且，11 月 26 日优力即将在鹏城卫视举行“全面全面屏”的超级发布会。这次我们将一口气发布 8 款全面屏产品。

高小亮可是在这次“双十一”铆足了劲，我刚给电商批了一款新品的特价，将金钢 2 的价格从 1 999 元降到 1 599 元。对于已进入销售尾声的 R10，我也给了电商 500 元的特价支持，想让这两款产品直接对标华兴旗下电商品牌光彩的两款爆款产品。于杰更是帮高小亮组织了很多媒体资源，许琳充分利用了代言人许谦谦、柳影和冯大刚夫妇的资源，全力支持今年的“双十一”。

从 10 日晚上 9 点开始，我就一直待在电商部门的办公室里。今年，我们得干出一点名堂。

高小亮的电商团队没有让我失望。优力电商取得了历史性突破，仅用 1 小时就超越了去年“双十一”全天的销售额，“双十一”全天的销售额则同比增长 539%，销量同比增长 507%，四摄拍照手机 R10 夺得优力“双十一”销量冠军。新品 T7 虽然没有降价，但也取得了同品类销量第二，金钢 2 获得第三。优力产品的同比增速在天猫和京东的所有手机品牌中名列第一，在销量榜中也打进前五。

优力今年的业绩虽然很好，但当我在 12 日凌晨把业绩通报发给丁杜高的时候，他好久都没有回复，直到凌晨两点多的时候才回了一个“好”字。我想他此时此刻的心思可能早就不在业绩上了。如何渡过难关，才是他现在最关心的事情吧。

刘书记一行也来到了深圳，正逢“双十一”前后，王立带着他们一起去了东莞工业园和前海的优力科技大厦参观。宴请他们那天刚好是“双十一”，丁杜高带着刘书记、李常委和几位重要领导去了他家的别墅，晚上在他的别墅里宴请大家。我和负责研发的周彬则在4楼的凤凰楼宴请他们的随行人员。宴会9点就结束了，我回到办公室，和高小亮他们一起决战“双十一”。

12日下午，在28楼的大会议室，王立和李常委正式签署了协议，丁杜高和刘书记都很高兴。如果没有意外，优力会在未来3个月内得到30亿元的补贴，而宜洲也即将迎来每年会为他们创造几百亿元GDP的中国智能手机业巨头优力。

11月26日，由鹏城卫视转播的“全面全面屏”超级发布会即将开幕。

因为这次的发布会采取卫视转播的形式，所以我们的搭建压力很小。我们和鹏城卫视讨论完舞台方案之后，决定由他们的人负责搭建。他们的演播大厅非常专业，各种设备都齐全，连1 500个观众席都是现成的，根本不用我们操心，我们只需要搭建外场体验区就行。我也没想到这次发布会反而是我们准备得最轻松的一次。

在发布会开始的前几天，R11S的广告拍摄也要开始了。我拿不定主意，因为这段时间，丁杜高一直在说要砍费用，我原本想不拍了，于是去找丁杜高汇报。丁杜高想了一下，还是决定继续拍摄。于是，许谦谦又来到了深圳。这次的广告片由杨军武导演执导。这条广告片的拍摄水平非常高，23日我在微博上发的一条拍摄花絮就有500多万的阅读量。

关于“全面全面屏”发布会的预热和准备工作，丁杜高都没有参与。这些工作，他本来也都放手让我去做。但是，这些年来，我早就习惯大事小事都会找时间和他汇报。他这些天经常紧闭着办公室的门和杨凡开会，或者经常不出现，我心里空落落的。

许琳告诉我，这几天还发生了一些供应商上门来要账的事情。虽然供应商都被打发走了，但这种事情是优力创业以来几乎没有发生过的。公司里开始有些人心浮动，很多员工都在传言公司面临非常严重的资金问题。也有传言说，鲁伟早就知道公司的资金出了问题，所以在年初的时候就溜了。当然这是小道消息。鲁伟的“党羽”都不在了，现在很少有优力的员工喜欢这个人。

鲁伟公司的生意对象基本还是以前优力的ODM客户，并没有什么新拓展。丁杜高虽然没说，但以我对他的了解，这本来就是让鲁伟体面下台的一种方式。

“全面全面屏”发布会的预热照常进行。这一次，我还安排了京东的胡雷和丁杜高签署一项战略协议。京东从今年初开始就在大力拓展线下的京东之家。这是一种线上线下结合的新模式。有不少代理商之前和丁杜高提过，说京东之家的生意非常好。胡雷又拜访了一次优力，我们的合作就这么定了下来。这也是优力历史上第一次由丁杜高出面和一家电商公司签署战略协议。

11月26日晚上7点半，“全面全面屏——优力冬季产品发布会”正式在鹏城卫视大演播厅开幕，鹏城卫视延时半小时上星直播。

从表面上看，这次发布会的举办非常成功，两层楼的演播厅挤满了人。据鹏城卫视统计，这场发布会的观看人次超过5 800万。柳影来了，丁杜高也宣布了“全面全面屏”的战略。《我的时尚爷爷》主角的原型——厦门的一位著名的摄影师也参加了我们这次的发布会，并且上台分享了他用优力R11S拍摄的照片。他说，这是他用过最好的拍照手机。

媒体也对我们一口气发布8款全面屏产品、开启全面转型的做法赞赏有加，而且他们普遍感觉我们这次的产品在工业设计上进步非常大，盛赞我们这次的产品是优力历史上“颜值”最高的产品。

这次发布的产品的售价也是历年以来最高的一次。高端商务旗舰T7 Plus的售价为4 399元，高端四摄全面屏拍照旗舰R11S和R11的售价分别为3 299元和2 799元，优力小金钢3、F6和F205的售价分别为1 399元、1 299元和999元。之前在金钻品鉴会上发布过的优力T7在这次还更新了新的颜色枫叶红版，金钢2也更新发布了新的内存版本。优力也宣布将首次同时联合京东和天猫举行“优力品牌盛典”，重点推介优力的全系全面屏新品。

在会后的媒体采访中，丁杜高也非常从容，不仅和胡雷一起签署了全面战略合作协议，对于全面屏手机以及即将到来的5G时代，也发表了很多观点。但是我的心情却不太好，因为这次是优力第一次在深圳开发布会，深圳手机业上下游的朋友来了很多。我的一位朋友、手机行业著名的社群“智客会”的发起人圈哥，在散场的时候还特地找了我：“听说你们老板最近出了点儿事，你这里没有受影响吧？”

我默默接过他的烟，不知道该说点什么。

那夜的深圳已经有点凉，我有一种不祥的预感：这会是优力的最后一次发布会。

危机在开完发布会的第二天终于爆发了。

89

危机爆发

发布会结束之后的第二天，我和于杰就飞去了北京。

宾利的那总最近正在跟我讨论关于 T2018 定制版上市的一些细节，我也邀请他在次年 2 月一起去巴塞罗那参加这款产品的上市发布会。我们正在准备明年 MWC 的相关事宜，丁杜高也说了要一起前往。自我入职优力以来，这是他第一次准备去 MWC。但是，在这天晚上 10 点，我刚和那总谈完回到酒店，于杰突然跑来找我。“明哥，不好了，镁光科技老板的一张微信截图在群里疯传，自媒体都在说丁总赌博输钱了，”于杰的语气非常紧张，“我把目前和这件事相关的一些信息监控发给您。”

我赶紧看了一下于杰发给我的微信信息。其实在一个月前，就有媒体过来询问与我们供应链资金紧张以及与丁总有关的一些负面消息，我想方设法压制了这些消息。同时，我向丁杜高汇报了这些情况，但我并没有提到媒体对丁杜高负面新闻的询问。我让于杰立刻启动重大危机公关。这段时间以来，我们已经加强了舆情监控。

就在发布会前一周，我们发现，在优力的百度贴吧里，有工业园的内部员工发了有关优力供应链资金紧张的帖子。公关部立刻进行了删帖处理，并且找到了这位员工，让刘三全对他们进行了批评教育。但在这次事件之后，我们把舆情监控再次做了强化，升级为每小时一次，甚至超过了“3·15”期间的监控强度。

我这次来北京，除了和那总开会，也是为了预防北京的重要媒体在这方面对我们进行报道，想先来做一些预防措施。

没想到，我刚来还不到一天，舆情就爆发了。

一个名叫“炒股养家”的自媒体微博号发了几张微信截图，第一次把镁光科技的应收账款和优力联系在了一起。我看到了一张隐去了对话人名字的对话截图：

> 今年过得太扯了。
>
> 优力手机的老板在澳门赌钱，昨天在一夜之间输了几亿元。
>
> 镁光对优力有几亿元的应收账款。
>
> 市场传言优力要破产，镁光要坏账，导致今天整个消费电子产业链的股价都跌了。

另一张群内对话的截图显示镁光科技董事长就这件事表态：

> 大家不用担心我们的货款哈，我们的货款都是有抵押的，抵押足够覆盖货款，应收账款共 6 亿元。

还有一个人在群里这么说：

> 我了解的情况是，你们已经率先起诉了他们。如果是这样，你们的风险是最小的。

镁光科技是上市企业。这个消息最早就是从股市里传出来的。这一天，受这条传闻的影响，镁光科技股票价格大跌 7.4%。

镁光是我们的镜头供应商，他目前也是全球最大的镜头供应商之一。但是，这个供应商是 2017 年初才进优力供应商体系的，之前，他们有 10 年没和优力做过生意。据我所知，这个供应商和鲁伟的关系很不错，鲁伟在任的几年时间里一直想把镁光引进来，但直到今年初才正式引入。

“立刻发辟谣声明，要抢在媒体发稿前。”我对于杰说道，“你赶快起草，我给丁总打电话。”

和于杰说完，我马上给丁杜高打电话：“丁总，这事情一定要严防发酵。我这边的公关部马上会起草声明，您那边尽快和镁光沟通一下，争取让他们也出辟谣声明。”丁杜高同意了。

但是，此时镁光已经单方面向媒体发了声明，这完全是镁光的单方面立场，稿件标题是镁光对优力事件已经采取保全措施，具有较强的抗风险能力。

这条声明等于承认镁光知道优力出了事。一些财经媒体，尤其是报道股市的媒体都转发了他们的声明。

过了半小时，于杰把拟好的声明传过来了，我修改之后发给了丁杜高。丁杜高同意了，半夜让王立拿去公司盖了公章。夜里 12 点半，我的微博账号和优力的官方号同时发布了声明：

严正声明

近期，我司发现有个别微博账号通过微博等平台大肆传播诋毁优力集团高管形象的不实信息，严重损害我司形象及合法权益。

经调查确认，该信息纯属谣传。此外，我司与镁光科技股份有限公司的合作一切正常。

奉劝正在或意图继续发布该谣言的个人或单位，必须立即停止这种违法行为。目前，我司已将所有谣传证据截图留存，同时将着手搜集、整理相关证据，通过法律途径维护自身合法权益，追究谣言散播者的法律责任。

深圳市优力通信集团

2017 年 11 月 27 日

在发布完严正声明之后，我们又发了媒体沟通函：

关于删除不实报道的沟通函

尊敬的媒体：

近期，贵媒体刊登了一篇信源为微博个人账号的大肆诋毁优力集团高管形象的不实报道，对我司形象及合法权益造成了极大的伤害。

经调查确认，该信息纯属谣传。此外，我司与镁光科技股份有限公司的合作一切正常。目前，我司已对外发布《严正声明》，同时已将所有谣传证据截图留存，并将通过法律途径维护自身合法权益，追讨谣言散播者的法律责任。

现我司请示贵媒体配合我司删除该不实报道，同时删除已被转发至其他新闻平台的文章，感谢您对优力集团的理解与支持。

在发布这条沟通函时，我们还附上了刚才发布的《严正声明》。

我们从半夜开始再次将舆情监控升级。除了媒体报道，也在微博、微信订阅号、贴吧、社区、头条（问答）和知乎等平台进行全网监测。

此时，已经有一些媒体准备发表深度稿来追问资金链问题。经过公关部的沟通，他们都同意暂缓发布，一定要出稿的媒体也以我们的声明为标准将稿件改为快讯。

我们同时准备通过法务部对自媒体“炒股养家”提起法律诉讼，但是被丁杜高拦住了，他说只做删除处理就可以了。我们也对镁光的股票走势做了分析，发现它从 9 月到 11 月 13 日一直呈持续上涨的趋势，股价上涨幅度超 10%，但从 11 月 14 日起开始下跌，在我们开发布会那天更是暴跌超 7%。于杰和我说，这个事件的发生不排除是镁光在为股价暴跌寻找外部理由。

我们这几年一直在不断演练危机公关的做法。我们对付过金箍棒手机这些公司的黑稿，对付过一些传统媒体和自媒体的敲诈，也对付过网络上过激的客诉。没想到这次会出这么大的问题。

90
账户被封

第二天，我一早就飞回了深圳，并且让于杰也尽快结束媒体拜访，晚上一定要回深圳。我知道，我们即将面临暴风骤雨。

丁杜高在深圳也没有闲着，这几天，他连续拜访了几家银行，也和镁光、天龙等重要的供应商做了沟通，并且非常罕见地在朋友圈发了和供应商开会的合影，感谢他们的支持。

这些朋友圈信息被我迅速截图给了于杰和相关媒体。我和他们讲，优力有银行和供应商的支持，请他们放心。

回到深圳，我连行李都没放就来到丁杜高的办公室。今天来了很多人，连平时很少露面的那些股东和董事也都来了，他们正聚在一起商量这件事情。但是，有几个股东明显来者不善，他们谈话越来越激烈，我感觉不太对劲，就退了出来。

这周，丁杜高都待在办公室里，他的办公室就没断过人。办公室里偶尔也会传出拍桌子、摔茶杯的声音。会客室偶尔会来几个有文身的混社会的人，他们也不闹事，经常一坐就是一天。整个公司都人心惶惶，大家都能感觉到，优力出事了。

整个 12 月，公司都充斥着这样诡异的气氛。不好的消息一件件传来。

12 月 15 日，本来是公司发工资的时间。除了今年的年终奖，优力从来没有拖欠过工资。但是这个月，员工的工资却意外没有发下来。很多同事都来问这是怎么回事。

蔡忠和于杰也跑来我的办公室。蔡忠抽着烟，叹了一口气说："唉，公司的账户被镁光封了。"

"公司账户被镁光封了？不是只有一个主账户被封吗？我们其他那么多账户呢？"我焦急地问道。

其实，前几天公司的主账户就出了问题。为了确保代理商能回款到公司，财务已经暗中给了代理商几个新账户。没想到，镁光顺藤摸瓜，让律师调查了我们的所有账户。到今天为止，我们所有账户都被镁光封了。

"镁光这是干什么？是想让我们死吗？"我愤怒地说道。

"而且，镁光已经停货了，丁总和他们交涉也没用，他们一定要告我们。"蔡忠说道。

"那厂里那些货怎么办？足足有 8 款新品，代理商还等着卖呢。"

我现在才知道，由于镁光停止供货，工厂里还有 100 多亿元的产品，现在都不能组装，就缺镁光的摄像头。但这还不是最坏的消息。极为诡异的是，这次的摄像头模组竟然没有第二供应商，只有镁光一个供应商。我们历来为了确保生产和质量的可靠性，每个重要零部件几乎都不可能只由一家供货。确保二供是我们做供应链的一条基本准则。

当下的情况就意味着如果镁光不供货，我们100多亿元等着组装的产品就会变成废铜烂铁。现在，唯一的救命稻草就是宜洲那30亿元了。如果宜洲的钱能够进来，这件事还有回旋的余地。否则，我们就将面临资金链彻底断流的危险。

现在，我们还有另外一条路，那就是依靠由副总裁张明在公司体外所管理的移动互联网部门。张明去年就单独成立了一家公司，在体外循环。我们每年在这部分业务上有十几亿元的收入。而且，本来按照张明的计划，随着国内业绩的高走，2018年一定会有超过25亿元的收入。除去他们几百个人的工资，这部分收入几乎是纯利润。

前几年，几家大的智能手机公司组成了一个中国硬核联盟，联合在一起收互联网公司在手机上的收益分成，收益几乎占到手机App收益的一半。手机公司把每台手机的收益叫作ARPU（每用户平均收入）值。这几年来，在张明的领导下，我们的ARPU值已经超过了每年20多亿元，而且一直不停地在涨。

丁杜高这几天想了很多办法，深圳著名的家电企业老板谢耀明也带着他的手机事业部总裁来了我们公司。丁杜高希望他们能入股我们公司投资20亿元。我陪着丁杜高一起参加了这个会议，但是也没有谈成。

谢耀明自己的手机业务跟其他家电业务一样，都做得一塌糊涂。家电业在手机业面前几乎从没打过胜仗。变化迅速的手机业绝不是传统家电业能够掌握的，无论是在产品、营销还是渠道能力上，手机业对家电业都形成降维打击。谢耀明虽然还在运营手机业务，但这项业务其实早就已经萎缩了，他可能担心自己根本没有能力操控优力这么大体量的手机业务。

那么，现在就只剩下宜洲这一条路了。

但是王立带来了坏消息。这天晚上，我陪着丁杜高在办公室吃盒饭，王立急匆匆地跑了进来："丁总，宜洲那边有些变化，他们好像听说了业界的一些消息，现在不愿意打钱过来了。"

"怎么会这样？"丁杜高停下了吃饭的筷子，满脸严肃地看着王立。

平时不抽烟的王立拿起一根烟点着："我好说歹说，现在宜洲方面的意思是，要我们拿东莞工业园的土地做抵押担保。他们是政府，担心国有资产流失。"

"那没问题，东莞工业园可以抵押。"丁杜高说道。

"但是，我听说镁光和天龙准备联手封我们的工业园，据说就在明天。所以，我明天一早就得去办工业园的土地抵押，否则，镁光和天龙去法院申请查封工业园之后，我们就没办法了。”王立焦急地说道。

“明天一早，你去法院候着镁光和天龙，阻止他们申请查封，让刘三全去办抵押手续。”

“知道。我明天一早就和刘三全兵分两路去办。”王立说完就急急忙忙地离开了丁杜高的办公室。

天龙和镁光是互持股份的关系企业，我们除了欠镁光 6 亿元，也欠着天龙 4 亿元。他们联手属于正常。但是，他们不就只是为了钱吗？何必逼死我们呢？我们拿到宜训方面的钱，他们不就可以拿到我们支付的款项了吗？我想着丁杜高这样安排，应该没问题。

但是，第二天，坏消息还是传来了，镁光和天龙已经提前动手封了我们的东莞工业园。没有了工业园的土地抵押，宜训的钱我们就拿不到了。

现在，优力已经在走向绝路了。

镁光为了 6 亿元，把优力逼死，究竟有什么好处呢？优力死了，难道他镁光就能拿到钱吗？

91

没有丁杜高的优力

过了几天，12 月的工资发了，是张明的移动互联网公司代发的。此时的优力已经逐渐被逼上了绝路。丁杜高无奈做出了第一波裁员 50% 的决定。

优力事件此时已经成了一项社会事件。年底已近，很多供应商都在关注着如何从优力收回今年的应收账款。宋唐广告也已经正式起诉优力。所有的事情都变得一团糟。

我和许琳飞了一趟上海，去宋唐广告劝说程刚放弃诉讼。按照丁杜高给我的交代，优力承诺在3月左右向宋唐支付这2亿元。可是程刚很沉默，他对我很客气，但是我谈了一天，他也只有一句话："郑总，有很多情况，恐怕你还不清楚。丁总不可能还得了这2亿元。我们现在起诉，还可能获得优力的先行支付，不然等优力公司破产，恐怕我这层楼都得卖掉了。"

程刚的这层楼在外滩一栋有点年头的建筑里。这层楼很值钱，是他十多年来创业和经营的心血。他看了一下自己的办公室，又看了一下窗外的外滩，说了句"世事无常啊"。不知道程刚是在对我说，还是在自言自语。

从他的身上，我能体会到优力供应商的压力。优力集团有1万多名员工，整个代理商体系加起来，有将近10万人。再考虑到上下游的供应商和合作伙伴，优力如果破产，影响的人数恐怕至少会有几十万人。有多少公司会因此破产倒闭，有多少公司今年会陷入亏损，又有多少员工、导购和工人会失业。这些人的家庭昨天还其乐融融，明天恐怕就会陷入困难之中。

我们回到深圳的时候，已经是晚上10点多。是岳依柔来接的我。我在路上一言不发，她忍不住问道："老公，事情很严重吗？"

我沉默了很长时间，说道："也许程刚说的是对的。优力恐怕真的会破产。"

这几天，我经常找不到丁杜高，他只是偶尔才会来公司一趟。公司乱成一团，每天都有辞职或者被裁员的同事离开。昔日热闹的28楼，人越来越少。倒是门口经常会有拉横幅要账的人。我还亲眼见到一位中年妇女模样的供应商哭着躺倒在前台："优力这么搞，我就要破产了！我来深圳辛辛苦苦才打拼下这么一家公司，它就这么没了。"听到她这么哭，我心里也很不是滋味。

各种闹剧也还在继续。有几个股东竟然跑到了香蜜湖派出所，举报丁杜高挪用公款。警察还上门来调查了情况，这件事后来不了了之了。

不少黑社会模样的人也经常出现在公司，他们在会客室一坐就一天，也不闹，下班就走。但是他们这样坐着，实在非常有碍观瞻。

虽然我和于杰还是对媒体封锁着消息，并且几乎把负面报道都删得一干二净，但是传言还是越来越盛。现在，整个手机业都知道优力出了大事。

我们的资产被抵押和查封的消息也不断传来。优力科技大厦也被银行拿去做了抵押，据说被折算了20亿元。优力集团的账户全部被封死，十几家子公司和关联企业的账户也全部被封。优力对外投资的项目多达20个，这些账户大多也出了问题。

在优力的对外投资项目中有两家是银行。一家是南海银行，优力作为第二大股东，现在的股权也被抵押了。还有一家是众微银行，到目前为止好像还没出事，但据说镁光一直盯着这家银行，要求优力分股份给他们。

众微银行是一家互联网银行，它的主要投资人是企鹅集团。丁杜高在几年前以个人投资的方式入股了这家银行，现在众微银行的估值已经超过 1 000 亿元。丁杜高手上有 3% 的银行股份，起码价值 30 亿元。

12 月下旬，公司来了一个自称是优力股东的人，他叫何伟，据说是优力最早的研发院院长，大约有 2% 的优力股份。他在一天晚上忽然加入了优力的高管群，口口声声说自己是从美国回来的。后来我才知道，他在几年前离开优力之后，靠着在优力赚的钱拿了美国绿卡，在一个月前才去了美国。

此时，丁杜高已经基本不来公司了，都是通过微信给我指令。何伟来了之后，对我们说他会接管公司，而且指责我们之前是在乱做，说他以后会带着优力翻盘，希望大家一定要同心协力听他的。

但是，丁杜高从来没有和我说过这件事。我很奇怪，一个功能机时代的研发人员，怎么可能在那么多年后还可以适应智能手机公司的经营业务。

我参加了他主持的第一次会议，但是实在听不下去他的话。他不仅把我们的工作努力都抹杀了，甚至把丁杜高也骂了一顿，说他不负责任、不懂经营等。会议开到一半我就听不下去了，我说："开会就开会，动不动就说自己是从美国回来拯救优力的。你才在美国待多久，我在美国待了六七年呢。你能多了解优力，功能机时代那套方法早就不适用于现在这个时代了。你懂个啥？"说完我就站起身来摔门而去，搞得开会的人都面面相觑。

那个时候，我已经无所谓了，我不管谁来接管优力，没有丁杜高的优力，根本就不是优力。

我走的时候听到背后何伟声嘶力竭道："郑明，优力就是被丁杜高和你搞垮的，你就是丁杜高的死党余孽！"

没有丁杜高，怎么会有你何伟的今天。我想，丁杜高当年真是看错了人。此人一看就是个白眼狼，这种连人品都有问题的人怎么可能救得了公司。

后来，蔡忠和我说，优力几天前开了一场董事会。好几个股东在会议上对丁杜高发难，问钱去哪里了。丁杜高一句话都没说。最后，董事们就找来这么一个叫何伟的人，派他来管理公司。

令人意外的是，何伟大概只待了一周多就回美国了。他回去前又在朋友圈发了一大段文字，说他是有心拯救优力的，但是因为在美国有重要事情，这段时间必须回美国，到合适的时候他会再回来。我早就拉黑了他，所以根本没看到他的“激扬文字”。何伟从此再也没有回过优力。

从何伟“接管”优力的那些天开始，任何会议我都不再参加，也没人管我。我就在办公室里喝茶、抽烟、看书。丁杜高不来，谁的命令我都不听。优力就是丁杜高，丁杜高就是优力。没有丁杜高的优力就不是优力。除了丁杜高，任何人都不可能代表优力，也不可能拯救优力。但我已经很久没见到丁杜高了。我给他发微信、打电话，都没有收到回音。说真的，我很想他。

2017 年马上要结束了，我的 2018 年会怎样呢？这是我在优力工作的第四个年头。我还能在优力待多久？

92
望北楼

2018 年的元旦，我都不知道自己是怎么过的，整天在家里发呆。岳依柔问我出了什么事情，我告诉她：“丁杜高好像消失了一样，电话也没人接。”

1月2日，我去了办公室，望着已经人去楼空的优力，我心里越来越不是滋味。下午 3 点，我接到了丁杜高的微信电话。我连忙把办公室的门关上，接通了他的电话：“丁总，你在哪里？”很多天没他的消息了，我接电话的声音几乎带着哭腔。

“郑明，我在香港。”丁杜高在电话里跟我说道。

“你怎么跑到香港去了，什么时候回来？公司都乱成一团了。”我急切地说道。

“这样，你待会儿来趟香港，我在望北楼的大堂等你。”

“好，我马上到，大概一个多小时。”我说道。

其实在这个时候，何伟已经溜回美国了。但是，我早就拉黑了他，所以不了解他的情况。我不敢用公司粤港两地的双牌车，于是，我赶紧回了趟家，拿了港澳通行证，打电话雇了一个香港的双牌车司机来接我，通过皇岗口岸，驶向香港。

我的港澳通行证是一年多次往返的商务签，所以我去香港很方便。以前的周末，我经常会陪着岳依柔去香港买东西，我也喜欢在香港的书店里买书。我们经常会在中环威灵顿街的镛记酒家一起吃饭。我妈偶尔来深圳，我也会带她去香港吃粤菜。比起被称为“美食荒漠”的深圳，香港才是美食之都。

过了一小时，我到了位于香港中环维多利亚湾边的望北楼。我到的时候，丁杜高正在酒店门口的吸烟处吸烟，他看到我忙朝我招手。

“丁总，您怎么跑到香港来了？”我当然知道望北楼是什么地方。但我想的是，现在企业遇到了问题，丁杜高又没犯事，何必跑到望北楼来啊！

丁杜高一边按着电梯按钮，一边微笑着对我说：“那边太烦了，这里清净。”

丁杜高的房间是能看到海景的一室一厅套房，不算太大，比发布会时我在北京、上海给他安排的房间差多了。他说这里的房租不便宜，一天要 1 万港币。

我心中有很多疑问，一直想找丁杜高问明白，镁光一而再、再而三地把我们逼向绝路，究竟是为什么？

丁杜高坐在沙发上，抽着烟：“郑明，你是我来香港后见的第一个优力的人。”

“丁总，为什么镁光为了 6 亿元接连封我们的账户？难道不可以协商吗？”

“镁光要的可不是这 6 亿元，他要的是其他东西。他封我们的账户就是为了逼着我们就范。如果我们的账户还能用，这件事情很容易就能解决了，那他就要不到他想要的东西了。”丁杜高说道。

原来，丁杜高和镁光的老板老蔡本来已经就这 6 亿元达成了一致。丁杜高承诺在 12 月底前向镁光支付 6 亿元账款。但是，丁杜高也希望镁光能继续供货，因为镁光是 8 款全面屏产品的唯一摄像头供应商。如果他们不供货，我们价值 100 多亿元的新品就无法完成组装销售。

老蔡答应了，但是事后镁光和天龙抢在我们之前封了我们的东莞工业园。而且，他们答应的供货也没有下文了。

老蔡为什么会言行不一致？原来是老蔡想要丁杜高手上众微银行的股份。众微银行的股份非常值钱。我记得以前杨凡和我说过，众微银行可能会在这几年上市。

作为国内第一家上市的互联网银行，它的市值很可能会在二级市场突破 1 万亿元。丁杜高手上有 3% 的股份价值 300 多亿元。

老蔡的这个弯子绕得有点大。但是，当他向丁杜高表示了自己真正的意图时，丁杜高还是同意了。然而，对于互联网银行的股份转让，中国银行业监督管理委员会（现为中国银行保险监督管理委员会）和中国证券管理监督委员会都有严格的限定，他们都没有批准这次的股份转让申请，老蔡的如意算盘落空了。

老蔡见自己拿不到股份，就彻底把优力剩下的生路都堵得死死的。他们不仅不肯撤诉，更是花了几百万元的律师费进行诉讼，查封任何与优力有关联的账户。优力每个月都有 30 多亿元的流水，现在正值新品上市与元旦和春节旺季，是优力一年中销售额最多的季节。但是因为所有的流水都被堵死，连以前支持我们的银行现在也转身成了债主。

镁光直接把优力逼上了绝路。但是，镁光是怎么进入优力的供应链体系的，这也是个谜。镁光在十多年前，就曾在优力遇到的一次危机中见死不救。那次的危机是由手机牌照引起的。那时候经营手机企业是需要牌照的，如果自己没有，就只能租借别人的牌照。那一次，优力终于在最后关头拿到了牌照，渡过了难关，并且一跃成为中国国产手机业的老大。

在那次危机中，很多供应商都一起支持丁杜高和优力，但镁光不仅见死不救，还一再逼迫优力给钱。那次危机过去之后，镁光就被永久地排除在了优力供应商体系之外。

十多年了，镁光为什么还能重返优力供应商体系？为什么摄像头镜头的供应商只有镁光一家？现在我还没有答案。但是，丁杜高给我的回答是，在镁光的引入问题上，鲁伟确实“做了很多工作”。

现在，丁杜高并没有完全放弃优力，他开始尝试用体外循环的方式继续支撑优力的运作，他是想通过变卖优力的多项资产和出让优力对外投资股权的方式偿还优力本身的负债。

优力的工业园被封，丁杜高又采取了在外代工的模式继续对渠道供货。但是，优力的每一次生机都被镁光和他们所联合的几个债主堵得死死的。当然，这已经是后话了。

“我来搞镁光，”我对丁杜高说道，“丁总，您以前是给我设过‘紧箍咒’的，您曾提出‘优力六条’。但是，君子以德报德，以直报怨。对于镁光这种流氓，我们必须揭他的老底。这事儿我来做，镁光的股票一定会一路下跌的，我一定要让老蔡付出沉重的代价。再说，镁光现在业务本来也不好。”

丁杜高没说话，没有肯定，但也没否定。

时间已经晚了，丁杜高说：“来，你陪我吃个饭吧。”

丁杜高叫了客房的送餐服务，点了几个湖南菜。不一会儿，4 道菜就被送来了。我出来得匆忙，没有带酒。丁杜高在酒柜里翻箱倒柜，也没找到茅台，就拿了一瓶伏特加凑合。

我不太爱喝洋酒。但是在那一晚，我陪他喝着伏特加，我们似乎又回到了在波士顿的日子。那是我第一次见丁杜高，喝的也不是中国的白酒。那一次，我们喝的是一瓶香槟。没想到，这么多年后，我们喝酒的地方换成了香港，我们的处境变成了这样。

我问丁杜高什么时候回深圳，丁杜高没说具体时间：“等事情处理完吧。”

从此以后，他就一直留在了香港。

93

60 亿

丁杜高继续在香港指挥着公司，我们也对外继续封锁着所有消息。优力出事的新闻虽然在业内盛传，但是在媒体方面，公关部继续发挥着重要作用，我们依然是中国手机业中最重要的公司之一。

这一年的春节，我和岳依柔去了越南旅游散心。她知道我的心情不好。优力的前途如何我不清楚，我自己的前途在哪里我更是不清楚。如果优力倒了，我该去哪里？我肯定不愿意再留在手机行业，因为对我而言，优力就是我留在手机业的全部原因。我当然是喜欢自己过去几年纵横捭阖的岁月的，我在手机业迅速成了排名前五的知名人物，然而这一切，都是丁杜高和优力给我的。

在过年后上班的第一天，丁杜高让杨凡代表他请优力的所有高管吃饭。杨凡是丁杜高的同学，关于公司的很多贷款项目，他也签了连带担保合同。如果优力破产，丁杜高和他恐怕都要上失信人名单。但是杨凡一直处于若无其事的状态，照样吃饭喝酒，吃完饭甚至还提议我们一起去打麻将。

我们在过年后忽然就闲了下来。我们能做的努力都做了，但优力这艘巨轮还是正不可避免地滑向深渊。

此时，我已经找来了“国产手机不能上飞机”的操作者尹娜和蔡忠，准备好了材料对镁光进行打击。我查了这家公司的所有历史，发现这真是一家毫无底线的公司。我现在掌握的材料和线人的消息绝对够镁光的股票再跌停几次，而且，老蔡的“人设”也绝对会崩塌。

我把材料都发给了丁杜高，等他一声令下，我就开干。但是，丁杜高两天都没有回我，最后在微信上发来了一句：“先算了吧。”我知道，丁杜高绝不会与镁光和解。在这件事情的处理上，丁杜高还是那个丁杜高，他永远不会变成老蔡那种人。

有关部门还在问我们“钱都到哪里去了”。我们一起商定了一下对外的口径：我们过去一年的对外投资是 30 亿元，财务费用是 10 亿元，营销费用是 60 亿元。于是，媒体马上把这个信息解读成过去一年我打广告花了 60 亿元。一时间，“优力因为打广告一年花 60 亿元导致破产”的消息不绝于耳，这让我倍感压力。不过，我们解释也没什么用，这些说法刚好能转移媒体对“涉赌”传闻的关注。我的几个好朋友，甚至还给我起了一个“60 亿猛男”的外号，我也是一笑而过。

金瞳奖的创办人劳博年后来看我，他是专业的广告人士，知道我们过去几年所做的事情，也亲眼见证我们品牌形象的迅速拉升。他对这 60 亿元广告费的说法也感到好笑：“依我看，2017 年金瞳奖年度首席营销官的得主非你这个‘60 亿猛男’莫属。在内容营销、广告投放策略和品牌提升等方面，优力去年在整个手机业都是做得最好的。”

2 月，一些再也支撑不下去的代理商开始“哗变”，虽然之前我就知道有一些代理商已经开始接触其他品牌了。但那时候他们大多在暗自进行这些事，不敢公开讨论。但是，2018 年 2 月，他们甚至已经联系到了品牌，准备在深圳召开代理商体系和厂家的会议了。

我拿到那份会议通知时发现，会议地点竟然是我们以前在深圳开会时经常用的深航大酒店。我把这份通知发给了丁杜高。丁杜高看完这份通知，赶紧通知我，优力同一时间也要安排代理商会议。因为他回不来深圳，所以就将地点安排在香港维多利亚港边上的君悦酒店。

2 月 28 日上午，我们一大波参会人员分别赶到了香港。中午，丁杜高安排大家在酒店 1 楼餐厅吃自助餐。代理商们都已经很久没有见到丁杜高了。对很多人来说，这也是他们最后一次见到他。

这是优力体系的最后一次代理商大会，来的人只有一半。另外一半的代理商还是选择了放弃优力。黑龙江的老陈、四川的老罗以及重庆的老何都没有来。我理解他们的心情。他们的公司都有几百名员工等着发工资。他们明知道优力的局面已经不可挽救，再来参会也只会徒增悲伤。

其实即便是来参会的代理商，也不见得就是真的准备克服困难、想要继续把业务做下去的。 我最近都会接到他们的电话，他们也都在另做打算，准备做一些其他生意。他们只是想再见一下丁杜高。

优力体系中的很多代理商本来就有其他生意在做，有些人的生意做得还挺大。但是，优力的代理业务是他们的发家之本。而且，手机业的业务体量巨大，可以为他们提供很大的现金流。最重要的是，正是优力的业务让他们从一个草根创业者变成了当地的大老板，说优力和丁杜高是他们的一种信仰也不为过。

会议是我主持的，按照惯例，丁杜高还是第一个发言。这一天，他讲着讲着就开始痛哭流涕。他回忆起了当年在大霸王的岁月，回忆起了当年和大家一起创办优力的岁月，回忆起了这么多年来走过的辉煌和坎坷岁月。他最后说道：“我做错了很多事情……”

这是我第一次看到丁杜高流泪，也是第一次听到丁杜高道歉。大家都知道，优力确实是大家一起创建的。然而，如果没有丁杜高，就不会有优力的辉煌。无论是代理商还是高管，我们能有今天的地位和财富，很大程度上是蒙丁杜高所赐。没有他带领着我们，我们不可能造就一家价值数百亿元的大企业和大大小小的代理商公司。

我所准备的销售计划和市场计划非常潦草。我也知道，丁杜高只是想表明继续做下去的态度，至于怎么做，并不是最主要的。

在回去的路上，大家都心情沉重。我和北京的老周一起叫了辆出租车。他在车上问我："你知道丁总输了多少钱吗？"

"我不知道。"我说道。

"据说有100多亿元。而且，这事应该和一位女明星有关，"老周和我说起了八卦，"据说，那个叠码仔出身的塞班岛赌场老板研究了中国富豪整整两年，那个女明星就是他的掮客。中国首富在他那儿输了108亿元，回来就说他不认识那个女明星了。"

"不会吧。"我还是第一次听到这个消息。不过，这段时间，大大小小的八卦我可真是听多了。

"谢耀明也去了，不过他还好，输了20亿元就回来了。唉，丁总是着了他们的道了啊！"老周叹了一口气，"优力就被这些人搞死了。据说那班去塞班岛的专机上都是深圳的有钱人。"

"塞班岛？不是在澳门吗？"我惊讶地问道。

老周看看我，欲言又止，没有再多说其他话了。

回到深圳时是傍晚，我们一起在车公庙的潮汕牛肉火锅店吃饭。凤凰楼已经停了我们的签单，原因很简单，我们欠了他们的账。我们以前很少会吃这种火锅，但实际上，江湖菜确实比凤凰楼那种商务餐厅的菜好吃多了。大家心里都清楚，下一次这么多人相聚，不知道要等到什么时候了。这一顿饭，我们一直吃到晚上10点，方才各自散去。

峥嵘的优力岁月正在成为我们的记忆，正在逐渐地远去。

94

金瞳奖

3月，优力的危机已经越来越严重，我们也再没有钱支付公关费用了。我估计，最多再撑一个月，优力的问题就会被媒体公开传播。我们能够压制这么大的负面新闻三四个月，已经尽力了。

金瞳奖的劳博给我打电话，邀请我参加 3 月 10 日在北京举办的金瞳奖年度颁奖典礼，我答应了。我在深圳的办公室里越待心情越不好，不如去北京散散心。

今年的金瞳奖盛况空前，主办方颁发了很多奖项，但最后 3 个大奖的次序却比往年有所改变。一般来讲，应该按照“年度创意人”、“年度 CMO”和“终生成就奖”这样的次序颁奖。但是，今年后面两个奖项的顺序被调换了过来。我心里知道这是劳博对我这个背上了“60 亿猛男”名声的人的一种安慰。朋友在这种细节上的安排让我很是感动。

我从业以来获奖无数，但是，以前我从没领过任何个人奖项。金瞳奖“年度 CMO”是我唯一亲自去领的一项个人奖项。

金瞳奖如此评价我：

> 郑明总很忙，长年飞来飞去。据说他有个习惯，手机不离手。想找到他不难，但想和他对话很难，因为他实在太忙了。而这一现象在他接手优力手机市场营销和销售后变得更加明显。但显然，他很享受这个过程。
>
> 和谦虚的董事长丁杜高不同，郑明通常快人快语，敢说敢做。用广告门 CEO 劳博的话来讲，他是市场攻击型选手的杰出代表。正是在他的带领下，优力用 3 年时间就完成了令行业瞩目的逆袭——十多年来，优力虽然持续成长，但似乎从来不去渲染自己的名字和地位。这在郑明到来后发生了翻天覆地的变化：优力不再低调，而是开始迅疾发声，开始“寻找自己”。无论是最开始用“续航 + 安全”瞄准中高端商务人群，还是去年用“四摄”拍照功能逐步走近年轻消费人群，他带领下的优力步步为营，一点一点刷新着大众的认知。
>
> 在 2017 年，优力进一步加大广告投放和公关传播力度，请代言人、冠名热门综艺、尝试花式口播和区别于浅层冠名赞助模式的深层次内容植入方式，再配以优力多年来持续布局的线下优势，这些都让品牌在渗透力、美誉度和口碑上有很大的提升。
>
> 这都要归功于郑明的洞察和果断，在竞争激烈到每隔几年就会洗一

次牌的手机行业，优力3年来的突进和用心让它赢得了令人瞩目的市场反馈。而在未来，我们也格外期待郑明这位优秀的市场操盘手能带着优力绽放出更大的光彩。

然而，优力3年来在市场上高歌猛进的步伐已经戛然而止。我心中有太多太多的遗憾。我们还没有真正比肩华兴、OVVO和丽音，我们的T2018宾利定制版也胎死腹中。如果再给我一年，哪怕只是一年，我也相信我一定可以带领着优力在销量和品牌上完成一个完美的逆袭。

从来没有一份工作能让我如此痛彻心扉。优力对我而言不仅仅是一家公司，优力的文化已经深深地刻入了我的DNA，融入了我的血液。

四五月份的时候，许琳走了，张华走了，于杰也走了。于杰劝我找份新工作。我知道优力已经彻底没有希望了，但我还是抱着一丝幻想。如果丁杜高可以回来，哪怕不再做手机，我也愿意跟他一起重新创业。

事实上，现在的优力已经在走破产申请程序了。破产只是一个时间问题。手机业变化迅速，我们现在已经离开手机业半年了，即便有天使出现，优力也不可能重回原来的位置。这就是手机市场的残酷之处。

5月的时候，丁杜高又让留守的同事们去了趟香港，并在一个宾馆开了“工作会议”。说是开会，实际上就是为了和大家见见面。继上次2月的会议后，我已经3个月没有见到丁杜高了。

丁杜高甚至还有点胖了。据说，他在中环租了一套公寓，还学会了买菜。他的一些亲戚会轮流去香港陪他。

会议很快结束了。我在酒店门口的吸烟处陪丁杜高聊天，我问他想做点什么，丁杜高没有回答，只是说：“等事情过去吧。”

回到深圳之后，媒体上铺天盖地的负面新闻袭来，优力的事件已经逐渐在媒体上为公众所知。公关部现在也只剩下了两三个人，我已经回天乏力，无法再阻止这些事情的发生。

李大为有时候也会来找我。为优力做的公关是他这几年做出的最著名的案例。危机刚发生的时候，他没有起诉，而是一直和我站在一起，希望能和我们一起渡过难关。但是，他的公司在前几年已经被一家上市公司收购，在优力事件被诉诸报端之后，李大为再也撑不住了，只能按照上市公司法务的要求提起诉讼。我和他说了情况，他知道拿回他这边1 000万元应收账款的希望已经非常渺茫。他叹着气对我说：“天下没有不散的筵席啊，以后，再也找不到你这么好的甲方了。”

程刚偶尔也会来深圳，有时候我们也会一起吃饭。他的处境很艰难，正面临央视对他的诉讼。他们在2016年开启的上市计划也被迫终止了。

老高破产了，成了失信人。但是，他还是很乐观，准备回浙江老家开一家传媒公司。前两年，他的亲弟弟已经在杭州开了一家公司，这家公司的幕后老板其实是老高。老高在去杭州前，在东海缤纷天地的“江南厨子”请我吃了顿饭，给我讲述了他的新商业模式。说实话，我还挺佩服他的干劲，我也相信他可以东山再起。

优力让与它有关的每一个人都受到了影响。许琳离开之后，自己做起了保健品贸易。她是非常少见的广告媒介投放策略高手，但现在没有了用武之地。于杰去了一家生物医药公司做公关总监，但是，他在那里做公关业务，完全不似在优力的时候能大开大合。张华空有一身的才华，竟然做起了抖音直播。

办公室里的人越走越多，现在只剩下我和蔡忠还会在一起抽烟聊天。

95

离开优力的日子

8月底，丁杜高又让我去了一趟香港。我发现，这次的他似乎已经完全放弃抵抗了。现在，连黄磊、刘三全和周彬这些副总裁都已经陆续离开了优力。我应该也会在最近离开。

“我已经放弃了，郑明。”丁杜高对我说道。

“那优力怎么办？”我问道。

“已经在走破产程序了，但是进度没那么快，一步步来吧。”丁杜高说完这句话，默默低下了头。这是我最后一次在香港见丁杜高。

9月16日是优力的16周年纪念日，但今年无人庆祝，我让蔡忠在公众号上发了一篇文章来纪念：

2018年9月16日，优力16周岁了。

16载光阴倏忽而过，感谢时光里的那些力量与温暖。再回首，过去已是一段难忘岁月。

回顾

优力集团在2002年9月成立于深圳，成为国家级高新技术企业。

16年来，优力秉持“诚信、团结、创新”的经营理念，坚持自主研发，坚持与世界一流供应商合作，坚持开放市场，坚持总代理制，以“超级续航”为品牌支撑，以“时尚科技”为品牌拓展，致力于把自己打造成为全球化品牌。

经过16年发展，优力现有深圳、北京、海外和OS 4大研发院。优力自主研发的产品已获得接近4 000项国家专利。

优力开发的UNNI生态系统及应用，超级续航、内置安全加密芯片、四摄拍照手机的上市热销，为广大用户带来了更加实用和安全的体验。

优力在行业内首创安全加密芯片手机，手机内置芯片通过了国密二级和EAL6+认证，手机金融相关业务通过了中金国盛认证和中国银联认证。

2016年10—11月，内置安全加密芯片的产品优力T6手机搭乘神舟十一号和天宫二号遨游太空33天，成为第一款进入太空的国产手机。优力T6返回地球后被公证可正常使用，这是民用移动产品在太空实验上迈出的重要一步。

感恩

自2017年12月以来，优力遇到了前所未有的危机，社会各界给了我们理解和支持。我们也在持续努力。

丁杜高董事长在最近的经营班子会议中说：“当前的优力要专注于两个关键词：一是‘重组’，全力推动重组工作的有序开展；二是‘自救’，通过努力简政和创收，保障和维持企业正常运营。”

沉舟侧畔千帆过，病树前头万木春。一路风雨兼程，我们仍然坚信优力一定会重整旗鼓，许自己一个未来，继续造福社会！

你好，优力，16周岁生日快乐！

然而，优力再也没能重整旗鼓，进入破产程序只是时间问题了。但是，有几件事情，我还是希望弄明白：为什么镁光死盯着优力不放？镁光究竟是如何进入优力的供应链体系的？这一切还都是个谜。但这个谜团要一直等到几年之后才会逐渐被揭开。

优力已经不可避免地要进入破产程序了，除了负责对接的几个人，我们也都没有必要留在公司了。按照丁杜高的计划，蔡忠将留守公司，对接债权人小组。我将于2018年的10月底正式离开公司。

我就要这样告别我为之工作了4年的优力了。10月24日，我在微博和朋友圈发了一段文字，宣布了我的离职："我将于10月31日正式从优力离职。感谢这几年来丁总给我的机会与平台，也感谢同事们、合作单位以及媒体对我的支持。我热爱过，努力过，遗憾过，但无悔这几年的付出。我还会继续留在科技行业，为我热爱的事业继续'超级续航'。"

没想到这条信息引起了轩然大波，竟然登上了微博热搜。作为优力出现危机时的对外新闻发言人，媒体把我离职的消息理解为了"优力重整无望"。媒体迅速对我的离职做了报道，他们这样写道：

> 今天，优力副总裁郑明在朋友圈和微博发文称，自己将于10月31日正式从优力离职。据悉，郑明在2015年初正式加入优力，担任全球市场和销售副总裁。优力在营销方面也一改往日的低调作风，先后邀请王星杰、冯大刚、余天乐、许谦谦、柳影等人担任代言人。
>
> 郑明的离开，很可能与优力身陷困境、迟迟无法自救有关。
>
> 去年年末，优力被爆出有数百亿元的资金缺口，供应链也随之崩塌，优力积攒了16年之久的品牌信誉在一夜之间付诸东流。

即便是现在，关于丁杜高"涉赌"的事情，依然停留在坊间的传说和媒体的猜测之中，一直没有被证实。就在我离开优力的3周后，一位记者跑去香港采访了丁杜高，他亲口承认了赌博的事情。这让我很意外。

媒体发布的《优力董事长承认赌博“借走”公司十几亿元，前员工独家爆料：内部早已默认》一文这样写道：

十多个月过去，优力董事长丁杜高依然停留在香港，白衣骑士没有出现，优力走到了悬崖边上。

11月23日，优力官方微博发文，称关于丁杜高赌博的报道均属不实，要求删稿。结果，24日，丁杜高在香港接受记者采访，亲口承认自己曾去塞班赌博。不过，他说自己只是“借走”公司十几亿元。至于优力如今的现状，丁杜高称跟他赌博无关，将锅“甩”给了营销团队和供应商。

刚从优力离职的赵宏向记者透露，优力内部其实早已默认丁杜高赌博一事，“输掉100亿元”的传闻真假难以定论，但是这个资金链断裂的锅，还真不该让营销团队背。在这名前员工眼里，丁杜高的种种回应更多是在诡辩。

“很难再去相信他。”赵宏表示，虽然公司内部很多员工都知道优力在资金链方面有困难，但当他们从新闻上得知丁杜高赌博的事时是震惊的，“从多角度估算，丁杜高真实的赌资应该是100亿元的40%～50%”。优力股东估算的是60亿元。

曾经以“人生如棋，落子无悔”为座右铭的丁杜高，如今却“棋差一着”，在香港感受“一入赌坑深似海”的懊悔。

韧性棋手

丁杜高对围棋的热爱尽人皆知。

十年前，优力开始冠名赞助中国围棋职业赛，直到2018年，赛事的冠名赞助商变成了华兴。

丁杜高在围棋上的投入并非单纯的沽名钓誉，毕竟从营销的角度看，在围棋上进行广告投入对优力的利处并不大。丁杜高称，这就是个人爱好，他与一些中国一线职业围棋棋手相熟，也曾与职业选手交手。说起和职业棋手对弈的战绩，他很得意：“让两子双方有输有赢，让三子我从来没输过。”

平时在公司，丁杜高只要没有会议，就会在办公室里，用电脑开几局围棋。他说，下围棋能让他清空一切烦恼，集中精力去做事情。他也通过下围棋为自己找来了一名营销高手郑明。

郑明曾对媒体回忆他与丁杜高下的第一盘棋，丁杜高在前半盘因失误被吃了不少子，一般人至此就会定输赢，放弃这盘。但是，丁杜高不动声色，继续落子，一直到中盘，郑明依旧保持优势。在棋局即将行至尾声时，丁杜高抓住了全盘唯一一个机会，瞬间翻盘，赢下这局。

“他的韧性太强了！”郑明感叹，韧性足的人性格往往非常刚强，丁杜高手中的优力也具有这样的性格。

郑明加入优力后，深得丁杜高的信任。优力每发布一款新机，都会进行一波高调营销，拉上各路名人，一会儿开演唱会，一会儿办家宴。

丁杜高对郑明策划的营销极为配合。2016 年底，优力推出“成功的标配”T2017。发布会是以家宴的形式举办的，品牌代言人冯大刚与夫人许鰲出席，优力董事长丁杜高与夫人一同出镜。这是丁杜高夫妻俩首次共同出现在公开场合。

“两人关系没的说，郑明对于丁杜高的命令基本百分之百执行。丁杜高对郑明也是十足的信任，即使优力内部对郑明有不同的声音，丁杜高也会听取郑明的意见去执行。”赵宏告诉记者。

优力危机发生后，丁杜高年初赴港再未回来，郑明作为二当家，一直保持对外发声，为优力说话，直到 10 月 31 日才正式宣布离开优力，算是站好了最后一班岗。

郑明离开优力当天，在微博上发了一段《海阔天空》的歌词：“一刹那仿佛，若有所失的感觉。不知不觉已变淡，心里爱。”

时隔几个月，丁杜高于 11 月 24 日接受记者采访时，将资金链断裂的部分过错怪在了营销花太多钱上，他细数在宣传上花掉的 40 亿元：“说过去两年营销费用有六七十亿元是不夸张的。”

“我没有推卸责任给营销人员，其实每一笔钱都是经过我批准后花出去的。”丁杜高坚持这样说，却丝毫没有提及，所谓“借”去还赌债的“十几亿元”在这场危机中占有多大比重。

人设坍塌

丁杜高外表儒雅随和，一直以来都以谦逊、低调的形象示人。这个正面形象自危机出现到丁杜高发声，正在一点点坍塌。

赵宏依然记得第一次与丁杜高交谈时的场景。丁杜高对于优力的处境认识非常客观，对员工、合作伙伴的态度都很友善，这让赵宏对他的第一印象非常好。赵宏说："毕竟他 30 多岁创业，10 年后就能带企业走上行业高点，是很不容易的。"

1995 年，在研究所工作不到一年的丁杜高决定跟随"下广东"的潮流南下谋生。几番波折后，丁杜高应聘上了大霸王公司的技术员，在广东中山安顿下来。在大霸王的第一年，丁杜高就升任了技术主管。第三年公司还分给了他一套两室一厅的房子。

2002 年，而立之年的丁杜高选择创业，在深圳成立了优力，自己担任公司董事长兼总经理。2003 年 1 月，优力推出了第一款产品优力 303 手机。2005 年，拿到手机生产牌照的优力迅速成为国产手机中的黑马，产品的月销量达 25 万台。

优力真正的高光时刻还是 2007 年 6 月。也许是从大霸王请明星代言人那里得到的启发，丁杜高决定请如日中天的刘德荣代言优力手机。那时正是电视营销的黄金年代，"好手机，优力造"的广告词随着刘德荣的代言火爆全国。

手机行业日新月异，当智能机开始取代功能机时，优力在行业中的"老大哥"之位渐渐不稳，昔日的营销创意不再，也开始模仿 OVVO、丽音和华兴。随着小豆等新兴品牌带着互联网思维入场，优力的处境变得更加艰难。这时候，手机业务的危机让丁杜高从投资业务回归手机业务，重掌优力大局。

2015 年 12 月，丁杜高出现在优力工业园，放言："优力不争朝夕，只争长久，我们只会和别人比谁活得更长。大家都知道，只要优力不死，就是中国手机行业里面活得最长的。"

此刻的丁杜高，在员工和合作伙伴眼里是优力的灵魂人物，他挽救了这艘即将倾覆的大船。

丁杜高的回归，在当时是有效的。第三方调研数据显示，2016年，优力的出货量是4 000万台，属于“华优O丽”梯队。2017年，优力在出事前，也排在国内手机业第五的位置。

但2017年下半年，丁杜高多次向优力的代理商喊话：“往前一步，海阔天空；往后一步，万丈深渊。”没想到一语成谶。2017年底，优力拖欠供应商款项的新闻爆出。

“也许那时候，丁杜高已经欠了赌债了，所以想靠产品盈利。”赵宏向记者回忆，2017年优力的经营路线是对的，T系列在成本控制上比以前做得更好，按理说情况是会变好的。

丁杜高那时却在产品的推出上变得十分急切，开始催促供应商加大出货量，这也造成了供应商收不到货款，供货一停止，且优力无法补齐贷款的话，资金链断裂的缺口就暴露出来，甚至越来越大。应收账款收不回，有坏账风险，作为优力供应商之一的镁光科技股价直掉，一天之内的跌幅超过7%。

镁光科技出事后，2017年12月左右，丁杜高来过公司几次。赵宏记得，丁杜高神态自如，依然如往常一样处理公司事务。后来，丁杜高去了趟香港，自此一去不回。

困兽之斗

没人知道一个谨慎的围棋爱好者为什么会涉赌，但丁杜高尽心维护的供应商关系算是破裂了。

丁杜高在生意场中一向酒风好，口碑高。“供应商对他的评价是很高的。”赵宏举例，韩国供应商供应的屏幕在市场上很紧俏，但即使这样，优力也能分到足够的货。

在欠债新闻传出时，供应商最初依然选择与优力合作。2017年11月底，镁光科技的新闻一出，优力马上晒出丁杜高与供应商和银行人士的合影，破除谣传。

2018年1月，丁杜高在优力的股权被法院冻结。1月30日，镁光科技发表的2017年度业绩预告修正公告称，对部分客户的应收账款计提坏账损失3亿元。这时，它并没有公布这个客户就是优力。

眼看优力的还款态度越来越消极，2 月，镁光科技忍不了了，直接向法院申请对优力采取财产保全，停止向优力供货。

丁杜高此时强硬了起来，称镁光科技在去年 11 月底就已经断供，至少影响优力每月 30 多亿元货款的回笼，因此暂时不再处理镁光科技的债务。镁光科技背了一口锅。

与供应商决裂并不是丁杜高从前的风格。即便是在围棋上，丁杜高也不喜欢你死我活的对弈，他会尽量避免争最后一口气的场面。

但是，丁杜高一直没有找到接盘者，优力在悬崖边越滑越远，董事会先动手自救。据新闻爆料，去年 12 月，优力召开了股东会议，18 个大小自然股东参会，明确将丁杜高和优力财务副总裁杨凡踢出董事会。

在深圳优力公司总部，曾经容纳 2 000 ～ 3 000 名员工的大楼中，目前只有 300 人左右。记者联系了两名近期离职的优力员工，他们都不愿评论原公司，只透露工资没有被拖欠，但没有拿到年终奖。

丁杜高失去了对优力的控制权，或许也将失去对自己人生的控制权。在他最近一次向外界发声时，丁杜高坚持用“借款”来修饰他挪用公司款项的举动。他称自己在优力 16 年，在财务方面公私不分。只有等优力进入破产重组程序后，查看公开账目，才能证实他说的话。

当初丁杜高果断地推出智能机，赶上了手机市场的转型潮流，而同期的菲基亚差点在市场上销声匿迹。从那时候起，他就明白，一两个正确的决定会将企业带向高处，而一个疏忽或错误决策也可以使庞大的企业消失。

“小豆和华兴崛起得有多快，菲基亚从倒下去到消失的速度就有多快！”丁杜高可能万万没想到，优力的快速倒下是他关于“赌”的一念之差造成的。

（文中赵宏为化名）

这篇报道虽然与现实还有些出入，但是基本反映了实际情况。在离开优力后的日子里，我还是想搞明白，在我心里像神一样的丁杜高究竟为什么会去赌博。镁光逼迫优力的背后，究竟有没有我们不知道的事情。

96

局中局

两年后。

优力早就在 2019 年正式宣告进入破产程序。蔡忠还留在公司，作为最后的留守人员。

2020 年的年底，我的账户忽然收到了一笔钱，上面显示的汇款人竟然是优力。我打电话给蔡忠：“这是什么钱？”蔡忠告诉我，这是 2017 年优力没发的第十三个月的工资，这次经过了债权人委员会的同意，补发给大家。

收到这笔意外之财后，已经几年没有动静的优力的离职员工群里炸了锅。很多老同事都发了朋友圈，再次感谢了优力，感谢了丁杜高和留下坚守的蔡忠。

我有段时间没见蔡忠了，于是约他周末一起去喝酒。

周末，我做东，除了蔡忠，我还叫来了几个老朋友，有我们以前的供应商，有媒体的朋友，还有几位老同事。吃饭的地方在蛇口的渔民公社。离开优力之后，我在东海花园住的房子也被债权人收走了，那也是丁杜高的名下财产。我搬去了蛇口，住在沿山路一处闹中取静的小区里。东海对我来说是一处伤心地，这里离东海很远。岳依柔也来了，我们的儿子已经 3 岁多了，今年刚上幼儿园。

这两年来，发生了很多事情。我们这些老同事，散做满天星，很少碰面。在深圳就是这样，同事一旦分开，都形同陌路。但是，优力的同事之间却有着不一样的感情。所有的优力老同事在离开优力之后，都有这样的感觉：只有优力才是真正的团队。我有时候到各地出差，也会和当地的代理商们聚一聚，他们有的还在代理别的品牌手机，有的已经离开了这个行业。

在这两年间，还发生了一件很有意思的事情。当年，许谦谦出事之后，我和优力一直力挺他。2018 年优力的事情被媒体广泛报道之后，所有的代言人都停用了优力手机，将微博中显示的手机型号都设置为不可见。只有许谦谦的微博一直显示着优力手机，我们和他的合约是两年，但是，我们只付了一年的代言费。

许谦谦确实是一个重情重义的人，他用我们的R10一直用到了当年我们在代言合同上签署的终止时间，尽管我们并没有支付那一年的费用。对于这件事情，哪怕我已经离开了优力，也依然非常感激他。许谦谦后来又东山再起。现在，他依然是天王巨星。

我们在聚会上聊了很多，我提议拍一个视频给丁杜高发过去。自2019年之后，丁杜高换了微信，他的新微信账号只有蔡忠知道。蔡忠发了我们大家一起问候丁杜高的视频，丁杜高也让蔡忠转达了他的感谢。丁杜高还年轻，我相信他一定可以重新崛起。

在优力进入破产程序两年之后，真相也慢慢浮出水面。鲁伟的公司在2019年的时候宣告关门，据说对外欠债1亿元。这本来就在我意料之中。但令我意外的是，余军收购了他的公司，而且替他填平了欠债，鲁伟也入职了小豆，成了他们的一个副总裁。但余军为什么要收购鲁伟的公司呢？余军对外公开的说法是，小豆曾经得罪过韩国的半导体厂商，作为手机业重要的上游供应商，韩国厂商一度对小豆实行了断货制裁，导致小豆的供应链运转非常困难。余军去韩国拜访厂商都没有解决这个问题。后来，经过鲁伟的协调，韩国厂商解除了对小豆的封锁。

这件事情我是知道的，真相并非如此。小豆的危机发生在2016年，是丁杜高帮忙解除的。鲁伟只是在丁杜高的授意下，请余军和韩国厂商一起吃了顿饭而已。韩国厂商的高层和丁杜高的关系非常好，他们社长的女儿在我的部门实习过大半年。但在这中间斡旋的鲁伟是如何向余军表功的，外人就很难知道了。

那么，鲁伟究竟帮了余军什么忙呢？这里面又有什么交易呢？

我有两个消息。其中一个消息是蔡忠告诉我的。引进镁光科技是鲁伟在优力做的最后一件重要事情。当时，丁杜高并不同意，因为镁光科技曾为难过优力。但是，在鲁伟的再三劝说下和老蔡的一再保证下，丁杜高还是心软了。他们最终酿成大祸。

镁光科技的老蔡也没有好下场。他后来被和优力同门出身的OVVO和丽音联合封杀。这两家公司虽然都是优力的竞争对手，但他们的老板和丁杜高私交都非常好，当年都是大霸王的老同事。老蔡遭此打击，也遇到了重大的危机，据说后来也卖掉了自己的股份，公司从此易主。

这两年，很多从事供应链生意的朋友也对我说起了另外一件事情：当年，镁光科技背后的实际控制人并不是老蔡，而是另有其人。他们振振有词地说："是有人要在背后搞死优力。"但这个故事更是充满阴谋诡计，让我也很难相信。我想，即便是局中的丁杜高，也不一定看得清楚。

以上种种事端的真相，恐怕只能被封存于手机业的历史之中，谁也不知道真相究竟是什么。到底有没有人出卖公司，到底是谁在背后想借机搞死优力，这些事，大概只能成为永久之谜了。

最后一个疑点是丁杜高为什么会参与赌博。我在2019年遇到华兴公司的轮值董事长时，他解开了我的疑惑。那一年，几乎深圳所有排名靠前的富豪都受到了塞班赌场老板的邀请。他说，赌场老板曾研究中国富豪整整两年。很多受邀的人都去了。他说："丁杜高当然很聪明，但是赌场的人是专业的，他们设计的套路你很难逃得过。"这位轮值董事长也受到了邀请，但他没有去。

关于塞班的套路，我也有所耳闻。轮值董事长没有和我说太多，我也无从猜测。但我知道，丁杜高是个好胜心非常强的人，这点从我和他下围棋的过程中就可以看出来。他绝不会轻易认输。也许，塞班正是利用了他的这一特质。

（第三卷完）

尾声

复盘·再见丁杜高

两年后，马来西亚吉隆坡。

两年前，我创办了自己的公司，做的是智能电动两轮车。蔡忠在我的公司任职，负责行政和人事。于杰现在是我的市场副总裁，负责市场推广。

几年以来，我一直想重操旧业做手机。但是，曾经在手机业中的经历却总像一根无形的刺在刺痛着我。我这几年对智能硬件做了很深入的研究，我的许多看法也和传统智能手机业的从业者有很大不同。全球已经进入以人工智能为代表的科技4.0时代，而在设计所有面向用户的智能硬件时，产品针对的无非就是人、住、行这三大应用场景。在这庞大的消费体系里，只有手机和车才是核心中枢型产品。

这几年以来，中国的智能电动车方兴未艾，我选择了电动两轮车作为业务切入点，电动两轮车的海外市场极其庞大。对我们这种智能手机业出身的人来讲，四轮或两轮的智能车本质上只是一个带有操作系统的大硬件。

我们的产品刚进入马来西亚，一位当地的富商就拿下了我们产品的代理权。今天下午，我们在吉隆坡的瑞吉酒店开了第一次产品发布会。会议很成功，会上来了很多各地的代理商、政府官员、媒体记者和社交媒体网红。傍晚，蔡忠和我说，晚上在雪兰莪的长菁海鲜饭店，有人要请我吃饭。我问他是谁，他说是从印度尼西亚来的人。

吉隆坡和雪兰莪听起来是两个地方，其实吉隆坡就是被雪兰莪包围着的一个城市。长菁海鲜饭店离瑞吉酒店只有半小时车程，位于雪兰莪的八打灵再也。海外的餐厅大都没有中国的这么豪华。长菁海鲜饭店并没有包间，我们订的是二楼靠窗的一个位置。我和蔡忠、于杰先到了，约我们的客人还没有来。

过了几分钟，楼梯上出现一个人，他戴着一副珐琅眼镜，微笑着朝我们走来。

丁杜高，竟然是丁杜高！

蔡忠此时才过来和我解释。原来，在我们开发布会的这段时间，丁杜高刚好也来到了吉隆坡。蔡忠看时间合适，就安排了这次饭局。周彬也来了，还有杨凡、张华和张明。

“哈哈，今天是优力集团开会吗？”我高兴地说道。

“郑明、蔡忠、于杰，我们好多年没见了。”丁杜高伸出手和我握手。我和他握了一下手之后，又拥抱了他一下。之后，我和其他几人也一一相互拥抱。我离开优力已经 4 年多了，竟然还能在吉隆坡见到他们，这太让我高兴了。

“郑明，你们也创业了。”丁杜高笑着对我们说。

“老板不好当啊，丁总，您要是做我老板就好了，我宁可还当您的副总裁。”我说的是实话。创业以后，我每个月都在思考如何能营利给员工发工资。这是我以前在优力时从来不会考虑的问题。每次遇到困难和问题，我也找不到人商量，不像在优力时，我只要按照丁杜高的意思办就可以了。丁杜高现在精神状态很好，但我还不知道他现在在做什么事情。

“我也创业了，”丁杜高说道，“我现在在印尼做一个智能整体家居的品牌，你可以理解为智能化的宜家。我也刚刚开始做，这次是来看马来西亚市场的。现在，我把以前的老同事们也都聚在了一起。我知道你和蔡忠、于杰他们创业了，我挺关注你们的，相信在你的带领下，你们一定会做得更好。”

“丁总啊，我们大家都很想你，如果知道你重招旧部，我早就不自己干了，我愿意跟着你干。”

“郑明，你们要做的生意不比我们小。我相信我们都会成功的。”丁杜高笑着说道。

对于丁杜高的眼光和商业判断能力，我从来没有怀疑过，他一树旗帜，就有这么多的老部下愿意跟着他，我相信用不了几年，他就能重整旗鼓。

这时候，蔡忠从包里拿出了一瓶茅台：“这是在吉隆坡免税店买的茅台，和国内的口感略有不同，大家凑合一下哈。”

在吉隆坡的夜晚久别重逢，大家一直喝到饭店打烊。

我们仿佛又重回了多年前激情燃烧的岁月。那时，我们鏖战于手机市场，和各个巨头争斗。我们共同的标记是“优力”，那是融入我们血液中的名字。

丁杜高又起来了，他果然没有倒下。他一定会重新书写传奇。

深夜，我们这一群喝醉了的老优力人摇摇摆摆地走在八打灵再也的街头。丁杜高忽然唱起了歌，那是多年前我们一起在东莞工业园唱过的歌。我们一起唱着《海阔天空》，这是一首属于优力的歌：

今天我，寒夜里看雪飘过，
怀着冷却了的心窝飘远方。
风雨里追赶，雾里分不清影踪，
天空海阔你与我，可会变？

我搭着丁杜高的肩膀，喊着那一年的冬夜，在 T5 Plus“海阔天空”发布会上家强说过的独白：“这 22 年来，我的经历有高有低，但每当我抬头望向你的时候，所有的磨难都不值一提。你的信念，海阔天空；我的人生，超级续航。”

一个月后，印度尼西亚的雅加达。

我在吉隆坡的时候，丁杜高就邀请我去他现在居住的城市雅加达，看一看他们现在做的事情。有那么多老同事都在吉隆坡，所以，我在一个月后的晚上就成行了。

我乘坐南方航空公司的班机到雅加达苏加诺－哈达机场的时候，已经是当地时间晚上 11 点半了，丁杜高和张华一起来机场接的我。

张华开着车，我们一路聊着天去往丁杜高给我安排的酒店，那是位于雅加达西区的铂尔曼酒店。

雅加达和其他东南亚城市很像，基础设施略显杂乱，气温几乎每天都能达到 30 多摄氏度，这座城市似乎永远都停留在夏天。

丁杜高告诉我，他们的公司就在铂尔曼酒店所在的中央公园，这个“公园”其实是一个超大的综合体建筑，包括购物中心、写字楼和公寓。他们的公司在购物中心旁边的一栋写字楼里，那些从中国过来的同事都住在附近的公寓里。

“您为什么会选择在印尼开始新的事业，丁总？”在路上，我问丁杜高。

丁杜高笑了笑，他的笑容就像我第一次在波士顿见他时所看到的那样。他云淡风轻道：“郑明，你是第一次到印尼吧，先在雅加达到处看看。”

接下来的几天，丁杜高陪我在雅加达逛了一些地方。这些地方既包括高档的商场，也有街边的小店，我们把印尼的各种美食吃了个遍。张华还开着车陪我去雅加达周边的一些卫星城市转了转。

雅加达的情况很像中国十几年前城市的状况：经济处于高速发展期，民众的收入虽然不高，但消费却高得出奇。雅加达普通员工的工资在 2 000 元左右，但这几天我和丁杜高在外吃饭时，发现这里的物价一点都不比深圳便宜，很多日用消费品、消费类电子产品和汽车的价格甚至比深圳更贵。这让我感到非常奇怪，因为我不知道雅加达人用来消费的钱是从哪里来的。丁杜高笑着对我说：“你回忆一下我们中国的 20 世纪 90 年代和 21 世纪初，是不是也是这样？”

丁杜高说得没错。雅加达所在的位置是印尼的爪哇岛，在这个占地 18 万平方千米的岛上，居住着大约 1.6 亿～ 1.7 亿的印尼人口，在印尼的总人口中占大部分。爪哇岛几乎是全球人口最密集的岛屿。印尼每年的新增人口数甚至已经超过了中国，经济在疫情之后的几个季度也呈现出了高增长的态势。

看到印尼经济持续增长、人口众多且密集、消费畸高的现象后，我似乎明白为什么丁杜高把自己二次创业的地点选择在印尼了。

丁杜高还带我参观了他们的办公室，除了之前在优力工作的老同事是中国人，其他大多是本地员工。丁杜高和我说，真正的全球化不能只在中国发生，扎根于当地非常重要。

毫无疑问，丁杜高现在做的传统家居和智能家居产品的供应链都在中国。但是，丁杜高已经在着手准备用 SKD（半散装件）模式来经营企业了。他的判断是，在印尼这样的人口大国，当地人一定会更重视本地制造和本地人口的就业问题。所以，要想在印尼发展生意，融入当地是非常重要的一步。这就要求经营者不仅仅得在本地建设工厂，还要聘用和培训本地员工。

OVVO 和丽音在十多年前就开始进行这一步了。丽音当年派“子弟兵”出海，在印尼创造出了优异的业绩，它们的本土化策略非常彻底，为印尼当地创造了几十万个工作岗位。

负责操盘丽音的印尼业务的总经理不仅把丽音做成了印尼市场中销量第一的手机公司，他也在印尼成就了自己。他不仅在做丽音的手机业务，还创办了 JT 快递，并带领JT快递成为业务覆盖东南亚和中国的上市公司。在深耕印尼市场的这十几年中，他还投资了化妆品、咖啡等行业，并购买了许多土地，现在俨然已经成了印尼财阀和当地华人中的首富。

要知道，就在10年前，别说是丽音的印尼总经理，即便是OVVO和丽音的创始人，见到丁杜高都得叫声大哥。这两家公司的成长对丁杜高的心理冲击很大。丁杜高刚过50岁，但是他并未“知天命”。他有极为丰富的商业经验，我相信他在印尼这块海外热土上一定会有所作为。

我这次来雅加达主要是为了与丁杜高和优力的老同事们叙旧，并没有聊太多生意上的事情。再过一天，我就要返回深圳了。

丁杜高对我说：“郑明，我们再下一盘棋吧？”

我们的对局地点在丁杜高的办公室里，用的那副围棋我很熟悉，正是当年在波士顿，丁杜高随身带着的旅行围棋。没想到，经过这么多年的海外漂泊，丁杜高还一直带着它。

还是和当年在波士顿第一次遇到丁杜高时一样，我执黑先行。我布下了星小目的布局，丁杜高下出了二连星。不过，随着这几年AI的兴起，当年的中国流布局已经被围棋界彻底否定了。我把黑棋的第三颗子放在了小目位置缔角，这构成了AI时代常见的二间缔角布局。

丁杜高略一沉吟，拿起一颗白子，点入了我黑棋星位下的三三位置，这是AI时代的典型布局。这种布局是我们当年在波士顿的时候完全想象不到的。

我笑了：“丁总，看来您这几年的棋技也没落下啊，这是AI的布局。”

“是啊，我们也得与时俱进嘛！在香港的时候，我有空看了很多AI的棋谱，AI下棋的方式完全超越了人类的想象。我看这几年的AI又进化了，比当年AIGo和王星杰九段比赛的时候还要厉害。”

“是的，这几年AI进步非常快，ChatGPT的出现更是把AI的应用推进了一大步。”我说道。

“我们现在已经在开始尝试用AI选品，让AI当产品经理了，”丁杜高笑着说道，“我们现在的很多海报，就是用ChatGPT做的。”

其实，在丁杜高居住香港的那年，我也和他一样，每天躲在办公室里抽烟看书，在网上下棋。那是我最苦闷的一年，只能寄情于围棋。那年，我也看了很多

AI 的棋谱，也和 AI 程序下了很多盘棋。意外的是，从没想过能长棋的我，倒是在那段时间长了棋，还在野狐围棋网站打上了最高段位。

我原本以为这几年在海外生活的丁杜高棋力会退步。没想到，我们在印尼对弈时依然棋逢对手。他的棋，比当年下得还要厉害。但他的棋风依然平和而稳健，官子细腻，完全没有了 2017 年在蜀南竹海时的心浮气躁。那年在波士顿的丁杜高又回来了，甚至变得更为强大。

在送行的晚宴上，丁杜高对我讲了很多。他已经经历过太多的生关死劫，已经看淡一切。但他还是那个丁杜高，依然有着敏锐的商业嗅觉和准确的判断力。

丁杜高说，他在海外，是坏事，也是好事。虽然他暂时不能在他熟悉的中国市场一展拳脚，但是，中国市场已经经历了几十年的高速发展，现在发展速度正在明显放缓，新品牌的机会已经不多了。但海外发展中国家的生意机会，却是方兴未艾，就像 20 世纪 90 年代和 21 世纪初中国的状况。丁杜高在那时正值青年，刚创办优力并且迅速发展。

近年来，中国的崛起，为中国品牌的海外拓展和全球化实践创造了巨大的机遇。这也是中国品牌和中国供应链全面拓展海外市场的最佳时代。

丁杜高说，和在深圳办跨境业务公司不同。要拓展海外市场，必须根植于海外，必须形成中国本土和海外市场的联动。丁杜高扎根于印尼这一东盟中人口最多、市场最大的国家，准备以印尼为基地深耕东盟市场。也许，他在印尼和东南亚会有一个全新的际遇。

出身手机行业的我们，亲眼见证了丽音和 OVVO 在东南亚的成功。但这个市场有满街的日本品牌汽车和欧美品牌的消费品，中国品牌能战胜它们于本土，当然也能战胜它们于东南亚乃至全球。

登上南航的航班，我从雅加达飞往深圳。在雅加达上空，远处是一望无际的灯光和车流，这是丁杜高重新崛起、书写新传奇的土地，也会是我们中国品牌、企业与跨国巨头们继续鏖战的新战场。

天空海阔

2024年3月，雅加达。

伴随着赤道附近灼热的阳光和忽然而至的阵雨，雅加达以它独特的天气欢迎着我们这些远道而来的中国人。这是我在过去半年的时间里，第四次来到印度尼西亚。

2018年秋季，我结束了在金立集团的工作。2018年是我最迷惘、最困惑的一年，我的一切努力似乎都化成了泡影。无论我过去多么成功，在那一年，都成为大众眼中的失败者。人生就是如此，起起落落。

尔后几年，我加入过脑机接口公司，也创办过科技公司，跌跌撞撞，一路前行。在去年夏天的某一天，我忽然想把过去几年在智能手机行业中的经历写成一本小说，来纪念那段有光辉也有痛苦的岁月。于是便有了这本《手机·生死局》。

智能手机业是一个竞争激烈又残酷的行业。我考虑加入这个行业时，花了几个月的时间。在做出这个决定的前一天，我发了一篇公众号文章《一个人在途上》，我写道：生命就像是一场倒数的计时游戏，既然明白生命终归尘土，活着，就应该把生命投入这个年代最火热的事业之中，与第一流的对手去鏖战、去比拼。

我深知，迎接我的会是一场真正的鏖战。

我迄今无法忘怀2015年那个东莞的冬夜，在那天，我主导了自己进入智能手机业后第一场旗舰机的发布会。这场发布会不是我经历过的最大的一场发布会，甚至也不是我们最重要的一场发布会，但我今天依然对它记忆犹新。那次，我用了一首《海阔天空》来贯穿整个新机发布流程。我没想到的是，这首歌后来竟然成了金立的司歌。多年以后，当我们追忆往昔，感叹那段战斗岁月的时候，这首歌总是会在我们身边响起，成了我们很多人的共同回忆。

小说就像生活，生活更像小说。在随后的几年，我可谓殚精竭虑，在中国智能手机的战场上与竞争对手作战。我那时工作异常忙碌，但现在回忆起来，那几年却是我最快乐的时光。

商场和人生一样，总是充满着不确定性。在我负责市场和销售的那几年，我们战胜了无数的困难，把业绩带到了一个新的高度。但谁也没曾想到，巅峰之后，便是深渊。人生的过山车就这样启动了。

但是，如果放诸历史的角度，是非成败、秋月春风，何尝不都化作了白发渔樵江渚上的笑谈。至少，我们都拥有过火热的心和壮美的年华。

人生仍然需要继续。很多年轻人以为人生就是一座山峰，攀上峰顶，似乎就是人生全部的意义。但实际上，人生是连绵不绝的山峰，当你爬上你所认为的最高峰时，就会发现，山是连着山的，人生有无数的山峰需要去攀登与征服。过程和努力，才是人生的意义。

多年以前，我和“丁杜高”大概都没有想过自己会遇到这样突然的人生转折。我们住在熟悉的香蜜湖，生活的半径很短，每天都专注于自己的工作，也从未想过忽然有一天，我们都会把工作重心移向海外，在海外重新开辟人生的第二战场。

这几年来，在竞争激烈的国内市场拼杀的中国企业，都不约而同地把目光投向了海外。表面上，他们是为了避开中国市场的“内卷”。实际上，中国企业现在有了更大的雄心，那就是从中国出发，把中国的产品和市场打法输出海外，把自己的企业做成一家全球化企业，把自己的品牌做成一个全球化品牌。这样的路径，欧美和日韩企业都尝试过。现在，全球市场正迎来这样一群走在全球化道路上的中国人。

中国的市场状况极其复杂，市场级别根据城市大小起码可以分成5个层级，现代渠道、传统渠道还混杂其中，更平添了企业经营的复杂性和操作难度。但海外的市场通常都集中于中心城市，其他地区的市场规模就相对较小，对中国企业而言，经营难度较低。

但中国企业也会遇到不少新的问题。例如，需要适应海外法律法规的复杂性，要按照所在国消费者的需求设计产品和营销思路。融入当地社会，挖掘当地消费者所需，并积极理解当地的文化、风俗乃至宗教，依然是摆在我们面前的课题。

在印度尼西亚，我遇到过在当地已经工作、生活十多年的中国人，也遇到过刚到此地带着产品寻找机会的中国人。他们有些已经在当地颇有建树，有些则对新市场充满期待。但大家的一致看法是，出海，是中国企业成长过程中的必经过程，也是未来在市场立足的根本。

小说里的“丁杜高”就有着这些中国人的影子。中国人勤奋、聪明，有着在国内市场奋战多年的经验，其他国家的人很难与之相提并论。我们以前更聚焦于国内市场，往往自我设限。而海外市场的开拓，恰是我们突破自我、再上一个台阶的绝佳机会。

在“丁杜高”出事前，他的人生不可谓不辉煌。他在年轻时就创办了成功的企业，并且凭借过人的胆识与才干，在巨头环伺的中国手机市场获得一席之地。现在的中国企业家进行海外市场的开发和他们多年前做外贸生意的路径完全不同。做外贸只是一种游击战术，而“出海”则是将中国企业的经营阵地前移，是堂堂正正的“大兵团作战”策略。这个战场，正是志在千里的“丁杜高”们开拓的又一新领域。

这个战场需要的已经不是只懂得一两门外语和熟知海关程序的外贸人才，而是有着丰富中国经验、能学习当地市场知识、能将中国打法输出的全球化市场营销人才。我们不仅仅是将中国的供应链通过产品载体输出海外，而且是将中国的品牌、中国的产品逻辑乃至中国的文化与价值观进行全球化输出。

从某种意义上说，我们正在打破一个旧世界，重塑一个新世界。中国人的勤勉与谦和、善于学习与包容并蓄的心态，正是重塑这个新世界的最佳“注脚”。

在本书行将结束之际，我要感谢许多人。没有湛庐文化的帮助，这本书就无法和大家见面。我更要感谢我在金立集团工作时的所有同事。“聚是一团火，散是满天星”，我们虽然已经不再是同事，但我们一定会重新相逢在全球的市场中。

事实上，在雅加达，我就有很多老同事和老朋友在这里创业和工作。我相信不管到哪里，我们都共享着相同的价值观、一脉相承的市场操作手法和做产品的理念。我们的关系如同 2015 年那个冬夜，我们在东莞工业园一起唱响的《海阔天空》中的歌词所描绘的那样：

天空海阔，你与我，可会变。

俞　雷

2024 年 3 月 11 日

印度尼西亚，雅加达

未来，属于终身学习者

我们正在亲历前所未有的变革——互联网改变了信息传递的方式，指数级技术快速发展并颠覆商业世界，人工智能正在侵占越来越多的人类领地。

面对这些变化，我们需要问自己：未来需要什么样的人才？

答案是，成为终身学习者。终身学习意味着永不停歇地追求全面的知识结构、强大的逻辑思考能力和敏锐的感知力。这是一种能够在不断变化中随时重建、更新认知体系的能力。阅读，无疑是帮助我们提高这种能力的最佳途径。

在充满不确定性的时代，答案并不总是简单地出现在书本之中。“读万卷书”不仅要亲自阅读、广泛阅读，也需要我们深入探索好书的内部世界，让知识不再局限于书本之中。

湛庐阅读 App：与最聪明的人共同进化

我们现在推出全新的湛庐阅读 App，它将成为您在书本之外，践行终身学习的场所。

- 不用考虑“读什么”。这里汇集了湛庐所有纸质书、电子书、有声书和各种阅读服务。
- 可以学习“怎么读”。我们提供包括课程、精读班和讲书在内的全方位阅读解决方案。
- 谁来领读？您能最先了解到作者、译者、专家等大咖的前沿洞见，他们是高质量思想的源泉。
- 与谁共读？您将加入优秀的读者和终身学习者的行列，他们对阅读和学习具有持久的热情和源源不断的动力。

在湛庐阅读App首页，编辑为您精选了经典书目和优质音视频内容，每天早、中、晚更新，满足您不间断的阅读需求。

【特别专题】【主题书单】【人物特写】等原创专栏，提供专业、深度的解读和选书参考，回应社会议题，是您了解湛庐近千位重要作者思想的独家渠道。

在每本图书的详情页，您将通过深度导读栏目【专家视点】【深度访谈】和【书评】读懂、读透一本好书。

通过这个不设限的学习平台，您在任何时间、任何地点都能获得有价值的思想，并通过阅读实现终身学习。我们邀您共建一个与最聪明的人共同进化的社区，使其成为先进思想交汇的聚集地，这正是我们的使命和价值所在。

图书在版编目（CIP）数据

手机：生死局 / 俞雷著. — 杭州：浙江科学技术出版社，2024.6

ISBN 978-7-5739-1250-3

Ⅰ. ①手… Ⅱ. ①俞… Ⅲ. ①长篇小说–中国–当代 Ⅳ. ① I247.5

中国国家版本馆 CIP 数据核字（2024）第 105223 号

书　　名　手机·生死局
著　　者　俞　雷

出版发行　浙江科学技术出版社
地址：杭州市环城北路 177 号　邮政编码：310006
办公室电话：0571－85176593
销售部电话：0571－85062597
E-mail:zkpress@zkpress.com
印　　刷　天津中印联印务有限公司

开　　本	710mm×965mm　1/16	印　　张	22
字　　数	350 千字	插　　页	2
版　　次	2024 年 6 月第 1 版	印　　次	2024 年 6 月第 1 次印刷
书　　号	ISBN 978-7-5739-1250-3	定　　价	89.90 元

责任编辑　余春亚　　责任美编　金　晖
责任校对　张　宁　　责任印务　田　文